... vos amitiés

... votre ... prompt rétablissement !

... Toute notre affection

... le 24 février 89

Jean et Gi Kjeuziat

LES ETANGS DE MARRAULT

Francis Farley

LES ETANGS DE MARRAULT

Roman

Hermé

Si vous souhaitez être tenu au courant
des publications de l'éditeur de cet ouvrage,
il vous suffit d'adresser votre carte de visite,
ou vos nom et adresse, à :
Éditions Hermé, 3, rue du Regard, 75006 Paris.
Vous recevrez régulièrement,
sans engagement de votre part,
nos catalogues et bulletins d'informations
sur toutes nos nouveautés.

Photo 1re de couverture :
tableau de A. Moullé, doc. Bulloz
Photo 4e de couverture :
Renaud Ferrier.

Direction éditoriale : Jean-Jacques Brisebarre
Fabrication : William Baguet, Claire Svirmickas
Maquette de couverture : Daniel Leprince

3, rue du Regard, 75006 Paris
ISBN : 2-86665-057-3

A Jacky

C'est le Guy, celui des Granges, le fils du galvacher, le vaurien qui a retrouvé le corps de Mélanie.

On a pu dire au village qu'elle allait chez son frère, qu'il lui fallait traverser les étangs de Marrault pour s'y rendre, que le gué est étroit, qu'elle courait, que le pied lui avait manqué...

A la vérité, c'était presque comme si Mélanie était partie en veillant à ne pas froisser les consciences, comme si elle avait voulu préserver de la honte ceux qui la faisaient mourir.

Elle avait couru pour donner de l'élan à son envie de mort. Avant même d'entrer dans l'eau, l'air lui manquait déjà.

Tout le monde savait qu'elle était malheureuse.

Les Fiançailles

I

Chaque dimanche, Mélanie se rendait à l'église avec sa mère, sa sœur et son petit frère pendant que son père et son frère aîné jouaient aux quilles à l'auberge, puis tous revenaient ensemble à la ferme, sur le coup de midi.

Ce dimanche de l'année 1873 comme un autre.

En rentrant, il n'y manquait jamais, le père allait s'asseoir à sa place, en bout de table, le dos tourné à la porte, et il se versait un verre de vin.

Chaque jour, pendant que la mère finissait de préparer le repas, le frère sortait chercher du bois pour le feu, le cadet descendait tirer le vin à la cave, la petite mettait le couvert, Mélanie aidait sa mère et tout ceci dans le plus profond silence, parce qu'il n'est point besoin de parler pour faire les choses que l'on sait.

C'était septembre. Il faisait encore beau. La porte, ouverte sur la cour, laissait largement entrer le soleil quand la seule petite fenêtre ne cédait le passage qu'à quelques rayons dans lesquels dansait la poussière.

Ils n'étaient pas rentrés depuis plus d'un quart d'heure que chacun était venu s'asseoir autour de la table, à sa place, en attendant que la mère apportât le plat.

A cet instant, ce fameux dimanche de septembre de l'année 1873, la pièce devint soudainement très sombre.

Les enfants, comme un seul, se tournèrent vers la porte. Le père, lui, n'avait pas bougé. Mélanie eut un frisson.

— Entre, assieds-toi, dit le père.

Ce n'était qu'un visiteur après tout.

Lorsque l'homme eut franchi le seuil en saluant la compagnie, il fut à nouveau possible de distinguer les choses autour de soi.

Puisque le père avait invité l'homme à s'asseoir, les enfants qui se trouvaient à sa droite se poussèrent d'une place, sans qu'il ait été besoin de le leur dire et l'homme enjamba le banc en donnant un petit signe de tête à Mélanie qui allait lui faire face.

Le visiteur pouvait avoir dans les trente-cinq ans, encore qu'il soit hasardeux, passé l'adolescence, de risquer l'âge d'un paysan. Il était habillé en dimanche. Il posa son feutre noir à côté de lui sur le banc. Il portait une blouse neuve, un pantalon de velours et des sabots fraîchement cirés. Il avait les joues marbrées de petites veines rouges, le cheveu brun, rare et plat, le haut du front tout blanc et lisse, le bas tout ridé et jaune, ses mains étaient énormes.

— Petit, va chercher du vin.

Tout de suite, le plus petit des garçons se leva.

— Du bon.

Le petit sortit.

Émile Huhant demanda d'abord au visiteur des nouvelles de son père et de sa mère. Il lui demanda aussi si son frère était toujours à la ferme, puis il s'enquit de la santé de ses cousins, de ceux qui habitaient dans son village et de ceux qui vivaient ailleurs. Il demanda également comment se portaient les gens qui n'étaient pas de sa famille mais de son voisinage. Il écoutait les réponses de l'homme gravement, comme on le fait des choses importantes, puis il y eut une pause.

Le petit était revenu depuis quelque temps, avec deux bouteilles d'un vin qu'il n'avait pas tiré au tonneau. Le père déboucha la première, remplit le verre de son hôte, celui de son fils aîné, puis le sien et, avant de boire, les hommes se souhaitèrent la santé.

Les paysans n'ont jamais été gens à laisser voir ce qui les habite, les adultes comme les plus jeunes. Autour de la table, les enfants restaient silencieux et semblaient à peine vivants. Mélanie n'avait pas levé une seule fois les yeux depuis que l'autre était entré, comme si la contemplation de son assiette vide était la seule chose qui pût l'occuper. Pourtant, il devait se passer là un événement extraordinaire.

Il fallait bien que ce soit extraordinaire, car la mère ne parvenait pas à quitter la cheminée. Dans ce monde tellement réglé, elle semblait chercher ce qu'elle avait à faire. Pendant que son mari déclinait tous les membres de la famille du visiteur jusqu'au troisième degré de lignage, elle sortit soudain de la salle commune avec le plat tout prêt et tout fumant, traversa la cour jusqu'au tas de fumier et y déversa complètement le contenu. Personne ne voulut remarquer qu'elle était sortie et, pourtant, elle n'avait rien fait pour être discrète. Lorsqu'elle revint, la conversation des hommes en était au temps qu'il faisait, à celui qu'il avait fait et à celui qu'il risquait de faire et, là encore, nul ne voulut se rendre compte qu'elle était rentrée.

Après les saisons, ce furent les récoltes, celles de l'année, celles de naguère et celles dont ils avaient entendu parler par les anciens, les meilleures comme les pires.

La mère tira alors d'un grand coffre deux mesures de farine. D'une armoire qui se trouvait à côté de la cheminée, elle sortit quelques œufs et un grand bol blanc, puis la farine et les œufs furent mélangés avec un peu d'eau.

Tous étaient attablés depuis un bon moment devant leurs assiettes vides, mais aucun ne manifestait la moindre impatience. Lorsqu'elle eut étalé sa préparation dans une poêle qu'elle avait disposée au-dessus des braises sur un trépied de fer, la mère décrocha quand même un morceau de lard, coupa dans le maigre et fit quelques cubes qu'elle laissa tomber dans la pâte.

Les hommes en étaient à la vigne qui allait donner plus de vin cette année que la précédente.

Quand la poêle arriva sur la table, la mère fit des parts égales qu'elle distribua à chacun et tous se mirent à manger.

Les hommes continuaient de parler, les autres de se taire. Le père servait souvent le vin. Le petit dut aller chercher d'autres bouteilles.

Le soir, à cinq heures, tout le monde était encore autour de la table. Le soleil n'était plus aussi généreux qu'il avait été. Les hommes en avaient fini avec le bétail et le visiteur parla de se retirer.

Il restait une bouteille de vin blanc que Émile Huhant avait été chercher lui-même à la cave quelques instants auparavant. Il la déboucha et tendit le goulot vers son hôte. Celui-ci prit son verre, le tint longtemps au-dessus de sa bouche ouverte pour qu'il ne restât rien de ce qu'il avait contenu, puis il le présenta au père qui le remplit de vin doré, mais qui ne servit personne d'autre, pas même lui. A cet instant, tout le monde regardait le visiteur. Il porta lentement le verre à ses lèvres et le but pour moitié, puis il étendit le bras et le déposa devant la jeune fille. Chacun s'était tourné vers elle, tous attendaient. Elle ne prit pas le verre. Elle se leva et quitta la pièce.

Mélanie traversa la cour en courant, autant que ses sabots pouvaient le lui permettre, puis elle entra dans le verger qui la prolongeait. Là, elle se bâillonna la bouche de la main et se mit à rire, à rire tellement qu'elle dut s'appuyer contre un prunier pour ne pas tomber.

Dans la ferme, le visiteur s'était levé. Il dit qu'il reviendrait. La mère aussi s'était levée. Durant les quatre heures pendant lesquelles ils étaient restés à table, elle n'avait pas prononcé le moindre mot, mais une fois debout, elle alla à la cheminée, prit un tisonnier et écarta les bûches comme elle l'aurait fait pour laisser mourir le feu. Malgré cela, il n'y avait pas trace de dépit sur le visage du visiteur. Il salua la compagnie et sortit de la salle.

Le mois suivant il revint et fut servi de même manière.

Le mois suivant il revint et rien ne fut changé davantage. Il s'appelait Gaston.

Le mois suivant il revint et la mère lui servit un ragoût. Tout le monde savait le Gaston riche.

Le mois suivant il revint. C'était l'hiver, la mère ne voulut pas laisser mourir le feu.

Le mois suivant il revint et tout fut comme il le souhaitait, hormis le verre de vin que Mélanie refusa de boire.

Le mois suivant il revint et Mélanie but le verre. Elle était promise. Le printemps était à venir.

II

Il y eut le repas d'accordailles.

A la ferme du Gaston, il fallut allonger la table avec des tréteaux et des planches pour installer tous les convives.

Émile, le père de Mélanie, se rendit au repas d'accordailles en situation de demandeur, car l'idée que, pour une fois, c'était lui qui donnait ne l'avait même pas effleuré. Il est vrai qu'il n'y a qu'un seul chemin à emprunter par les pauvres, pour se rendre chez les riches. Pendant tout le repas et même longtemps après encore, il trouva que le Gaston lui faisait bien de l'honneur.

La mère de Mélanie s'était présentée très tôt le matin pour aider aux préparatifs. Elle avait apporté avec elle deux terrines de pâté de canard, une spécialité qui ne lui valait toujours que des éloges.

Toute la matinée, pendant le déjeuner et après, elle essaya de trouver de quoi occuper son envie de faire, mais tout était ordonné sans elle. On ne lui abandonna que quelques travaux de servante. Le soir, elle s'aperçut que ses terrines n'avaient même pas été présentées aux convives. Quand on voulut les lui rendre, elle refusa de les remporter.

Pour Adrien, le frère aîné de Mélanie, c'était dimanche et c'était fête. Il but et mangea comme un brave garçon. Il fut toutefois assez occupé de sa cousine qui était assise en face de lui, deux places sur sa gauche, qui semblait mettre une certaine affectation à ne jamais le regarder. Ils ne s'étaient pas revus depuis près de deux ans.

Il la trouva tour à tour, sans jamais se le dire, jolie, changée, bavarde, coquette, jolie, agaçante, bien jeune, puis par trop prétentieuse, mais toujours bien jolie. A la fin, il plaignit celui qui allait l'épouser, mais c'était sans doute une façon à lui d'envisager un peu d'être celui-là.

Le petit frère et la petite sœur de Mélanie occupèrent la place des enfants. Tout au bout de la table, là où les nappes n'allaient pas, on les avait assis sur deux petits tabourets à trois pieds dont on se servait d'ordinaire pour la traite et qui leur laissaient le menton au ras de l'assiette. A la vérité, ils étaient à peine là.

Le boulayeur, lui, était bien présent. Le repas d'accordailles, c'était un peu la fête du boulayeur, une certaine façon de rendre hommage à son savoir-faire. Il y occupait toujours bonne place.

Augustin était un homme habile à mener les affaires, c'était bien connu, à tel point qu'on en plaisantait. On disait que plus d'un par ici lui devait son malheur, ou encore qu'il n'en aurait pas tant marié s'il avait été curé, et Augustin riait avec les diseurs. Mais les filles prétendaient que son habileté ne le faisait demander que pour arranger les mariages mal assortis. D'ailleurs, dans les villages alentour, elles se promettaient sa visite lorsque entre elles elles voulaient être méchantes, et cela, Augustin l'ignorait sans doute.

Gaston croyait ne pas avoir manqué de bon sens en lui demandant de boulayer pour lui. Comme toujours en pareil cas, Augustin avait invité le père Huhant à l'auberge et l'avait régalé tant que l'autre en avait voulu. Mais la dépense n'avait pas été aussi grande que Gaston l'avait envisagé. Il n'avait même pas été nécessaire d'attendre que les murs commençassent à danser un peu pour conclure. Gaston avait suffisamment d'arpents pour faire oublier son âge et sa mauvaise figure.

Au repas, Augustin fut traité dignement, comme si la promesse de mariage n'était due qu'à sa grande science. C'est vrai que la fraîcheur de Mélanie tout à côté de la rudesse du Gaston laissait supposer des manœuvres extraordinaires, mais Augustin ne pouvait, par respect pour son mandat, détromper les gens et faire savoir qu'il n'avait pas eu trop de peine. Il connaissait son monde, cela n'aurait flatté personne.

Augustin n'avait pas seulement la connaissance des choses qui font pencher les pères, il n'était pas de ces boulayeurs qui estiment que leur tâche est à terme une fois le contrat conclu et qui considèrent le repas d'accordailles uniquement comme le juste salaire de leur office. Augustin, lui, pensait que cette fête était encore sous sa responsabilité et que, si l'usage voulait qu'il y soit invité, c'était bien parce que la sagesse des anciens avait reconnu la présence du boulayeur comme nécessaire, pour faire le lien entre deux familles qui ne se connaissaient peut-être pas encore très bien. Aussi se faisait-il un devoir d'être un joyeux convive. C'est vrai que, tout au long de sa carrière, il avait recueilli tout un éventail d'aventures cocasses, de contrats fantastiques, de ces histoires qui font tellement rire les paysans quand elles touchent au bien des autres. Et puis il connaissait énormément de monde, il pouvait pratiquement nommer tous les habitants du canton et donner des nouvelles de chacun. Il n'y avait pas meilleur que lui pour relancer une conversation au moment où les estomacs commencent à peser sur les paupières, et faire d'un repas sinistre une fête que l'on garderait sans peine en mémoire.

Augustin se dépensa sans faillir pour les accordailles du Gaston et de Mélanie. Il n'aurait pas mieux fait s'il avait eu un remords.

Ce boulayeur-là, comme beaucoup d'autres, n'avait jamais trouvé le temps de se marier.

Le frère du Gaston, Fernand, ne disait pas trois mots dans une année, alors les gens étaient enclins à lui prêter de la sagesse. Cette sagesse, on la lui aurait sans doute refusée si sa mutité avait été totale, on aurait alors considéré cette tare comme une fatalité, on aurait sans doute été chercher dans le passé de sa famille une faute ancienne, comme il y en a toujours, dont Dieu tient parfois à réclamer le salaire. Mais il pouvait parler et parce qu'il pouvait parler, il était possible de croire qu'il avait fait un choix et cette présomption rendait Fernand respectable à des hommes et à des femmes connaissant la valeur des silences.

Au repas, son visage resta d'abord tout aussi figé que les mots et puis, il finit petit à petit par mimer la fête. Il fit tous les gestes des autres : il mangea, leva son verre, tapa dans ses mains quand les convives s'en vinrent à pousser Augustin à chanter.

Au mariage, il allait être, de droit, garçon d'honneur.

Comme de coutume, on avait placé en face de Fernand celle qui serait la demoiselle. C'était Lucie, la cousine de Mélanie, qui agaçait tant Adrien. Depuis quelque temps, Lucie était devenue belle et, depuis peu, s'en était rendu compte. Elle venait d'avoir dix-huit ans, tout comme sa cousine.

Pendant le repas, elle rejoua ce mystère qui pousse les filles à être charmantes pour tous ceux qui ne les intéressent pas et dédaigneuses avec celui qui les trouble. Tout ça parce que la veille, en revoyant Adrien, elle avait été pincée dans la région du cœur. Je ne sais pas ce qui pousse les filles à se venger ainsi du plaisir que leur procure l'attention des garçons, ni pourquoi elles ont tellement envie de rendre le mal pour le bien qui leur est fait, mais toujours est-il qu'elle distilla ce poison avec une science consommée et des artifices que n'aurait pas reniés une coquette achevée. Hormis celui qui l'avait émue, tous eurent droit à ses regards et à ses sourires, à tel point que le soir, elle dut partager en pensée la couche de beaucoup de ceux qui étaient là, les mariés comme les célibataires.

A voir Adrien marcher dix pas derrière tout le monde lorsque Émile et sa famille s'en retournèrent à la ferme, et ne pas répondre aux injonctions de son père qui lui demandait de les rejoindre, Lucie pouvait mesurer l'étendue de son triomphe et ne s'en privait pas. Elle était ivre, ivre de vin doux et sucré et de son pouvoir tout neuf, et cette ivresse occupait tant de place qu'il semblait difficile de croire qu'il en restait un peu, pour une petite trace de sentiment.

La nuit venue, avant un sommeil difficile, elle fut aussi admise dans le lit d'Adrien, mais à la fin de son rêve à lui, Lucie pleurait.

Au repas, il y avait encore le père du Gaston et une demi-douzaine de cousins proches des deux familles.

La mère du Gaston avait eu une journée bien remplie. Elle avait dû préparer un repas où la nécessité de faire la preuve de son rang l'avait emporté, pour une fois, sur l'avarice. Mais cette dualité l'avait condamnée à la mauvaise humeur. Elle surveilla tout ce qui se faisait, servit les convives, fustigea les servantes, trouva le temps d'épier à chaque instant sa future bru pour ne pas la trouver comme elle l'aurait souhaitée, veilla à ce que personne ne pût se vanter d'avoir participé à la réussite de la fête et, enfin, s'accorda le soir, quand tout le monde s'en fut retourné et que les hommes furent couchés, un moment de repos pour remâcher son amertume. C'était bien une mésalliance. Ensuite seulement, elle gagna son lit pour attendre un autre jour.

Au repas, Gaston était tout à fait satisfait. Il éprouvait sûrement des sensations comparables à celles qui l'habitaient lorsque, le printemps venu, il s'arrêtait devant un champ de blé bien monté, ou lorsque, à n'importe quel moment de l'année, il comptait des yeux ses têtes de bétail, bien qu'il en connût d'avance le nombre par cœur. Pour lui, ce repas évoquait aussi les déjeuners de battage des bonnes moissons, quand tous les voisins viennent aider et peuvent constater par là même qu'on s'enrichit.

Au repas d'accordailles, Gaston avait la sensation de s'enrichir et c'était une bonne chose, car Mélanie n'apportait en dot que les espérances d'un partage qui n'aurait lieu qu'à la mort d'Émile. Cela ne pouvait pas avoir vraiment compté.

Pendant tout le repas, vis-à-vis de sa promise, il garda une grande réserve. Seulement, si Gaston n'avait pas été tellement bien caché derrière cette abondance de plats et de vins, d'histoires et de rires, les convives se seraient sans doute aperçus qu'il l'avait regardée souvent.

Quant à Mélanie, elle assistait depuis le matin aux accordailles du Gaston et de quelqu'un d'autre et si elle ne se demanda pas plusieurs fois pourquoi elle avait été invitée, ce fut à cause de la présence de ses parents. Elle était là parce qu'ils y étaient.

Seulement, à la fin du repas, lorsque la mère du Gaston déposa sur la table deux gros paniers de noix et que les servantes eurent distribué des pierres aux femmes et aux enfants, tous les convives se mirent à crier. Mélanie ne comprit pas de suite ce qu'ils disaient, faute d'attention, mais en regardant son père, elle vit qu'il criait avec les autres.

Gaston étendit alors le bras vers elle avec une certaine maladresse et l'attira sur ses genoux. Les convives criaient et riaient de plus belle. Gaston l'embrassa, d'abord sur la joue. Il sentait le vin et la sueur, puis il posa ses mains sur elle et tout le monde l'encouragea.

C'est à cet instant qu'elle comprit qu'elle était de la fête.

Henri Boussard

I

Un matin de soleil, Mélanie et sa cousine, sortant de la ferme, commencèrent à traverser la cour.

Vêtues chacune dans des couleurs différentes, d'une jupe de toile sur un jupon blanc, d'une sorte de corset sur une chemise dont le petit col était garni de dentelle, elles portaient sur les épaules un grand châle sans frange, coloré, dont une pointe leur couvrait le dos tandis que les deux autres se croisaient sur la poitrine. Elles étaient aussi coiffées d'un petit bonnet blanc, garni de la même dentelle que le col.

Du pas de la porte, les mains sur les hanches, la mère de Mélanie les regardait s'éloigner sans qu'il soit possible de rien distinguer sur son visage, sinon de la fatigue et des marques de soleil et de vent.

— N'allez pas gâter vos affaires.

La boue autour de l'abreuvoir, que le soleil ne parvenait pas à sécher, leur imposa un détour. D'un geste frère, pour plus de précaution elles prirent à pleines mains jupes et jupons, découvrant ainsi des jambes gainées de bas de laine blanche, que l'épaisseur des sabots affinait un peu.

Ayant franchi sans souillure la partie boueuse de la cour, sérieuses, elles se donnèrent la main, sans même se retourner vers la mère qui les regardait s'éloigner et qui ne rentra qu'après les avoir perdues entre les haies du chemin.

Pendant tout un temps, elles marchèrent silencieusement, certainement impressionnées par la tâche qui les attendait ; et puis la route allait être longue, il était plus nécessaire de soutenir le pas que le verbe. Plus tard, ce fut Lucie qui parla la première.

— J'ai jamais été demoiselle d'honneur.

Marchant en silence, elle avait eu le temps de faire le compte des choses qui l'inquiétaient un peu.

— C'est même la première fois que je fais des visites. Je te laisserai faire. T'as les dragées ?

— Oui.

— Il paraît qu'ils vont nous donner du vin. Faut que je fasse attention. Ne me laisse pas boire plus de deux verres, sans quoi, je ne sais plus bien ce que je dis.

Elle ponctua sa dernière phrase d'un sourire et d'un regard pour sa compagne. Elle ne pouvait pas ne pas être surprise par le visage de Mélanie.

— Qu'est-ce que t'as ?

— Rien.

— Je croyais que tu étais contente.

— Pas tout le temps.

Elles étaient amies. Il ne fut plus question de joie pour Lucie qui ne pouvait offenser la mélancolie de sa cousine avec des mots à rire. Elles continuèrent leur route sans plus se parler.

Le soleil écrasait le chemin. Quelques gouttes perlaient sous les coiffes. Les sabots traînaient sur les pierres et donnaient aux jeunes filles une démarche de petit animal maladroit. Autour d'elles, le bocage les noyait dans des camaïeux de vert, comme seuls les printemps des contrées secouées par des hivers terribles savent en ménager. La nature, trop longtemps en sommeil, éclatait alentour, voulant sans doute, après avoir été torturée par l'hiver, montrer de quoi elle était capable.

Mais les dix-huit ans de Lucie, ses yeux d'un autre vert, ses joues roses, ses dents toutes blanches, ne tinrent pas la tristesse plus d'un quart de lieue et eurent vite raison des ombres qu'elle avait essayé d'imprimer à son visage afin d'être en harmonie avec sa cousine. Et puis lorsqu'on est jeune fille, et deux de même sorte, un trop long silence finit par être plus offensant que le bavardage, même maladroit. Passant à hauteur du hameau des Quatre-Vents qui nichait sur une colline, juste au-dessus du chemin qu'elles empruntaient, Lucie n'y tenait plus.

— Bon d'accord, il est pas bien beau le Gaston, mais pourquoi t'as pas dit non ?

Elle n'avait pas osé regarder son amie, mais elle perçut le soupir.

— Allez, t'inquiète pas, une fille qui s'y prend comme il faut peut mettre n'importe qui à ses genoux.

Elle était venue se mettre devant Mélanie et les deux jeunes filles s'étaient arrêtées.

— Regarde, on se débrouille pas mal avec les garçons.

Elle avait pris les deux mains de sa cousine et la secouait en cherchant à accrocher des regards qui fuyaient sur un paysage que Mélanie ne voyait pas.

— Avec ça, et ça...

Elle avait porté la main à sa poitrine puis entre ses jambes.

— Je te jure que tu peux le faire manger dans ta main.

Mélanie regarda sa main avant de la frotter un peu sur sa jupe.

— Je ne veux pas qu'il me mange dans la main, pas lui.

Mais Lucie voulait à toute force avoir raison de la tristesse de sa cousine.

— Moi, je sais comment je ferai. Les hommes sont des nigauds et il se peut bien qu'on soit faites pour les faire marcher.

Lucie entraînait à nouveau Mélanie dans le chemin.

— Puisqu'il te plaît pas le Gaston, t'auras qu'à prendre quelqu'un à côté, ça te gardera ta bonne mine.

Une odeur de chèvrefeuille venait de les envelopper, forte à donner de l'esprit à qui n'en aurait pas eu.

— Il paraît qu'il n'y a rien de tel qu'un galant pour se donner de belles couleurs. Regarde la Joséphine, crois-tu qu'elle serait encore fraîche comme une pomme alors qu'elle a trente ans, sans le Roger, celui du Mont, qui lui fait des visites quand le Pierre est au bois ?

— Qu'est-ce que tu racontes ?

— C'est ce qu'on dit. Tu ne le savais pas ?

— Non.

Mélanie, qui se défroissait un peu, redevint mélancolique.

— Et le Pierre, qu'est-ce qu'il dit ?

— Le Pierre, j'en sais rien ce qu'il dit. Il est peut-être bien content qu'un autre fasse à sa place ce qu'il n'a pas envie de faire.

— C'est pas vrai.

Mélanie était au bord des larmes.

— Il n'y a que toi pour ne pas le savoir. Tu pleures ?

Elles s'étaient arrêtées à nouveau. Lucie regardait sa cousine qui, du revers de la main, cherchait à effacer une trace de larme.

— Je l'aime bien le Pierre, murmura Mélanie comme pour s'excuser.

— Moi aussi je l'aime bien. Regardez-moi la belle pleureuse qui veut avoir plus de chagrin qu'il n'en a.

Lucie passa sa main sur la joue que Mélanie avait négligée.

— J'avais encore plein de choses à te dire, mais je vais plus oser...

Toutes deux étaient face à face dans le chemin. Tristes, elles baissaient la tête. Elles partagèrent une première fois un bref regard qui ne changea rien, avant d'en revenir au bout de leurs sabots. Mais il devait y avoir quelque chose d'irrésistible entre les pierres du chemin, dans les odeurs, dans l'air ou dans les bruits des champs, car un sourire leur vint au coin des lèvres et quand, ensemble encore, elles relevèrent la tête, ce fut pour éclater de rire. Prestement, Lucie se mit à retirer ses sabots et ses bas.

— Celle de nous deux qui arrivera la première à la rivière sera la première mariée.

Avant même d'avoir fini sa phrase, elle se retrouva pieds nus, les bas dans les sabots et les sabots à la main, déjà dix pas devant Mélanie qui n'en était encore qu'à se défaire du premier.

— Mais je me marie dans trois semaines, tu cours pas assez vite.

— C'est ce que tu crois. Moi je te dis que je me marierai avant toi, et si mon mari est plus beau que le tien, je te le prêterai.

Elle était obligée de crier parce qu'elle était déjà assez loin et peut-être que Mélanie n'entendait plus.

La rivière était là. Il n'y avait pas de pont, il fallait la traverser à gué. Lucie entra dans l'eau. Déjà embarrassée de ses sabots qu'elle tenait d'une main, il lui fallut encore prendre ses jupes de l'autre et les tenir assez hautes pour qu'elles ne soient pas mouillées.

— J'ai gagné ! J'ai gagné, je me marierai avant toi.

Mélanie arrivait alors que Lucie avait déjà presque complètement traversé. Voulant sans doute que sa victoire soit totale et peut-être pour tenir plus sûrement le gage, Lucie essaya de gagner l'autre berge plus rapidement encore, mais elle dut trébucher sur une pierre, vacilla et tomba dans l'eau. Sur le bord, Mélanie éclata de rire. Lucie avait crié avant de disparaître. Elle se releva d'un bond en soufflant.

— Tes sabots !

En tombant, Lucie avait lâché ses sabots qui filaient au gré du courant.

— Rattrape-les, vite !

Lucie fut obligée de se lancer à la poursuite de ses sabots, mais sa jupe était devenue lourde. Elle parvint à les saisir en tombant à nouveau. Mélanie riait fort.

— Puisque tu vas te marier avant moi, je te conseille de marier un pêcheur.

Lucie, ayant rattrapé ses sabots et son équilibre, remonta le courant dans la direction de sa cousine, sans chercher à gagner la berge. Elle ne semblait pas peinée de son aventure.

— Oh, ça fait du bien. J'avais trop chaud.

C'est à cet instant que Mélanie est entrée dans l'eau à son tour. Il restait à Lucie une bonne dizaine de mètres avant de la rejoindre.

— Qu'est-ce que tu fais ?

Mélanie n'avait pas relevé sa jupe et son jupon. Elle se contentait d'avancer.

— Tes affaires !

Lucie pressait le pas comme si elle avait voulu encore la retenir.

— Arrête, tu es folle !

— Moi aussi, j'ai chaud.

Mélanie avançait toujours. Lucie lança ses sabots sur la berge et, dès qu'elle fut près de sa cousine, lui prit le bras pour la contraindre à revenir sur le bord. Mais l'autre se dégagea violemment.

— Laisse-moi.

Alors les deux jeunes filles se battirent, pas comme des filles et le jeu semblait absent. Très vite, elles se prirent à pleins bras, Lucie voulant tirer Mélanie vers le bord et celle-ci poussant Lucie vers le milieu de la rivière. Elles se pliaient de droite et de gauche, tournaient sur elles-mêmes en silence, ponctuant seulement leurs efforts d'onomatopées de lutteurs de foire. Soudain, avec une sorte de rage, Mélanie poussa si fortement Lucie devant elle que celle-ci tomba à la renverse. Comme elles se tenaient toujours embrassées, Lucie entraîna Mélanie et les deux jeunes filles disparurent complètement dans l'eau. A la dernière seconde, Lucie avait quand même lâché sa cousine pour amortir sa chute de ses deux mains, tandis que Mélanie avait gardé son embrassement.

C'est Lucie qui se redressa la première. Assise dans l'eau, elle secoua la tête.

— Oh la méchante garce !

Seulement, elle riait.

Mélanie ne s'était pas relevée. Elle n'avait pas sorti son visage de l'eau. Elle était toujours allongée sur sa cousine.

— Je savais pas que tu étais si forte.

Lucie en était encore à s'essuyer le visage de ses deux mains quand les bras de Mélanie se détachèrent doucement et qu'elle s'éloigna un peu, portée par le courant. Elle n'avait toujours pas sorti sa tête de l'eau.

— Eh bien nous voilà belles. Qu'est-ce qu'on va faire ?

Ce n'est qu'à cet instant que Lucie se rendit compte que l'autre était encore entre deux eaux et déjà assez loin.

— Mélanie !

Lucie étendit les bras pour l'attraper, mais elle était maintenant à deux mètres.

— Mélanie !

Lucie se releva précipitamment et courut vers sa cousine qu'elle saisit sous les bras et qu'elle attira à elle.

— Mélanie !

Mélanie ne fit rien pour se relever et Lucie eut bien du mal à lui sortir le buste de l'eau. Lorsque Mélanie se retrouva à genoux malgré elle, elle ferma ses bras autour des jambes de sa cousine. Elle dit, comme si elle avait vraiment voulu braver la tendresse de Lucie :

— Tu as eu peur, hein ?

— Oui j'ai eu peur. Qu'est-ce que tu faisais ?

Lucie l'avait un peu secouée et parlait plus fort. Mélanie frissonna.

— T'as froid maintenant ?

— Non.

— Viens.

C'était au tour de Lucie d'être fermée.

A peu près à leur hauteur, sur la rive, il y avait un assez gros bosquet de chênes et de bouleaux, bordé d'un côté par la rivière et de l'autre par un champ. Elles traversèrent le bosquet. Mélanie tremblait des pieds à la tête. Lucie l'attira sans douceur au soleil et les filles se dévêtirent et étalèrent leurs affaires tout autour, ne gardant que leur jupon.

Depuis qu'elles étaient sorties de la rivière, elles ne se parlaient plus. Mélanie tremblait de plus belle et commençait à claquer des dents. Lucie venait à peine de disposer sa jupe à ses pieds qu'elle se releva brusquement, fondit littéralement sur sa cousine et lui administra deux gifles d'une violence extraordinaire qui suspendirent le souffle au bord des lèvres de l'autre.

— Tiens, voilà !

Mélanie en avait laissé tomber ce qu'il lui restait d'affaires sur les bras, mais elle ne claquait plus des dents. Toutes deux semblaient maintenant étonnées. Elles ne parvenaient plus à se quitter des yeux.

A tant se regarder, il leur vint des larmes, c'était fatal. Elles firent ensemble les pas qui les menèrent dans les bras l'une de l'autre. Elles allaient épancher le chagrin qu'elles s'étaient donné.

L'après-midi durant, demi-nues au milieu du champ, elles ont échangé propos de filles et fait des bouquets pour occuper les silences. Dans la quiétude de l'endroit et du jour, il y avait de quoi rendre terriblement angoissants les jours à venir. Par instants, par instants seulement, elles partagèrent la certitude qu'il allait se passer quelque chose, que ce n'était pas possible, que ce qui avait été prévu ne se ferait pas. Elles se firent rire aussi, en cherchant à mettre des noms sur ceux qui pourraient empêcher ce mariage, mais elles eurent également d'affreux moments de tristesse quand les pétales de marguerites se refusaient à cautionner un nom qui leur avait rendu de l'espoir. Puis le soleil allongea les ombres, un son de cloche leur parvint de je ne sais quel village. Il fallut rentrer. Après s'être vêtues, elles reprirent le chemin de la ferme et c'était triste de refaire ce chemin-là.

Tant qu'elles purent distinguer les couleurs et les formes, les filles restèrent occupées de leurs pensées du jour. Ce ne fut qu'au crépuscule que Lucie s'inquiéta de ce qu'il allait falloir dire en rentrant pour expliquer qu'elles n'aient pu faire leur visite. Avec la nuit qui tombait, elles envisagèrent toutes les raisons possibles, sans penser un seul instant à dire la vérité. Il était déjà bien tard, le père serait rentré des champs. A quelques pas de la ferme, elles hésitaient encore entre prétendre qu'elles s'étaient perdues ou raconter qu'elles n'avaient trouvé personne à la maison des Boussard.

Quand, de les avoir entendues, le chien se mit à aboyer, elles n'étaient toujours pas décidées. Le père sortit sur le pas de la porte et faillit bien leur retirer toute possibilité de se mettre d'accord, mais heureusement, il rentra tout de suite après les avoir reconnues. Mélanie décida très vite qu'elles se seraient perdues.

Tout le monde était à table. Il restait deux assiettes qui attendaient les filles. Elles auraient bien aimé ne pas avoir à trop parler, mais la mère les accabla tout de suite de questions. Elle voulait tout savoir, les Boussard étaient de sa famille. Quand elles eurent dit qu'elles s'étaient perdues, il fallut préciser où et comment. Il fallut aussi essuyer les sourires des enfants et les interrogations d'Adrien dont on aurait dit qu'il s'acharnait après elles. Elles eurent beaucoup de peine à faire face. Lucie, si loquace d'ordinaire, laissait le plus souvent Mélanie se débattre comme elle pouvait.

A la fin du repas, la mère n'était pas parfaitement convaincue par les explications fumeuses des deux jeunes filles, mais elle pensait bien que ces sottes avaient pu se perdre en bavardant jusqu'à ne plus faire attention à leur chemin. Pour finir, elle les envoya se coucher mais, dans le même temps, elle réclama à Mélanie les dragées qu'elles devaient offrir aux Boussard. Mélanie dut les sortir de sa poche. Les filles n'avaient pas pensé aux dragées. Elles avaient fondu et s'étaient collées au petit sac de toile qui les contenait. Elles furent alors obligées de raconter qu'en plus, elles avaient laissé tomber les dragées dans l'eau en traversant une rivière. Cela commençait à faire beaucoup de choses. Elles durent répondre à d'autres questions.

Finalement, le père se leva de table.

Pendant le repas, les filles l'avaient regardé plusieurs fois mais il n'avait pas prononcé une seule parole, n'avait pas posé la moindre question, il semblait même ne pas écouter et se désintéresser complètement de leur aventure. Une fois debout, il se dirigea vers la porte et, avant de l'avoir franchie, il demanda à Mélanie de le suivre. Dehors, ils allèrent vers la grange où il entra devant elle. Tranquillement, il alluma une lampe tempête et alla décrocher une lanière de cuir qui pendait à un clou avec tout un harnachement de cheval de trait. Mélanie n'avait pas encore fait deux pas dans la grange lorsqu'il s'avança vers elle. Elle se protégea le visage de son bras, mais elle ne fit rien pour lui échapper et ne prononça pas un mot sous les coups que son père lui administra calmement, apparemment sans colère.

Lorsqu'il eut estimé que les coups donnés payaient largement la faute dite, il marqua une petite hésitation puis il se décida à en ajouter quelques autres pour les fautes non avouées. Il passait au village pour un homme pétri de sagesse et il tenait tout particulièrement à cette appréciation. Ensuite seulement, il rependit tranquillement la lanière à son clou, sortit de la grange et rentra dans la ferme pour aller se coucher avec la satisfaction légitime d'avoir fait tout ce qu'il avait à faire d'un jour comme celui-là.

Lorsque son père était passé devant elle pour sortir, Mélanie se pinçait bien un peu les lèvres et semblait faire des efforts pour ne pas pleurer, mais lorsqu'elle fut seule, alors qu'elle aurait pu se laisser aller, ses yeux restèrent secs, et même, elle eut comme une sorte de sourire qui resta accroché sur ses joues un moment, puis elle finit par rentrer à son tour après avoir soufflé la lampe.

Les larmes ne lui vinrent que plus tard, lorsqu'elle fut couchée dans le lit qu'elle partageait avec sa petite sœur depuis que celle-ci avait vu le jour, et avec Lucie, depuis que sa cousine séjournait à la ferme, mais ces larmes-là ne devaient rien aux coups qu'elle avait reçus, c'étaient des larmes ordinaires, des larmes de peur, des larmes de chaque soir depuis qu'elle savait qu'on allait la marier.

Le lendemain, les deux jeunes filles refirent le chemin qui devait les conduire à la maison des Boussard.

Avant de quitter la ferme, elles avaient entendu le père donner des instructions à Adrien sur le travail à faire, exactement comme lorsqu'il devait s'absenter tout un jour pour aller à la foire ou au moulin. Elles crurent un instant qu'il allait les accompagner mais il restait vêtu de ses habits de travail et quand il fut temps de quitter la ferme, il les laissa partir seules.

Elles partaient un peu plus tôt que la veille. Il faisait encore frais, le chemin était plein de rosée, les sabots luisaient de cire et d'eau. Au bout d'un petit quart d'heure, elles comprirent que le père marchait derrière elles et, pourtant, aucune des deux ne s'était retournée. Il faut dire qu'il ne faisait rien pour dissimuler une petite toux qu'il avait parfois. Il agissait comme s'il avait estimé que c'était bien qu'elles sachent qu'il était là.

Deux fois en chemin, elles allaient rencontrer des gens de connaissance. La première fois ce fut Germain, un bouvier. Il descendait en plaine pour se louer avec sa paire de bœufs. La saison était bien avancée et les galvachers descendaient plus tôt d'ordinaire, mais il avait été retardé pour mener à Saulieu une grosse coupe de bois. Il dit qu'il espérait tout de même encore trouver du travail, qu'il lui faudrait peut-être aller plus loin que d'habitude à cause de son retard et que toutes les bonnes places seraient sans doute prises. Il dit qu'il avait pourtant, cette année, de beaux et bons bœufs et les filles voulurent bien en convenir. Il dit qu'il ne reviendrait qu'après les betteraves, en octobre. Il ne dit pas, mais cela se voyait, que c'était triste de devoir quitter son pays tous les ans pour aller gagner son pain. Il dit encore que si leur chemin les menait vers chez lui, il fallait qu'elles aillent saluer sa femme. La Marthe allait avoir besoin de voir du monde. Ils parlèrent aussi du mariage. Germain, comme tout le monde, savait qu'il était proche. Pour finir, il dit à Mélanie qu'elle était bien jolie et que Lucie pouvait aisément passer pour sa sœur. Quand il fallut reprendre la route, il s'éloigna à regret, mais ce n'était pas seulement les deux jeunes filles qu'il avait du mal à quitter.

Pendant qu'il parlait, Lucie avait eu tout le loisir de regarder derrière pour voir si son oncle était encore là. Il n'y était plus. Pourtant, lorsqu'elles se furent remises à marcher, elles l'entendirent à nouveau toussoter.

La deuxième personne qu'elles rencontrèrent, ce fut la plus jeune des filles du garde forestier. Elle était idiote. En guise de langage, elle ne pouvait que faire entendre des espèces de grognements. Elle avait toujours sur le visage un éternel sourire qui avait fini par lui déformer la figure. Il n'y avait pas là de quoi les arrêter.

Ne sachant pas comment occuper ses jours, ayant peut-être oublié ce qui l'avait menée là, ou ne l'ayant jamais su, elle leur fit un brin de conduite. Marchant à côté d'elles, essayant de copier leur sérieux que son perpétuel sourire ne rendait pas crédible, elle tournait autour des deux cousines, grognait un peu, touchait leurs habits. A la fin, Lucie, agacée, finit par lui donner une tape sur la main quand la fille du garde essaya de dénouer les rubans de sa coiffe. Toujours souriante, l'idiote s'arrêta tout net et laissa s'éloigner les deux filles. Un peu plus loin, Lucie se retourna pour vérifier qu'elles allaient être réellement débarrassées de cette présence inopportune et, dans le même mouvement, elle put constater que, cette fois, Émile n'avait pas estimé qu'il fût nécessaire de se cacher.

La fille du garde était restée sur place et elle les regardait encore lorsque Émile arriva à sa hauteur. Ce fut sans doute d'avoir été surprise qui la fit courir en revenant sur ses pas.

Plus loin, Lucie et Mélanie échangèrent une petite pression de la main qu'elles se donnaient, en passant devant un champ de connaissance. Elles franchirent bien sagement la rivière puis, sans plus d'émotion, elles descendirent vers la plaine et arrivèrent en début d'après-midi à la maison des Boussard.

Du plus loin qu'il put distinguer la maison, Émile s'arrêta. Il regarda les filles aller à la porte, marquer un temps devant le prône*, puis entrer. Alors seulement, il fit demi-tour et reprit le chemin de sa ferme.

Les filles durent se faire reconnaître car Henri Boussard ne les avait jamais vues. A cette heure, s'il avait été fermier, elles ne l'auraient sans doute pas trouvé chez lui, mais Henri était compagnon de rivière.

Il était petit, râblé, brun et portait sur le visage du rire et de l'amertume mêlés, signes qui devaient être les stigmates du savoir car Henri Boussard allait souvent à Paris. Il pouvait avoir dans les soixante ans.

Il les fit asseoir et les laissa expliquer l'objet de leur visite. Sa femme sortit une bouteille de vin sucré dont il les régala, puis il leur fit préparer à manger. Henri remercia pour l'invitation et promit qu'il serait au mariage. A regarder longtemps Mélanie, il dit qu'elle lui rappelait sa mère lorsqu'elle était jeune fille.

Lucie et Mélanie restèrent jusqu'à quatre heures. Il fallait bien donner des nouvelles de tout le monde ; mais après, elles durent songer à rentrer. Elles n'allaient être rendues qu'au beau milieu de la nuit. La femme d'Henri leur donna du pain et un morceau de fromage pour la route.

---

* Petite barrière à mi-hauteur pour empêcher le passage des volailles.

II

Ainsi qu'il l'avait dit, Henri Boussard allait être présent au mariage. Comme tous les invités, il arriva la veille à la ferme d'Émile. C'était trois heures après-midi.

Ce fut parmi les choses qui comptèrent que de voir une voiture à quatre roues qui ne servait qu'à la promenade, attelée d'un cheval bai à queue courte, franchir la barrière et s'arrêter à la main d'Émile qui attendait au milieu de la cour. La mère de Mélanie, en entendant l'attelage, avait abandonné ses préparatifs et s'était précipitée vers la porte en s'essuyant les mains, qu'elle avait pleines de farine, dans son tablier, avant de le retirer prestement et de le jeter derrière elle. Sur le seuil, elle alla même, du revers de la main, rechercher une mèche qui lui pendait au front. Tout un groupe d'enfants qui se trouvait sous la remise avait suspendu ses jeux pour regarder. Personne n'ignorait qu'Henri Boussard serait à la noce et chacun savait qu'il allait souvent à Paris.

Quand la voiture se fut immobilisée, tous les gens qui étaient là se mirent à bouger, jusqu'à se retrouver à la distance que leur commandaient les convenances et leur degré de parenté, puis ils s'arrêtèrent et attendirent.

Avant de descendre de son banc, Henri Boussard embrassa du regard la cour, les gens et la maison. Il était souriant. Il ne portait pas de sabots, il avait des chaussures. Il était vêtu d'un pantalon de velours à grosses côtes, d'une blouse grise et était coiffé de l'ample béret d'apparat des flotteurs sur lequel était brodée l'ancre de marine et au faîte duquel pendait un cordon, prolongé par un pompon allongé qui lui effleurait l'épaule.

Une fois à terre, il se retourna vers sa femme qui avait attendu et il tendit le bras pour l'aider à descendre. C'était très impressionnant.

Henri Boussard vint alors serrer longuement la main d'Émile en lui souhaitant toutes sortes de prospérités et Dieu sait qu'il n'en fut pas avare. Ce n'est que rendu au terme de la dernière qu'il consentit à se diriger vers les autres qui attendaient, le chapeau à la main. Henri trouva des mots pour chacun. Émile le suivait et semblait l'accompagner.

Quand ils arrivèrent devant la mère de Mélanie qui avait fait deux pas vers eux, Henri la tint un moment au bout de ses bras tendus avant de l'embrasser. Elle était toute colorée. C'était elle qui était de sa famille. Il lui dit qu'elle n'avait pas changé, qu'elle était tout comme la dernière fois qu'ils s'étaient vus, sans chercher à se souvenir de la date exacte de leur dernière rencontre qui remontait peut-être à dix années de là, il lui dit même qu'à bien la regarder, elle lui semblait plus jeune que jamais et il est vrai qu'elle l'accueillait avec des gestes rajeunis par la déférence.

Après en avoir fini avec les hommes et les femmes, Henri Boussard voulut encore se faire présenter les enfants.

Quand ce fut fait, il s'enquit de la mariée et Émile dut lui avouer qu'elle n'était pas là, qu'elle était partie avec les autres jeunes filles dans les champs, pour faire des bouquets, mais il jura qu'elle n'allait pas tarder à revenir.

Les femmes s'étaient regroupées à l'arrière de la voiture et avaient commencé à décharger les provisions. En descendant les paniers, en soulevant un coin du linge qui les recouvrait, la mère de Mélanie secouait la tête en disant qu'il ne fallait pas et la femme d'Henri souriait, affirmant que c'était la moindre des choses. Les hommes, eux, s'étaient dirigés vers la ferme, car après avoir fait l'honneur des personnes, le père de la mariée tenait, et c'était bien naturel, à faire celui de sa maison et de son domaine. Émile ne fit grâce à ses invités d'aucune de ses richesses, mais le destin ne lui en avait pas attribué suffisamment pour occuper tout un après-midi et, au bout d'une heure, les hommes se retrouvèrent dans la cour, avec leur hôte un peu honteux de ne pouvoir prolonger la visite, puisqu'il n'avait plus de quoi. Henri Boussard était de la famille de sa femme.

— Si ce n'était pas la noce, je te mènerais au pré de Cure,

j'ai là deux génisses, j'aurais aimé que tu me dises si t'en avais jamais vu de pareilles.

Il marqua un temps.

— En attendant, tu boiras bien un canon ?

— C'est pas de refus. Il faut laver la poussière.

En parlant, les hommes étaient revenus vers la remise. Il était impossible de boire dans la maison, les femmes avaient tout envahi, mais devant la remise, on avait installé une table et deux bancs. Sur la table, il y avait trois bouteilles et des verres que les enfants avaient fini de vider pendant que les hommes étaient dans la grange.

— François, va chercher du vin.

Le petit frère de Mélanie, de la journée, ne devait pas quitter le voisinage de la table. Aller chercher le vin, c'était son ouvrage et il savait qu'en ce jour, il n'allait pas en manquer. Aussi avait-il élu domicile sur le tas de bois pour être en mesure de répondre à la demande.

Les hommes s'étaient assis. Un cousin d'Émile, un bûcheron de l'Huis-Bobin, alla rincer les verres dans l'abreuvoir. Tout le monde se disposa de façon à bien voir Henri et personne n'eut besoin de lui demander des nouvelles. L'autre savait qu'il n'avait pas à parler des gens de sa connaissance ou de la neige en novembre. Tous ceux qu'il lui était donné de rencontrer dans les hautes terres attendaient toujours la même chose.

Il parla de Paris, de la guerre, du siège, des gens qui mangeaient des rats et des chiens. Il dit qu'on avait barré le fleuve et que les trains de bûches ne pouvaient plus entrer dans la capitale. Il raconta les Prussiens dans les villages autour de Paris, et l'Alsace et la Lorraine qu'on avait perdues. Tous les hommes étaient du voyage.

Pendant le récit, plusieurs fois, François dut aller rechercher du vin mais, maintenant, il courait pour descendre et remonter de la cave.

Henri crachait à chaque fois qu'il prononçait le nom de Bismarck ou de Guillaume. Il raconta Gambetta dans son ballon, et la Commune, et les atrocités des versaillais. Il dit qu'il avait eu de l'espoir. Il parla du sang qui coulait au pied du mur des Fédérés.

Souvent, on dut s'interrompre pour accueillir de nouveaux invités qui arrivaient à pied ou dans des charrettes attelées de bœufs et c'était une gêne pour ceux qui étaient déjà là, que ces coupures au milieu d'une narration qui les impressionnait tant. Henri ne quittait pas son banc pour les recevoir, c'était toujours les arrivants qui allaient à lui. Les femmes rejoignaient tout de suite les autres femmes et les hommes se tassaient autour de la table, s'excusant généralement pour le dérangement. Les derniers durent rester debout.

Après ces interruptions, Henri avait besoin d'un peu de temps pour renouer le fil de son récit. Il sirotait son vin, regardait le fond de son verre et ne reprenait son monologue que lorsqu'il sentait le silence et l'attention revenus.

Il parla du chemin de fer, des usines avec leurs cheminées, où les ouvriers mouraient à l'ouvrage, empoisonnés par l'air qu'on leur donnait à respirer, des faubourgs, des crimes, de la pauvreté et, avec un art consommé, il parlait ensuite ou à la fois, des rues de Paris où, la nuit, on voyait comme en plein jour depuis qu'on avait installé des becs de gaz, des bourgeois et des rentiers.

Lorsqu'il parlait, nul n'osait poser de questions. Quand c'était nécessaire, c'était Henri qui se les posait à lui-même et il se rendait des réponses dont la pertinence n'échappait à personne.

Henri était intarissable. Pourtant, à un moment, les mots se suspendirent dans sa bouche et il ouvrit les yeux de telle façon qu'il fit se retourner tout son monde. La nuit commençait à tomber et devant lui, dans le chemin qui menait à la cour, les jeunes filles revenaient avec les bouquets.

Tout le monde put voir ce qu'il avait vu. C'était comme une vision d'autre part, un instant d'harmonie tout à fait extraordinaire comme il en est parfois, c'était plus que les rêves, un frisson de plaisir pour tout le monde que d'apercevoir, tout à coup, dix ou douze jeunes filles qui semblaient toutes plus belles les unes que les autres, sur fond de ciel rougeoyant. Elles fredonnaient des chansons, riaient, se disaient des secrets à l'oreille, qui ressemblaient à des baisers, elles avaient disposé des fleurs dans leurs cheveux à ne plus savoir où étaient les bouquets, leur marche faisait bruisser les jupons et rêver ceux qui étaient immobiles. Toutes ensemble ainsi, elles n'avaient nul besoin de voiler leurs regards ou leur plaisir d'être et de vivre. Elles étaient libres, cela paraissait complètement irréel. Tout le monde semblait attendre et chacun devait prier pour que cet instant ne se perde. Tous, hommes et femmes, se seraient damnés pour se trouver au milieu du groupe qu'elles formaient, avec des raisons d'y être, les femmes pour avoir leur âge, les hommes pour en être maîtres.

Mais quand elles furent au milieu de la cour, alors qu'elles ne voyaient personne, occupées qu'elles étaient d'elles-mêmes, la mère de Mélanie les interpella de l'intérieur, pour qu'elles aillent vite souhaiter le bonjour avant de venir aider et le charme se rompit de suite. Chacun savait bien que les fées ne plument pas de volailles, ni n'épluchent de légumes. La mère avait des excuses d'ailleurs : prise par les apprêts de la fête, elle ne les avait pas vues paraître. Les fées redevinrent de simples belles jeunes filles comme on en voit tant et elles s'approchèrent de la table où étaient les hommes.

Henri, toutefois, en souvenir de cette émotion qu'il avait ressentie avant les autres, souhaita embrasser chacune, même celles qu'il voyait pour la première fois, et ce désir contribua à le ramener à la réalité, car en touchant leurs joues il se rendit compte qu'elles n'étaient pas toutes aussi jolies qu'il l'avait cru tout d'abord. Après les salutations, les filles se dirigèrent vers la maison avec encore des secrets et quelques rires, mais ce n'étaient plus les mêmes.

Henri avait retenu Mélanie qu'il installa sur ses genoux. Elle était toute rouge. Il lui fit des compliments. Il la garda ainsi un moment et ses propos prirent alors une tournure qui fit sourire les hommes mais qui sembla complètement échapper à la jeune fille. Il fallut que la mère l'appelât deux fois pour que son tourmenteur consentît à la laisser partir. Ce fut seulement quand elle fut rentrée dans la ferme qu'il reprit le cours premier de sa conversation.

Il parla des cochers sur les boulevards, des habits des hommes et des femmes, des soldats au bois de Vincennes qui n'était pas une forêt comme ici, puis il commença à parler de son métier et il ne devait plus cesser jusqu'à son départ.

Dans la cour, les jeunes gens préparaient un grand feu. Ils entassaient des monceaux de paille, de fagots et de bûches. Ils parlaient fort, ils riaient et chacun trouvait le moyen, à un moment ou à un autre, au cours de ses allées et venues, de traîner en face de la porte de la maison d'où immanquablement sortait une jeune fille, jamais la même, toutes à leur tour, sans qu'aucune y manquât. Il faut dire que la préparation d'un mariage comme celui-là comportait de multiples tâches. Si les garçons devaient apprêter le feu, il fallait bien que les filles portent les épluchures aux lapins, jettent les eaux usées, appellent les enfants pour leur faire des recommandations de la première importance et aillent tirer l'eau au puits. Les plus dégourdis des garçons s'offraient alors à porter les seaux et gagnaient ainsi le droit d'entrer dans la maison, privilège que l'on refusait aux autres.

Le repas du soir fut servi aux hommes à la table qu'ils occupaient. Les femmes n'avaient pas le temps de manger, les jeunes gens n'en avaient pas envie, les enfants sommeillaient déjà et sans doute les fonds de verres y étaient-ils pour quelque chose. Après le repas, pour ne pas gêner les jeunes, les hommes descendirent à l'auberge.

— L'été, la rivière se repose. Elle devient tellement paresseuse qu'elle ne peut plus porter de bois. Elle traîne. D'ailleurs, on voit bien qu'elle descend à regret, qu'elle préférerait rester chez nous parce qu'il y fait meilleur. Seulement, c'est son destin à la rivière de descendre, mais elle n'y va pas de bon cœur, croyez-moi. Nous, on la regarde faire, on sait que, dès l'automne, elle aura envie. On lui pardonne, même si on ne gagne rien pendant ce temps-là.

A l'auberge, les hommes avaient rapproché les tables et les avaient disposées en fer à cheval. Henri Boussard occupait la pince du fer et tous les autres étaient autour, y compris trois clients qui se trouvaient déjà là quand Henri et son cortège étaient arrivés, et qui n'étaient pas de la noce.

— A la voir ainsi faire la douce et la fatiguée, on croirait que ce n'est pas la même qui nous prend des hommes, qui nous casse des trains de bois, qui nous embrume pour nous échouer...

Le vin de l'après-midi, le repas du soir, l'eau-de-vie de prune à l'auberge avaient rendu la diction d'Henri plus lente et le ton de son discours prenait une tournure un peu mélancolique. Il fallait bien que se fasse la digestion et personne n'était en état de le presser.

— Comme ça, quand elle est faible, elle ne fait pas la fière, mais quand elle est gonflée par les pluies, qu'elle peut porter, la méchante garce se défend bien. Il me faudrait tout un jour rien que pour dire les noms de tous ceux qu'elle a noyés. Il m'en faudrait un autre pour ceux qui se sont sortis de ses pièges avec une jambe écrasée ou un bras en moins, et un autre pareil pour les flotteurs qu'elle a mis au chômage parce que le Commerce n'a plus voulu les reprendre après la perte d'un train.

Les hommes hochaient la tête gravement. Ils saluaient les morts, les blessés et les chômeurs en buvant à leur mémoire, leur douleur ou leur santé. Après la fatigue du jour et avec la nuit qui avançait, les yeux commençaient à se perdre dans le rouge et le vague. Ces hommes avaient, pour la plupart, beaucoup voyagé depuis le matin et la chaleur d'auberge, le tabac et la voix d'Henri qui n'était plus aussi assurée qu'elle avait été, finissaient malgré eux par leur écarter largement les mâchoires.

— Tenez, si vous voulez, je vais vous raconter la mort du Lucien Pretal, pour vous montrer comment elle s'y prend.

Si personne ne dit qu'il ne voulait pas entendre l'histoire du Lucien Pretal, personne ne put dire qu'il le voulait bien et Henri ne reconnut un assentiment de l'assistance que dans la position des têtes qui étaient toutes tournées dans sa direction quand les regards étaient parfois lointains.

— Le Lucien Pretal avait un drame dans sa vie. Il croyait sa femme malhonnête. Personne n'a jamais su s'il avait des raisons de croire, seulement lui, il en avait le soupçon et il était rongé. Il aurait volontiers troqué la misère pour une certitude, mais il avait des enfants, deux garçons, et les enfants ne se nourrissent pas de ces choses-là. Alors il allait au chantier et construisait des trains. Mais il n'y mettait pas la tête, surtout les derniers temps, son mal avait empiré. Au début, il se contentait d'être silencieux, de ne pas manger à la pause, de tout le temps regarder de l'autre côté de la rivière, vers sa maison. Mais à la fin, c'était plus grave parce qu'il lui arrivait de quitter brusquement son ouvrage et de partir en courant chez lui ou par la ville, à la recherche de sa femme, sans s'inquiéter de tous les ouvriers qui le regardaient et dont la présence ne le retenait plus. Le garde-port disait, quand il était parti, que c'était la dernière fois, qu'il ne le reprendrait pas. La rivière n'était pas loin, elle traînait tout à côté, là, à ses pieds. Aujourd'hui, quand j'y pense, je me dis qu'elle avait peut-être entendu.

« A tout le temps courir après des ombres, même quand il n'y avait pas de soleil, il avait pris du retard dans la construction de son train et quand il fut prêt, il fut rangé le dernier dans le pertuis de Coulanges. Pourtant, c'était un bon ouvrier, il était bien moins maladroit que certains.

« Son petit homme de derrière était le fils d'un autre flotteur, mort de mauvaises fièvres quelques années plus tôt. Le gamin n'était pas malhabile et il avait, depuis la mort de son père, comme une mélancolie qui allait bien à l'humeur du Lucien.

« Très vite, sur la rivière, le Lucien prit encore du retard. Il n'avait pas bien le cœur à pousser dru sur la perche d'avallan*, car s'il était rongé lorsqu'il travaillait sur le port, à deux pas de sa maison, vous imaginez comment il devait être lorsqu'il était à dix lieues de chez lui. Peut-être que vous ne me croirez pas, mais la rivière est jalouse, elle n'aime pas ceux qui la montent sans la regarder. Au début, elle multiplia des embûches pour le retenir, elle mit des remous dans les pertuis, des hauts-fonds à la sortie des courbes, elle essaya de ne lui donner aucun répit pour qu'il n'ait pas le moyen de regarder ailleurs. Mais sitôt qu'elle le laissait un peu, le Lucien s'enfuyait à la poursuite de ses images et ne pensait plus à elle. La rivière a horreur d'être dédaignée, d'autant que ce jour-là, elle avait choisi de faire la jolie. J'étais devant, c'était l'automne. A la tombée du jour, le soleil met du feu dans les feuilles des arbres qui l'accompagnent et aux branches des saules. Plus tard, le ciel devient rouge. Elle n'est jamais plus belle qu'en cette saison et elle le sait, quand elle travaille et qu'elle porte. Mais plus elle faisait la coquette, plus le Lucien avait de mal. On peut demander beaucoup aux rivières, mais sans doute pas de comprendre les hommes. Elle ne montra pas tout de suite qu'elle avait été blessée. Elle attendit la nuit. Le Lucien était tellement pris qu'il n'avait même pas pensé à allumer son falot. Les images dans sa tête allaient de plus en plus vite, l'une poussait l'autre et les ombres devaient commencer à prendre des formes. Le Lucien n'y était plus. Pour mieux le tromper, la rivière se cacha dans la brume qu'elle faisait elle-même, juste avant le pont de Mailly dont les arches sont étroites. Je ne suis pas bien sûr que le Lucien savait encore où il se trouvait. Il ne devait pas y avoir dans sa tête beaucoup de place pour la raison.

« Un charron qui traversait ce soir-là le pont de Mailly pour rentrer chez lui a raconté que de la nuit il avait vu surgir un train

* Perche qui sert à diriger le train.

par le travers, que c'était la première fois qu'il voyait ça. On aurait dit que le compagnon de rivière cherchait à le faire revenir vers les ports. L'assemblage de bûches était venu se briser sur les piles et le Lucien avait été broyé. Comme le train s'était mis en travers, le petit homme de derrière s'était trouvé près de la berge au moment du choc et l'enfant avait pu ainsi être sauvé, mais la rivière ne rendit que des morceaux du Lucien, beaucoup plus tard, en aval.

Henri Boussard raconta encore la mort d'un autre flotteur qui n'avait pu maintenir les soixante-quinze mètres de son train de bois dans l'alignement d'un pertuis, un jour que la rivière était brusquement montée à la suite d'un orage, et la mort d'un troisième qui, épuisé de fatigue par deux jours et deux nuits de rivière, s'était endormi et avait roulé dans l'eau à la fin d'une courbe alors que son train s'engravait méchamment.

Personne ne trouvait à redire à toutes ces histoires de mort qu'on leur servait pendant une veillée de mariage. Les gens de campagne n'ont que les naissances, les noces et les enterrements pour démarquer les jours et jalonner les souvenirs et, le plus souvent, ils ne se rencontrent qu'en ces occasions. Il faut bien tout faire en même temps.

A la fin du troisième récit, il y avait beau temps que les coudes reposaient sur les tables et les mentons dans les mains. Les yeux qui s'étaient d'abord fermés pour mieux goûter la narration avaient fini par emmener presque tous les hommes ailleurs. Ce fut Henri qui donna le signal du retour à la ferme.

Tous se levèrent péniblement. Devant eux, il y avait beaucoup de bouteilles vides et, pour la route, chacun vida un dernier verre.

Au moment où ils allaient s'engager dans une autre nuit, Émile distingua une forme grêle, étendue près de la porte. En se penchant, il parvint à reconnaître François. Le petit les avait suivis et personne n'avait remarqué qu'il était là. Émile lui toucha l'épaule et l'aida à se mettre debout.

Sur le chemin, les démarches n'étaient pas très assurées. Au bout d'un moment, tout le groupe se trouva disséminé et, hormis Émile qui servait de tuteur à son gamin, chacun était seul avec le ciel noir et la terre perdue. De temps en temps, on percevait un juron quand un marcheur s'était pris les pieds dans quelques branchages. Tous alors souriaient un peu, mais il n'y avait pas d'offense puisqu'on n'y voyait rien. Et puis c'était un autre qui quittait la route pour le fossé. Mais même au son de la voix qui jurait, il était pratiquement impossible de reconnaître les victimes tant les dictions étaient devenues difficiles. Chacun était tout à fait seul. Aussi, comme aux champs ou au bois, marmonnaient-ils des choses : les fermiers parlaient de Paris qu'ils n'avaient jamais vu, les bûcherons de la terre qu'ils ne cultivaient pas et Henri Boussard, lui, devait être vraiment pris de vin. Il disait que les flotteurs étaient devenus immortels, que la rivière ne les tuerait plus, jamais, enfin des choses incompréhensibles pour des hommes qui l'auraient entendu et d'autant plus pour des ombres qui ne l'écoutaient pas.

La plupart des convives furent couchés dans la grange, y compris Henri à qui l'on avait proposé un lit mais qui le refusa. Quand les hommes montèrent dans le foin, les femmes dormaient déjà et chacun eut du mal à retrouver sa compagne. Je ne suis pas bien sûr d'ailleurs qu'il n'y eut pas quelques méprises, la seule lampe tempête ne donnant pas assez de lumière à des regards troublés par le vin et la fatigue. Mais au matin, personne ne vint se plaindre de sa nuit.

Le lendemain matin, à la messe, Henri chanta comme un diacre et, sur le chemin du retour, il eut autour de lui bon nombre d'hommes pour l'accompagner et pour l'entendre. Henri parla de la révolte des boisseaux. Il était jeune à l'époque, mais il s'en souvenait comme si c'était hier. Le système métrique devait remplacer les anciennes mesures et, par expérience, les flotteurs savaient que lorsqu'il y avait du changement, si les marchands y trouvaient à chaque fois leur compte, il ne se faisait jamais à l'avantage des compagnons de rivière. Pour garder de quoi manger, les flotteurs avaient voté la grève, tous comme un seul. Il y avait eu une émeute. Cinquante gendarmes avaient été mis en déroute et le préfet avait dû prendre la fuite comme un voleur. Cette grève-là avait été longue et le délégué général de la compagnie des marchands essayait, comme à chaque fois, de les diviser en promettant des avantages à certains aux dépens des autres. Eh bien, aucun flotteur n'avait cédé.

Là encore, les paysans hochaient la tête gravement. Pour eux qui passaient leurs journées seuls dans les champs à ne lutter que contre la nature, la solidarité ouvrière semblait une entité extraordinaire à laquelle ils n'avaient pas accès.

A table, pour le repas de noce, seuls ceux qui étaient assis autour d'Henri purent l'entendre, car les jeunes gens criaient et riaient fort et la parole du flotteur n'arrivait pas à franchir les trois ou quatre places à son côté. Ceux qui n'étaient pas tout proches tendaient bien encore l'oreille de temps en temps, mais c'était peine perdue. Il faut reconnaître qu'Henri ne sembla pas en prendre ombrage. Il trouvait apparemment naturel de ne plus être, à cette heure, le maître de la fête. Il parla quand même à ses voisins des essais qu'avaient faits les marchands, après le percement du canal du Nivernais, pour acheminer sur Paris le bois par péniche et non plus par train flottant. Mais les éclusées sur le canal coûtaient plus cher que le passage des pertuis et une péniche ne pouvait, à elle seule, transporter autant de bois qu'un train.

François, qui n'avait pas sa place à cet endroit, était venu tout au début du repas demander à s'asseoir entre Henri et l'homme qui était à sa gauche et personne n'avait pris la peine de lui refuser cette permission. Il l'avait d'ailleurs sollicitée avec une voix si faible qu'il n'avait peut-être pas été entendu. Il glissa son assiette, se fit petit comme il était, et plus personne ne lui accorda d'attention.

Après le repas, il y eut la danse, et la musique, et le bruit des sabots sur la terre, et les cris des danseurs lorsqu'ils frôlaient les jupes de leurs cavalières. Tout le monde voulut danser, jeunes et vieux, et Henri tout autant qu'un autre. A l'oreille des femmes ou des filles, il changea bien évidemment de discours.

Le lendemain matin, les estomacs avaient souffert des agressions de la veille et oreilles et mines s'en ressentaient. C'était Henri qui cherchait, sans trop en avoir l'air, quelqu'un qui voulût bien l'entendre. Il trouva encore deux victimes : un bûcheron, un têtu, avec qui il disputa pour savoir lequel de leurs deux métiers était le plus pénible et le frère du Gaston, Fernand, qui lui ne disait rien, jamais, mais qui allait partir très tôt dans la matinée pour s'en retourner à sa ferme.

Au repas de midi, plus personne n'était empressé à venir s'asseoir auprès d'Henri et sa femme dut même lui faire remarquer que chacun avait le droit de se mettre où il voulait, quand il insistait pour que tel ou tel autre prît place à son côté.

L'après-midi, chacun avait à faire là où Henri n'était pas. Beaucoup de ceux qu'il voulait entretenir commençaient à manifester le désir de rentrer. Ils disaient qu'ils ne pouvaient pas laisser les bêtes trop longtemps, et certains d'aller jusqu'à ajouter que ce n'était pas comme les bûches, qu'allaient venir les moissons, qu'ils allaient attaquer les foins. Seule, une petite ombre continuait de se pendre à ses pas. C'était François, et si tout d'abord Henri avait paru le dédaigner, dans l'après-midi du troisième jour, il sembla le trouver de bonne compagnie.

Il lui parla du petit et du grand flot, des goulettes et des margotins, de la rivière perdue sous le bois et de la fabrication des rouettes, des joutes qui avaient lieu à la mi-septembre, de celles de l'ancien temps, lorsqu'il était jeune et qu'il n'avait pas de rival : cinq années durant, il avait été roi sec. Quant aux joutes de maintenant, elles ne ressemblaient plus à rien.

François ne comprenait pas tout ce que disait Henri, il y avait des tas de mots qui pour lui ne voulaient rien dire, mais c'était tellement beau pour le petit paysan, tellement magique et mystérieux, qu'il aurait souhaité l'entendre pendant des heures encore. Seulement, au soir du troisième jour, Henri, à son tour, dit qu'il allait rentrer.

Si, au fur et à mesure que se déroulait la noce, il avait perdu la quasi-totalité de son auditoire, il faut avouer qu'il eut un départ digne de son arrivée et qu'il s'en retourna sans avoir à remâcher des réflexions amères sur la versatilité des paysans.

Trois années passèrent comme passent les années, sans qu'on les ait vues.

III

C'était juin et il pleuvait. Il pleuvait comme il pleut en Morvan, serré sous un ciel sans espoir, bas et gris, il pleuvait à alimenter les sources pour toute une année en une seule fois, il pleuvait à garder le vert des bois et des champs durant tout un été.

Henri Boussard était à sa campagne, comme il disait lorsqu'il n'y était pas. Il faut dire qu'il avait deux maisons, ce qui ne contribuait pas peu à asseoir sa réputation d'homme fortuné. Il en avait une à Clamecy, sa maison natale où il vivait de septembre à juin, et une autre qui lui venait de sa femme, qu'elle avait héritée de ses parents, à Neuffontaines, près de Bazoches, non loin de Vézelay, où il vivait pendant les mois d'été.

A Neuffontaines, ce n'était pas une très grosse ferme, il n'y avait pas cinq hectares autour, mais les terres étaient louées à un fermier du village, à l'exception d'un petit jardin attenant à la maison. Le fermage était dérisoire : quelques kilos de légumes, un peu de blé, un peu d'avoine et cinq ou six poulets ou lapins, mais c'était suffisant pour avoir des allures de rentier. C'était aussi suffisant pour que les autres aient la même perception, ceux de Clamecy qui n'avaient jamais vu la fermette, comme ceux de Neuffontaines qui n'étaient jamais allés à Clamecy, car il est vrai qu'on ne vit en harmonie que lorsque sa propre conviction est étayée par la vision des autres qui vous fait riche, ou pauvre, autant que fortune et misère.

N'importe qui d'autre qu'Henri Boussard aurait eu du mal à se faire accepter à Clamecy comme à Neuffontaines avec un pareil patrimoine. Il était en situation à ne faire que des envieux, mais il avait réussi ce prodige de n'être rejeté de nulle part. A Clamecy, c'était somme toute assez normal dans la mesure où il était né au beau milieu de Bethléem, le faubourg des flotteurs, d'un père flotteur dont le père l'était déjà. Il avait donc un passé qui plaidait en sa faveur. D'ailleurs, à Clamecy, c'était peu de dire qu'il était apprécié. Ses compagnons lui prêtant plus qu'il n'avait, lui savaient gré de ne pas avoir quitté son état, alors qu'il aurait été bien en peine de le faire, d'avoir participé à toutes les luttes contre le Commerce, d'être resté solidaire alors qu'ils le croyaient nanti. Souvent même, Henri avait été leur porte-parole auprès du syndic, du garde-port ou de la Compagnie des marchands et cela, personne ne l'oubliait.

A Neuffontaines, les paysans disaient que pour un homme qui avait tant voyagé, qui était si savant, qui avait vu tant de choses, il n'étais pas fier. Lorsque venaient les foins, les moissons ou les pommes de terre, Henri n'hésitait jamais à donner la main. Et puis il avait épousé Angéline qui était du pays et ce mariage avait aussi largement contribué à en faire un être d'exception.

D'abord, pour avoir Angéline, il n'avait marché sur les brisées de personne, si bien que nul n'avait eu à répandre de méchantes nouvelles comme le font parfois les jaloux ou les évincés qui vous détruisent une renommée pour plusieurs générations comme rien. Cela ne veut pas dire qu'Angéline n'avait pas été belle fille en son temps, encore qu'aucun n'ait souvenir qu'on se soit jamais donné du bâton pour elle, mais elle avait surtout pour père un homme que tout le village craignait pour sa mauvaise humeur et ses vilaines façons. Il était terrible celui-là. Il fallait bien d'ailleurs que ce soit un étranger qui osât la demander.

Oui, mais le père d'Angéline avait eu du malheur. Il était de ces hommes qui ne tiennent que par leur femme et il l'avait perdue en couches. Depuis, il s'était aigri le caractère à considérer que cette mort avait été pour lui la pire des atteintes, avant même d'être un réel préjudice pour son épouse. Il y a des gens comme cela. J'en connais. Si encore le père d'Angéline avait eu beaucoup de biens, Henri aurait peut-être dû la disputer, mais le père pesait largement plus que la ferme.

Au village, tout le monde voyait la pauvre fille rester demoiselle. Or Henri, lui, avait osé.

C'était il y a très longtemps.

Au mois de juin de cette année-là, à Clamecy, la rivière était si basse qu'on savait déjà qu'elle ne pourrait rien porter de tout l'été. Les flotteurs avaient donc dû se mettre en quête de travail pour assurer le pain et la soupe. D'ordinaire, beaucoup d'entre eux effectuaient, pendant ces périodes, quelques menus travaux chez le bourgeois de Clamecy : ils coupaient du bois, ils réparaient les toitures, ils faisaient les jardins, mais les années où les flotteurs s'étaient révoltés contre les marchands, et l'histoire est pleine de ces révoltes, les bourgeois s'étaient vengés de la peur qu'ils avaient eue, ou qu'ils avaient encore, en les leur refusant. Les flotteurs devaient alors partir et chercher ailleurs.

De tout temps, les rapports entre les bourgeois de Clamecy et les ouvriers de l'eau avaient été entachés de suspicion réciproque. Les flotteurs ne pouvaient pardonner aux gens de la haute ville leurs ralliements perpétuels à la cause des marchands et les appels à la troupe ou aux gendarmes pour imposer la volonté des puissants, et les bourgeois regardaient les flotteurs comme des éléments subversifs allant glaner sur les ports de Paris des idées révolutionnaires et socialistes.

Cette année-là donc, Henri Boussard avait dû se résoudre à partir en campagne, pour survivre pendant l'arrêt du flottage et se louer là où sa condition ne faisait pas peur. Le hasard l'avait conduit à Neuffontaines où il avait été employé, contre sa nourriture, dans une ferme qui se trouvait à l'entrée du village. Henri n'avait accepté qu'en attendant de trouver mieux mais, un jeudi de juillet, il avait rencontré Angéline dans un chemin alors qu'il menait des bêtes au pré, et de ce jour, son salaire lui avait semblé suffisant. Leur histoire fut une succession de fuites et de poursuites, fuites qu'Henri attribuait sans doute à son charme et qui, en réalité, devaient tout au terrible caractère du père. Toujours est-il qu'à la fin de l'été, le mariage se fit, à la grande stupéfaction de tout le monde. Il fallait bien qu'Henri fût un personnage hors du commun pour avoir arraché le consentement paternel.

Quelque temps après, le père s'en vint à mourir et tout le monde au village de prétendre qu'il avait crevé du dépit d'avoir perdu sa servante.

A quarante ans de là ou presque, Henri et Angéline n'évoquaient jamais ces souvenirs, même quand il pleuvait, comme ce jour de la fin juin de l'année 1877.

Angéline reprisait une chemise près de la cheminée et Henri était à la fenêtre, donnant des signes évidents de mauvaise humeur. Peut-être pestait-il contre ce temps qui l'empêchait d'aller faire sa partie à l'auberge. Angéline avait la tête bien basse sur son aiguillée, mais comment savoir si elle n'était pas seulement à la recherche d'un peu de lumière quand le vent du dehors faisait haleter le feu.

Henri allait se résoudre à revenir vers la cheminée et à se disputer avec sa femme pour abuser son ennúi lorsqu'il aperçut, au-dehors, une silhouette sous la pluie, une silhouette fine qui semblait chercher son chemin. De loin, Henri avait d'abord cru qu'elle allait se diriger droit sur sa maison, mais elle s'était arrêtée, s'était retournée, avait regardé autour d'elle, puis après d'autres hésitations que la pluie ne précipitait pas, elle avait fini par entrer dans sa cour.

Henri quitta très vite la fenêtre et alla retrouver sa chaise. Angéline leva juste les yeux au-dessus de son ouvrage, mais ne lui demanda pas ce qui l'avait ramené là. Henri sortit alors sa pipe de la poche de sa blouse, juste comme on frappait et il fit comme s'il n'avait rien entendu, au mépris du temps qu'il faisait au-dehors. Il se pencha vers la cheminée pour ramasser un tison. Angéline l'avait encore regardé. On frappa une seconde fois et, entre deux aspirations, il consentit enfin à inviter l'inconnu à entrer. La porte s'ouvrit et sé referma très vite. Angéline s'était retournée. Un jeune homme était dans la pièce, la casquette à la main.

— Bonjour cousins.

La voix n'était pas très assurée et portait encore des traces de mue. Il fallut un temps pour qu'Henri, sans aménité, lui demandât qui il était.

— Mais c'est le François, le fils de l'Émile. Tu ne le reconnais pas ?

— Non.

— C'est vrai qu'il a grandi depuis le mariage. Approche, tu es tout trempé.

Le garçon ne fit que deux pas dans la pièce. Angéline s'était levée. Posant la chemise sur sa chaise, elle ajouta de suite deux bûches dans le feu. Henri n'avait pas bougé. Le jeune homme portait à la main un petit balluchon auquel la pluie avait fait perdre forme.

— Approche mon garçon, dit Henri en continuant de tirer sur sa pipe sans le lâcher des yeux. Femme, apporte une chaise.

Angéline avança une chaise qu'elle installa entre les deux qu'ils occupaient.

— Il faudrait qu'il retire ses affaires, sinon, il va attraper la mort. Donne-moi ta blouse, dit Angéline.

Le jeune homme venait juste de s'asseoir et semblait ne pas avoir le goût de se relever.

— Non, non, ce n'est pas la peine, merci.

— Mais si, je vais t'en donner une autre.

— Laisse-le. C'est pas un peu de pluie qui pourrait faire plier un pareil gaillard.

C'est vrai que François était grand, mais il n'était pas encore très épais.

— Je vais faire un vin chaud, précisa Angéline pour se rassurer.

Pendant qu'Angéline cherchait de quoi, le regard d'Henri allait du jeune homme à son baluchon qu'il avait posé aux pieds de sa chaise et qui fumait un peu à la chaleur. Quant à François, il baissait la tête.

— Alors ?

Henri, qui semblait assez détaché de ce qui se passait sous ses yeux, tirait depuis un moment sur sa pipe éteinte. N'obtenant pas de réponse, il insista :

— Comment se porte ta famille ?

— Bien, ça va.

— Et la Mélanie, elle n'a pas encore quelque gros garçon ?

— Non.

Le jeune homme avait tendu ses mains vers le feu, histoire d'occuper une partie de son corps dont il ne semblait savoir que faire. Henri tirait toujours sur sa pipe. Quand Angéline tendit à François le bol de vin chaud, il le prit avec tant de précipitation qu'il en renversa un peu sur son pantalon.

— Attention !

Son empressement pouvait sembler tout devoir au froid qui l'avait saisi, mais c'était aussi pour meubler son embarras qui le tenait plus que le frisson. François fit semblant de se brûler, il y gagna quelques minutes.

— Alors, nous diras-tu pourquoi tu es là ?

— Laisse-le se réchauffer un peu. A-t-on jamais vu secouer les gens comme tu le fais ? protesta la femme.

Angéline croisa le regard de son mari qui lui fit rejoindre sa chaise plus vite qu'elle ne s'apprêtait à le faire. Elle reprit son ouvrage. François était allé au fond de son bol. Il fallut se lancer. Il prit une profonde inspiration.

— Je voudrais devenir compagnon de rivière.

Angéline ne cousait plus. Il y eut un long silence qu'elle n'osa pas rompre.

— Ton père sait où tu es ?

Henri était calme. François secoua la tête en signe de dénégation.

— Pourquoi est-ce que tu veux être flotteur ?

— Je veux, c'est tout.

Il y eut un autre silence.

— Tu vas rentrer chez toi.

François fit encore non de la tête.

— Dès demain.

Il n'avait pas encore fini de faire non, il n'avait qu'à continuer.

— Ce n'est pas un travail de paysan, tu ne sais rien de l'eau.

— J'apprendrai.

Henri leva les yeux au ciel comme s'il venait d'entendre la plus formidable des inepties.

— On est flotteur dans le ventre de sa mère, ça ne s'apprend pas.

— Depuis trois ans, j'ai bien regardé les rivières.

Henri se leva et alla taper sa pipe contre le montant de la cheminée.

— Tu vas rester ici ce soir et demain matin, tu retourneras chez ton père, soigner tes vaches et tes lapins.

François ne remuait même plus la tête. L'aiguille s'était remise en mouvement entre les doigts d'Angéline.

— Tu dormiras à l'écurie.

Au repas, François ne fit pas grand honneur à la cuisine. Les Boussard ne parvinrent pas à lui tirer un mot. Angéline essayait pourtant d'être gentille et Henri y alla de quelques histoires, des histoires de flotteurs, bien entendu, qu'il débitait sans tenir compte des gros sourcils de sa femme qui lui faisaient juste hausser les épaules. Mais François n'entendait rien.

Plus tard, dans l'écurie, le petit eut beaucoup de mal à s'endormir. Il s'était couché sur un peu de vieille paille qui sentait la poussière. Il resta un long moment à se demander ce qu'il allait faire. Il ne pouvait rentrer chez lui, c'était hors de question. On ne quitte pas sa famille pour réapparaître le lendemain. Le chemin de son village lui était à jamais interdit, tant qu'il n'aurait pas réalisé ce pour quoi il était parti. Et puis il était tellement déçu. C'est vrai, il n'avait jamais envisagé qu'il pourrait être refusé par l'Henri. Avant de sombrer dans le sommeil que son corps finit par imposer à ses réflexions, il avait pris sa décision.

Lorsqu'il se réveilla, il faisait encore nuit. Il se leva et alla jusqu'à la porte de l'écurie. Le ciel commençait à se colorer au loin. Il était temps. Il revint à l'endroit où il avait dormi, ramassa ses affaires en tâtonnant et refit son balluchon. Puis il sortit dans la cour en secouant la paille qui tenait à ses vêtements et marcha avec d'infinies précautions pour ne point réveiller les gens. Il arriva ainsi à hauteur du puits.

— Où vas-tu ?

Il sursauta. Il y avait une odeur de tabac gris autour de lui.

— Tu rentres chez toi ?

Le puits était recouvert par un appentis de planches le long duquel pendait un lierre dans lequel Henri devait s'être dissimulé. François ne parvenait pas à le voir.

— Non.

— Et où est-ce que tu vas alors ?

— A Clamecy.

— Pour quoi faire ?

— Trouver quelqu'un qui voudra bien m'apprendre.

Il y eut un silence, un long silence. Peut-être qu'Henri n'était plus là, peut-être n'avait-il jamais été là, les nuits sont pleines de ces choses. François refit deux pas vers la barrière qui fermait la cour.

— Arrête !

Non, il n'avait pas rêvé.

— Retourne te coucher.

Dans le noir, il était impossible de voir le sourire qui illumina le visage du petit. Tout était dit.

François dormit encore au moins quatre ou cinq heures et quand il se réveilla à nouveau, il faisait grand jour. Tout de suite, il fut sur ses pieds. Le cœur lui battait. Il se précipita vers la maison, sauta d'une seule enjambée les deux marches de pierre, ouvrit la porte sans même prendre le temps de frapper, entra : Henri et Angéline étaient là tous les deux. Il y avait dans la pièce des effluves de tabac gris. Le petit souhaita le bonjour et celui-là, pour lui, en était un vrai. Henri fit tout comme si, la veille, il n'y avait pas eu de refus et comme s'ils ne s'étaient pas parlé dans la nuit, mais Angéline semblait de méchante humeur.

— On va avoir une belle journée, dit Henri de la fenêtre.

Angéline posa un bol devant François, sans vouloir se rendre compte qu'il lui donnait des sourires et elle lui jeta carrément une cuillère qui alla cogner contre le bol. Henri s'était retourné vers l'intérieur

— C'est-y pas malheureux ? marmonna Angéline en fuyant sous le regard de son mari.

De la journée, elle ne décoléra pas, mais François était trop occupé de sa joie pour chercher à comprendre quelles pouvaient être les raisons de cette rage.

Pendant les dix jours qui suivirent, il ne se passa rien.

Au début, les trois ou quatre premiers jours, François ne vit pas passer les instants. Il avait envie de rendre un peu de ce qu'il avait reçu. Il était bon garçon. Déjà, il savait que l'on ne peut rester chez les gens, fussent-ils de sa famille, sans participer aux tâches communes. Mais là, pour le bonheur qu'on lui avait fait, il était prêt à ne plus s'asseoir, ni dormir et à travailler comme jamais. Il coupa du bois, il tira l'eau au puits, il bêcha le jardin, il arracha les légumes et il y mettait tant d'ardeur que c'était plaisir de le voir faire. Il voulait même balayer, mettre la marmite sur le feu, laver les assiettes, pétrir le pain, mais pour ces travaux-là, à chaque fois Angéline le rabrouait et le renvoyait loin de ses jambes. Il faut avouer que ces rebuffades ne le décourageaient pas. Il se disait qu'elle devait être inquiète de la charge qu'il allait représenter pour eux qui n'avaient pas d'enfant, et il trouvait son souci des plus naturels, tout en se jurant de la gagner peu à peu, à force de travail et de bon vouloir.

Il était tellement heureux qu'il vivait tout à fait comme un niais, à preuve que ce ne fut que le cinquième jour qu'il prit conscience qu'il se passait quand même quelque chose de curieux chez les Boussard, et encore lui fallut-il de l'aide pour s'en rendre compte.

Depuis le premier matin, il n'avait même pas remarqué qu'à chaque fois qu'Henri devait aller quelque part, il l'emmenait avec lui ou bien il l'envoyait, sous n'importe quel prétexte, à l'autre bout du pays, compter les peupliers au bord du ru jusqu'à Bonneçon, ou apprendre les arbres dans les bois des Ferrières ou dans la forêt de Molay. Si François ne savait pas toujours ce qu'il y avait à apprendre, il n'en regardait pas moins consciencieusement les chênes, les hêtres et les pins et s'en trouvait bien. Lorsque Henri choisissait de l'emmener avec lui, c'était la plupart du temps pour le laisser à la porte des personnes qu'il allait visiter, et à aucun moment, aux bois, aux champs ou à la barrière, François ne s'était posé la moindre question sur cette façon d'agir.

Mais dans l'après-midi du cinquième jour, après s'être acquitté du décompte d'autres peupliers, il revint le premier à la ferme. Angéline sortit de suite sur le pas de la porte et lui fit signe d'approcher. Elle semblait inquiète et pressée. Ce n'était pas comme les autres jours où, depuis le premier matin, elle n'avait montré que de l'humeur. Il pressa le pas pour la rejoindre comme elle le lui demandait et, de suite, elle l'entraîna dans la maison et le fit asseoir alors qu'elle restait debout devant lui.

— Écoute bien petit...

Elle allait se retourner souvent vers la porte et, même, lui parler parfois sans le regarder.

— Tu sais, l'Henri n'est plus tout jeune. C'est un brave homme mais il ne se rend peut-être pas bien compte de ce qu'il dit et de ce qu'il fait. Tu as remarqué quand même qu'il ne veut pas que je te parle, parce qu'il a peur que je te dise la vérité. Il faut faire vite pendant qu'il n'est pas là, il va revenir.

Mais François s'était levé et il commençait à reculer vers le fond de la pièce. Angéline avançait sur lui, sans toutefois manquer de se retourner encore.

— Qu'est-ce que tu fais ?

— Je ne sais pas.

— Reste donc tranquille.

Mais François reculait toujours.

— Non, je ne peux pas.

— Il faut que tu rentres chez toi.

François reculait toujours, mais maintenant qu'il avait été au fond, il revenait vers le devant. En arrivant à hauteur de la cheminée, Angéline changea brusquement de visage et de discours.

— Va chercher du bois et tâche d'en prendre du sec cette fois ! C'est le tas de gauche, pas l'autre.

Sans comprendre, mais retrouvant de suite son souci de la contenter, il se retourna très vite. Henri était sur le pas de la porte.

— Allez, dépêche-toi, ajouta Angéline sans douceur, pour faire vrai.

Elle avait bien repris sa voix des autres jours, mais elle tremblait un peu. François était déjà dans la cour. En avançant vers le tas de bois, il entendit des jurons et des cris. Henri traitait Angéline de méchante femelle. Pour ne point entendre, le petit laissa tomber les bûches les unes contre les autres quand il les disposa sur son bras. Et comme ce n'était pas suffisant, il se mit à fredonner une petite chanson triste de chez lui.

Lorsqu'il revint, Henri était assis devant la table, à lire une ancienne feuille de journal pendant qu'Angéline récurait avec force, en reniflant, une vieille gamelle dont elle ne se servait jamais.

Aux premiers moments de solitude, le petit essaya de comprendre ce qui s'était passé. Jetant des pierres dans la mare, il se demandait pour quelle affreuse raison l'Henri ne voulait pas le laisser seul avec l'Angéline. Dénichant des mésanges, il cherchait les causes qui pouvaient retarder leur départ pour Clamecy. Attrapant des sauterelles pour la pêche au vif, il eut un instant l'envie de fuir. Mais regardant des enfants qui riaient, juchés sur une charrette de foin tirée par deux grands bœufs blancs, il sentit bien qu'il voulait être flotteur.

Quand on commence à douter, c'est terrible, ça ne s'arrête plus. Il n'y avait ni cheval, ni voiture de promenade à quatre roues dans la grange de l'Henri. Il lui venait alors des bouffées de chaleur à la figure. N'avait-il pas été trahi ? Ou plutôt, n'avait-il pas rêvé ? Il était encore si petit au mariage.

Les jours qui suivirent ne furent pas de même nature que les premiers. Son ardeur ne s'était nullement ralentie, mais il avait été troublé. Et puis, il ne se passait rien. Il n'en voyait pas le bout. L'Henri ne lui parlait jamais de ce pour quoi il était venu.

Seulement, au soir du dixième jour, au moment où il quittait la salle commune après le repas pour rejoindre l'écurie, Henri lui lança :

— Petit, demain, va te tailler un bon bâton.

Pas de doute possible, ils allaient partir. Peut-être iraient-ils à Clamecy. Il allait voir l'Yonne, et la ville, et Bethléem, et les pertuis, et les flotteurs. Plus de peur. Il eut beaucoup de mal à s'endormir et le sommeil le surprit alors qu'il marchait déjà vers les ports.

Toute la journée du lendemain, Henri circula dans la maison et sembla très affairé. Dès huit heures, François partit par les chemins à la recherche d'un jeune et vigoureux noisetier qui aurait envie de voir du pays. Il fut difficile dans son choix. Il trouvait ceux-là trop noueux, ces autres pas assez solides ou pas assez droits. Il finit par en apercevoir quelques branches qui semblèrent être à sa convenance.

Il était dans un chemin creux, très raviné, humide et plein de pierres, et c'est à droite de ce chemin qu'il avait découvert, au faîte d'un talus de deux ou trois mètres de haut, terreux et à pic, des branches de noisetier comme il les souhaitait. Il aurait pu aller jusqu'à la barrière et les couper depuis le champ, mais il préféra tenter l'escalade. Il dut s'y reprendre à plusieurs fois car la pente était vraiment raide et les sabots ne sont pas particulièrement adaptés à ce genre d'ascension. De racine en branche, de pierre en touffe d'herbe, il parvint à gagner le haut du talus. Il avait grimpé le couteau entre les dents, comme pour monter à l'assaut. Une fois en haut, il cala ses pieds sur des racines, s'assura en passant un bras autour d'une branche et se mit en devoir de couper celle qu'il avait repérée. Le noisetier était bien vert et rien n'était facile dans la position où il se trouvait. Soudain, alors qu'il y était encore, il sentit une présence. Il se retourna très vite et aperçut en bas, à quelques mètres de lui, une jeune fille, une petite fille, une petite jeune fille, pieds nus, qui le regardait. Tout de suite il dégagea ses pieds et se laissa glisser au bas du talus. Il n'aurait pas agi autrement s'il avait été surpris à faire une mauvaise chose. Lorsqu'il fut en bas, la fille se remit à marcher dans sa direction. Il lui demanda comment elle s'appelait.

— Moi, je m'appelle François, ajouta-t-il.

Elle était maintenant à deux pas et il était au milieu du chemin. Il se frottait les paumes pour enlever la terre quand la petite, une fois devant lui, le poussa violemment de ses deux mains pour se faire le passage. Surpris, François, qui ne s'y attendait pas, tomba sur les fesses.

— Mais qu'est-ce qui te prend ?

Une fois passée, elle se mit à courir et disparut très vite au premier détour du chemin. François resta par terre un moment. Il ne riait pas. Il secouait la tête et regardait l'endroit où elle avait disparu, puis il finit par se relever. Un coup d'œil vers le haut du talus, puis une fois encore sur le chemin et il remonta sur son perchoir. Quand il eut enfin coupé sa branche, il redescendit, s'assit sur une grosse pierre et se mit en devoir de sculpter le bâton. Il resta là longtemps. Plus tard, il coupa également quelques branches de sureau dont il se fit toute une batterie de sifflets de toutes tailles, aux sons tous différents. Alors qu'il était penché sur son travail, plusieurs fois, il eut envie d'être surpris encore, mais dès qu'il relevait la tête, il voyait bien qu'il était seul.

Ayant installé tous ses sifflets dans sa ceinture et pris bien en main son bâton décoré de spirales et d'anneaux, il s'essaya à la marche pour rentrer. Je veux dire qu'il ne marcha pas comme un garçon qui n'avait que deux petits kilomètres à faire.

Le chemin du retour le fit passer derrière les premières maisons de Neuffontaines. Dans un jardin, il y avait un vieil homme qui sarclait ses légumes et qui se releva en l'entendant venir.

— Bonjour petit.

— Bonjour monsieur.

— Voilà le beau temps, n'est-ce pas ?

— Oui monsieur.

— Qui es-tu ? Je ne te connais pas. Tu n'es pas d'ici ?

— Non, je suis cousin de l'Henri Boussard.

— Ah, le flotteur.

— Oui. Moi aussi je vais être flotteur.

Il n'avait pas encore fini sa phrase qu'il entendit un formidable :

— François !

La voix d'Henri l'avait fait sursauter. Il était derrière, à deux pas. Il revenait à la maison avec trois paquets de tabac qu'il avait dû aller acheter au village.

— Avance ! Le bonsoir père Gallois. Ça va comme vous voulez ? Avance !

Et Henri le poussait sans ménagements devant lui.

— Oh ma foi... répondait le père Gallois avec philosophie.

Quand ils furent hors de la vue et de l'oreille du vieil homme, c'est-à-dire pas vraiment loin, Henri dit encore :

— Arrête !

François n'avait qu'à obéir. Il se retourna vers Henri. Celui-ci semblait furieux, ses yeux étaient tout petits. François ne l'avait jamais vu ainsi.

— Je veux que tu ne parles plus à personne !

Les yeux du petit, par contre, étaient grands ouverts.

— Tu veux être flotteur, dis-tu ?

François fit oui avec la tête.

— Alors écoute-moi bien. Je vais tenter de t'apprendre ce que je sais, mais il est bien possible que tu n'y comprennes jamais rien parce que tu n'es pas un chidanleau. Tu n'es qu'un pauvre petit paysan. S'il existe une chance pour toi, une toute petite chance de parvenir à être flotteur, il ne faut plus rien écouter de ce que disent les autres, tous ceux qui ne le sont pas. Tu ne dois plus entendre autre chose que ce qui vient de moi. Je ne veux même pas qu'on te parle du temps qu'il fait, t'as compris ?

Henri ne décolérait pas.

— Sinon, retourne au milieu de tes semblables, les tire-fumier, les trayeux, tu entends ?

François fit encore oui de la tête.

— Allez, marche !

Et quand François se fut retourné, Henri lui administra un bon coup de pied dans les fesses qui fit précipiter les premiers pas du petit. Jusqu'à la maison, Henri continua de marmonner et quand ils furent dans la cour, il dit au gamin que ce n'était pas la peine de venir à table, que de ne pas manger cela lui ferait comprendre mieux que tout ce qu'il avait à faire ou à ne pas faire

François alla s'asseoir sur le mur de la cave. Il fit des dessins avec son bâton dans la terre à ses pieds, puis, au bout d'un moment, il se releva et repartit à travers champs.

Le soir, appuyé au montant de la porte de la maison, juste à côté du bâton du François, il y avait un autre bâton de marche, bien à la taille d'Henri, tout aussi dessiné et sculpté que l'autre.

IV

Le lendemain matin, ils partirent avant l'aube. Malgré la nuit épaisse encore, sans lune, François se rendit compte tout de suite en quittant le périmètre de la ferme qu'ils ne prenaient pas la route de Clamecy. Il leur aurait fallu tourner à droite au premier chemin. Ils allaient vers le sud.

Il avait peu dormi.

L'enfance n'était pas si lointaine, la veille encore elle lui façonnait ses plaisirs et ses chagrins. Il eut un petit moment de panique. Se pressèrent dans sa mémoire des histoires dont on faisait naguère des menaces, des histoires d'enfants dont on ne voulait plus et qu'on allait perdre un soir. Il est vrai que là, on était au matin. Pour survivre, ayant à disputer leur nourriture aux bêtes de la forêt, ils finissaient, les enfants perdus, par devenir eux-mêmes des animaux. Le fils d'un homme qui s'appelait Joseph, comme un sanglier, la fille d'une mauvaise femme qui vivait jadis à Vaussegrois, dans le noir pays, comme une louve. Où allaient-ils ?

Henri avait lui-même préparé les musettes.

Plutôt que d'interroger cette ombre qui marchait à côté de lui, qui n'avait dans ce matin noir ni visage, ni forme, il préféra taire ses angoisses et écouter la nuit qui ignorait encore qu'elle allait mourir : les merles dérangés qui s'enfuyaient du chemin pour se réfugier dans les haies, les coqs au loin qui s'étonnaient de ne pouvoir encore saluer le jour et qui l'appelaient avec impatience.

Henri avait dédaigné le bâton que lui avait préparé François. Il en avait pris un autre, le sien.

La nuit est vraiment maîtresse de nos pensées. Ils avaient déjà dépassé le plus loin que François avait arpenté au jour ; il cherchait donc à l'oreille des bruits qui ne pouvaient l'abuser pour avoir quelque chose de tangible à se mettre dans l'esprit, il marchait assez près d'Henri pour de temps en temps lui frôler la manche, mais c'était aussi pour ne pas se perdre, quand il se demanda tout à coup si c'était bien l'Henri qu'il touchait ainsi. Dans cette nuit qui n'en finissait pas, il aurait pu se trouver au côté de n'importe qui d'autre sans même s'en apercevoir. L'Henri, le vrai, pouvait être à cette heure sur la route de Clamecy. La créature qui se déplaçait à côté de lui avançait sans un mot, sans un soupir, sans odeur de tabac, sans rien.

Deux heures plus tôt, en partant, avant de franchir la barrière, François s'était retourné vers la maison. Il avait aperçu Angéline sur le pas de la porte. Elle se découpait sur la lumière mouvante du feu, en chemise, les cheveux défaits, un châle sur les épaules, une main au col, l'autre occupée à lui faire un adieu.

François décida qu'il allait trébucher pour se faire disputer ou même pour prendre un rassurant coup de pied au derrière. Il fit si bien qu'il se retrouva à genoux au milieu du chemin, sans peut-être avoir voulu aller jusque-là. Mais l'ombre dans l'ombre ne dit rien, ne ralentit pas son pas et François se retrouva en arrière, tout seul.

Il se releva alors bien vite et se remit à marcher parce que sans personne à frôler du coude, ce n'était pas bien rassurant non plus. Si au moins il avait su où ils se rendaient, il aurait pu en rêver. A l'oreille, il chercha à rejoindre les bruits de pas. Le plus vite qu'il put, il rythma les siens sur ceux de l'autre.

L'Henri était parti sans un au revoir pour sa femme.

Peu de temps après, François allait assister à la naissance du jour. Il guettait ce moment. D'abord, ce fut le profil qui resta noir sur fond de ciel légèrement plus clair, puis la silhouette qui finit par se dessiner sur les champs et les haies. Un peu plus tard, il ne restait de sombre que les creux, les yeux et les joues. Après, il fut possible à François de tout distinguer et la brume qui s'attardait à lécher la terre et les champs n'y pouvait rien. C'était bien l'Henri. François se rendit compte qu'il l'aimait, que de se parler, ce n'était pas si important, que la campagne était belle, que l'Henri était cousin de sa mère et qu'il avait accepté de lui apprendre le flottage. Le jour est peut-être tout aussi maître de nos pensées que la nuit sa voisine, mais il n'enfante pas les mêmes.

Vers dix heures, ils s'arrêtèrent à la croisée de deux chemins, sous un énorme châtaignier. Le soleil s'était fait un petit déjeuner de rosée, ils allaient faire le leur de pain et de fromage.

Ils marchèrent deux jours. Dès l'après-midi du premier jour, ils entrèrent en forêt. Ils n'allaient pratiquement plus la quitter. La première nuit, ils dormirent dans une vieille cabane de charbonnier. Les chemins n'étaient pas toujours très marqués, mais Henri semblait pouvoir se passer de chemin. Le petit avait mal aux pieds : Henri avait des chaussures, il était en sabots. S'il y avait des villages, ils les évitèrent. La forêt, de plus en plus épaisse, donnait au François frissons de peur et de plaisir mélangés. Ils ne se parlèrent pas. Pendant les arrêts, ou le soir, il n'y avait qu'Henri qui fouillait dans les musettes. François aimait son compagnon au jour et le détestait à la nuit et la nuit se faisait parfois sous le feuillage. Ils durent monter et descendre souvent. Dans les creux, ils avaient à passer les rivières. Pas une fois ils ne rencontrèrent âme qui vive. A la fin du deuxième jour, Henri marchait plus vite, comme s'il avait été impatient. Chacun des pas du petit était une souffrance. A la différence de la veille, ils s'arrêtèrent de bonne heure. Ils étaient encore en plein bois et rien ne distinguait cet endroit de tous ceux qu'ils avaient traversés.

— Ne bouge pas de là, dit Henri, je vais aller chercher du bois pour le feu. Garde les affaires.

C'était la première fois qu'il ouvrait la bouche depuis qu'ils étaient partis. François voulut protester. Ce n'était pas la tâche d'un homme accompagné d'un enfant que d'aller chercher le bois pour le feu, mais Henri s'était déjà éloigné et le petit avait tellement mal aux pieds qu'il n'eut pas le courage de se remettre debout alors qu'il venait juste de se laisser tomber dans les feuilles. Et puis c'était encore le jour, il pensa qu'il le devait à la charité de l'Henri. Ils dormirent à la belle étoile.

Le froid et le sommeil se rencontrèrent chez François qui ignorait tout de la chose. Ces deux-là sont antagonistes de vieille date. S'ils se toisèrent d'abord avec mépris, ils en vinrent très vite à se ruer l'un sur l'autre. Ni le froid, ni le sommeil n'aiment le partage de nos nuits. L'empoignade fut longue et indécise. Le sommeil était d'abord apparu le plus fort, mais le froid sut résister aux assauts de son adversaire, puis il attaqua de plus belle quand l'autre s'épuisait. Finalement, le froid fut vainqueur, ce fut même quelque chose comme un triomphe, François se retrouvant sur ses pieds, à se frotter les côtes, alors que le jour était à peine là.

En bougeant les bras, en sautant, en tournant sur lui-même, il se rendit compte qu'Henri était parti. Il était seul. Il était perdu. Il serait comme un sanglier, comme les loups. Henri était peut-être allé chercher du bois pour ranimer le feu. Maintenant, il n'avait plus froid. Du regard, continuant de tourner sur lui-même, il fouilla le sous-bois. L'Angéline n'était pas si mauvaise femme, elle devait avoir du bon sens. Elle avait essayé de le prévenir et lui n'avait rien compris. En regardant à ses pieds, il vit qu'il ne restait qu'une seule musette. L'Henri l'avait bel et bien abandonné. Ils avaient marché si longtemps, comment allait-il faire pour retrouver son chemin ? L'Henri devait avoir fait exprès d'éviter les villages. Il était pourtant cousin de sa mère. La forêt, qui est toujours belle à plusieurs, lui semblait maintenant terriblement hostile. Il n'avait qu'à appeler, l'autre n'était peut-être pas loin. Il se jeta à genoux à la place où Henri avait dormi. La terre était encore chaude. Il se releva précipitamment, car si l'autre était revenu, ou s'il avait essayé de l'éprouver en se cachant, François ne voulait pas être surpris dans cette position. En agrandissant le cercle sur lequel il tournait depuis qu'il était debout, il commença à regarder à terre s'il ne pouvait distinguer des traces de pas. Il préférait mourir plutôt que d'appeler. Il aurait bien le temps d'appeler quand il serait loup. Brusquement, il s'arrêta, ramassa quelques branches qu'il cassa rageusement sur ses cuisses et les jeta sur les braises. Alors il se remit à marcher en rond, s'éloignant de plus en plus, sans jamais perdre le feu de vue. En continuant d'agrandir ses cercles, il finit par se retrouver à quelques centaines de mètres de l'endroit où il avait dormi, mais il distinguait encore un peu les flammes dans le petit matin. C'était vraiment le plus loin où il pouvait aller. Je ne sais pas pourquoi, il courait. Terminant sa courbe, il vit qu'il arrivait au bord d'une barrière rocheuse qui dominait une vallée dont il ne pouvait distinguer le fond, noyé qu'il était dans le noir et la brume. Il ne s'était arrêté qu'un tout petit temps au bord du précipice, puis il avait repris sa marche le long de la corniche quand, soudain, il aperçut Henri. Celui-ci était assis à même le sol, face à la vallée, sa musette à côté de lui et il mangeait des petits carrés de pain qu'il coupait avec son couteau. Il regardait droit devant lui et quand François arriva à son côté, il ne détourna même pas la tête.

— T'es réveillé petit ?

François l'aurait volontiers précipité dans le trou, les rochers étaient à pic, mais le jour commençait à poindre et il était avant tout heureux de l'avoir retrouvé. Il retint sans peine cette pulsion qui n'en était déjà plus une.

— Assieds-toi.

Henri ne l'avait toujours pas regardé, mais il lui tendit un morceau de pain.

— Lorsque j'étais petit, bien plus petit que tu n'es à cette heure, mon père m'avait amené ici. Il disait qu'il fallait commencer par là.

François s'était assis. Qu'est-ce qu'il racontait ce vieux fou ? Il avait tout de même pris le pain et il mordait dedans.

— Tu vois la montagne en face de nous ? C'est le mont Beuvray.

Ah la belle affaire !

— Il y a longtemps, on dit qu'il y avait une grande ville sur cette montagne, avec des murs tout autour.

Il voulait être flotteur, il n'en avait rien à faire des montagnes avec des villes qui n'existaient plus.

— Les portes étaient si grandes que quand on les fermait le soir, enfin, c'est ce qu'on raconte, la nuit finissait de tomber sur les vallées.

Ah ?

— Les gens qui vivaient là étaient des savants, ils connaissaient tout des arbres et de l'eau. C'est d'eux que l'on tient le peu que l'on en sait, seulement, on ne les a pas laissés dire toute leur science.

— Pourquoi ?

— On les a tués avant et la ville a été détruite.

— Par qui ?

— Je ne sais pas, des bandits, des barbares.

Henri semblait réellement affecté par la mort des hommes du Beuvray.

— On dit même qu'ils connaissaient l'arbre de vie...

Henri hochait la tête. Il semblait avoir oublié le petit et se parlait à lui-même.

— Peut-être qu'ils ont été massacrés justement pour qu'ils ne puissent rien dire...

Henri parut soudain se réveiller.

— Viens, allons-nous-en.

— Où est-ce qu'on va ?

François avait eu de l'audace. Il ne l'avait pas fait exprès. C'était la première fois qu'il posait ce genre de question mais cela ne porta pas à conséquence, Henri ne répondit rien. Ce n'était sans doute pas mauvaise volonté de sa part, il était il y a longtemps. Ils s'étaient mis debout. En quittant l'endroit, le vieil homme se retourna pour regarder sa montagne qui était encore sombre, comme si elle portait le deuil des hommes qui avaient vécu là, ou celui de leurs connaissances perdues. Henri semblait avoir de la peine à se déplacer. Une fois plus avant sous les arbres, il se retourna encore. Le petit marchait devant.

Quand ils revinrent à l'endroit où ils avaient dormi, le feu était éteint mais il faisait maintenant grand jour. Le petit ramassa ses affaires. Henri était toujours tourné dans la direction de sa montagne mais d'où il était, il ne pouvait plus la voir.

Ils commencèrent à descendre vers la vallée, revenant en direction du nord-ouest. Au bout d'une dizaine de minutes, ils sortirent du sous-bois. Ils avancèrent dans une sorte de prairie qui semblait une concession de la forêt. Les bois avaient bien voulu céder partie de leur empire à cet espace d'herbe haute, battu par le vent. Le mont Beuvray, toujours noir malgré le grand jour, était réapparu derrière eux. Henri mena François à une source. Le vieil homme s'approcha de l'eau qui sortait à flanc de colline entre les racines d'un arbre en un tout petit ruisseau, au milieu du cresson sauvage et des boutons-d'or. L'eau était toute transparente et fraîche rien qu'à la regarder. Henri se mit à genoux. Il en prit un peu dans la main et la porta à sa bouche. Il but plusieurs fois, puis la main toujours pleine d'eau, il se frotta le visage doucement. On aurait dit une caresse. Depuis la veille au soir, Henri était changé. Il semblait accomplir quelque rite ancien et sacré. Le petit le regardait faire.

— Tu veux boire ? lui demanda le vieux.

François dit qu'il voulait. Pour je ne sais quelle raison, il refit chacun des gestes d'Henri, comme s'il n'y avait pas autre chose à faire en ce matin.

— Bois-en tant que tu veux, elle ne te fera pas de mal.

Quand le petit se fut remis debout, Henri dit encore :

— Dans le fond de ton sac, il y a une gourde. Tu vas la remplir.

Et lorsque la gourde fut pleine :

— Viens, il faut partir.

Henri se remit en marche en suivant le minuscule ruisseau qui creusait la prairie. Le vieil homme épousait de ses pas chacun de ses détours. Le petit, après avoir rangé la gourde dans la musette, se mit à courir pour le rattraper.

— Vers chez nous aussi il y a des sources, même des sources qui font des miracles. On y va en procession certains jours de l'année, les femmes et les petits.

François avait rejoint Henri. Sans se le dire, il était content, à preuve qu'il n'avait plus mal aux pieds et qu'il aurait continué de courir, se serait roulé dans l'herbe, ou aurait grimpé aux arbres s'il n'avait été à côté d'Henri. Quand il était au village, c'était de ses façons, de distinguer les moments de bonheur, mais il ne se livrait à ces débordements que lorsqu'il était seul. On se serait moqué.

— Est-ce qu'elle fait des miracles, celle-là aussi ?

— Elle fait mieux que ça.

— Qu'est-ce qu'elle fait ?

Henri marqua un tout petit temps avant de répondre.

— C'est l'Yonne.

Henri le mena vers beaucoup d'autres sources qui toutes étaient l'Yonne. Ils étaient au Prénelay. Le Prénelay suintait l'eau de partout. La montagne accomplissait de prodigieux efforts pour que ce minuscule ruisseau puisse faire très vite la preuve de son grand destin de rivière.

Au bout de la prairie, ils entrèrent dans un bosquet. Là, ils marchèrent quelque temps au milieu des bois et, tout à coup, Henri demanda au petit de mettre des noms sur les arbres qu'il désignait. Le hêtre, le chêne, le bouleau qui était rare, le sapin qu'il sut distinguer du mélèze, l'aulne, le frêne. Jamais le petit ne se trompa et dès qu'Henri tendait le bras, François, sans attendre, avançait un nom. C'était la première fois qu'Henri l'interrogeait et l'autre n'était pas peu fier de montrer sa connaissance. C'était aussi la première fois qu'il faisait quelque chose dont la destination lui apparût comme évidente et en rapport avec ce qu'il attendait. Il commençait à découvrir pourquoi il était là. Au bout d'un moment, Henri s'arrêta. Il cherchait autour de lui d'autres essences et, n'en trouvant pas de nouvelles, il reprit son chemin. François avait maintenant une autre façon de marcher. Depuis l'aube de ce jour, tout était vraiment différent.

Ils suivaient toujours le ruisseau qui continuait de recevoir de l'aide de tous côtés. En l'espace d'un petit kilomètre, il avait terriblement grandi et se montrait déjà tel qu'il allait être. Il se heurtait avec force aux méandres de son cours, c'est vrai, mais s'il meurtrissait la terre, il ne cessait jamais de chanter ; il passait avec une sorte de fureur entre des racines vingt fois croisées, entremêlées, tressées dans des nœuds inextricables, mais de ces marques de souffrance partaient vers le ciel des arbres droits et vigoureux qui lui faisaient une nef d'ombre et de verdure. François était émerveillé.

Très vite, ils arrivèrent au bord d'un étang. Henri lui en fit faire le tour. Le cours de la rivière avait été barré par un entassement de pierres que le temps avait recouvert d'herbe et de mousse. Au milieu de la digue, on avait ménagé une vanne qui à cet instant était fermée. Henri dit qu'il s'appelait l'étang de Marancourt et que c'était le premier de la rivière d'Yonne. Tout de suite en dessous, il y en avait un autre, retenu de la même manière que le précédent. C'était l'étang de Belle-Perche qui tenait son nom du hameau voisin, sur la rive droite. Ils restèrent sur la rive gauche. Au bord de l'étang de Belle-Perche, le petit découvrit le premier port de jetage qu'Henri appela le port des Lambert. Des rangées et des rangées de bûches s'étageaient jusqu'aux maisons du hameau. Arrêtées par des pieux, parfaitement alignées, toutes semblables, elles attendaient au soleil, sagement, l'heure d'être disloquées dans le courant.

Henri et François restèrent là jusqu'à la fin du jour. Le vieux compagnon de rivière parla beaucoup, mais peu souvent, une phrase, parfois deux, puis il s'arrêtait longuement. Il devait avoir choisi de bien laisser aux mots le temps qui leur était nécessaire pour faire leur chemin.

— Les routes du Morvan, ce sont les rivières.

Ils étaient assis tout près d'un arbre qui leur donna un peu d'ombre, lorsque le soleil se fit par trop lourd.

— Pour mener le bois à Paris, il n'y avait pas d'autres chemins. Il faut dire aussi que depuis des années, des centaines d'années, Paris ne brûle que des bois de chez nous.

Sur le coup de midi, ils déjeunèrent là où ils se trouvaient et comme c'était un jour qui ne devait pas ressembler aux autres, Henri sortit de sa musette un morceau de porc salé qu'ils partagèrent et qu'ils mangèrent avec du pain.

— L'hiver, les propriétaires de forêts font couper les arbres par les bûcherons. Quand ils sont coupés et débités, les débardeurs mènent les bûches au bord de nos rivières, dans les ports de jetage, comme tu le vois là.

Ils burent de l'eau de la gourde.

— Sur les ports, le bois se repose, il finit de souffrir, il attend, il meurt doucement avant d'aller dans l'eau.

Après le repas, Henri s'était installé, les jambes allongées, le dos contre le tronc de l'arbre qui les ombrageait et il avait fermé les yeux.

— C'est sur les ports que viennent les marchands. Ils regardent bien le bois, ils mesurent, ils touchent, ils calculent combien ils vont gagner...

Henri ne dormait pas.

— Puis en novembre, propriétaires et marchands se rencontrent à Château-Chinon, une grande ville, là-bas, vers le nord, pour la foire aux bois. Entre eux, ils s'entendent sur le prix et le bois change de propriétaire.

François, lui, n'avait pas sommeil, il était suspendu aux lèvres d'Henri et, de temps en temps, il pestait un peu, intérieurement, lorsqu'il trouvait que les mots ne venaient pas assez vite à son gré.

— Après la vente, dans les quinze jours qui suivent, sur tous les ports de jetage, on voit arriver une foule de gens avec des marteaux portant la marque des nouveaux propriétaires et, tout au long des rivières, on n'entend plus que le bruit du martelage sur les bûches frappées à la coupe. Il faut faire vite. Les rivières écoutent et se préparent.

D'une ferme du hameau de Belle-Perche leur parvint le roulement d'une charrette sur le chemin de pierre et les flatteries du paysan pour ses bœufs. Henri s'arrêta tout net. Il ouvrit les yeux. Sans bouger, il suivit l'attelage et ne se remit à parler que lorsque la charrette eut complètement disparu.

— Au début, quand nos rivières surent que c'était important pour nous autres de vendre notre bois à Paris, tu penses bien qu'elles se dirent toutes prêtes à travailler, mais il y en avait de si petites qu'il n'était pas possible de leur faire porter des bois. Certaines s'étranglaient déjà avec les feuilles de l'automne. Alors, pour les aider, on a construit les étangs, comme ceux que tu vois là.

C'est vrai que la rivière d'Yonne était encore toute maigriotte et que les bûches semblaient bien grosses pour un si faible cours. François se sentait de la tendresse pour les petites rivières.

— Vers le quinze novembre, quand toutes les bûches ont été marquées, quand tout est prêt, on ouvre les étangs de la haute vallée et dans tous les ports, les hommes, les femmes, les enfants jettent le bois dans la rivière. Il faut faire vite. Il y en a beaucoup à jeter et les étangs ne sont pas si vastes pour entretenir un gros débit bien longtemps.

François avait les yeux grands ouverts. Il voyait tout ce qui ne se passait pas devant lui.

— C'est le petit flot.

Que n'était-on en novembre ? Comme il aurait voulu, lui aussi, jeter des bûches dans le courant.

— Mais on ne les jette pas n'importe comment. On jette d'abord une certaine quantité de bois qui n'ira pas jusqu'aux arrêts. Il faut que la rivière s'aménage. Les premières bûches s'arrêtent sur les bords, s'échouent dans le creux des courbes, se fichent sur les piquets ou sont retenues par les branches tombées des arbres qui la bordent. Seulement, quand ce bois est ainsi arrêté, il dégage bien le milieu et il se forme une goulette dans laquelle tout le reste du flot pourra bien passer.

François était complètement subjugué par le récit d'Henri. Il le trouvait plus beau que toutes les histoires qu'on avait pu lui raconter quand il était enfant, et pourtant, sa mère en connaissait de bien douces, et s'il avait ouvert la bouche, ce n'était pas dans le but de poser des questions. Des questions, il n'y en avait pas à poser. Il fallait écouter, c'est tout. Pourtant, pendant un silence, il se souvint qu'il allait bientôt participer, lui aussi, à cette aventure et il se sentit parcouru par des frissons qui devaient être d'impatience.

— Plus bas, bien plus bas, on a fait des arrêts sur la rivière, dans des endroits où l'on peut ranger beaucoup de bois et les bûches viennent se tasser sur les arrêts. Là, des ouvriers vont les sortir et les remettre en tas, sans se préoccuper des marques ni des natures. Le bois n'est pas encore prêt pour affronter les grosses rivières. Il faut le laisser se reposer encore. Mais on est à la fin novembre, les coupes ont recommencé dans les forêts et les ports de la haute vallée sont libres pour recevoir de nouveaux bois. On ferme les étangs pour retenir l'eau du prochain flot.

François était fier d'être Morvandiau.

— Au début, tous les marchands qui jetaient du bois dans la rivière étaient automatiquement membres de la Compagnie des intéressés au flot de la haute Yonne et de ses affluents, et chacun était responsable de l'acheminement du bois de tous, pour la part de rivière qui lui revenait. Maintenant, les marchands sont toujours membres de la Compagnie, du Commerce, comme on l'appelle, mais ils concèdent le flot à des entrepreneurs. Ce sont les entrepreneurs qui embauchent les jeteurs et les jeunes qui doivent courir plus vite que l'eau pour prévenir ceux du dessous qu'on a ouvert les étangs d'amont. Ils embauchent aussi tous ceux qui vont surveiller l'écoulement, ils sont des centaines, et ceux qui tireront le bois au pied des arrêts.

Henri marqua une longue pause avant de poursuivre :

— Tu vois, de nos jours, les marchands ne s'occupent pas de l'acheminement du bois. Ils ne le suivent plus, ils l'attendent à Clamecy. Ce sont les entrepreneurs de flottage qui s'occupent de tout, jusqu'au toucher-queue.

Henri avait depuis longtemps cessé de faire semblant de dormir. Il regardait son petit compagnon. Il put ainsi se rendre compte de la dimension des yeux du François. L'expression du petit le fit peut-être sourire, mais il était difficile de distinguer sur son visage les rides de vent de celles du plaisir.

— Toucher-queue, c'est descendre les rivières depuis le haut et remettre dans le courant tous les premiers bois qui s'étaient arrêtés sur les bords pour ménager la goulette.

Le soleil commençait à descendre à l'horizon. Henri regarda le ciel. Il parlait toujours aussi lentement et aussi peu souvent, mais François s'était habitué et il était moins impatient. Il savait que la suite allait venir, même s'il ne la pressait pas.

— Il faut aussi s'occuper des bois canards.

Henri chercha sur le visage de son petit compagnon d'autres traces d'étonnement mais il en fut pour sa peine. Le petit connaissait maintenant le manège et, sans doute par jeu, il ne voulut pas lui faire ce plaisir.

— Parmi les bûches que l'on jette, il y en a qui n'ont pas flotté ou pas longtemps et qui sont tombées dans le fond de la rivière parce qu'elles étaient encore pleines de sève. Les marchands ne veulent pas perdre de l'argent. A la fin du petit flot, il y a une adjudication entre les entrepreneurs de flottage, pour la charge des bois canards qui seront sortis de la rivière et remis sur les ports à sécher, jusqu'au prochain petit flot.

François avait de quoi rêver et lorsque Henri lui dit qu'il commençait à se faire tard et qu'il fallait partir, il le suivit sans presque l'entendre, par habitude. Ils remontèrent dans la forêt pour passer la nuit. Ils dormirent encore à la belle étoile.

V

Si la nuit précédente le froid avait été plus fort que le sommeil, il ne put rien contre le rêve et François ne s'éveilla qu'au jour. Au matin, ils redescendirent vers l'Yonne et ils suivirent son cours. Le ciel était gris et il y avait du vent. Avant la fin du jour, il y aurait de la pluie.

En descendant la rivière, François se rendit compte qu'une fois de plus ils évitaient les villages et changeaient de rive pour ne pas avoir à passer à proximité des maisons, mais maintenant, il préférait cela, parce qu'il se trouvait bien en compagnie de l'Henri. Et puis il pressentait qu'il y avait à apprendre jusque dans les silences. D'ailleurs, au cours des marches, alors que l'Henri ne disait rien, il avait eu déjà plusieurs fois la sensation qu'il était sur le point de toucher l'esprit du bois et de l'eau. Cette sensation était encore bien fragile et fugace, mais voulant à toute force la saisir et la garder, il allait finir par redouter la présence d'autres personnes qui risquaient de la faire fuir.

Ils virent beaucoup de ports et d'étangs dont Henri connaissait tous les noms. Quand ils arrivèrent à proximité d'un port de jetage qu'Henri lui désigna comme s'appelant le port du Champ-Verdelet, ils s'arrêtèrent. Je veux dire qu'Henri s'arrêta et le petit, qui faisait toujours tout ce que faisait l'autre, s'arrêta avec lui. Henri regarda longtemps l'endroit qui se trouvait en bordure d'une prairie et qui paraissait tout à fait désert. Le vieil homme prit aussi le temps d'observer très attentivement les alentours, puis il se décida et se dirigea vers le haut du port. Sa petite ombre le suivait encore. Ils empruntèrent le chemin des chariots.

On y voyait de profondes ornières qui attestaient des nombreux passages. Plus ils approchaient, plus l'odeur du bois devenait forte. L'air humide soulignait encore les senteurs. Le port descendait en pente douce jusqu'à la rivière. Ils restèrent d'abord dans le dessus et l'arpentèrent trois fois avant de s'aventurer entre les rangées. Le petit regardait les bûches comme s'il avait été en présence de quelque trésor. Passant au milieu des piles, Henri mit la main sur une bûche.

— Qu'est-ce que c'est ?

— Quoi ?

— Qu'est-ce que c'est que ce bois ?

— Ah ! Du bouleau.

— Et celui-là ?

Le petit dut s'approcher. Il ne voyait que le cœur, il eut besoin de regarder l'écorce.

— Du chêne.

— Et celui-là ?

— Du sapin.

— Et celui-là ?

François eut une hésitation. Il n'avait eu aucune peine à reconnaître les arbres quand ils étaient sur pied, parce que la forme et le feuillage lui étaient familiers, mais là, coupés, ébranchés, tous de la même taille, sans en voir beaucoup d'écorce, il hésitait.

— Du hêtre ?

— Non.

— Ce n'est pas du hêtre ?

Il avait mis, sans vraiment le vouloir, une nuance de doute dans son interrogation. Henri le regardait et le petit baissa les yeux. L'autre attendait, la main posée sur la même bûche. François était gagné par la panique.

— Alors ?

Henri ne montrait pas d'impatience. François secoua la tête pour dire qu'il ne savait pas.

— C'est du charme, regarde bien.

Henri avait fini par lâcher la bûche et en cherchait une autre.

— Et celui-là ?

Le petit était perdu.

— Du frêne ?

— Non, c'est du hêtre.

Henri se remit à marcher et ne fit plus attention au garçon.

Le petit le suivait maintenant à quelques pas en arrière. Henri continuait de laisser traîner ses mains sur le bois, il s'approchait pour le sentir aussi, mais il n'interrogeait plus François. Celui-ci, de son côté, ne faisait plus chacun des gestes que faisait l'autre, car il en avait perdu le droit.

Ils reprirent leur marche le long de la rivière. En arrivant en vue des étangs, ou passant devant les ports, Henri continuait de dire des noms qui ne faisaient plus rêver le petit. Ils passèrent au saut du Châtelet où la rivière se mit en fureur et il sembla à François qu'elle en avait après lui. Plus tard, ils arrivèrent à l'étang d'Yonne. Là, Henri lui expliqua que le haut de l'Yonne s'appelait aussi le ruisseau de Belle-Perche et qu'à cet endroit, il recevait le ruisseau de la Mothe-Chauvreau, grossi de celui de la Proye et de Préperny. Un peu plus loin, il recevait encore le ruisseau de Fachin et, fort de toutes ces eaux, il prenait maintenant tout à fait des allures de rivière, qu'on lui avait prêtées jusqu'alors parce que c'était l'Yonne, mais qu'il ne méritait pas encore avant cela.

Ils avaient contourné à bonne distance la tannerie et le moulin des Morvans, avant d'en revenir à la rivière. François n'arrivait pas à surmonter sa tristesse et le ciel et le vent faisaient cortège à son humeur. La pluie se mit à tomber. Ils durent remonter dans les bois pour chercher un abri. Ils se protégèrent dans une anfractuosité de rocher qui surplombait la rivière et qui avait dû être creusée au temps où les eaux étaient hautes, quand tout était grand. La pluie ne cessa plus, tout le reste du jour. Ils firent un feu et dormirent là. Le lendemain matin, ils mangèrent leur dernier morceau de pain et l'ultime portion de fromage, puis Henri partit en le laissant là et ce n'était pas bon pour la honte que de rester seul. Il attendit plusieurs heures son retour. Le ciel était toujours nuageux et menaçant, mais la pluie avait cessé. Le hêtre, le frêne et le charme implantaient leurs racines dans son orgueil et lui faisaient des maux de mémoire.

Lorsque Henri revint, il ne monta pas jusqu'à lui, il lui fit signe d'en bas de venir le rejoindre. Il avait la musette pleine. Quand le petit se retrouva à ses côtés, Henri l'invita, d'un mouvement de tête, à le suivre. Ils descendirent jusqu'à l'Yonne.

En face, sur l'autre berge, il y avait un port où deux galvachers avaient conduit leurs charrettes pleines de bûches et ils s'apprêtaient à les décharger. Ils venaient de finir de planter deux fois deux pieux à bonne distance les uns des autres pour maintenir le bois. Henri et son petit compagnon s'étaient approchés sans bruit. Ils restèrent cachés derrière un rideau de buissons.

Les deux galvachers avaient choisi de se donner la main et commençaient ensemble à décharger la première charrette. L'entassement montait doucement. Ils faisaient les mêmes mouvements, du plateau à la pile, ils se parlaient, ils s'arrêtaient ensemble pour s'essuyer le front du revers de la manche.

Il n'y avait rien là de bien extraordinaire, pourtant cela fit du bien à François de rester une bonne heure à regarder ces hommes. C'était bon parce que c'était simple. Quand ils eurent fini, ils partagèrent une rasade d'un breuvage contenu dans une gourde de peau, puis ils se serrèrent la main et chacun s'en repartit avec sa charrette et ses bœufs. Lorsqu'ils furent loin, Henri se remit en mouvement et tous deux reprirent leur marche.

Henri raconta que les coupes de bois et le petit flot étaient régis par des règles très strictes qui dataient des rois de l'ancien temps. Tous les gens qui travaillaient dans les forêts ou au long des rivières étaient tenus par l'honneur.

— Seulement, précisa-t-il avec un peu d'amertume, les lois ont été faites à Paris, par des riches, des hommes qui ne connaissaient pas le Morvan et les Morvandiaux, et au début, les gens d'ici ne pensaient pas manquer au devoir en faisant ce qu'ils avaient toujours fait.

Bien sûr, comment comprendre que la forêt ou les bois qu'ils avaient autour d'eux pouvaient avoir un propriétaire, que les arbres qu'ils voyaient depuis toujours pouvaient appartenir à quelqu'un d'autre qu'à ceux qui les regardaient ? Henri précisa que, maintenant, peu de gens volaient du bois dans les forêts, sur les ports, ou dans les rivières au moment du flot. Les Morvandiaux avaient appris, mais quand cela se produisait, les maires des communes pouvaient être saisis pour perquisitionner chez ceux que l'on soupçonnait, et si l'on trouvait des preuves, les voleurs étaient alors condamnés à de lourdes peines de prison.

François entendait à peine. En réalité, il attendait, il attendait un autre port de jetage où il n'y aurait personne.

Sur le coup de midi, ils arrivèrent près d'un port qu'Henri dit s'appeler le port de l'Homme. Entouré d'un gros bosquet, il paraissait désert. Avec toutes les précautions d'usage, Henri inspecta les alentours. Le cœur de François lui battait dans la bouche. Lorsqu'ils y furent, ils tournèrent assez longtemps autour des piles de bois. Le petit les regardait avec une certaine inquiétude. Henri, lui, inspectait le faîte des tas de bûches et quand il s'arrêta, ce fut pour en attraper une qu'il tendit dans la direction de François. Elle n'était pas écorcée.

— C'est du sapin ? balbutia le gamin.

Henri ne bougeait pas. Il ne retira pas la bûche, il la tenait toujours. Le petit se mordit un peu les lèvres.

— Du mélèze ?

Henri la reposa alors et en choisit une autre qu'il présenta comme la première.

— Du chêne.

Il n'avait pas hésité car le chêne était tout à fait reconnaissable. Il commençait à respirer un peu mieux. Henri dut faire quelques pas pour attraper un autre morceau de bois. Lorsque François le vit se retourner vers lui, il fut pris de sueurs froides. C'était un des trois qu'il avait déjà confondus. Il resta longtemps sans rien dire. Henri se montrait patient et gardait la bûche au bout de ses bras tendus. Il fallut se lancer.

— C'est du hêtre, non... du... si, c'est du hêtre.

Henri allongea un peu plus les bras en avançant le menton comme s'il voulait inviter François à la saisir. Le petit voulut la prendre et Henri, sans la lui donner, lui assena un bon coup de bûche sur les mains.

— C'est du frêne, dit-il, inexorable.

Il en prit une autre. Allez reconnaître une bûche quand on a des larmes plein les yeux et qu'on fait des efforts pour qu'elles ne s'échappent pas.

— C'est du hêtre.

Henri reposa la bûche. Il en prit encore une autre.

— C'est du charme.

François, là, n'avait pas pris le temps de réfléchir, il avait dit n'importe quoi, comptant sur la chance. Henri le regarda sans rien dire. Alors, le petit tendit ses mains et Henri lui administra un autre coup.

— C'est encore du hêtre, précisa-t-il.

Quand l'autre se retourna pour la reposer, le petit s'essuya prestement les yeux et il avait fini quand Henri refit demi-tour. Il avait pris cette fois deux bûches.

— Regarde, les taches sur l'écorce du hêtre sont petites et allongées dans le sens du tour. La couleur est assez grise. Le frêne jeune est plus vert et il n'a que de toutes petites taches. Le vieux frêne a une écorce avec des crevasses allongées dans le sens du bois. Le cœur du frêne est plus clair que le hêtre ou le chêne. Le charme est un peu comme le hêtre mais ses taches claires sont plus larges et pas dans le sens de la circonférence. Son écorce est plus sombre aussi.

Il avait pris, en plus, une bûche de charme pour étayer sa démonstration. Le petit semblait regarder avec beaucoup d'attention et oublier ses mains qui le lendemain allaient être bleues, mais il était inquiet. Il se demandait s'il n'était pas bête, s'il allait être assez intelligent pour être flotteur et parce qu'il avait peur, il n'arrivait pas à bien retenir. A la fin, il dit qu'il avait compris et quand il fut à nouveau interrogé par Henri, il ne se trompa pas. Seulement, le hasard y était peut-être encore pour une part. Malgré cela, François avait repris un peu confiance et il en trouvait le ciel moins noir. Ils se remirent à marcher.

Henri était redevenu silencieux. Ils marchaient depuis plus d'une heure que le vieux compagnon de rivière n'avait plus prononcé un mot. Le petit, pendant ce temps, léchait ses blessures. François était maintenant tout à fait habitué à ces silences qui peuplaient le plus clair de leurs jours. Il est vraisemblable que chacun d'eux choisissait dans le paysage des choses pour les retenir et les garder, des endroits, des bruits, des parfums qui les feraient plus riches, au bout du voyage. Peut-être éprouvaient-ils d'ailleurs des émotions semblables, peut-être s'arrêtaient-ils sur les mêmes détails, mais ils avaient la sagesse de ne jamais chercher à les échanger, le vieux parce qu'il savait que les mots sont rarement à la taille des choses vues ou ressenties, et le petit à cause d'une sorte de pudeur des enfants qui s'effraient parfois de leurs sensations nouvelles.

La rivière allait toujours en s'agrandissant au fur et à mesure qu'elle recevait des ruisseaux. Le paysage restait le même, tout de vert. Ils empruntaient parfois des chemins ou se frayaient un passage dans les futaies ou les taillis. Quand ils revirent des ports et des étangs, ou lorsqu'ils arrivèrent au confluent de l'Yonne et d'un autre ruisseau, le vieux récita les noms, comme il le faisait à chaque fois, mais ce fut tout.

Au soir de ce jour-là, ils remontèrent dans les bois pour dormir.

Le lendemain, ils descendirent tout droit à la rivière et Henri fit asseoir François à l'abri d'un taillis. De l'autre côté, il y avait quelques champs, comme toujours bordés de bois, et pas trace de maisons. Pendant tout un temps, Henri resta debout. Il semblait guetter ou attendre quelque chose, puis il finit par s'asseoir à son tour. Ils restèrent là tout le jour. Au début, Henri tournait la tête ou se levait au moindre craquement dans les taillis, ou au plus petit souffle de vent dans les branches. Puis, la journée avançant, il s'assombrit et devint tout à fait immobile. Il paraissait réfléchir avec force ou se livrer à des calculs difficiles mais à la fin, il n'était plus du tout sensible au souffle de l'air et au bruissement des bois.

De la journée, il ne parla que très peu. Il dit, alors qu'ils étaient déjà assis depuis plus d'une heure :

— Le vent s'épuisera avant demain.

Vers midi, quand ils eurent déjeuné, il dit aussi :

— Pendant le petit flot, une bûche peut se bloquer entre deux pierres ou s'accrocher sur le bord...

Mais ces mots semblaient s'être échappés de ses réflexions.

— Alors, quand on les jette, tout au long de la rivière, il y a des hommes qui surveillent leur écoulement. Il ne faut pas les laisser s'amasser ailleurs que sur les arrêts. Si une bûche se plante, les autres vont tellement la pousser qu'elle sera fichée en force et si profond qu'on risquera de ne plus pouvoir la sortir. Une seule de ces bûches peut arrêter tout le flot. Il n'y a pas trop d'eau dans les étangs. Si toutes les bûches ne passent pas quand les eaux sont hautes, après c'est foutu.

Un très long moment plus tard, alors qu'il avait les sourcils tout froncés, il dit encore :

— C'est pas simple le travail des flotteurs sur les petites rivières. Quand il faut dégager un entassement, ils sont obligés de monter dessus si le croc n'a rien pu. Les malheureux doivent s'appuyer sur ce qu'ils peuvent, les rochers, les arbres, et pousser avec les pieds. Seulement, quand l'entassement se débloque, gare à celui qui se laissera entraîner par le bois. Plus d'un s'est fait broyer à ce jeu-là. Souvent, ce sont des enfants. Je t'en montrerai moi, des gamins qui sont passés dans les bûches, tu verras...

Et plus tard encore, quand le jour commença à décliner :

— Et quand il faut sortir les canards ? Tu crois que c'est rien de devoir passer ses journées dans l'eau, en plein mois de novembre ? Il faut être pauvre, figure-toi, pour accepter de faire pareil métier. Tiens, allez, partons.

Et Henri s'était levé brusquement, avait ramassé ses affaires et était parti sans attendre le petit qui ne comprenait rien à cette mauvaise humeur subite. Il dut courir pour le rattraper.

François avait passé une bonne journée. S'il n'était pas dans la nature des choses, ni des gens, que le petit interrogeât Henri sur les raisons de cette humeur soudaine, il ne l'était pas davantage de le questionner sur cette pause qui avait duré tout un jour, aussi avait-il attendu tranquillement le moment de partir. Pas une seconde il ne s'était ennuyé. Il avait autour de lui de quoi l'occuper. Et comme il ne connaissait pas de mots à mettre sur ses sensations, il se laissait porter, bercer par la nature à laquelle il appartenait pleinement. Si quelqu'un était venu lui dire qu'il avait approché de l'éternité en contemplant le jeu sans fin de l'eau autour des pierres que la rivière caressait dans son lit, ou bien encore que, pour la première fois de sa vie, il avait pressenti la mort en regardant tous ces arbres qui allaient lui survivre, il aurait été bien étonné et aurait certainement pensé que ces choses-là n'étaient pas pour lui. Pourtant, la mort lui avait fait battre le cœur, un temps.

Ayant rattrapé Henri, ils marchaient sur un petit chemin de mousse qui avait dû être tracé par les pêcheurs. Le vent s'était un peu calmé, mais le ciel était toujours aussi noir et la nuit allait venir avant son heure. Ils étaient encore sur la rive gauche. Ils arrivèrent à hauteur d'un hameau qu'Henri dit s'appeler les Vouas, qui se trouvait sur l'autre rive. En guise de pont, pour traverser la rivière, à hauteur du hameau, il y avait plusieurs grandes planches qu'on avait posées sur deux tas de pierres. Comme toutes choses semblaient avoir un nom, Henri précisa que c'était la planche des oies. Mais alors qu'ils la dépassaient, tout à coup, ils se retrouvèrent nez à nez avec un homme qui portait en sautoir une large écharpe tricolore. Henri s'arrêta tout net. L'autre tendait déjà la main.

— Tiens, mais qu'est-ce que je vois là ?

Avant que l'homme eût fini sa phrase, Henri se jetait dans le taillis, abandonnant le chemin, traversant les haies comme si elles n'avaient pas été là.

— C'est l'Henri Boussard, mais qu'est-ce que tu... ?

François n'en revenait pas. Il eut une hésitation. Il regardait Henri s'éloigner comme un voleur et l'homme à l'écharpe qui ne s'occupait pas de lui. Il finit par se décider. Il emboîta le pas au fuyard et se mit en devoir de le rattraper.

— Bonjour monsieur.

Henri était déjà loin. L'homme à l'écharpe avait fait quelques pas dans leur direction. Henri devait avoir vu l'ébauche du mouvement de l'autre car il se mit pratiquement à courir. Pour pénétrer plus avant dans le sous-bois, comme toujoùrs, il fallait monter. Il montait en soufflant, mais il montait avec une rapidité extraordinaire. Le petit désespérait de pouvoir jamais le rejoindre. Quant à l'homme à l'écharpe, il renonça bien vite. Il cria quand même :

— Mais qu'est-ce qui te prend ?

Henri courut ainsi un bon quart d'heure. Il avait pris tellement d'avance que le petit le perdait de vue de temps en temps. Finalement, il disparut définitivement derrière un renflement de terrain. En bas, l'homme à l'écharpe regardait encore dans leur direction. Malgré le souffle court et le mal de jambes, François fit tout ce qu'il pouvait pour grimper au plus vite. En arrivant au niveau du renflement derrière lequel Henri avait disparu, il découvrit soudain le vieux compagnon de rivière, assis tranquillement sur une souche au milieu des copeaux. Il attendait. Il n'était plus essoufflé et de l'endroit où il se trouvait, il pouvait surveiller la pente.

— Ah, te voilà petit ?

François tomba sur les fesses. La fatigue et le ton d'Henri avaient eu raison de ses dernières forces. Henri venait de faire quelque chose de vraiment incompréhensible et tout ce qu'il trouvait à dire, c'était ça : « Ah, te voilà petit ? » Relevant la tête pour aller chercher de l'air, François se fit la réflexion que le vieux avait beau ne vouloir rien montrer, il n'en avait pas moins la sueur au front. Pourquoi s'était-il enfui ainsi ? Il ne pouvait pas avoir eu peur, pas lui. L'autre lui tendait la main... François haletait encore qu'Henri était déjà debout.

— Viens, nous devons marcher.

Qu'est-ce que cela voulait dire ? Et pourquoi évitaient-ils tous les endroits habités ?

— Alors, ça vient ?

Henri ne redescendit pas vers la vallée, il s'était engagé à flanc de colline. François n'avait qu'à le suivre. Ils marchèrent jusque très avant dans la nuit.

— C'est ma rivière.

Décidément, Henri avait un secret. Le soir, avant de se rouler dans sa couverture, il ajouta, comme pour finir le dire de ce jour-là :

— Jamais plus je ne remonterai jusqu'ici.

Et ce n'était pas une menace, c'était un aveu.

François fut réveillé par une main qui le forçait à se mettre debout. C'est après avoir parcouru une cinquantaine de mètres en descendant qu'il reconnut le jour. C'est bien plus bas qu'il se rendit compte que le soleil était revenu et qu'il était déjà assez haut. Les émotions de la veille l'avaient laissé endormi longtemps. Henri le tirait à lui décrocher le bras. Il l'avait arraché à un rêve où il chassait des gens qui se trouvaient au bord de l'eau, afin que l'Henri ne les aperçoive. Il avait eu du mal, ils étaient nombreux et certains s'amusaient à revenir alors qu'il en chassait d'autres.

Il voyait à peine où il mettait les pieds. En peu de temps, ils se retrouvèrent au-dessus de l'eau, sur une sorte de butte qui surplombait la rivière. En face, il y avait un moulin. Henri l'obligea à se coucher sur le ventre. Le petit se rendit compte que les deux musettes les attendaient là. Henri s'était allongé à côté de lui.

— Regarde.

Le petit obéit. La grande roue de bois tournait doucement, poussée par les eaux d'un petit canal de dérivation qui commençait un peu plus haut. L'entrée du canal était fermée par une grille à moitié arrachée. La roue à aube geignait sur son essieu, mais partie de sa plainte se perdait dans le bruit de l'eau se précipitant sur la barrière de pierre qui remontait le niveau. C'était beau et c'était calme. Le petit bâilla plusieurs fois. Allongé ainsi sur le ventre, en plein soleil, dans l'herbe chaude, il aurait bien volontiers trouvé un prolongement à sa nuit, mais Henri le poussa du coude et lui désigna du menton un point sur la droite, en amont. Sur l'autre berge, il y avait deux hommes, l'un qui portait une écharpe en sautoir et un autre qui regardait les endroits que lui désignait le premier. L'homme à l'écharpe était celui de la veille, quant à l'autre, François ne l'avait jamais vu. Tous deux inspectaient l'eau, les berges, les arbres. Le deuxième était habillé comme un bourgeois et tenait un carnet et un crayon à la main. Il prenait des notes. En prêtant l'oreille, le petit parvint à les entendre.

— C'est le pré des Raquin.

— Il faut lui signifier qu'il devra ébrancher ses arbres.

— Je lui ai déjà dit, mais c'est une tête.

— Tête ou pas tête, il faudra ébrancher.

François, bien qu'il ne comprît pas pourquoi les choses se passaient ainsi, trouvait amusant de surprendre les gens dans leur ouvrage. C'était, finalement, peut-être la seule façon de voir la vraie vie de la rivière et de ceux qui y travaillaient. Si Henri et lui s'étaient montrés, les autres auraient sans doute joué, qui au porteur d'écharpe, qui au bourgeois. Les deux hommes n'étaient plus qu'à quelques mètres. Ils ignoraient bien sûr qu'on les observait et ils n'étaient séparés que par un peu d'eau. Comme ils arrivaient tout à fait en face d'eux, le petit baissa la tête pour ne pas être surpris. Le visage dans l'herbe, il continuait d'écouter en regardant, sans les voir vraiment, deux fourmis qui tiraient un morceau de mouche bleue au travers d'une jungle de brins d'herbe.

— On va au moulin ?

— C'est toujours le père Louis qui travaille là ?

— Toujours, monsieur l'ingénieur.

— Il a encore de cette eau-de-vie de prune qu'il nous avait fait goûter l'année dernière ?

— Sûrement.

— Il va falloir qu'il répare sa grille.

Les deux hommes s'étaient dirigés vers le moulin et ils y entrèrent. François put relever la tête. Toujours sur le ventre, Henri se mit à reculer et François en fit autant. Lorsqu'ils furent assez loin pour ne pas risquer d'être vus, ils se relevèrent et reprirent leur marche.

Plus loin, Henri se mit à parler.

— Celui qui avait le carnet, c'est un ingénieur des eaux et forêts. L'autre, c'est le garde-rivière, celui à l'écharpe. Lui, je le connais.

Comme toujours, chacune de ses phrases était séparée de la suivante par un long moment pendant lequel il semblait même parfois se désintéresser complètement de ce qu'il avait dit. Pourtant, lorsqu'il recommençait à parler, c'était en général toujours la suite logique de sa conversation là où il l'avait abandonnée.

— Ils inspectaient la rivière avant le petit flot de l'automne. Pour pouvoir porter, il faut que la rivière soit en état. Parfois, il y a tellement de bûches qui courent sur l'eau qu'elles emportent tout ce qu'elles rencontrent et les entrepreneurs de flottage sont alors obligés de payer les dégâts.

La suite ne vint qu'au bout d'un bon quart d'heure.

— Des fois, il y a des malveillants qui cherchent à se faire payer des choses qui ne le devraient pas. Aussi l'ingénieur inspecte-t-il la rivière et il signale à chacun des riverains ce qu'il devra effectuer comme travaux avant le petit flot. Le riverain peut ne rien faire, mais il perdra le droit de se plaindre si les bûches font des dégâts à sa propriété. C'est pour cela qu'il écrit, l'ingénieur.

C'est en déjeunant qu'il poursuivit :

— Les gardes-rivières, eux, ils doivent faire appliquer les instructions de l'ingénieur.

Il prit le temps de finir son pain avant d'ajouter :

— Ils sont aussi chargés de surveiller les ports pour qu'il n'y ait pas de vol, la rivière au moment du flot, le jetage et le tirage.

Après avoir bu une grande rasade d'eau, il se remit debout et dit encore :

— Allons, en route, nous sommes bientôt arrivés.

François se mit d'un bond sur ses pieds. Il n'en revenait pas. Ils étaient bientôt arrivés et il ne savait même pas où. Il eut peur. Il tournait sur lui-même et ne parvenait pas à ramasser ses affaires. Il y avait encore des tas de choses qu'il n'avait pas comprises. Henri marchait déjà, indifférent au trouble de son petit compagnon. Est-ce qu'il lui expliquerait jamais pourquoi il s'était comporté de la sorte ?

Ils passèrent devant le pont de Blaisy, puis ils contournèrent la roche du Gard qui dominait la rivière et, deux heures plus tard, ils arrivèrent à ce qui semblait être la lisière de cette forêt qu'ils ne quittaient plus depuis les sources de l'Yonne.

Devant eux, la rivière était barrée par de grands chevalets de bois et tout autour, sur les berges, il y avait de vastes espaces libres qui s'étendaient sur plusieurs hectares et qui étaient complètement vides, mis à part deux rangs de bûches sur deux mètres de hauteur et une dizaine de mètres de long.

— Ce sont les bois canards ?

Henri fit d'abord signe de la tête pour dire que c'était bien ça, puis il ajouta :

— On les a tirés là en attendant le prochain flot. Il y a toujours beaucoup de bois canards au pied des arrêts, parce que les bûches s'aident entre elles pour flotter et c'est quand les ouvriers les retirent de l'eau que les trop lourdes finissent de couler.

Que se passait-il ? Ni l'un ni l'autre n'arrivait à avancer.

— C'est l'arrêt de Prébertin. C'est le premier arrêt sur la rivière d'Yonne.

Il y avait quelque chose de triste dans cet espace inoccupé et François se sentait gagné par une sorte de mélancolie.

— A l'arrivée du petit flot, tout le bois vient se cogner là. Les ouvriers, il y en a des douzaines, armés d'un grand croc, une sorte de perche avec un fer au bout, tirent les bûches jusque sur les berges.

Ils n'avaient toujours pas fait un pas. Derrière eux, il y avait la forêt, devant eux, le Prébertin, vide.

— Une fois sur la berge, elles sont entassées, souvent par les femmes et les enfants.

L'un et l'autre semblaient ne pas avoir de goût pour quitter ce monde dans lequel ils vivaient depuis quelques jours.

— On serait à cette place à la fin du mois de décembre, on ne verrait que des rangées et des rangées de piles de bois.

Ils étaient encore loin de Neuffontaines et pourtant, ils avaient déjà tous deux l'impression d'être au bout du voyage.

— Tous les gens des villages et des hameaux alentour participent au tirage des bûches.

C'était peut-être la fatigue qui les retenait sous les arbres, à l'orée de la forêt.

— Les gens d'ici travaillent également au jetage quand il est temps de remettre le bois dans la rivière. Ce sont des paysans, mais la terre est pauvre et ça leur fait gagner un peu.

Ils avaient regardé les villages et les hameaux. Le Prébertin était parfaitement désert, ils ne risquaient pas d'être surpris.

— Il faut aller, petit.

Henri se retourna pour regarder derrière lui. Il n'avait pas entendu de bruit, il ne craignait aucune rencontre mais il regardait la forêt. Il eut une sorte de soupir, puis il fit ses premiers pas dans le Prébertin. Le petit le suivit de suite. C'était bien le moment de rester à deux, parce que c'était triste. Henri le mena tout près des arrêts pour lui montrer comment ils étaient faits. Comme la rivière était basse, les chevalets de bordure se trouvaient hors de l'eau. En d'autres temps, François aurait grimpé au faîte des pièces de bois pour agrandir son horizon, mais il n'en avait pas le cœur. Ils restèrent là un moment, puis Henri dit qu'il fallait rentrer. François le regarda. Il y avait donc autre chose à faire que de vivre dans les bois, de dormir sur un lit de feuilles, de faire ses repas de pain et de fromage et d'un peu de viande salée de temps en temps, quand c'était la fête ? Henri s'éloignait déjà que le petit était encore au pied des arrêts. Ne le voyant pas venir, Henri se retourna.

— On ne devient pas compagnon de rivière à cet endroit de l'Yonne.

Alors le petit le rejoignit. Il leur fallut deux jours pour revenir à Neuffontaines.

Il y a façon et façon de mettre un pied devant l'autre pour faire son chemin. Eux savaient qu'ils ne marchaient plus comme ils avaient marché. Ils remontèrent vers le nord. En traversant la forêt de Montreuillon, le petit voulut croire que ce n'était pas fini, mais il ne sut pas dire d'abord pourquoi ce n'était pas pareil. Il ne s'en aperçut que plus tard. Pendant qu'ils descendaient le long de l'Yonne, même lorsqu'ils faisaient de grands détours pour éviter les maisons, ils ne s'étaient jamais assez éloignés de la rivière pour ne plus l'entendre. Tout au long des jours, elle n'avait cessé de leur parler et elle avait bercé leurs nuits. Au cœur de la forêt de Montreuillon, c'était le silence, le vide et c'était affreux. Les oiseaux et le vent n'y pouvaient rien. Ces deux-là avaient perdu leur compagne. Plus tard, ils retrouvèrent le bocage. C'était toujours beau, bien sûr, ils traversèrent même une rivière qu'Henri dit s'appeler l'Anguison, mais on voyait tout de suite que ce n'était pas l'Yonne et puis ils l'abandonnèrent, sans la suivre. Leur dernière nuit, ils la passèrent dans un pré, à l'abri d'une haie, près du hameau du Cuzy qui avait un étang qui ne ressemblait à rien. Que dis-je un étang ? Une mare, tout au plus.

VI

Arrivés à Neuffontaines sur le coup de cinq heures après midi, ils firent un détour pour éviter les maisons du village et aborder la ferme sans avoir à rencontrer personne. Ils se conduisaient comme des maraudeurs, des gens d'ailleurs, ceux qui n'ont pas de chez-soi. Quand elle les vit à la porte, Angéline montra qu'elle en avait du plaisir. Elle embrassa longuement le petit qui ne savait que faire au milieu de ses gros bras. Il ne répondit pratiquement pas à ses questions. Il eut toutes les peines du monde à articuler des oui et des non alors qu'elle voulait des détails. Henri rangeait ses affaires avec autant d'émotion apparente que s'il était parti du matin. Angéline y mettait pourtant de la bonne volonté. Elle voulut tuer un poulet. Le petit cherchait un moyen de lui échapper.

Le lendemain matin à dix heures, la femme d'Henri alla réveiller François. Venant de l'extérieur, elle mit un moment à s'habituer à la pénombre de l'écurie. Lorsqu'elle fut en mesure de distinguer les choses, elle se rendit compte qu'il n'était plus là. Elle ressortit dans la cour. Henri était parti depuis l'aube, il avait dû l'emmener. Angéline était seule. Il ne lui restait qu'à se parler à elle-même.

— Il aurait pu le laisser dormir.

Elle devait aller au jardin, arracher des légumes pour le repas de midi.

— Il avait petite mine, il va le tuer.

Elle pénétra dans le jardin en maugréant. Elle grognait encore en tirant à pleines mains sur les fanes de carottes, puis, ayant arraché son content, elle se redressa en se tenant les reins, quand son regard fut attiré par une tache de couleur au pied de la haie de clôture. En s'approchant, elle reconnut François. Il dormait. Il dormait profondément. Angéline n'avait pas eu d'enfant, elle avait de la tendresse de reste. Le regardant un instant, il lui vint des larmes et le corps du petit se tordit un peu dans l'eau qui lui baignait les yeux, comme s'il avait souffert de sa mélancolie. Elle se mit à genoux, ébaucha un geste qui lui aurait fait caresser la tête du garçon mais elle avait les mains pleines de terre. Alors elle se releva en se traitant de vieille bête et sécha ses yeux en disant le nom du petit. François eut du mal à s'arracher au sommeil et quand il fut debout, il s'excusa :

— Dans l'écurie, je n'arrivais pas à dormir.

En entrant dans la maison, il vit qu'Angéline avait préparé un grand bol et des tartines qui disparaissaient sous plusieurs centimètres de crème de lait. Elle voulut le servir.

Ce soir-là, François eut son lit dans la salle commune.

Les jours qui suivirent, Angéline ne le vit que fort peu à la ferme. Souvent, il ne rentrait même pas le midi pour déjeuner. Henri, de son côté, n'était guère présent et personne ne savait ce qu'il faisait de ses jours. Seulement, depuis qu'ils étaient rentrés, il ne craignait plus de laisser le petit seul avec sa femme. Il ne l'emmenait plus avec lui et ne l'envoyait pas davantage compter les arbres au bord des cours d'eau.

François passait ses journées dans le bois des Ferrières ou la forêt de Molay. Lui, le petit paysan qui ne connaissait naguère que les prés et les champs, ne se trouvait bien maintenant qu'au milieu des bois.

Un après-midi qu'il s'était peut-être un peu assoupi sur la mousse au pied d'un sapin, pas très loin de la Maison Dieu, il fut tiré de son sommeil ou de sa rêverie par quelques notes de *la Petite Bergère*, une chanson de fille qu'il avait entendu chanter par sa mère pour sa petite sœur. Les notes étaient douces et la voix claire. Il savait distinguer maintenant les moments précieux, il ne voulut pas rompre les charmes de la forêt. En brusquant ses mouvements, il risquait de faire fuir les fées qu'il n'avait encore jamais rencontrées, mais dont il connaissait l'existence.

Aussi se redressa-t-il doucement, sans faire de bruit, tout en cherchant à localiser l'endroit d'où venait le chant. Tournant avec précaution autour du sapin, marchant sur la mousse, il finit par apercevoir la petite sauvageonne qu'il avait déjà vue dans un chemin. Découvrant un être vivant alors qu'il était logiquement en droit de s'attendre à rencontrer un esprit, il n'en parut pourtant nullement dépité.

La petite avait tiré derrière elle un fagot de branchages, lié par une ficelle dont elle tenait encore l'extrémité et s'apprêtait à en lier un autre. François voulut s'approcher, mais sous les sapins, hors la mousse, le sol est toujours jonché de branches mortes et, occupé de la rejoindre, il en fit craquer quelques-unes. La petite releva la tête et arrêta son chant. Elle ne parut pas surprise de le voir là. Si François avait été un peu plus roué qu'il n'était, devant le peu d'étonnement qu'elle manifesta de le trouver soudain en face d'elle il aurait pu supposer qu'elle avait chanté pour le faire venir. N'importe qui d'autre que lui aurait gagé qu'elle l'avait aperçu en train de dormir. Seulement, ce ne sont pas suppositions que l'on peut faire si l'on est prêt à jurer que les fées et les esprits peuplent à jamais le sous-bois.

Lorsqu'elle l'eut regardé un instant, très vite, elle se pencha sur son deuxième fagot, serra le lien, prit ses deux ficelles et s'éloigna. François, lui, semblait vouloir la retenir, car forçant le pas, il lui prit le bras.

— Attends.

La petite se dégagea, non sans violence, et continua son chemin.

— Donne-moi tes ficelles, je vais les tirer, tes fagots.

Il cherchait encore à l'arrêter, alors la petite se jeta sur lui et lui donna une volée de coups de poing et de coups de pied quand François n'avait encore rien fait pour se défendre.

— Mais t'as fini !

Il dut se protéger. Il la saisit à pleins bras afin qu'elle ne soit plus en mesure de le frapper. Elle se débattit comme une furie mais ne prononça pas un mot, pas même pour proférer une injure. Elle portait une jupe de toile et une sorte de chemise, sans corset. La tenant contre lui, il reçut de la chaleur. N'ayant plus la possibilité de lui donner des coups de poing, elle cherchait à le mordre et à le griffer. En se débattant tous deux comme diables, ils roulèrent à terre. Elle lui échappa un instant, il la reprit. Parce qu'il était quand même le plus fort, il se retrouva sur elle, mais pour protéger sa figure et échapper à ses griffes et à ses dents, il n'eut d'autre ressource que de dissimuler son visage dans le cou de la jeune fille. Il ne l'avait pas fait avec l'intention de l'embrasser, c'était venu comme ça, parce qu'il était là. En réponse à son baiser, elle cessa soudain de se débattre, tourna son visage vers la joue de François et le mordit cruellement à la mâchoire. Il se redressa en poussant un cri. Il était à genoux, elle était encore entre ses jambes. Il ne bougeait plus. Elle se dégagea en prenant appui sur ses mains et recula un peu. Sa chemise s'était ouverte dans la lutte. Quand elle se redressa, il vit un peu de sa poitrine blanche. L'espace d'une seconde, elle resta à genoux devant lui. Il tenait sa joue meurtrie. Elle se mit debout, courut à ses fagots et disparut très vite entre les arbres.

En rentrant à la ferme, François ne souffrait pas de la mâchoire, ni des jambes, ni de là où il avait été griffé. Il avait mal tout autour de la morsure, partout où la petite avait cherché de ses lèvres, l'endroit où elle allait le mordre.

Commencèrent des instants et des jours qui ne ressemblaient à rien.

François ne sut à nouveau où le conduisaient ses pas que trois semaines plus tard, lorsqu'il se retrouva avec Henri sur la route de Clamecy. On était au milieu de septembre et si le ciel semblait ne pas s'en soucier, les arbres commençaient à en porter trace.

C'est étrange comme les choses s'obstinent parfois à ne pas ressembler à ce qu'on avait imaginé. Combien de fois l'avait-il prise en rêve, cette route de Clamecy, depuis qu'il était chez les Boussard ? Il avait fait ce chemin par tous les temps, à toutes les heures du jour et la nuit même. A chaque fois, il s'était vu devant, marchant à dix pas, pour le moins, de l'Henri, ayant toutes les peines du monde à refréner son impatience ; aujourd'hui qu'il ne rêvait plus, il était à cent mètres en arrière. Il avait imaginé qu'il marcherait quasiment sur la pointe des pieds, le regard tendu vers l'horizon pour apercevoir la ville avant son temps ; au lieu de cela, chacun de ses pas était chargé de plomb et il paraissait n'y pas aller pour la première fois.

Que s'était-il donc passé ?

Henri ne tenait compte de rien. Il allait. Il allait son pas. Mais François finit par s'arrêter, tout comme s'il avait manqué de courage, et il se retourna. Comment peut-on regarder derrière soi lorsque l'on est en route vers Clamecy et qu'on en a rêvé ?

Devant ses yeux, il avait le plateau, sans arbre, sans maison, sans une âme, avec seulement de grandes taches rectilignes vertes et jaunes, au gré des cultures. Tout autour du plateau qui semblait étrangement suspendu à moitié ciel, bon nombre de collines assez élevées, chacune couronnée d'une chevelure de sapins ou de genêts, faisaient une sorte de ronde. Au faîte de deux d'entre elles, le petit dut bien reconnaître Saint-Aubin-des-Chaumes et Saint-Roch, les églises que les gens d'ici étaient allés ériger là-haut. Mais les mêmes qui avaient exposé leur culte à la vue de tous avaient curieusement dissimulé leurs villages dans des plis de terrain. Si François, en se retournant, avait souhaité apercevoir encore des maisons, il en fut pour sa peine. Neuffontaines était invisible.

Il fallait marcher pour devenir flotteur. Il marcha.

Quand Henri et François eurent traversé Bonneçon, le petit sut qu'il ne servait plus à rien de se retourner. Même le mont Lancioux qu'il avait pu distinguer tout à l'heure, et qui n'avait d'autre mérite, vis-à-vis de ses semblables, que de dominer Neuffontaines par l'est, même celui-là, dis-je, avait fini par dissimuler son herbe haute et ses taches de genêts derrière d'autres collines qui n'évoquaient rien.

Que s'était-il donc passé ? François n'était plus le même.

Au soir de sa rencontre avec la petite dans la forêt de Molay, Angéline puis Henri, lorsqu'il fut rentré, ne lui avaient pas demandé quel étrange animal il avait rencontré pour être marqué de la sorte. Le petit guettait. Il s'était préparé. Il ne put même pas surprendre le sourire qui l'aurait indigné et lui aurait fait débiter une fable dans laquelle il était question de chute, de buisson d'aubépine lui ayant laissé des petites marques bien régulières sur la joue, avec du bleu au milieu.

Logiquement, le lendemain, il avait choisi de ne pas sortir. Il resta tout le jour à la ferme pour ne pas prendre le risque de la rencontrer. Tout le monde aurait agi de la sorte. Dans le courant de l'après-midi, la petite vint à passer dans le chemin. Sans doute avait-elle à faire de ce côté-ci du pays, eh bien, quand elle tourna la tête vers la maison, malgré le rideau qui le protégeait, François fit un pas de recul jusqu'à ne plus la voir et quand il revint, elle était passée. Il dut se sentir bien soulagé et, pour l'être davantage encore, il plaqua sa joue contre la vitre afin de s'assurer qu'elle n'allait pas revenir. A ce moment, il était seul à la ferme, Angéline était au village à échanger avec ses commères mensonges de femmes.

Il avait bien des raisons de la détester cette méchante petite garce, elle qui lui fit encore passer tout un jour dans la grange, à revivre cent fois les deux moments où ils s'étaient rencontrés, à refaire les instants, à la punir, à la battre et à la gagner. Pour être tout à fait franc, comme je me dois de l'être, en évoquant la seconde rencontre, il me faut avouer que, plusieurs fois, il tendit le cou pour entrevoir au-delà du peu qu'il avait vu dans sa chemise ouverte, mais c'est normal pour un garçon.

Ce n'est pas parmi les choses qui se font que de traîner ainsi sur la route qui mène vers ce que l'on a souhaité, seulement François était trop pris, et fallait-il qu'il le soit, pour ne point arriver à faire l'effort qui l'aurait ramené à côté de l'Henri.

L'Henri. Entre le moment où ils étaient rentrés de la vallée de l'Yonne et ce jour où ils repartaient, lui aussi, il avait changé. Si les premiers temps, comme je l'ai dit, il ne s'inquiétait plus de le laisser seul avec Angéline, il avait assez rapidement paru en concevoir à nouveau de l'ombrage. Il faut dire qu'Angéline l'agaçait à répondre à la place de François quand il interrogeait le petit sur ce qu'il avait fait de sa journée :

— Il est resté avec moi, disait-elle en faisant semblant de cacher sa satisfaction.

Et comme dans le même temps elle omettait d'ajouter que, pour avoir effectivement traîné dans ses jupes le jour durant, il aurait pu tout aussi bien ne pas avoir été là, lui qui n'avait pas rendu deux mots pour tous ceux qu'elle avait dits, une ombre passait sur le visage d'Henri alors qu'Angéline semblait y gagner du plaisir.

A Nuars, ils quittèrent le chemin pour la route de pierre et ils passèrent l'un après l'autre sous une pancarte qui indiquait que Clamecy était à dix-huit kilomètres de là.

C'est vrai que François avait passé plusieurs jours sans sortir mais il finit par s'aventurer à nouveau au-dehors, quand il eut moins peur, quand il fut guéri, quand il eut accommodé ses défaites, quand il voulut échapper au bavardage d'Angéline, quand il n'eut plus qu'un peu de bleu sur la joue. Il décida sagement d'éviter les bois et les chemins pour partir à travers champs, pour n'aller que dans des endroits où il ne pourrait être surpris.

Sa première sortie le mena vers Saint-Aubin-des-Chaumes, parce qu'il n'avait pas de raison de s'y rendre, qu'il n'était jamais monté jusque-là et qu'en ce jour, il n'avait pas le goût de faire autre chose. Dédaignant le chemin, il grimpa à flanc de colline. En montant, il se retourna plusieurs fois. Il marchait déjà un peu, c'est vrai, comme il allait marcher sur la route de Clamecy. Peut-être sa joue le faisait-elle encore souffrir ?

L'église, le cimetière autour, un petit mur pour ceindre le tout, quelques ifs par-devant, un bosquet de sapins par-derrière, une petite esplanade et la pente tout autour, c'est Saint-Aubin-des-Chaumes.

Arrivant au sommet, il reçut le vent d'ouest qui lui fit relever la tête. Elle était là.

Elle n'était pas seule. Un peu devant lui, deux autres petites jeunes filles cherchaient à la rejoindre pendant qu'elle comptait à haute voix, le nez collé au mur du cimetière, le front posé sur son bras replié. De temps en temps, elle interrompait brusquement son comptage et se retournait pour surprendre ses compagnes qui devaient, à ce moment, être parfaitement immobiles sous peine de se retrouver à dix mètres en arrière.

Tout occupées de leur jeu, de leurs disputes, de leurs rires, de leurs tricheries, aucune ne l'avait aperçu.

François souhaitait disparaître, fuir, se cacher, mais pour se cacher, il aurait fallu bouger. Il n'osait pas. Il était furieux.

Comme elle était revenue au mur, il profita de cet instant pour s'éloigner, sans se rendre compte qu'il rentrait ainsi dans la partie et quand elle se retourna, alors que ses deux compagnes étaient déjà immobiles, ses yeux furent bien évidemment attirés par quelque chose qui bougeait encore. François fut découvert. Le regard de la petite arrêta le garçon. Les deux autres filles ne comprirent pas tout de suite ce qui se passait, qui il était, ce qu'il faisait là, ni pourquoi il ne venait pas leur souhaiter le bonjour, ni les raisons qu'il pouvait bien avoir de n'en regarder qu'une, encore moins pourquoi leur compagne commençait à reculer, assurant sa marche en tâtant le mur d'une main. Mais tout leur fut révélé lorsqu'elles virent soudain François et la petite s'enfuir à toutes jambes de chaque côté du cimetière. Elles se mirent alors à rire aux éclats et se prirent les mains pour entamer une ronde de moquerie.

De Saint-Aubin-des-Chaumes, il n'y a pas trente-six mille directions à prendre pour revenir à Neuffontaines. Ne songeant qu'à s'échapper, ils n'avaient pas d'abord remarqué qu'ils dévalaient la même pente et qu'ils n'étaient séparés que par quelques dizaines de mètres, et quand ils s'en furent aperçus il ne pouvait être question, ni pour l'un ni pour l'autre, de changer de direction. Ils couraient tous deux à perdre le souffle, entraînés qu'ils étaient par la pente. Ils devaient avoir le même âge. Ils arrivèrent en bas à peu près en même temps. Comme ils ne descendaient plus, leur course se ralentit. Ils avaient au moins deux raisons d'avoir le cœur au bord des lèvres. Ils finirent par marcher. Bien que toujours à distance respectable, ils marchaient ensemble. Ils firent ainsi tout le chemin du retour.

A aucun moment ils n'avaient osé tourner franchement la tête, mais ils savaient tous deux que l'autre était là.

Arrivés à un petit kilomètre de Neuffontaines, ils entendirent un paysan qui encourageait son cheval sur la route de Chalvon. Pour je ne sais quelle raison, malgré la fatigue, comme s'ils avaient eu peur d'être surpris, comme si c'était mal d'être là, comme des enfants, ils se remirent à courir, toujours ensemble, mais toujours séparés, et ne recommencèrent à marcher qu'en entrant dans le village. La petite avait rejoint la route et François contournait les maisons. Étant moins proches, ils eurent de l'audace, ils se regardèrent entre les fermes, chacun leur tour, pour que leurs yeux n'aient pas à se croiser et puis tout à coup, François ne la vit plus. Il sut ainsi quelle était sa maison.

Sur la route de Clamecy, Henri et François croisèrent des attelages. Dans les espaces laissés entre les souvenirs, François en vit quelques-uns. Il sentait bien alors le poids de l'outrage qu'il faisait à l'Henri. Ces hommes qui menaient les bêtes ne pouvaient imaginer qu'ils faisaient route ensemble puisqu'ils avaient l'air de deux ennemis. En effet, si Henri et lui n'avaient été que des étrangers, empruntant le même chemin, ils se seraient rejoints.

Et puis venait un autre souvenir qui éclipsait l'affront et la conscience que le petit en avait eu.

— Vient le mois de mars.

Ce soir-là, Henri qui avait encore passé toute sa journée au-dehors et qui n'était rentré que pour le souper, durant lequel, d'ailleurs, il n'avait pas desserré les dents, Henri, donc, s'était levé de table et avait tiré sa chaise devant la cheminée. Il s'était assis, tout seul, face aux flammes, à regarder danser le feu.

— Le froid s'essouffle. Les premiers soleils dégèlent les étangs. C'est le temps du grand flot.

Personne ne savait ce qu'il faisait de ses jours et François n'était pas en état de s'en inquiéter, mais Henri semblait de plus en plus sombre, à tel point que, depuis quelque temps, il ne répondait même plus aux agaceries de sa femme.

Le petit n'avait pratiquement pas touché au repas malgré les injonctions d'Angéline qui, pour sa part, n'était jamais plus empressée auprès de lui que lorsque son mari était dans la maison.

— Dans les villages, le long des rivières, à Clamecy, on colle des affiches pour l'annoncer. Il faut que tout le monde soit prêt pour le jour dit.

Angéline semblait très irritée en retirant de devant François l'omelette qu'il n'avait pas touchée.

— Tu vas nous faire des maladies si tu ne manges pas.

Henri, qui paraissait ne parler que pour lui-même, haussa un peu le ton.

— Dans Clamecy, les flotteurs vont au port pour essayer de savoir quelle sera la part du flot qui restera à ceux de Bethléem.

— Je vais te donner du fromage, de celui que tu aimes.

Henri s'interrompit tout un temps pendant qu'Angéline fouillait bruyamment dans les placards.

— La crème est au garde-manger, va la chercher.

François se leva et sortit. Quand il revint, Angéline avait disposé dans une assiette un gros quartier de fromage. Elle lui arracha quasiment le pot des mains. François se réinstalla devant la table, par habitude, pendant qu'Angéline noyait le fromage sous la crème.

Henri n'avait pas bougé.

— Tiens, mange et tâche de ne pas en laisser.

François prit sa cuillère sans entrain et comme Angéline restait plantée devant lui, il dut la porter à sa bouche.

Henri se remit à parler, toujours un peu plus fort que la fois précédente.

— Depuis toujours, les marchands essaient de laisser passer vers les villages en aval la plus grosse partie du flot, parce que les gens de l'aval ne font pas métier d'être flotteur. Ils acceptent de construire des trains pour des salaires de misère parce qu'à côté, ils sont fermiers ou cantonniers, ou je ne sais quoi. Les flotteurs de Clamecy doivent se battre chaque année pour conserver la plus grande part possible du flot, sinon, il n'y aura pas de pain pour tous. Les marchands, eux, ne voient que leur intérêt et en aval, c'est moins cher. Et puis pour les marchands, pour l'ingénieur de la navigation qui décide de la répartition, pour le Commerce, c'est un bon moyen de tenir les flotteurs, de leur faire payer les plaintes, les grèves, les révoltes…

Henri était devenu sombre, mais personne ne s'en souciait.

Angéline mettait de l'ardeur à faire sa vaisselle. Elle avait posé une bassine sur le coin de la table. Avec un vieux pot désémaillé, elle était allée prendre de l'eau dans la marmite accrochée à la crémaillère, puis l'ayant trouvée trop chaude, elle avait longuement remué les seaux de fer sous la pierre d'évier, jusqu'à atteindre la bonne température. Elle était ainsi parvenue, de temps en temps, à couvrir la voix d'Henri.

— A l'annonce du grand flot, les flotteurs vont donc au port.

Henri était en colère.

— Chacun va chercher, dans la conversation des autres, de quoi alimenter sa nature. Les optimistes s'en promettent une grande part, les pessimistes disent qu'il n'y aura pas de travail pour tout le monde, certains disent même qu'il n'y aura rien. Et comme les jours qui précèdent le flot sont toujours longs à s'écouler, chacun a le temps d'écouter tous les autres, suivant le goût du moment.

Quand Angéline entrechoqua bruyamment les assiettes qu'elle sortait de son eau noire, Henri n'y tint plus.

— Assez ! Vas-tu finir à la fin ?

François n'avait pu aller au bout de son fromage.

Henri eut besoin d'un silence. Il reprit plus doucement, mais toujours aussi amer :

— C'est le moment où le garde-port reçoit de la visite. C'est là que ceux qui ne l'avaient pas salué depuis le départ des derniers trains recommencent à lui tendre la main et à lui sourire. Trente fois par jour, il doit donner des nouvelles de sa femme et de ses enfants. C'est aussi le moment où ceux qui ont passé l'hiver à faire des margotins pour gagner un peu se souviennent que ce n'est pas un métier pour un homme.

Henri semblait en vouloir à tout le monde.

— C'est le garde-port qui distribue le travail, tu comprends ?

Angéline venait de finir sa vaisselle. Elle marmonnait encore un peu et quand elle se retourna vers François et qu'elle vit qu'il n'avait pratiquement pas touché au fromage, elle ne put s'empêcher de dire :

— Au lieu de lui abîmer la tête avec tes histoires, tu ferais mieux de veiller à le faire manger, ce petit.

Il y avait tellement d'hostilité dans l'immobilité d'Henri et dans son silence qu'elle continua plus bas :

— S'il tombe malade, de cela aussi tu devras rendre compte à sa mère qui est ta parente.

— Les margotins, c'est des fagots que l'on fait avec du petit bois. Ces fagots sont vendus pour allumer les feux ou pour chauffer les fours des boulangers. On les appelle des margotins, parce que c'est l'industrie de l'île Margot qui se trouve aux pieds des remparts de Clamecy. Quand les flotteurs ont de l'ouvrage, ce sont les vieux qui les font.

François était toujours assis devant la table sur laquelle il avait croisé ses deux bras et sur ses deux bras, il avait posé l'une de ses joues. Le visage tourné vers la porte, les yeux dans le vague, nul ne pouvait dire où il était.

— Arrive le grand jour. C'est vers le quinze mars. Tout au long de la rivière, les gens sont debout avant l'aube. Ceux qui sont autour des ports de jetage pour commencer leur travail, ceux de Clamecy pour attendre et pour écouter.

Angéline était allée s'asseoir au fond de la pièce pour tricoter. Dans l'endroit qu'elle avait choisi, elle était sans lumière, mais ceci ne semblait pas la gêner.

— Dans tous les ports, on jette les bûches et, petit à petit, la rivière en haut se couvre de bois. A Clamecy, on attend. C'est long. Beaucoup de flotteurs vont sur le pont de Bethléem bien qu'ils sachent qu'on ne verra rien avant l'après-midi. Il n'empêche, ils attendent dans le froid. Chacun souhaite être le premier à l'apercevoir. D'autres vont jusqu'au pertuis pour vérifier si les aiguillettes qui barreront la rivière sont bien en état et si elles seront assez fortes pour le retenir

François changea de position.

— A midi, sur le pont, tout le monde maudit la lenteur du courant, peste contre les jeteurs de l'amont qui ne se lèvent jamais assez tôt. Personne ne songe à aller manger. Les femmes amènent quelquefois des paniers. Elles en profitent pour regarder l'eau qui va disparaître.

Henri n'avait toujours pas bougé. Maintenant, il parlait doucement. Angéline avait cédé, comme toujours, et pour le faire savoir, elle poussait des soupirs.

— Vers les cinq heures, brusquement, le silence se fait et ceux qui ont bonne oreille commencent à entendre. Généralement, le pont et les berges sont à cet instant noirs de monde. Ceux qui ont entendu le disent aux plus vieux qui n'entendent pas, et quand apparaissent les premiers bois, chacun est prévenu et tous les gens se mettent à crier. Du travail ! C'est du travail, tu comprends ? J'ai vu des hommes entrer dans l'eau de mars pour toucher les premières bûches et y rester longtemps au risque de se faire broyer, ou de mourir de froid. Et c'est tout de suite le moment le plus difficile. La vie est pleine de ces choses, parce que la tête du flot n'est pas pour Clamecy, mais pour les villages d'aval. On est obligé de le regarder passer, traverser la ville et il y en a toujours trop de ce bois qu'on ne va pas arrêter.

François changea encore de position.

— Au milieu du grand flot, la rivière est noyée sous les bûches, sur des mètres d'épaisseur et des kilomètres de long, on ne voit plus l'eau. Quand vient le temps de fermer le pertuis de Clamecy, si chacun trouve qu'il est bien tard, tout le monde est soulagé et toute la ville vient voir. C'est beau une rivière de bois.

Henri s'accorda un petit temps pour rêver avant de reprendre :

— Le lendemain matin, tous les flotteurs sont au port et l'on se met au travail.

Henri s'arrêta un bon moment. On aurait pu croire qu'il allait s'en tenir là, mais il reprit :

— Les hommes font le tirage, chacun avec une grande perche portant au bout un croc de fer, d'autres brouettent les bûches jusque sur le port et les femmes et les enfants font le tricage. Il s'agit de trier le bois selon les marques des marchands et les natures. Il y a tellement de bûches qu'il faut à peu près trois mois, les bonnes années, pour sortir la totalité du flot, et pendant trois mois, chacun sait pourquoi il vit. Après, c'est le temps du commerce, les marchands de Paris viennent acheter aux marchands de l'Yonne. La rivière est basse. Il faudra attendre septembre pour construire des trains.

Septembre. On était en septembre et ils étaient en route vers Clamecy. François partait apprendre son métier de compagnon de rivière. Comme il aurait dû être heureux, François !

Henri et lui passèrent Dornecy. Ils n'avaient plus que huit kilomètres à faire et l'Yonne était venue rejoindre la route pour l'accompagner.

Seulement, François avait revu la petite.

Ils s'étaient aperçus de loin, à mi-chemin de leurs maisons. Séparément, mais sans trop s'éloigner, ils étaient partis à travers champs. Leurs pas les avaient conduits vers le bois des Ferrières. C'était matin. De temps en temps, ils s'écartaient l'un de l'autre pour se faire peur, puis ils se rapprochaient pour se faire plus peur encore, mais jamais ils n'étaient allés jusqu'à se rejoindre. Quand elle entra dans la forêt, François était assez loin derrière. Tout de suite, il la perdit. Il se mit à marcher plus vite. Le bois était sombre. Il plissa les yeux, tendit l'oreille, rien : des mésanges, un peu de vent dans les feuilles, il s'arrêta. Il savait qu'elle était à proximité.

Après un temps, il se remit à marcher précautionneusement, comme s'il avait craint que le bruit de ses pas la fît envoler, tel un oiseau. Un peu plus loin, c'est dans son dos qu'il entendit un bruit de course qui s'éloignait. Il la suivit alors sans courir.

Parce qu'elle devait se retourner souvent par crainte d'être rattrapée, elle s'accrochait dans les branches à chaque pas. Parce qu'il n'avait qu'à aller devant lui, il gagnait sans cesse du terrain. Elle tenta encore par deux fois de se cacher, mais il ne la quittait plus des yeux et ces arrêts ne servaient qu'à faire fondre son avance. Tant qu'il avait été assez loin d'elle, il lui avait semblé entendre de temps en temps le rire de la petite, maintenant qu'il se rapprochait, il ne l'entendait plus. C'est à bout de forces, de souffle, de crainte et de nerfs qu'elle s'arrêta et que, brusquement, elle lui fit face. Il était déjà tout près d'elle.

Là où ils en étaient rendus, il n'y avait pas autre chose à faire que de se battre encore pour aller jusqu'à se toucher et comme on ne se bat bien qu'avec raison, l'appréhension leur en fournit une toute bonne. Ils ne restèrent pas longtemps à distance l'un de l'autre, à échanger des coups de pied et de poing dans lesquels ils ne trouvaient pas leur compte. Ils en vinrent bien vite à se tenir à pleins bras. Se serrant à s'étouffer, leur assaut put encore un instant passer pour une lutte mais en roulant sur le lit de feuillage, il ne ressemblait plus du tout au prétexte qu'ils s'étaient donné. Les coups avaient perdu de la vigueur quand les caresses en gagnaient. Il y eut quelques sanglots de la petite puis, bien vite pour tous deux, le vertige seul et la chaleur, la timidité et la violence, toujours.

Sur la route de Clamecy, à deux kilomètres d'Armes, Henri finit par s'arrêter pour attendre son jeune compagnon.

En posant ses mains sur elle, François rencontra un plaisir qu'il ne savait pas.

Le vieux flotteur ne voulait sans doute pas faire seul son entrée dans Clamecy. François faillit s'arrêter à son tour pour ne pas se retrouver à côté de lui, mais ce n'était pas possible de faire cela.

Au début, ils s'étaient donné des baisers qui n'en étaient pas, le premier qu'ils échangèrent les sépara un moment, mais ils en perdirent si vite le souvenir qu'il fallut y revenir pour en retrouver le goût.

Quand François arriva à hauteur d'Henri, celui-ci se remit en route.

A chaque fois qu'ils osaient un geste nouveau, il leur fallait tout un temps pour s'accommoder de leur audace, pour n'en avoir plus peur, pour être sûrs, pour épuiser ce plaisir-là, pour avoir envie d'autre chose. Sans plus de vêtements, elle était toute douceur.

C'était indécent cette présence d'Henri à son côté.

Il avait posé ses lèvres sur sa poitrine. Elle lui caressait les cheveux.

— Nous serons bientôt rendus, dit Henri.

Puis après un petit temps, il ajouta :

— Au début, je ne savais pas bien si tu pourrais jamais devenir flotteur...

Non ! Non ! Elle était là ! L'Henri allait la faire fuir avec des mots qui ne voulaient rien dire. Il était sur le point de la toucher encore, il la sentait bouger dans ses mains, il allait la faire crier, comme elle avait fait, et pleurer un peu.

— Je crois que tu es un bon garçon.

Après, il n'avait plus bougé, il ne pouvait plus. Il voulait la regarder mais il n'osait pas. Il avait honte.

— J'ai pas eu de fils, je serais parti sans personne à qui dire ce que je sais.

Les mots d'Henri étaient un peu tremblants et semblaient lui coûter.

— Je suis content que ce soit toi.

Sur elle, il avait tenté de prolonger la douceur mais ce n'était plus pareil et parce que ce n'était plus pareil, c'était insupportable. Il s'était enfui.

Les premières maisons de Clamecy étaient là. Ils étaient à la nuit.

Plus loin, François s'était caché pour l'attendre, pour la regarder. Quand elle était passée, il avait cherché quelque chose sur elle, une trace, une marque, mais il n'avait rien trouvé qui fît la preuve qu'il l'avait tenue dans ses bras. Il se mit à la détester et ne se fit pas voir.

En entrant dans Bethléem dont il ne vit rien, il marchait avec sa blessure.

Elle avait la bouche comme l'eau fraîche. Et puis les souvenirs sont capricieux, ils sont là quand ils le veulent bien et maintenant, ils se refusaient à lui alors qu'il faisait nuit noire.

Bethléem était tout à fait désert. Le long de la route d'Auxerre, on pouvait tout juste distinguer de petites maisons, serrées les unes contre les autres, dont certaines laissaient filtrer un mince rai de lumière au bas des volets clos. Si François n'avait pas eu une grande habitude des marches nocturnes avec Henri, il se serait sans doute égaré. A un moment, Henri s'engagea sur la gauche, dans une sorte de couloir à ciel ouvert, extrêmement étroit, légèrement descendant, entre deux maisons, et au bout de quelques mètres, ils pénétrèrent dans ce qui devait être une cour fermée de tous côtés et qu'on ne reconnaissait qu'au carré d'étoiles qui se dessinait au-dessus des murs clos.

Le petit entendit Henri chercher quelque chose dans sa musette, puis le bruit d'une clé dans une serrure, puis une porte qui geignait sur ses gonds, puis des pas qui s'éloignaient, puis un juron en même temps que le bruit d'une chaise renversée. Un peu plus tard, il y eut de la lumière. Henri, revenant vers la porte avec une chandelle, invita François à entrer.

La pièce n'était pas très grande. Une cheminée, quelques meubles, de la terre battue, une pendule en pied qui était arrêtée, de la poussière partout, la musette d'Henri sur la table. Si François avait été en état, sans doute se serait-il étonné de cette misère.

Ils mangèrent un morceau sur un coin de la table dans le plus grand des silences, puis Henri l'invita à se coucher sur une sorte de matelas posé sur un bat-flanc, au fond de la pièce. Henri, lui, s'en alla dans une petite chambre qui donnait sur la salle commune et qui n'avait pas de porte. Il avait emporté la chandelle. François s'allongea sur le grabat avec une sorte de volupté. Toutes ces dernières nuits, avant de perdre conscience, il refaisait des gestes, des simulacres de tendresse pour quêter la douceur qu'il avait connue. Parfois, les bonnes nuits, le sommeil lui rendait plus que le souvenir, mais immanquablement le laissait triste au matin.

VII

Henri et François marchaient déjà vers le pont de Bethléem que l'aube était encore à venir, tant et si bien que le petit, qui d'ailleurs ne s'en souciait pas, ne put distinguer plus de détails de son nouveau décor qu'il n'en avait vu la veille. La cour, le couloir, la route d'Auxerre, pareille, sans une âme. Henri semblait pressé.

— On va préparer les étoffes, avait-il dit en refermant la porte derrière lui.

Et François n'avait pas demandé de quelles étoffes il s'agissait. Il faisait un peu frisquet. L'air du matin piquait les yeux et le visage. Ils passèrent le pont de Bethléem sous un ciel qui avait égaré ses étoiles. Il allait faire gris. On entendait à peine l'eau lécher les pierres du quai. Un peu plus loin devant eux, la ville semblait tout aussi déserte que le faubourg. Après avoir passé le pont, ils tournèrent à droite pour longer la rivière. Plus ils allaient, plus Henri pressait le pas. Ils marchèrent encore pendant cinq bonnes minutes puis ils arrivèrent en vue du port. Henri allait bon train et François ne songea pas à s'arrêter pour regarder. Et pourtant, c'était quelque chose qu'un grand port de Clamecy. Rien à voir avec le port des Lambert ou le port de l'Homme sur la haute Yonne. Il s'étendait sur deux ou trois hectares et comportait des centaines de piles de bois, de près de trois mètres de haut et d'une vingtaine de mètres de long, parfaitement alignées et arrêtées aux deux extrémités par un entassement de bois croisés.

La nuit s'effaçait doucement. Le port apparaissait petit à petit dans toute son étendue. Dans le haut, une rangée de peupliers de haute taille, alignés et serrés au plus près, qui devaient, au jour, protéger les ouvriers des ardeurs du soleil, commençait à se dessiner sur le ciel plus clair. Dans le bas, il y avait la rivière, calme, large, toute plate, sans une risée parce que le vent paresseux ne se lève qu'après le jour.

Ils étaient à l'entrée. Contrairement aux ports de la vallée de la haute Yonne, celui-là était clos tout autour et fermé par une barrière. A côté de la barrière, il y avait une petite maison de plain-pied et Henri alla frapper aux volets. Ils attendirent un instant. En bas, au milieu de l'eau, on distinguait maintenant une petite île dont François apprendrait plus tard qu'elle s'appelait l'île Saint-Paul et puis, plus loin encore, il y avait le pertuis qui barrait la rivière et la faisait si large en amont. D'où ils étaient, ils pouvaient entendre l'eau, chagrine d'être contrainte, se précipiter dans le rétrécissement avec un peu d'humeur.

La porte de la maison s'ouvrit sur une silhouette enveloppée dans une couverture. Sans un mot, sans un bonjour, ce tas de tissu dénoua la chaîne, laissa entrer Henri et François, et referma derrière eux avant de s'en retourner à la cabane. Henri ne l'avait même pas remercié. Il était déjà loin. Le petit le suivait. Il faisait maintenant pratiquement jour.

Entre les piles de bois et l'eau, il y avait un espace en pente douce d'une dizaine de mètres de large sur lequel ils avancèrent. Arrivant au bord de l'eau, François aperçut, de l'autre côté de la rivière, un autre port, un peu moins large que celui sur lequel ils étaient, mais tout aussi long et tout aussi chargé de bois que le leur. En marchant, Henri avait déjà retiré sa veste et l'avait coincée sous son bras afin d'être en mesure de remonter ses manches, sans cesser d'avancer.

Devant un entassement de bois qui ne se distinguait en rien de ses voisins, Henri s'arrêta. Il suspendit sa veste et sa musette à un piquet de soutien et il regarda le ciel. Puis, toujours sans rien dire et sans attendre, il se dirigea vers le haut du port. François le suivit, par habitude. Au pied des peupliers, le petit découvrit de longues perches, en tas, de tailles et de grosseurs différentes, puis un peu plus loin, un amas de petites branches de taillis encore vertes. Henri avait ramassé deux perches d'environ cinq mètres de long et il les tirait pour les ramener au bord de l'eau. François hésita un instant, puis il crut reconnaître une invitation à en faire autant dans un imperceptible mouvement de menton du vieil homme.

Revenu au bord de l'eau, Henri sortit de sa musette une espèce de serpe, un gouet, qu'il fit un peu jouer dans sa main, comme s'il avait voulu se dégourdir le poignet, puis il ramassa une perche et commença à la tailler et à faire des encoches aux extrémités. François le regardait faire.

— Ces perches-là, on les appelle des chantiers, tu te rappelleras ?

François fit un petit signe de tête.

— Va m'en chercher d'autres, les mêmes.

Le petit fit plusieurs voyages pour ramener d'autres chantiers au bord de l'eau, qu'Henri entaillait avec dextérité et qu'il remettait en tas après les avoir apprêtés. A un moment, revenant avec deux nouvelles perches, François vit soudain un homme auprès du vieux flotteur. Le petit était encore à dix mètres et il s'arrêta. L'homme parlait à voix basse avec Henri qui ne levait pas la tête de dessus son ouvrage, puis l'inconnu finit par s'en aller en disant plus fort qu'il reviendrait le lendemain. François se remit en route et quand il fut près d'Henri, alors qu'il déposait ses perches, le vieil homme dit, toujours sans lever la tête :

— C'est l'approcheur. C'est l'Armand Michot. On l'appelle P'tite-Brette.

François regarda l'homme s'éloigner. C'est vrai qu'il était petit, mais il était quasiment aussi large que haut. Il devait être dans les âges d'Henri.

— Ça fait plus de trente ans qu'il approche pour moi.

François ne posa pas de question, et d'ailleurs il n'en aurait pas eu le temps car Henri demandait d'autres perches, des plus petites, et le garçon recommença ses aller et retour. Il faisait maintenant grand jour.

A dix heures, Henri se releva, s'étira un peu, appela le petit, s'approcha de sa musette et en sortit un morceau de pain et un bout de lard.

— On va manger un morceau.

Approchant le pain qu'il avait préalablement frotté avec le lard, François prit le temps de regarder un peu autour de lui et il suspendit, l'espace d'une seconde, son mouvement, le pain au bord des dents et la bouche ouverte. En face, sur l'autre berge, il y avait deux hommes, debout, immobiles, qui ne faisaient rien d'autre que de les regarder. Le petit se retourna vers Henri qui semblait ne s'être aperçu de rien. Comme toujours, il n'osa pas poser de question et puis, il les oublia.

Plus tard, lorsqu'il eut recommencé à transporter des perches, il ne put toutefois s'empêcher de laisser partir ses yeux de temps en temps vers ces deux hommes qui ne bougeaient jamais. Ils étaient encore là à midi. Ils y étaient toujours à cinq heures et encore à sept quand Henri et lui arrêtèrent le travail.

Au soir, Henri avait préparé un gros tas de chantiers et il prit le temps de les regarder en baissant ses manches, avant de prendre sa musette et de se diriger vers le haut du port. En s'éloignant derrière Henri, François se retourna une dernière fois et aperçut les deux hommes qui quittaient l'endroit où ils avaient passé la journée.

— Quel âge t'as ?

Le petit se demanda un temps ce qu'Henri lui voulait et ce que venait faire son âge à cet endroit et à ce moment de la journée.

— On est quand ?

— On est le dix-septième jour de septembre.

— Alors j'ai quinze ans de deux jours.

— C'est bien.

Au pied des peupliers, ils tournèrent à droite, passèrent devant le tas de perches, puis devant le tas de branches de taillis et se dirigèrent vers une pile de bûches uniquement composée de bois de bouleau.

— Approche, dit Henri.

Il lui tendit une bûche, un peu tordue, qu'il avait regardée avant, puis une autre.

— Mets-les sur ton épaule, c'est la loi.

Henri choisit ainsi sept bûches qu'il lui tendit en veillant toutefois à ce qu'elles ne fussent pas trop grosses, comme s'il avait craint que François ne puisse en porter de plus lourdes.

— A trois jours d'ici, je ne t'en aurais donné que quatre.

Le petit était un peu vexé, mais il vit qu'Henri prenait le même soin pour celles qu'il allait placer sur sa propre épaule.

— C'est partie de ton salaire.

Henri calait bien les siennes et les entourait de son bras.

— T'as bien travaillé depuis le matin sur le port ?

Le petit fit un signe de tête.

— Alors t'as gagné un faix de sept bûches qui ne doivent pas dépasser chacune six pouces de diamètre. Elles sont à ton usage. Tu n'as pas le droit de les vendre, ni de les échanger contre quelque chose et il faut, en sortant du port, les porter ainsi, à l'épaule, pour que le garde puisse bien les compter.

Henri avait repris son chemin vers la barrière. François était fier. C'était, de sa vie, son premier salaire, car les piécettes que lui donnait son oncle de Chalaux lorsqu'il l'aidait à faire ses foins ne pouvaient être considérées comme des gages.

En tournant au coin de la dernière pile de bois, en découvrant la barrière, François aperçut un couple et deux enfants qui se tenaient là, à l'extérieur, en silence. Le petit eut une seconde d'hésitation mais comme Henri avançait toujours et que, pour rien au monde, il n'aurait voulu se retrouver seul à devoir passer devant ces gens, il pressa le pas pour revenir à hauteur. Celui qui leur avait ouvert le matin sortit de la petite maison et poussa la barrière devant eux, juste au moment où ils arrivaient.

Le couple les regardait. L'homme était devant et portait un petit garçon sur son bras. La femme était un peu en retrait et tenait la main d'une petite fille. Personne ne dit mot. Ils avaient le regard vide et respiraient la misère. François serrait son faix contre sa joue. Il marchait si près d'Henri qu'il le cognait à chaque pas.

Quand ils eurent dépassé l'homme et la femme, ceux-ci les laissèrent s'éloigner un peu, puis ils les suivirent, toujours dans le plus complet silence. De temps en temps, François se retournait pour voir, et son mouvement, qu'il aurait souhaité le plus discret possible, était souligné par le balancement de son faix qui accompagnait chacune de ses évolutions latérales. Il regardait Henri aussi, dans l'espoir de lire sur ce visage de sphinx quelque chose qui lui aurait parlé. Mais Henri semblait aussi tranquille, aussi fermé, aussi indifférent que s'ils s'étaient trouvés tous deux sur un chemin de campagne du côté de Neuffontaines.

Lorsqu'ils franchirent le pont de Bethléem, le couple n'était plus là.

Le repas du soir fut silencieux. Henri l'avait préparé et François avait fait le feu avec les bûches de son faix. Le petit attendait quelque chose qui ne vint pas : pas des explications, non bien sûr, mais quelques mots qui lui auraient permis de comprendre ou de deviner. Jusqu'au moment de se coucher, il espéra et puis, quand Henri se fut retiré dans son réduit, le petit alla s'allonger sur son bat-flanc. Il avait à cette heure un autre rendez-vous qui lui fit oublier les détails de cette étrange journée.

VIII

Le lendemain, ils arrivèrent sur le port à la pointe du jour, quand les espaces entre les piles restaient encore tout à fait sombres. Lorsque Henri s'en vint à poser sa veste au même endroit que la veille, plusieurs ombres se mirent à bouger près de lui.

— Bonjour Matoué.

— Bonjour, répondit l'autre.

— Bonjour Galopiaud.

— Bonjour.

— Bonjour Moulot.

— Le bonjour, dit encore le troisième.

François se demandait comment il pouvait avoir reconnu ces gens dans cette obscurité. Lui, il avait sursauté.

— Bonjour petit, dirent les hommes.

— Bonjour, répondit François d'une voix mal assurée.

Et comme il y avait quelqu'un à son côté, il voulut prolonger les civilités.

— Bonjour monsieur.

— Je ne suis pas un monsieur, je suis le Matoué.

— Tiens, voilà la Sarpe, dit l'un des autres.

Ce n'était jamais qu'une autre ombre qui approchait. Ils avaient pris le temps de se serrer la main puis chacun partit de son côté et François resta sur place parce qu'il n'avait pu distinguer Henri parmi eux. Mais il ne resta pas seul bien longtemps car tous revinrent au bout d'un petit moment, qui avec un outil, qui avec des monceaux de branchages provenant sûrement du tas que François avait vu la veille dans le haut du port. A cet instant, celui que le petit avait déjà vu le jour précédent et qu'Henri avait appelé « P'tite-Brette » arriva à son tour avec une brouette qu'il poussait devant lui.

Le jour commençait à poindre. Le premier regard de François, lorsqu'il put distinguer quelque chose, fut pour le port d'en face. C'était extraordinaire, mais sur le port d'en face, il y avait déjà un homme, debout au bord de l'eau, qui attendait et regardait dans leur direction.

Autour de François, les autres remontaient leurs manches et crachaient dans leurs mains avec déjà de l'ardeur, comme ils allaient en avoir. Tous leurs gestes semblaient empreints d'une certaine gravité. François se laissa gagner par ce climat. C'est vrai que c'était important ce qu'ils allaient faire là. L'approcheur partait déjà vers le haut du port avec sa brouette. C'était une drôle de brouette, une brouette comme le petit n'en avait jamais vu : de l'essieu de roue partaient deux grands bras qui allaient jusqu'aux mains de l'approcheur, mais entre ces deux bras, la brouette n'avait pas de fond. Ensuite, inclinée vers l'avant et fixée sur les deux bras, il y avait une sorte d'échelle dont l'extrémité inférieure servait de pieds à la brouette, et de ces pieds partaient, inclinés cette fois vers l'arrière, deux autres pièces de bois, l'échelle et les deux morceaux de bois de derrière formant comme le haut d'un assez gros chevalet de sciage.

L'approcheur partait donc avec sa brouette. La Sarpe, le Galopiaud, le Moulot et l'Henri se dirigeaient vers l'eau et François voulut en faire autant mais Henri, qui avait déjà en main l'un des chantiers qu'il avait encochés la veille, Henri, donc, ne le laissa pas venir jusqu'à lui.

— Tu vas aller avec le Matoué, il va te montrer comment on tord des rouettes.

— Viens petit, l'encouragea le Matoué.

De l'amas de branches qu'il avait amené jusqu'au devant des piles, le Matoué extrayait certaines dont il jugeait de la flexibilité et de la grosseur pour les répartir en plusieurs tas.

Le Matoué était assez grand. Il paraissait âgé d'une quarantaine d'années. Très brun, beau garçon, il devait avoir tordu plus d'un cœur avant de tordre des branches. Mais ce qu'il y avait de plus remarquable dans sa physionomie, c'étaient ses yeux. Il avait les yeux qui riaient, qui riaient tout le temps et ce n'était pas seulement parce qu'ils étaient bleus. Le Matoué était le plus jeune des compagnons d'Henri et François se sentit tout de suite bien avec lui.

— T'es parent avec l'Henri ?

— Oui, par ma mère.

Tout en continuant son tri, le Matoué secoua la tête. François ne savait que faire, alors son regard alla traîner sur l'autre berge.

— Et t'as voulu devenir flotteur ?

En face, ils étaient maintenant une dizaine à les regarder.

— C'est un beau métier, ajouta gravement le Matoué quand ses yeux riaient.

Il était loin d'être arrivé au bout de son tas de branches et François se sentait de plus en plus gêné de son inactivité, surtout avec ces hommes de l'autre côté pour le voir. Il tournait un peu en rond. Le Matoué eut peut-être pitié de lui.

— Tu sais faire un feu ?

— Oui.

— Tu vas chercher sur le port tout ce que tu trouveras de branches mortes, de copeaux, de brindilles et tu vas faire un feu.

François partit soulagé. Il revint plusieurs fois avec les bras chargés. Tout en cherchant, chaque fois qu'il retournait au bord de l'eau, il ne manquait pas de regarder ce que faisaient Henri et les autres.

Aidé de la Sarpe, Henri avait planté à cinq ou six pas de la rive une dizaine de piquets, bien alignés, à égale distance les uns des autres, le tout sur à peu près quatre mètres de longueur. Chacun de ces piquets, qui n'étaient pas très haut, comportait un départ de branche qui formait une sorte de crochet à quelques centimètres du sol.

A dix mètres d'Henri, le Galopiaud plantait les mêmes et dix mètres plus loin encore, le Moulot en faisait autant.

Quand il avait bien vu ce que faisaient les compagnons, François revenait au Matoué.

Celui-ci, rendu au bout de son tri, prit une branche sur l'un des tas, en glissa une extrémité sous un pied et commença à tordre la branche sur elle-même, un peu comme on essore un drap. Quand il l'eut suffisamment tordue, il la plia doucement jusqu'à ce que l'extrémité qu'il tenait dans la main droite se retrouve quarante centimètres environ plus bas que sa main gauche, puis il lâcha brusquement la main droite et la branche s'enroula sur elle-même, ménageant une assez grosse boucle là où il avait gardé sa main gauche. François écarquillait les yeux. Le Matoué riait.

— T'as vu ?

Il avait déjà repris une autre branche et il recommençait à la tordre. Au bout de quelques minutes, il en avait tordu cinq ou six, toutes avec la même boucle, toutes d'égale longueur. Le Matoué souriait toujours.

— Alors mon feu ?

François sursauta.

— Ne le fais pas trop grand. Arrange-toi avec le bois que tu as pour le faire durer toute la journée. J'ai du papier dans ma musette.

François commença à préparer le feu.

Quand le Matoué eut tordu une dizaine de rouettes à une boucle, il les amena à Henri qui était en train d'installer des perches dont une extrémité reposait sur les piquets qu'il avait plantés quand l'autre allait jusque dans l'eau. Henri se servit des rouettes du Matoué pour lier les perches aux piquets.

François passait beaucoup de temps à regarder ce que faisait Henri, il voulait devenir compagnon de rivière, si bien que la préparation du feu en était toujours au même point quand le Matoué revint à ses branches. Il sourit encore :

— Et mon feu, où est-ce qu'il est ?

François se dépêcha.

Lorsqu'il eut enfin fini, le Matoué s'approcha du tas de brindilles et de copeaux, battit son briquet à amadou, souffla sur la mèche et la fumée commença à monter. François était debout à côté de lui, mais regardait encore Henri.

— Il prépare son atelier, dit le Matoué sans se relever et en disposant d'autres brindilles sur le feu qui partait déjà.

— Viens, on va voir comment tu t'y prends. Ramasse une branche là.

Le Matoué désignait du menton l'un des tas qu'il avait préparés. François se pencha pour en prendre une.

— Tu sais ce que c'est comme bois ?

François regarda un peu.

— Du noisetier.

— Quand on construit un train de bois, tout est attaché par des rouettes ou des couplières qui sont des rouettes plus grosses. On ne se sert jamais de cordes, ni de chaînes, ni de rien d'autre, que des rouettes. Tu vas essayer d'en tordre une. Je vais te montrer.

Le Matoué prit la branche que le petit avait dans les mains.

— Il faut d'abord que tu la coinces bien sous ton pied. Après, tu prends l'autre bout et tu commences à tordre.

François tendait déjà les mains pour reprendre la branche quand le Matoué avait fait mine de la tourner. Toujours éclairé de ce sourire qui ne le quittait jamais, il la libéra de dessous son pied et la tendit au petit. François se disposa comme l'avait fait le Matoué puis il prit l'extrémité de la branche à deux mains et commença à tordre.

— Appuie bien sur ton pied. Tu es mal placé. Tu vois, ta rouette tourne sous ton sabot. Mets du poids sur ta jambe.

Le petit se remit en position et recommença.

— Serre bien tes mains, sinon elle va t'échapper.

François avait commencé à tordre rapidement, mais bien vite, son mouvement se ralentit parce que la torsion commençait à être difficile.

— Allez serre ! Continue !

Le petit s'était arrêté. Il ne pouvait aller plus avant.

— Aïe ! Je ne sais pas si elle est assez tordue. On va essayer. Lâche ta main gauche et mets-la plus bas.

Quand François lâcha sa main gauche, la rouette se détendit et fila dans sa main droite.

Le Matoué éclata de rire.

— Il ne faut pas oublier de garder l'autre main serrée. Recommence.

François, un peu honteux, se mit en position de recommencer.

— Attends, il faut que tu en prennes une autre parce que celle-là, tu ne pourras plus rien en faire si tu l'as ratée.

Heureusement, il n'y avait aucune impatience dans la façon de parler du Matoué, tout juste un peu d'ironie.

François avait repris une autre branche.

— Commence plus doucement et essaie d'aller de plus en plus vite, tu la tordras mieux.

François essaya de faire selon les indications du Matoué. Il dut recommencer de nombreuses fois. Dans un premier temps, il lâchait toujours le bas ou le haut, puis quand il eut maîtrisé cette partie de la fabrication des rouettes, il essaya de faire la boucle. D'abord, il n'arriva pas à engager comme il le fallait l'extrémité de la branche sous le tronc, si bien que la baguette se détendait d'un seul coup dans le vide en manquant plusieurs fois de le gifler, puis, lorsqu'il sut bien engager l'extrémité, comme il ne la pliait pas régulièrement, il sortait des boucles qui n'avaient pas de forme, ou tordues, ou toutes petites, ou allongées, ou pliées par rapport à l'axe de la baguette.

Le Matoué ne s'impatientait jamais. Mais comme il était obligé de fournir à Henri et à ses compagnons, il en faisait d'autres à côté du petit, sans cesser de lui parler, de l'encourager. Il disait que c'était difficile. Il lui conseillait aussi de s'arrêter de temps en temps quand il le voyait au bord de l'impatience. Il lui raconta qu'il avait mis du temps lui aussi à apprendre. Il lui fit même chercher sur sa joue une trace, qui devait y être encore, d'une rouette mal tordue qui lui était partie dans la figure quand il était gamin. Et François qui ne voyait rien dit qu'il la voyait, et peut-être qu'en réalité il n'y avait pas de trace.

François y passa la journée. A la fin, il avait les avant-bras tellement douloureux qu'il ne pouvait plus rien serrer dans ses mains.

En partant le soir, Henri allait demander tout fort au Matoué comment s'en était sorti son commis.

— Ça vient, ça vient, allait répondre le Matoué, c'est pas mal.

Et François ne sentirait pas trop peser ses échecs.

Tout en essayant de tordre ces maudites rouettes, François avait surveillé ce que faisait Henri et cette attention qu'il accordait au travail du vieux compagnon de rivière n'était peut-être pas pour rien dans les difficultés qu'il rencontrait à maîtriser sa propre besogne.

Henri avait donc disposé une dizaine de perches sur sa dizaine de piquets, toutes bien parallèles entre elles et allant jusqu'à l'eau. Ensuite, Henri s'était accordé une pause pour aller voir ses deux compagnons qui apprêtaient également leur atelier mais qui, n'ayant pas bénéficié de l'aide de la Sarpe, étaient un peu en retard par rapport à lui.

François qui n'osait jamais interroger Henri osa, à cause du sourire peut-être, ou parce qu'ils travaillaient côte à côte, ou parce qu'il était plus jeune que les autres, interroger le Matoué.

— Qu'est-ce qu'il fait l'Henri ?

— Il vient de finir son atelier. C'est là-dessus qu'il va construire la première branche.

— C'est quoi une branche ?

— Une branche, c'est la plus petite partie d'un train de bois, l'assemblage de base. Tu vas voir. Quatre branches de front, ça fait un coupon. Neuf coupons les uns derrière les autres, ça fait une part et deux parts accouplées à la suite l'une de l'autre, c'est un train.

Le Matoué continuait de tordre des rouettes de toutes tailles et François continuait ses ratages.

— Si tu en rencontres une que tu as du mal à tordre, tu peux la chauffer un peu au-dessus du feu, ça t'aidera.

Quand Henri se remit au travail, il installa deux longs chantiers sur les perches dont il avait fait son atelier, et les écarta d'environ quatre-vingts centimètres l'un de l'autre. Puis sur ces deux chantiers, il commença à empiler des bûches au-dessus de l'espace compris entre les deux premières perches de son atelier. François en oubliait ses rouettes.

P'tite-Brette, l'approcheur, avait, depuis le matin, commencé à amener sur sa drôle de brouette, à chacun des trois compagnons, un grand nombre de bûches qui toutes portaient un sabot gravé au cœur. Ce devait être la marque du marchand pour lequel ils construisaient le train. Et l'approcheur continuait sa ronde sans jamais l'interrompre.

Quand Henri eut disposé plusieurs rangs de bûches jusqu'à plus d'un demi-mètre d'épaisseur, il fit glisser quatre grosses rouettes à deux boucles sur les chantiers, afin de circonscrire son entassement.

— Je t'ai déjà dit qu'une grosse rouette à deux boucles, comme celles que j'ai faites à l'Henri, ça s'appelait une couplière ? demanda le Matoué sans cesser son travail.

Henri prit ensuite deux autres chantiers, les introduisit dans la boucle supérieure des couplières et les laissa reposer sur les bûches.

François regardait depuis un bon moment. Le Matoué vint à son secours.

— Il vient de finir sa première mise et il va attaquer la deuxième. Il a sept mises à faire à la suite pour finir cette première branche.

Henri recommençait déjà à entasser des bûches entre la deuxième et la troisième perche de son atelier.

Mais la Sarpe s'était approché de la première mise d'Henri et commençait à la regarder attentivement, puis, après l'avoir bien observée, il prit une bûche toute droite sur le tas que l'approcheur avait préparé derrière lui et il commença à l'introduire au milieu des autres. Pour l'enfoncer, il se servait d'un gros maillet et il frappait jusqu'à ce qu'elle soit alignée. Il recommença plusieurs fois. Petit à petit, le bois se mit à craquer, les bûches furent formidablement pressurées et la dernière fut longue à enfiler tellement les couplières et les chantiers étaient tendus. Puis la Sarpe se releva pour voir sur les autres ateliers s'il était temps pour lui d'intervenir. Mais le Galopiaud et le Moulot n'étaient pas encore rendus au bout de leur première mise.

— Tu vois, dit le Matoué toujours en tordant des rouettes, c'est du garnisseur que dépend la solidité d'une branche. Tout doit être calé et serré pour ne pas risquer de se défaire quand le train sera sur l'eau.

François était tellement émerveillé qu'il ne songeait plus à regarder sur le port, de l'autre côté de la rivière. Pourtant, ils étaient au moins quinze maintenant. Certains s'étaient assis sur les piles de bois, d'autres restaient debout. Parmi eux, il y avait deux femmes et un enfant qui devait être juste un peu plus jeune que François.

A dix heures, il y eut la pause. Il ne restait plus à Henri que trois mises à faire pour terminer sa branche. Tout le monde vint à son tour se regrouper autour des musettes. François remarqua que P'tite-Brette, en rejoignant les autres, avait regardé sur le port d'en face et qu'il avait baissé les yeux, mais il n'eut pas le temps d'en tirer des conclusions car le Matoué, sans doute pris de folie subite, ramassait les rouettes et les jetait dans la rivière. En plus, ses yeux riaient. Il se précipita dans sa direction.

— Tiens, aide-moi.

— Mais pourquoi ?

— On va les mouiller et tout à l'heure, on les sortira pour les faire sécher au soleil, elles seront plus solides.

En deux aller et retour chacun, ils mirent toutes les rouettes à l'eau, puis le Matoué l'invita à aller manger un morceau.

— Non, je vais rester là.

— Tu n'as pas faim ?

— Non.

Le petit prit un temps de respiration puis il ajouta :

— Le courant ne va pas les emporter ?

— Tu vois bien qu'on les a jetées dans un creux de berge. Il n'y a pas de courant à cet endroit. Allez, viens.

— Non.

— Comme tu voudras.

Et le Matoué rejoignit ses compagnons. Les hommes se parlèrent doucement. Le petit n'entendit jamais ce qu'ils se disaient. Il surveillait les rouettes. Il s'était armé d'un bâton, d'une rouette qu'il avait mal tordue et il ramenait vers le bord celles qui lui semblaient par trop s'éloigner. Il alla aussi deux fois regarnir le feu. A chaque fois, il s'immobilisa un petit moment, près du feu, près de l'eau, pour faire des rêves de même nature.

Et le travail reprit.

François trouvait que les flotteurs de Clamecy étaient des gens extraordinaires et il pensait qu'il allait en être, qu'il en était déjà, un peu. Alors, plein d'ardeur, il reprit une baguette de noisetier, la tordit de bon cœur, la replia sur elle-même avec toute l'attention dont il était capable, engagea bien l'extrémité sous sa main gauche, la lâcha aussi vite qu'il put et sortit une boucle toute large avec une toute petite tresse. Le Matoué s'était approché.

— Fais voir ?

Il la prit, la retourna, mit le pied dans la boucle, saisit la tige à deux mains, tira vers le haut d'un coup sec et la boucle céda.

— Dis-moi mon gamin, ton train, il sera en morceaux dès qu'il aura passé le pertuis de Clamecy.

Il souriait encore mais François était affreusement mortifié.

— Elle n'était pas assez tordue ta rouette, recommence.

François eut un petit coup d'œil dans la direction d'Henri, sans doute pour voir si celui-ci s'intéressait à ses échecs. Il s'aperçut alors que la première branche était terminée. La Sarpe venait de coincer la dernière bûche et, avec Henri, ils contemplaient leur œuvre. François regarda le Matoué, le Matoué se retourna vers la branche, sourit un peu plus et le petit crut y reconnaître une permission pour aller voir.

Enjambant les perches de l'atelier, il s'approcha de la branche jusqu'à la toucher. Quatre mètres de longueur sur soixante centimètres de hauteur, des centaines de bûches pressées entre les quatre chantiers reliés à intervalles réguliers par des couplières. D'abord, François posa ses mains sur les bûches, comme pour les caresser, puis il les prit à pleines mains pour les secouer. C'était terriblement solide, rien ne bougeait. Il souriait. Henri, pendant ce temps, ramassait une bûche et se plaçait sur le haut de l'atelier, au bout de la branche, face à l'eau. La Sarpe avait fait de même à l'autre extrémité.

— Prends une bûche, dit Henri à l'adresse de François.

François se précipita sur la première qu'il vit.

— Mets-toi au milieu.

Le petit vint bien vite entre les deux hommes.

Ils avaient engagé leur morceau de bois assez avant sous la branche.

— T'es prêt, demanda Henri ?

Le petit fit un signe de tête pour dire qu'il l'était et tous trois relevèrent leur bûche et la poussèrent de l'épaule. Les deux compagnons avaient souligné leur effort d'un grognement sonore. La branche s'était rapprochée de plus de quarante centimètres de l'eau. Ils replacèrent leur bûche et recommencèrent. Cette fois, ils avaient été trois à grogner. Au troisième relevage, la branche touchait l'eau. Au quatrième, il fallut la retenir pour qu'elle ne parte pas au milieu de la rivière. François voulait rentrer dans l'eau pour la suivre, ou monter dessus et partir, au gré du courant, mais en ébauchant un geste pour l'enjamber, il vit, sur le port d'en face, les hommes et les femmes qui s'étaient levés. Alors le petit revint à la berge. La Sarpe avait arrimé la branche à une perche. Henri avait déjà disposé deux nouveaux chantiers sur son atelier. L'approcheur continuait sa ronde, une fois pour Henri, une fois pour le Galopiaud à qui il restait trois mises pour terminer sa branche, et une fois pour le Moulot qui n'en était qu'à sa deuxième mise.

François dut retourner à ses rouettes.

A midi, trois branches étaient à l'eau et la quatrième était prête sur l'atelier d'Henri.

Tout de suite après le repas, qu'ils prirent dans le haut du port, au pied des peupliers, François avait eu du mal à manger, la quatrième branche fut mise à l'eau.

Montant alors sur les branches, Henri les rassembla sous trois perches de traverse, les liant à l'aide d'une multitude de rouettes et de couplières de toutes tailles et de toutes grosseurs.

François, qui avait tout vu, ne prit pas tout de suite une rouette à tordre. Il semblait réfléchir.

— Qu'est-ce qu'il y a ? dit le Matoué.

Le petit était trop occupé de sa pensée pour répondre.

— Tu te rappelles comment ça s'appelle quatre branches liées ensemble ?

— Un coupon.

— C'est bien.

François semblait toujours aussi intrigué.

— Ça va rester comme ça ? finit-il par dire.

— Quoi donc ?

— Le coupon, il ne restera attaché que par le dessus ?

— Oui.

— Et le train ne va pas se casser ?

— Non. Tu vois, la rivière est difficile et capricieuse. Il faut que le train soit solide mais il faut aussi qu'il soit souple pour bien épouser tous les mouvements de la rivière. Chaque branche est très solide, tu l'as vu, les bûches sont bien maintenues entre les chantiers, mais les branches entre elles, les coupons entre eux, les parts aussi, doivent rester souples sinon la rivière aurait vite fait de les briser. Comme le train n'est lié que par le dessus, tout le dessous peut bouger, dans tous les sens et si la rivière se fâche, elle ne peut rien contre quelque chose qui fait semblant de céder. Si les trains étaient rigides, ils seraient vite brisés.

François resta longtemps à réfléchir. Il ne se réveilla que lorsque le Galopiaud l'appela pour pousser à l'eau la branche suivante et ce n'est qu'en revenant qu'il recommença à tordre des rouettes.

Quelques heures plus tard, quatre nouvelles branches étaient à l'eau et Henri en fit un coupon. Ensuite, il lia le deuxième coupon à la queue du premier avec de grosses couplières qu'il tressait autour des chantiers du dessus et des perches de traverse.

Bien évidemment, dès qu'Henri faisait quelque chose de nouveau, François cessait de travailler pour le regarder faire. Le Matoué continuait de lui parler, il lui parlait même maintenant sans que le petit l'ait interrogé et les mots du Matoué répondaient pleinement à ses incompréhensions. François devait ainsi avoir la sensation de trouver seul les réponses, surtout que le Matoué n'arrêtait pas de travailler et qu'il faisait si doucement que personne, hors François, ne pouvait entendre.

— C'est un bon flotteur l'Henri. J'ai jamais voulu travailler pour un autre.

Ensuite il ajouta, et c'était la première fois qu'il en parlait, ce fut d'ailleurs la seule :

— Tu vois, pour ce qu'il fait là, il va gagner l'Henri. C'est important l'assemblage d'un train. C'est si important que les marchands paient bien ce travail. En plus de ses journées sur le port, l'Henri touchera l'ustensile.

De l'argent? C'était bien normal. Henri en méritait beaucoup.

— Tu devrais aller voir le Moulot, ajouta le Matoué sans changer de ton.

François se tourna vers son compagnon.

— Va voir ce qu'il fait, je te dis.

Le Moulot avait l'atelier le plus éloigné sur le port et le petit ne savait pas bien pourquoi il fallait y aller. Le Moulot avait terminé sa sixième mise et la Sarpe finissait de la garnir.

Au moment d'attaquer la septième et dernière mise, François vit que le Moulot n'y allait entasser que des bûches de bois blanc, bouleau et peuplier.

Le Moulot n'était pas le Matoué. François ne se souvenait pas qu'il lui eût adressé trois mots, aussi courut-il jusqu'à son informateur.

— Qu'est-ce qu'il fait?

Le Matoué ne savait faire autre chose que de sourire.

— Pourquoi ne met-il plus des bûches de frêne et de hêtre?

— Le Moulot ne va construire maintenant que des branches qui feront les coupons à la tête et à l'arrière des parts. Le devant et l'arrière, il faut les alléger pour que le nez du train ne pique pas en avant dans les courants ou en passant les pertuis. Tu verras comme on remonte encore le nez davantage. Mais déjà, on met du bois léger à l'avant et à l'arrière pour que les parts puissent bien passer la vague.

Les flotteurs de Clamecy étaient bien les gens les plus savants qu'il eût jamais rencontrés!

— Et le pieu qu'il met sur le côté, c'est quoi?

— C'est une nage. Il va en lier une aux quatre coins des parts, à l'extérieur de la branche de rive.

Au soir, un troisième coupon était à l'eau, lié aux deux autres.

Lorsque Henri décida qu'il était temps de rentrer, François se trouvait au bord de l'eau. Tout à coup, il n'y tint plus. Il entra dans la rivière, grimpa sur les coupons et se mit debout. Tous les compagnons s'étaient retournés pour le voir. Il commença à essayer de déplacer ses pieds mais il avait visiblement du mal à maintenir son équilibre. Il battait un peu des bras. Il finit pourtant par avancer. De temps en temps, il était quand même obligé de s'accroupir pour ne pas tomber, mais il prit assez vite de l'assurance. Il marcha résolument, puis il courut même, d'un bout à l'autre des coupons. Il courut tellement qu'il se retrouva par deux fois sur les fesses, mais à chaque fois, il se releva bien vite pour recommencer. La Sarpe et le Matoué riaient, P'tite-Brette était sérieux, mais il l'était toujours et Henri, le Galopiaud et le Moulot étaient impénétrables. François finit par danser une gigue du diable au mépris des gens d'en face qui n'avaient pu, cette fois, le retenir.

Quand Henri eut enfilé sa veste, il fit demi-tour et gagna le haut du port. Les autres le suivaient et le petit dut arrêter sa danse. Il sauta dans l'eau pour les rejoindre. Chacun prit son faix puis ils allèrent à la barrière. Il y avait encore des gens qui étaient là, dix, peut-être quinze personnes. François se plaça bien vite au milieu des autres. Il ne comprenait pas pourquoi ces hommes et ces femmes les attendaient ainsi. C'était comme une menace. Pourtant, les gens s'écartèrent pour les laisser passer dans le plus complet silence. Il n'y avait pas d'hostilité dans leurs regards pour autant que le petit ait pu s'en rendre compte, qui marchait les yeux baissés. Quand François et ses compagnons eurent dépassé le dernier homme, tous leur emboîtèrent le pas.

Henri et les autres ne se parlaient plus et quand ils se séparèrent, chacun fut accompagné, à distance, par un petit groupe, toujours derrière, toujours muet.

Arrivé à la maison, le petit avait hâte de se coucher. Il était épuisé par les émotions de toutes sortes qui avaient occupé son jour, il avait mal aux avant-bras et il avait des monceaux de choses à raconter. Seulement, il s'endormit avant d'arriver au bout de ce qu'il avait à dire.

IX

Le lendemain, en arrivant sur le port, François alla tout de suite aux coupons pour voir s'ils étaient encore là.

Henri dit au petit que ce jour, il allait approcher. Il avait beaucoup plu pendant la nuit et il pleuvait encore un peu de temps en temps, mais rien n'arrêtait le travail des flotteurs. Des ornières, creusées dans le sol entre les piles, s'étaient remplies de boue. P'tite-Brette commença par combler les mares avec des bûches.

P'tite-Brette n'avait rien de commun avec le Matoué. Il était vieux, ne riait jamais et ne parlait pas davantage. Heureusement, François n'avait pas grand-chose à entendre pour parvenir à pousser une brouette, fût-elle de forme bizarre. L'approche, c'était un travail de force et de régularité.

Henri et le Galopiaud continuaient de construire des branches simples et le Moulot des branches de tête et de queue et chacun des deux premiers requérait toujours François et la Sarpe pour les mettre à l'eau.

A la pause, à dix heures, tous s'abritèrent derrière une pile de bois pour ne pas être mouillés davantage. Il y avait au moins trente personnes sur le port d'en face et la pluie n'y faisait rien. Certains s'étaient abrités sous des toiles. Les compagnons d'Henri semblaient toujours ne s'être aperçus de rien. Ils faisaient comme s'il n'y avait rien eu d'insolite, comme s'il n'y avait pas eu de présences autour et de regards sur eux.

Un peu avant de reprendre le travail, la pluie s'arrêta.

Approcher, c'était quand même une rude tâche, surtout quand il pleuvait. Le petit ne voulait pas transporter moins de bûches que P'tite-Brette, mais s'il était un peu plus grand que l'autre, il était aussi manifestement moins fort. Il peinait souvent, François, mais il avait jusqu'à ce jour connu trop d'échecs pour céder devant un travail qui ne demandait pas d'aptitudes ou de connaissances particulières.

Il fallait pourtant la pousser la brouette pleine sur les rondins qui comblaient les mares. Il devait se lancer à chaque fois et le passage secouait les bras et les épaules. On se tordait les pieds aussi quand c'était à son tour de passer les ornières. Si la brouette se bloquait, ou si la roue échappait les rondins, on avait vite fait de verser. Mais hormis la force qui lui manquait un peu, le maniement de cet instrument lui étant tout de même plus familier, il mit un point d'honneur à n'en pas moins faire que le vieil approcheur. Il ne versa que deux fois, mais P'tite-Brette versa également une paire de fois.

Dans la journée, à quatre reprises, tout le monde dut s'arrêter pour relever des branches de tête. On faisait le « labourage ». Il fallait soulever l'avant de la branche à l'aide de leviers, glisser dessous un certain nombre de rondins, puis faire monter tout le monde sur la branche pour la plier. Henri liait alors d'autres perches, multipliait les couplières et les rouettes et on mettait la branche à l'eau. Celle-ci semblait avoir le nez en l'air.

Au soir de ce jour-là, Henri et le Galopiaud avaient construit les douze branches simples qui manquaient à la première part et Henri les avait réunies en coupons. Le train commençait à s'allonger. Quant au Moulot, il avait fini six branches de tête. Des quatre premières, Henri avait fait un coupon, mais il ne le réunit pas de suite à la part. Il allait attendre le lendemain. L'ensemble des sept coupons déjà liés avait belle allure.

Avant de partir, comme la veille, François remonta sur le train. Il eut moins de difficultés à se maintenir debout car la construction devenait de plus en plus stable. Il ne dansa pas, ni ne courut, il se contenta de l'arpenter dans tous les sens.

C'est une trentaine de personnes qui les attendaient à la sortie du port, toujours silencieusement.

François, ce soir-là, s'endormit encore avant d'avoir eu le temps de raconter tout ce qu'il avait fait et vu.

Le troisième jour à midi, les deux derniers coupons étaient liés aux autres. La première part était terminée. Les trente-six branches, par quatre de front, les neuf coupons bout à bout, représentaient déjà une construction de plus de trente-cinq mètres de long.

En déjeunant, François ferma plusieurs fois les yeux pour essayer d'imaginer ce qu'allaient donner les deux parts l'une à la suite de l'autre, mais il avait du mal. En attendant, il ne se lassait pas de regarder ce grand radeau avec ses extrémités relevées.

Le déjeuner ne durait pas longtemps. Il ne fallait pas bien des minutes pour avaler un morceau de pain, même assez gros, un bout de porc salé et une part de fromage. On n'avait pas trop de temps pour rêver. Il fallut repartir au travail.

Depuis le matin, François avait travaillé avec la Sarpe, à garnir les mises. C'était un travail de grande minutie. Il fallait sûrement avoir une grosse habitude pour choisir la bonne bûche dans le bon espace. La Sarpe le conseillait, mais il n'était pas souriant comme le Matoué et le petit ne fut jamais bien à l'aise. La Sarpe lui fit quand même coincer quelques bûches à coups de mailloche, mais il ne les lui laissa jamais choisir. Plusieurs fois, en les enfonçant, François déplaça les bûches voisines parce qu'il n'arrivait pas bien à conduire ses coups ou parce qu'il ne laissait pas la bûche se placer d'elle-même, là où elle devait aller. La Sarpe était alors obligé de contourner la branche et de renfoncer les bûches que le petit avait déplacées, mais il le faisait savoir qu'il devait faire le tour, qu'il devait tout recommencer derrière lui, qu'il perdait du temps, que c'était du travail en plus.

— Ne la tiens pas. Laisse-la aller. Mais doucement ! Plus fort maintenant. Arrête !

Au milieu de l'après-midi, la Sarpe avait fini par dire :

— Allez, ça suffit. Va ailleurs, je perds trop de temps avec toi.

Personne parmi les autres n'avait semblé faire attention, mais ils étaient plus de cinquante sur le port d'en face à être témoins de son humiliation.

Le lendemain, il construisit des branches avec le Galopiaud. Enfin, pour être tout à fait juste, disons que l'autre lui demanda de passer les étoffes ou de lui tendre les bûches. Il fit le bachotier. Quand il était temps d'aller chercher des rouettes, François en profitait pour parler un peu avec le Matoué. Il avait du plaisir à le retrouver.

— Pourquoi on t'appelle le Matoué ?

L'autre se mit à rire.

— Parce que je le suis. Enfin, c'est ce qu'on dit.

Un peu plus tard, le petit demanda encore :

— Tous les flotteurs ont des surnoms ?

— Oui, presque tous.

— Les gens de chez nous aussi ont des surnoms. Enfin, pas tous, certains.

François était triste. Une heure avant la fin du jour, il dut revenir chercher des couplières. Le Matoué prit le temps de le regarder quand il approcha. Lorsque le petit fut à sa hauteur, c'est le Matoué qui parla :

— Et lui là-bas, t'as deviné pourquoi on l'appelle la Sarpe ?

Le petit fit non de la tête.

— Regarde bien son grand nez pointu, ses joues toutes plates et ses petits yeux rapprochés. Alors, tu comprends ?

Le petit fit un mouvement de tête pour dire qu'il avait compris mais à voir sa mine, ce n'était pas bien sûr.

— P'tite-Brette, c'est autre chose, continua le Matoué. Son père est mort quand il avait douze ans, c'était un flotteur. Il a dû commencer à travailler sur le port pour nourrir ses frères, il était le plus âgé. Son oncle était menuisier et comme sa mère ne voulait pas qu'il parte sur les trains, elle demanda à l'oncle de lui fabriquer une petite brouette pour qu'il puisse faire l'approcheur.

De temps en temps, le Matoué surveillait François du coin de l'œil, sans doute pour juger de l'effet que produisait son discours.

— Le Moulot, on lui a donné le nom de son village. Quant au Galopiaud, il tient aussi son nom du temps où il était petit. Son père avait un fichu caractère et quand il demandait quelque chose à son gamin, il y allait toujours en courant, tellement il avait peur de se faire botter les fesses.

Le Matoué souriait toujours. François ne souriait pas.

— Pourquoi est-ce qu'on est seuls à construire des trains ?

Le Matoué cessa de sourire.

— Alors, ces rouettes, elles viennent ?

Le Galopiaud s'impatientait. François en prit une brassée et s'en retourna vers lui.

— Ça va venir petit. On n'est pas encore en saison. On commence tout juste, avait eu le temps de dire le Matoué avant que le petit fût trop loin.

Au soir, le Matoué aussi était triste.

Il y avait de plus en plus de monde à la barrière.

Sur son bat-flanc, quand Henri se fut retiré dans son réduit avec la chandelle, François avait envie de pleurer. Il chercha quelqu'un.

Le jour suivant, Henri renvoya le petit tordre des rouettes. Le Matoué avait retrouvé son sourire mais François semblait avoir encore égaré le sien. Il mit pourtant beaucoup d'application dans son travail, tant et si bien qu'il parvint à en tordre quelques-unes qui étaient utilisables. Comme la Sarpe avait dit bien fort son insatisfaction, le Matoué utilisa le même procédé pour souligner la réussite du petit. Mais pas plus qu'ils n'avaient semblé entendre les propos amers de la Sarpe, les autres ne firent quoi que ce soit qui eût pu laisser croire qu'ils avaient perçu les éloges du Matoué.

A midi, sur le port d'en face, ils étaient cent. Des hommes et des femmes, comme toujours, mais aussi des vieux, des très vieux et des très petits qui jouaient sans s'occuper de rien. Quand Henri liait des branches, ceux qui étaient assis se levaient, les autres approchaient du bord pour mieux voir. La foule semblait vouloir partager un peu de leur labeur.

François pensa au moment où ils allaient quitter le port. Il eut peur.

— Qui sont tous ces gens ?

Le Matoué devait attendre cette question depuis longtemps car il n'eut pas l'ombre d'une hésitation.

— Des gens de Clamecy.

— Qu'est-ce qu'ils viennent faire là ?

— Ils viennent voir. Le premier train de l'année, c'est toujours un événement, tu sais.

Le Matoué ne se démontait pas et avant les réponses qu'il donnait, c'était surtout son ton qui rassurait François.

— Ça se passe comme ça tous les ans ?

Le Matoué hocha la tête.

— Non, pas toujours, mais cette année, le Commerce a pris du retard.

— Qu'est-ce que ça veut dire ?

— Eh bien je crois que les marchands de Paris n'ont pas voulu donner pour le bois le prix que les marchands de la haute Yonne en voulaient. Alors beaucoup de ces bois que tu vois là ne sont pas vendus. S'ils ne sont pas vendus, on ne peut pas en faire des trains parce qu'on ne saurait pas à qui les livrer en arrivant à Paris. Il faut attendre que les marchands soient d'accord.

— Et le nôtre de bois, il est vendu ?

— Sûrement, sans ça, on n'aurait pas eu le droit de le faire.

François allait mieux. Il réussit quelques rouettes à la suite. Et puis la deuxième part était bien avancée. Les hommes travaillaient tellement que le lendemain, à midi, le train allait être terminé.

Le soir, les deux parts étaient assemblées. Un train de bois, c'était vraiment prodigieux. Soixante-quinze mètres de long sur cinq de large, à peu près vingt décastères de bois transportés et comme il était très long, il paraissait beaucoup plus étroit qu'il n'était en réalité. Il fallait qu'il y ait un homme dessus pour lui redonner sa vraie dimension et, si grand fût-il, l'homme paraissait tout petit.

Le lendemain à midi, tout était terminé. Henri avait passé la matinée à doubler les fausses nages, à installer sur les branches de rive des labourages, des bûches verticales qui devaient protéger les extrémités du train au passage des pertuis et le garantir contre les chocs qui se produisaient parfois contre les piles des ponts. Il avait aussi lié sur le train un bon nombre de perches et de chantiers et fait provision de rouettes et de couplières de rechange. Tous les compagnons s'étaient rassemblés pour regarder leur ouvrage. Sur la berge en face, la foule était innombrable. Il n'y en avait jamais tant eu.

— Je vais aller voir le meneur d'eau, dit Henri comme s'il se parlait à lui-même, puis il ajouta : On partira demain à l'aube.

François était un petit peu en retrait de tous les autres. Il se mit soudain à faire des choses curieuses. Quand tous étaient encore immobiles, il commença à reculer vers le haut du port. Une fois dissimulé par les piles de bois, il fit demi-tour et s'en fut en courant vers la barrière. En vue de la barrière, il se remit à marcher. Il savait qu'il allait avoir un moment difficile. Il eut une petite hésitation, comme pour revenir sur ses pas, mais il se remit résolument en marche. Là aussi, la foule était immense, mais les gens n'étaient pas placés comme ils l'étaient d'ordinaire. Ils s'étaient rassemblés par groupes, les hommes entre eux, les femmes entre elles, tenant les plus petits enfants à la main, qui regardaient ailleurs. D'abord, personne ne le vit, mais lorsqu'il alla frapper aux volets pour se faire ouvrir, quand le gardien sortit, les conversations cessèrent de suite et tous s'approchèrent. François dut avancer au profond de la foule. Les gens s'écartaient encore devant lui sans rien dire, mais il y avait quelque chose dans leurs regards qui faisait peur. D'abord, François avait marché le plus naturellement possible, puis il avait marché plus vite et, en arrivant à hauteur des derniers, il courait. Il courut ainsi sans se retourner, jusqu'à ce qu'il soit sur le pont de Bethléem. Seulement, après, au lieu de rentrer dans le faubourg, il prit la route d'Armes.

Sur un chemin de campagne, la petite poussait devant elle trois vaches qu'elle devait ramener pour la traite. Quand je dis qu'elle les poussait devant elle, c'était plutôt à ne pas savoir qui rentrait l'autre, compte tenu qu'elle traînait dix mètres derrière et que, de là, elle ne pouvait ni les pousser, ni les conduire. Elle suivait, en quelque sorte, c'est tout. Elle marchait. Elle rêvait peut-être. Elle n'était pas là. Tout à coup, elle sursauta. L'espace d'une seconde, elle regarda autour d'elle, on aurait dit qu'elle se sentait menacée, puis progressivement, elle rejoignit ses vaches qui, de la sentir là, se pressèrent un peu. La petite continuait de balayer son horizon de regards inquiets quand, soudain, elle vit François derrière elle. Elle se retourna alors très vite et recommença à marcher parce que c'était encore le plus sûr moyen de ne pas laisser voir qu'elle tremblait. Elle parut un instant ne plus trop savoir où elle était puis, brusquement, à grands coups de bâton sur les croupes, elle força les vaches à prendre le galop.

— Attends !

François, qui courait aussi, eut tôt fait de la rejoindre. Quand il fut à sa hauteur, avec les trois vaches qui galopaient devant eux, sans la toucher, il dit :

— Arrête-toi.

Mais la petite détournait la tête. Elle regardait du côté où il n'était pas et elle courait toujours.

— C'est comment ton petit nom ?

Tout en courant, c'est sur lui soudain qu'elle leva son bâton. François s'arrêta tout net et la petite et ses vaches continuèrent jusqu'à disparaître.

A la tombée du jour, François était en station devant certaine ferme. Il ne se cachait même pas. Il se conduisait comme quelqu'un qui aurait eu le droit d'être là. Tout le monde pouvait le voir. Si les deux enfants avaient été promis, il n'y aurait pas eu de mal, mais là... Peut-être cherchait-il à se venger. Il n'aurait pas agi autrement s'il avait voulu que la petite fût battue par ses parents.

A la nuit, il y était encore. Deux heures plus tard, il y était toujours.

Elle vint, et c'était miracle.

Ils marchèrent un peu dans le chemin. Il dut lui prendre la main pour ne pas la perdre car la nuit était noire. Ils trouvèrent une grange comme il en est en campagne, séparée de toute ferme. Ils s'allongèrent dans la paille et le foin. Elle ne portait qu'une chemise sous son châle. Il reconnut la douceur. Elle s'appelait Adeline et il dit que c'était ce qu'il était venu chercher. Elle lui donna des baisers et il en fit provision pour la route. Ils frôlèrent le plaisir, mais celui-là ne manque que lorsque l'on en connaît l'existence. Ils eurent du mal à se détacher. François reprit son chemin avant l'aube.

Il marcha avec ses regrets qui n'étaient pas que de la quitter mais aussi de n'avoir pu la regarder quand elle était contre lui. Il allait devoir continuer à être, mélanger des souvenirs déjà lointains avec d'autres plus proches, tenter de les mêler pour en faire des images, espérer qu'il n'avait pas rêvé.

X

François était à Armes que la nuit était encore profonde, mais il n'était pas seul à marcher. La route était arpentée par des ombres qui, pour ne pas l'accompagner, n'en empruntaient pas moins le même chemin. Il n'avait pas peur, il était juste un peu intrigué quand il en avait le loisir.

Au fur et à mesure qu'il approchait de Clamecy, les ombres se firent de plus en plus nombreuses. François alla directement au port. Il y avait encore d'autres ombres à la barrière. Le petit dut taper aux volets de la cabane pour que le gardien vienne ouvrir. Quand il entra sur le port, il alla tout de suite au bord de l'eau. Henri était déjà là. François avait réfléchi à la réplique qu'il ferait à la question du vieux compagnon de rivière.

— J'avais à faire, devait-il répondre simplement.

Il se l'était répétée plusieurs fois en nuançant à chaque fois le ton.

Henri ne posa pas de question.

Le Matoué et le Galopiaud y étaient aussi. Henri s'affairait. Il portait un coffre qu'il allait arrimer au train. Le Galopiaud lui tendait une lanterne. Le jour allait venir. Le Matoué s'était approché du petit et tout en regardant Henri, comme ça, sans en avoir l'air, à l'oreille, mais toujours avec un large sourire, il demanda :

— Comment elle va, ta bonne amie ?

Il y a des sourires qui sont plus ou moins supportables. Un reste de nuit cacha la rougeur de François.

Henri descendit du train.

— J'ai pris tes affaires, dit-il au petit.

C'est vrai, François n'avait pas pensé à ses affaires, mais Henri pensait à tout.

La Sarpe, P'tite-Brette et le Moulot arrivèrent à cet instant. Avec le jour, les eaux commencèrent à monter.

— Le meneur d'eau a dû ouvrir les gautiers, dit Henri.

— Les gautiers, c'est les vannes qui ferment les pertuis, précisa le Matoué à destination de François.

Les compagnons s'étaient assis pour attendre la montée des eaux. Seul François n'avait pu s'asseoir. Il cherchait à saisir que le moment qu'il avait tellement attendu était cette fois arrivé. Mais il avait beau se dire que c'était maintenant, qu'il allait enfin partir au fil de l'eau, il lui était impossible de le réaliser. Il faut préciser qu'il avait encore un peu de paille dans les cheveux.

Avec l'aube, la ville et le faubourg commençaient à retrouver les contours qu'ils avaient perdus la veille au soir. C'était extraordinaire, il y avait des gens partout, sur le port d'en face bien sûr, mais aussi aux fenêtres des maisons, sur le pont et là-bas, à gauche, sur les murs du pertuis. Tout était noir de monde. Jamais François n'en avait tant vu. Le temps qu'il mit à détailler les endroits où la foule s'était massée, l'eau était déjà suffisamment montée et Henri se leva. Les compagnons l'imitèrent et, l'un après l'autre, ils vinrent serrer longuement la main du vieux flotteur, avec des airs graves, puis tous comme un seul, se dirigèrent vers François pour refaire avec lui les mêmes gestes. Ensuite, ils les accompagnèrent au bord de l'eau. Henri et François durent entrer dans la rivière. L'eau était fraîche. Ils montèrent sur le train. C'est à cet instant que le port fut envahi par les gens de la barrière. Ils avançaient vers eux, toujours silencieux et ils se répandaient entre les piles de bois comme un autre flot. Il y avait même des messieurs en costume dont plusieurs portaient des écharpes. Bientôt, tous les compagnons d'Henri furent entourés par cette marée.

Henri, comme toujours, semblait n'avoir rien vu.

— Prends cette perche-là, dit-il à François.

François, sans trop oser se déplacer, ramassa la perche qu'Henri lui désignait.

— Plante-la dans la berge à l'arrière et pousse.

Rien ne se passait jamais comme le petit l'avait rêvé. Il y avait tellement de choses à voir, à faire, à sentir, autour de lui, comme au dedans, rien ne se fixait, tout passait trop vite, insaisissablement.

Henri était allé à la tête du train pour pousser et sur la berge, le Galopiaud, le Moulot et le Matoué poussaient aussi. Déjà le train s'était éloigné et gagnait le milieu de la rivière. A cet instant, on aurait dit qu'il était immobile. François, à défaut de bouger, prit le temps de regarder les hommes sur le bord, dont certains avaient quitté leur chapeau, tandis que d'autres se passaient les mains sur les yeux. A ce moment-là, c'était impossible de comprendre. Le petit n'avait pas l'impression d'avancer, c'était comme un instant suspendu, il avait quitté la terre deux fois, pourtant, assez vite, il perdit le détail des traits de son ami le Matoué. Le temps de le chercher dans son souvenir, celui-ci lui faisait un dernier signe de la main. Les larmes de François n'étaient pas loin. Il avait une grosse boule qui lui tenait la gorge. Le courant, presque sans se montrer, les emportait doucement. Pourquoi tous ces gens étaient-ils là ?

— Pousse un peu de l'arrière pour nous redresser, dit Henri, il va falloir bien maintenir le train dans l'axe du pertuis. Tu vois, il est là.

Comme ils étaient assez éloignés l'un de l'autre, Henri était obligé de parler fort, mais il ne parvenait pas vraiment à réveiller son petit compagnon.

— Attention, pousse encore !

Il paraît que le petit faisait ce que lui demandait l'autre.

Au fur et à mesure que le train approchait du pertuis, il prenait de la vitesse et on entendait l'eau.

— Encore un peu !

Henri était maintenant obligé de hurler pour se faire entendre. En deux coups de perche, il engagea la tête du train dans l'engorgement. Il n'y avait pas grand-place pour une erreur d'alignement. Le train prit tout de suite une vitesse folle.

— Tiens-toi, hurla Henri !

Le train se mit à craquer de toutes parts, à être secoué et tordu. François crut qu'il allait mourir. D'instinct, il s'était accroché à la fausse nage de ses deux mains, mais il avait lâché sa perche qui fut éjectée et qui partit dans la rivière. Il n'eut même pas le temps de s'en rendre compte et encore moins de remarquer les gens sur le pertuis qui leur faisaient au passage des adieux avec les bras.

Quand le train fut sorti du pertuis, François mit un long moment avant d'oser lâcher la fausse nage qui lui servait de tuteur et il ne le fit que lorsqu'ils eurent perdu de la vitesse. A nouveau, la rivière était large et calme et le train semblait ne plus avancer. C'était à croire qu'il avait rêvé les dangers. Le premier regard de François fut pour le port de Clamecy. Il ne le voyait plus. Il avait perdu son ami. Son second regard fut pour Henri qui, en deux coups de perche d'avallan, avait donné au train la bonne direction. Il semblait calme. Il se retourna vers lui.

— Où est ta perche ?

François regarda tout autour.

— Je ne sais pas.

Henri, toujours armé de la sienne, remit une fois encore le nez du train dans le courant, puis il vint à François, prit une perche sur le tas et la tendit au petit qui n'osa que deux pas pour aller au-devant d'elle.

Maintenant, il ne voyait même plus la ville. Le train avançait imperceptiblement. La rivière virait à gauche et, tout de suite, François aperçut un pont. Il se précipita pour s'agripper à la fausse nage mais la rivière se tourmentait moins au passage des ponts qu'à celui des pertuis. Henri était retourné à l'avant, le train se présentait bien et les arches passèrent doucement au-dessus de leurs têtes. Sur le pont, il y avait encore des gens qui les regardaient et qui leur adressaient des signes.

Tout de suite après, le canal du Nivernais traversait la rivière et pour que les eaux du canal conservent une hauteur constante, il y avait un barrage. Il fallut amener le train contre la berge de droite et passer la vanne. Ça n'arrêtait donc jamais ? Pour passer la vanne, le train prit de la vitesse, se secoua, se tordit. François avait bloqué sa perche sous ses pieds pour ne pas la perdre. L'eau montait en gerbe entre les coupons, le mouillait jusqu'à la taille et puis, quand ils furent passés, la rivière reprit son calme et le train sa flânerie. Comment voulez-vous, dans ces conditions, parvenir à aligner deux idées à la suite ?

L'Yonne tournait encore à gauche. Elle reçut le ruisseau d'Andryes puis ils glissèrent sous les ponts de Surgy. Ils étaient passés devant les ports de l'aval, puis ce fut le pertuis de Coulanges, puis celui de Crain et d'autres pertuis, et des ponts, et des courbes...

La première partie du voyage dura cinq jours. Petit à petit, après l'attention peureuse et la crainte, revinrent pour François l'émerveillement, la richesse et le plaisir. A la fin du premier jour, le petit, quand la rivière était large, osait faire quelques pas sur les bûches, mais dès le deuxième jour il avait apprivoisé le train, il marchait comme s'il avait été à terre.

Tout au long du voyage, Henri allait raconter la rivière et son entour. Henri lui apprit à la regarder, à apprécier ses courbes, à reconnaître les hauts-fonds, à s'abandonner à elle quand elle était la plus forte, à la dominer quand il le fallait, à la respecter toujours et à l'aimer aussi. Il lui montra comment elle avait repoussé montagnes et collines jadis, pour se faire un passage. Il lui dit les ruisseaux et les rivières, il dit les noms des villes et des villages, des noms qui semblaient chanter comme l'eau : Châtel-Censoir, Vincelles, Bellombre. Le vieux compagnon de rivière en dit tant que son petit homme de derrière finit par en être complètement ivre, tellement ivre que lorsque la rivière était colère, quand elle les menaçait dans les pertuis, quand elle cherchait à les engraver dans les courbes, le petit pardonnait tout de suite et ne traînait ni sur les peurs, ni sur les dangers. Il connut l'irréel, il partagea la vision des voyageurs de l'eau, une autre douceur que l'on touche avec les yeux.

Il entendit aussi conter l'histoire des grandes crues qui noyaient plaines et villes, et des grandes sécheresses qui la faisaient maigre comme un ruisseau de désert. Il partagea l'exaspération d'Henri lorsque celui-ci évoqua la Seine qui, pour passer dans Paris et aller à la mer, avait usurpé les droits légitimes de l'Yonne. Le vieux compagnon de rivière parlait de tout. On aurait dit qu'il était pressé, qu'il avait peur d'oublier quelque chose, ou qu'il craignait d'omettre des détails qui risquaient de la faire aimer encore davantage. Pourtant, toute cette insistance était sans nul doute superflue car François était gagné d'avance. La rivière, le petit l'avait vue naître, puis grandir et maintenant, il avait bien la sensation qu'elle était de ses connaissances et qu'il n'était pas porté par une inconnue.

Henri, qui était parfois si avare de paroles, savait là trouver des mots, des tas de mots, des mots simples qu'il associait à merveille pour en faire des images. Il redevint l'Henri Boussard du mariage de Mélanie, celui qui avait tant dit et qui l'avait séduit. En recollant ses souvenirs pour les mélanger, le petit se demanda comment l'Henri du mariage et de l'Yonne pouvait être le même que l'Henri de Neuffontaines ou celui de la haute vallée. Il se rendit compte qu'il ne les avait jamais associés dans son esprit.

Là, sur l'eau, en l'écoutant, il essaya de n'en faire qu'un seul, des deux qu'il avait connus.

Chaque soir, ils amenaient le train à la rive. Hors les villes et les villages, Henri l'arrimait fortement sur la berge à l'aide de ce qu'il appelait des fermures, deux gros et solides chantiers, prolongés à chaque extrémité par une chaîne de rouettes qu'il fixait à la tête et en queue du train, puis ils faisaient un feu. On était à la fin septembre, les nuits commençaient à être fraîches. Ils prenaient leur repas et Henri se remettait à parler, à parler de sa bien-aimée qui faisait semblant de ne pas l'entendre alors qu'elle était là, toute proche, à ses pieds. Il en parlait encore que le petit dormait déjà.

Après les trois premiers jours de navigation, les pertuis s'espacèrent, les courbes s'arrondirent, les îles s'allongèrent, la rivière gagnait en majesté ce qu'elle perdait en sauvagerie. Toujours belle, elle semblait plus raisonnable et Henri l'aimait encore.

Ils passèrent Auxerre au milieu d'un après-midi, Auxerre où les gens sur les quais leur firent des signes de la main et agitèrent leurs chapeaux. En les voyant, François avait l'impression de ne plus faire partie de leur monde. Tous ces petits personnages qui se démenaient sur les berges, il ne pouvait plus croire qu'ils étaient de ses semblables. C'est à Auxerre qu'il comprit qu'il avait changé de condition, de nature même. Il n'était plus garçon. Il était flotteur.

Ce soir-là, quand ils eurent garé le train, allumé le feu et partagé leur repas, Henri remonta sur les bûches. C'était un beau soir, le plus beau, le plus doux depuis leur départ, le plus triste aussi parce que la beauté porte, autant que la disgrâce, sa part de mélancolie. Henri dit qu'après cette partie difficile de la navigation sur la rivière, il fallait vérifier les assemblages et les liens. Un peu de lumière traînait encore dans le ciel. Le vieil homme se mit à genoux et il commença à essayer de bouger les chantiers du dessus et les traverses. François voulut en faire autant. Henri était à la hauteur du labourage de devant et François s'était installé plus au milieu de la première part.

— Tu sais comment ça s'appelle, ça ?

Le petit se retourna vers Henri pour voir ce qu'il désignait. Ainsi, à genoux, Henri lui apparut soudain comme terriblement vieux. Avant que François ait pu distinguer ce qu'Henri voulait lui montrer, celui-ci dit :

— Le premier coupon, on l'appelle le nez-blanc.

Le petit était revenu à ses chantiers. Il ne vit donc pas qu'Henri s'était un peu affaissé.

— Parce qu'il est fait de bouleau et de peuplier.

Il parlait si doucement que le petit entendait à peine. Henri se déplaça un peu pour secouer un autre chantier puis il dit encore :

— Mais c'est fini.

Le petit n'avait pas vraiment fait attention.

— Qu'est-ce qui est fini ?

Henri s'était redressé tout en restant à genoux et il avait écarté les bras.

— Tout ça.

— Mais quoi, ça ?

— Tout, les trains, le flottage, la rivière, les compagnons...

Le petit ne comprenait pas.

— Je t'ai trompé, petit.

François crut qu'Henri était devenu fou. Et comme il ouvrait tout grand les yeux, Henri se mit à crier :

— Le flottage, c'est fini ! Tu comprends ? Nous avons fait là le dernier train !

François se redressa doucement. Il essayait de lutter contre des tas d'images, contre toutes les choses qu'il n'avait pas comprises sur le moment et qui lui revenaient en mémoire maintenant : les fuites d'Henri quand ils descendaient la rivière, ses silences, ses colères subites, et les gens sur le port de Clamecy.

— C'est pas vrai, réussit-il quand même à dire.

— Plus jamais de train petit, plus jamais. Paris ne veut plus de notre bois et le peu qu'on leur enverra descendra par le chemin de fer.

Combien de temps restèrent-ils là sans bouger alors que, petit à petit, tout s'éclairait en noir dans l'esprit de François ?

Au bout d'un long moment, il se mit debout. Il marchait à nouveau un peu comme au début du voyage, quand il n'avait pas encore maîtrisé son équilibre. Il fit d'abord comme s'il allait retourner à terre mais il se ravisa et repartit vers le milieu du train. Il tourna plusieurs fois sur lui-même puis il vint au coffre qu'Henri avait attaché au beau milieu de la première part, l'ouvrit et en sortit ses affaires. De ses affaires, il fit un paquet, puis il revint au nez-blanc, puisque nez-blanc il y avait, et il sauta dans l'eau pour gagner la berge. A quatre pattes, il grimpa jusqu'au chemin de halage, puis quand il y fut, il marcha. Il s'essuyait les yeux de temps en temps. Il n'avait pas fait vingt pas qu'il s'arrêta et fit demi-tour, revint jusqu'à hauteur du train et, se grattant la gorge, il dit :

— Jusqu'au revoir cousin.

Henri ne put que marmonner charbon et gaz alors qu'il aurait peut-être voulu dire, crier tout ce qu'il avait dû faire pour arracher le droit de construire ce dernier train, les démarches, les compromissions, les supplications, pour que le petit puisse être témoin.

Mélanie ne devait jamais revoir son petit frère.

— Ton argent, avait crié Henri, celui que tu as gagné ?

Mais le petit était déjà trop loin pour l'entendre.

On a dit au village que le François Huhant avait traîné un peu sur les ports, puis qu'il s'était fait embaucher un temps comme commis dans un moulin. On a dit aussi que bien vite, il avait écumé les tavernes et qu'il était bavard quand il avait bu. Dans ces moments-là, il se racontait volontiers à ses compagnons de bouteille. On a même dit qu'il avait vécu quelques années avec une mauvaise femme qui avait déjà deux enfants, mais on dit tellement de choses...

Jean Pieuchot

I

C'était sûrement un autre jour. Mélanie se trouvait dans le verger derrière la ferme. Tout était couvert de neige. Le givre tordait les branches des pruniers et le ciel n'y était plus, il s'était égaré dans la brume. Ailleurs existait le soleil. Mélanie allait rentrer et contournait la maison qui n'avait pas d'ouverture du côté du verger. Pourtant, elle entendit sonner cinq heures à l'horloge. Il ne faisait pas encore tout à fait nuit, c'était peut-être février. La brume imposait le silence. Tout semblait pesant et engourdi.

Une pie vint se poser sur le toit de la grange et se mit à chanter. Elle était tache sur la neige et le blanc n'y paraissait plus, seul le noir faisait la couleur. Mélanie voulut la chasser, elle fit des gestes avec les bras. Une pie avec les sept poils du diable sur la tête, personne ici n'en aurait voulu, touchant sa maison. Et l'oiseau jacassait en remuant la queue.

— Va-t'en, tu vas me porter malheur !

Mais la pie ne quittait pas le toit. Mélanie chercha un bâton et par défaut, elle prit de la neige et la lança en boule vers l'oiseau qui la narguait. Pour éviter les projectiles, la pie se déplaça plusieurs fois sans vouloir s'envoler, comme si elle avait su qu'elle était un présage et qu'elle eût cherché à le bien faire peser. Mélanie se démenait. Elle finit par avoir chaud. Elle désespérait. Quand elle fut lasse, la pie s'envola d'elle-même et se perdit.

Mélanie reprit alors le chemin qui la menait à la maison en frissonnant de l'oiseau qui lui voulait du mal. En s'approchant, elle entendit, dans la pièce commune, le pas de son père qui traînait ses sabots sur la terre battue. Dehors, la jeune fille progressait lentement et sa marche était rendue difficile par l'abondance de neige. Elle commençait d'ailleurs à avoir mal aux jambes. Avant d'avoir atteint la porte de la ferme, elle entendit encore son père qui prenait des bûches dans la caisse à bois et les mettait dans la cheminée. Alors ce n'était pas le crépuscule, c'était matin.

Enfin devant la porte, celle-ci s'ouvrit sans elle. Adrien, qu'elle ne voyait pas, regardait le ciel et disait qu'il allait faire beau. Un peu d'air frais vint offenser la chaleur sur les joues de Mélanie. Elle ouvrit les yeux. Commençait un de ces jours dont on ne sait pourquoi il vous pèse. Elle eut envie de dormir encore. Elle avait rêvé l'hiver, et l'oiseau.

Mille fois, elle avait connu ces matins où le père semblait ignorer la présence des enfants et commençait son jour en raclant sa cuillère dans le fond du plat de terre, bien régulièrement, pour aller y chercher la soupe de la veille qu'il avait réchauffée. Mille fois, sans doute les mêmes, elle avait aimé ces bruits qui portaient en eux quelque chose de rassurant et qui, depuis quelque temps, ne l'étaient plus.

Mais elle revit l'oiseau et pour l'effacer, elle se força à garder les yeux ouverts.

Il lui fallut un peu de temps pour parvenir à distinguer les contours du visage de sa cousine qui dormait à côté d'elle, derrière ses cheveux emmêlés et pour percevoir son souffle entre ses lèvres. Elle l'aimait. Plus loin, là où les reflets du feu allaient moins, elle percevait un peu de sa peau blanche dans le col de sa chemise entrouverte. Ce matin-là, elle trouva que c'était beau, que c'était chaud. Hors les draps, ce ne devait pas être pareil et pourtant, elle les écarta brusquement ainsi que l'édredon de plume et, décidée, elle s'assit au bord du lit. Avant de poser ses pieds sur le sol, elle se retourna vers sa cousine et la secoua en riant.

— Réveille-toi, paresseuse.

— Hein ?

— Allons, debout. Si tu restes comme ça à dormir, il n'y aura personne à mon mariage.

— Quelle heure est-il ?

— Cinq heures passées.

— Quoi ? Mais t'es folle !

— C'est qu'on a du chemin à faire.

— Je suis fatiguée.

Le père venait de terminer sa soupe. Il s'essuyait la bouche sur sa manche. Il referma le couteau dont il s'était servi pour couper des carrés de pain avec lesquels il l'avait allongée, puis il se leva et repoussa sa chaise sous la table en regardant vers le lit des filles. Adrien n'était déjà plus dans la pièce. Le père sortit à son tour.

Mélanie s'était agenouillée sur le lit et regardait sa cousine, semblant se demander comment elle allait pouvoir la décider.

— Hier c'était les Boussard, aujourd'hui, c'est le Pieuchot.

Mélanie ne souriait plus. Il y eut un petit silence. Sans bouger, la tête sous les draps, Lucie laissa entendre un : « C'est loin ? » qui ne portait pas une once d'enthousiasme.

— Pas vraiment.

— Alors laisse-moi dormir. J'ai mal aux jambes.

— Moi aussi.

— Eh bien, dors.

— J'ai plus envie.

D'un bras, Lucie dans un soupir finit par repousser le drap qui lui couvrait la tête. Mélanie recula un peu vers le bord pour laisser sa cousine s'asseoir et se frotter les yeux à loisir. Lucie regarda sa cousine en coin. Celle-ci semblait la prier un peu. L'autre secoua la tête.

— Si j'avais su...

— Quoi ?

— Jamais je n'aurais accepté d'être ta demoiselle. Je vais avoir vieilli de cinq ans en un mois.

— T'es fâchée ?

Lucie la regarda encore avant de dire :

— Oui.

Mais en rendant sa réponse, Lucie se précipita brusquement sur sa cousine et la prit par les cheveux. Les deux jeunes filles roulèrent sur le lit en riant. La petite Solange qui dormait avec elles se mit à grogner et à remuer. Les filles s'arrêtèrent tout de suite et Mélanie sauta à terre. Elle traversa la pièce en courant sur la pointe des pieds, enlevant sa chemise qu'elle laissa tomber sur une chaise en passant près de la table et se précipita vers la pierre d'évier qui occupait un coin de la pièce, derrière la porte, dans l'ombre. Elle prit un broc, le trempa dans l'un des seaux et remplit une cuvette d'émail. Lucie l'avait rejointe et avait également retiré sa chemise. Les deux jeunes filles, en grelottant, prirent de l'eau dans leurs mains et se les passèrent sur le visage, sur les épaules et sur les bras. Elles allaient vite pour gagner le froid et elles riaient. Elles crièrent aussi quand Lucie commença à envoyer de l'eau glacée dans le dos de Mélanie qui se défendit de même manière, mais assez rapidement, elles se mirent une main sur la bouche en regardant vers les deux lits où dormaient encore Solange et François.

Adrien et le père entrèrent à cet instant. Ils apportaient avec eux l'odeur forte et chaude de l'écurie. Chacun d'eux tenait à la main un seau de lait qui n'était pas tout à fait plein et qu'ils déposèrent sur la table. Ils ne semblèrent pas s'intéresser aux filles, pourtant, Adrien, ayant posé son seau, parut chercher quelque chose autour de lui et sa recherche conduisit son regard dans leur direction, pas longtemps, mais un peu. Elles étaient dans la pénombre, c'est vrai, mais la lumière du feu dessinait ses propres mouvements sur les mouvements des filles.

Mélanie renversa la cuvette dans l'évier dont l'évacuation allait directement dans la cour au travers du mur et elle se dirigea vers le pied de son lit où elle avait laissé ses affaires. Lucie, pour la rejoindre, se couvrit un peu de sa chemise qu'elle avait ramassée en passant et qu'elle serra contre elle.

Le père était allé vers une grande armoire qui se trouvait à droite de la cheminée et il en avait retiré deux pots de terre et une sorte de tamis rond, métallique, à haut bord, qu'il déposa sur le col de l'un des pots. Chacun des deux hommes reprit son seau et, l'un après l'autre, ils versèrent le lait qu'ils avaient tiré. Un gros chat noir et blanc était venu se frotter à leurs jambes.

Les deux jeunes filles s'étaient installées près du feu pour s'habiller. Comme elles leur tournaient le dos et comme le père ne semblait porter attention qu'à son ouvrage, Adrien put encore voir un peu de sa cousine qui devait bien sentir ses regards.

Quand les deux pots furent remplis, le père les reporta dans l'armoire et Adrien versa la mousse de lait restée dans le tamis, juste sous le nez du chat. Puis les deux hommes décrochèrent une veste de derrière la porte et ils sortirent.

Un peu plus tard, les filles attablées devant deux grands bols de lait, habillées et fraîches malgré le peu de sommeil qu'elles avaient eu, mordaient dans de grandes tartines de pain recouvertes de crème de lait. Il pouvait être dans les six heures du matin et la mère de Mélanie sortit de la chambre. En avançant dans la pièce, elle souhaita le bonjour aux filles, sans les embrasser.

Elle portait une chemise de nuit et une espèce de gilet de laine qu'elle tenait fermé sur sa poitrine d'une main. Les deux jeunes filles échangèrent un regard complice par-dessus leur bol, alors qu'elles n'étaient complices de rien, sinon d'être jeunes toutes deux, d'avoir le même âge, la même faim et le même désir d'être bien vite plus vieilles de quelques années, du moins tant que Mélanie oubliait pourquoi elle était debout à cette heure.

Avant de reprendre la route, elles durent aider la mère à quelques travaux de ménage, à nourrir les animaux de basse-cour, puis elles se changèrent pour reprendre leurs habits de fête.

A huit heures, elles étaient prêtes.

Ce jour-là, elles devaient visiter les Pieuchot qui n'étaient pas vraiment de leur famille, mais tout comme. Jean Pieuchot avait été élevé avec le père de Mélanie à la ferme. En chemin, Mélanie raconta à Lucie que le Jean Pieuchot était beaucoup plus jeune que l'Émile, qu'il était bien de quinze ans son cadet, qu'il avait marié une fille de Lingoult et qu'ils habitaient une petite ferme qu'elle tenait de ses parents. Mélanie dit encore à sa cousine que le Jean avait épousé cette femme parce qu'il n'avait rien et que la Louise l'avait accepté sur sa réputation de bon cultivateur. Depuis la mort de son père à elle, il n'y avait plus d'homme à la ferme. Tout le monde au village disait que c'était un bon mariage. Mélanie ajouta qu'ils étaient pauvres, qu'ils n'avaient pas beaucoup de terres, qu'ils avaient eu un fils et que tout de suite après, la femme du Jean était partie à Paris, chez des bourgeois, pour faire une nourriture. Le Jean Pieuchot était resté seul avec sa belle-mère qui était très âgée et le petit qui ne l'était guère.

Le trajet ne leur parut pas trop long parce que Mélanie parla tout le temps.

Quand elles arrivèrent à la rue Perrin, sur la commune de Chastellux-sur-Cure, le chemin qu'elles empruntaient les fit passer devant la maison d'un maréchal-ferrant qui restait à l'entrée du hameau. Les filles, occupées de leurs discours, approchèrent sans accorder beaucoup d'attention aux gens qui étaient arrêtés devant l'atelier. D'ailleurs, toutes les personnes qu'elles avaient rencontrées depuis le matin n'avaient rien obtenu de plus qu'un sourire et un petit mouvement de tête machinal, pour le salut et le bonjour qu'on leur avait fait.

Mais soudain Mélanie s'arrêta et Lucie, qui l'avait dépassée, se retourna en se demandant ce qui la piquait. Mélanie, les yeux fixes, regardait droit devant elle.

En conversation avec deux hommes, Gaston était là. Mélanie commençait à reculer. Sans rien dire, Lucie lui prit la main, pour l'arrêter d'abord. Mélanie ne la voyait plus. Ne pouvant reculer, elle chercha à échapper par les côtés. Un champ à droite, un autre à gauche, des haies serrées, pas de barrière. Doucement, Lucie commença à l'entraîner.

Les trois hommes ne les auraient sans doute pas tout de suite remarquées si elles ne s'étaient arrêtées. Et quand l'un d'eux dit au Gaston : « Tiens, regarde donc, c'est pas ta future ? », il y avait beau temps que Gaston avait aperçu les filles. Il avait même tout vu : le pas de recul, le geste de Lucie, la raideur de Mélanie et il n'était pas seul à voir.

Les deux jeunes filles s'étaient remises à marcher, Mélanie contrainte et Lucie décidée, qui tirait l'autre. Celle-ci avait compris très vite qu'il leur était impossible de rester plantées là. Mais au fur et à mesure qu'elles approchaient des hommes, Mélanie revint à hauteur de sa cousine pour se dissimuler un peu derrière elle. Arrivées presque à côté d'eux, elles marchaient plus vite, devant eux, elles couraient quasiment, les ayant dépassés, elles détalaient comme deux folles, Mélanie, cette fois, entraînant l'autre.

Gaston n'avait rien dit, il avait juste fait un petit signe de tête. Bien sûr, ses deux compagnons avaient le sourire.

— Elle court bien ta fiancée.

Gaston regarda les filles s'éloigner jusqu'à ce qu'elles eussent disparu derrière le lavoir qui se trouvait deux cents mètres plus bas. Il resta ainsi un moment, à laisser traîner ses yeux sur le chemin.

— Où est-ce qu'elle peut bien courir comme ça ? interrogea le second qui ne voulait pas être en reste.

— C'est vers moi qu'elle court.

Gaston avait parlé lentement. Il ajouta encore, mais si bas que les autres n'entendirent sûrement pas :

— Même si elle n'en sait rien.

Il n'était pas vexé et il se moquait, Gaston, de ce que pouvaient en penser les autres. Cette seule certitude était suffisante pour le satisfaire. En courant, en marchant, assise, debout, en dormant même, elle se rapprochait de lui, chaque jour un peu plus. Quand il se décida à se retourner vers ses compagnons, il était calme.

— Allons, revenons à nos affaires.

Les filles coururent longtemps, le terrain s'y prêtait, elles descendaient vers la vallée de la Cure qu'elles allaient devoir traverser pour rejoindre Lingoult. Mais Lucie n'avait pas d'aussi bonnes raisons de courir que sa cousine et elle se fatigua la première.

— Arrête-toi.

Mélanie ne consentit à s'arrêter que lorsqu'elle eut bien constaté qu'on ne les avait pas suivies.

— Qu'est-ce qu'il faisait là ?

Elle était dans un grand état d'excitation et son essoufflement hachait encore davantage sa diction.

— Ce n'est pas chez lui, ici.

— Il avait peut-être à faire...

Quand Mélanie revêtait ses habits de fête, elle ne retenait que le plaisir de se bien habiller. De la présence de Lucie à ses côtés, elle ne gardait que les secrets, l'amitié, les rires et la connivence. Des visites qu'elles avaient à faire, elle ne savait que le contentement d'aller voir des gens et d'exposer sa jeunesse de par ceux qui pourraient en porter témoignage. D'ordinaire, au moins durant le jour, elle parvenait à se garder des atteintes de la conscience, mais il ne lui fallait pas rencontrer le Gaston. Maintenant, elle ne pouvait plus oublier pourquoi elles allaient à Lingoult.

— Il faut qu'on y aille, dit Lucie.

Elles se remirent en marche.

Comment son père avait-il pu la donner à un homme qui avait le pouvoir de changer la nature des choses ? Parce que c'était manifeste, depuis qu'elle l'avait vu, les sous-bois s'étaient assombris, la rivière était pleine de menaces et le chemin de Lingoult affreusement raide. En se tordant les pieds sur un caillou, Mélanie murmura :

— Lucie, je ne veux pas.

— Quoi ?

— Il faut que tu dises à mon père que je ne veux pas.

Lucie baissa la tête. Elle ne devait pas se sentir ce courage-là.

— Viens.

Elle attendit un peu Mélanie qui était derrière et lui prit la main.

Elles étaient à Lingoult sur le coup de onze heures.

Lingoult, c'est cinq ou six fermes accrochées à flanc de colline, dominant la vallée de la Cure, avec très peu de champs autour, à cause de la pente. Au-delà des quelques champs, des forêts, des forêts à perte de vue sur presque toutes les collines environnantes.

La ferme de Jean Pieuchot était la dernière du hameau en allant vers Saint-Germain-des-Champs, à droite du chemin.

Lorsque les filles se présentèrent à l'entrée de la cour, personne ne vint les y recevoir. Il n'y avait même pas de chien.

Les filles avancèrent. Mélanie cherchait quelqu'un et Lucie regardait autour d'elle. Il y avait juste quelques poules et deux canards. Par endroits, la cour était couverte d'herbes hautes, de chiendent, le tas de fumier était tout avachi, tout maigre et sec. Sous un noyer, un tombereau donnait de la bande, amputé qu'il était de l'une de ses roues dont quelques vestiges gisaient un peu plus loin. Les filles étaient arrivées devant la maison. Elles passèrent sous une fenêtre dont les carreaux étaient si noirs qu'il leur fut impossible de rien distinguer à l'intérieur. La porte était ouverte. Mélanie frappa sur le montant, mais personne ne répondit. Elles entrèrent.

Il leur fallut un peu de temps pour s'accoutumer à l'obscurité qui régnait dans la pièce. La première chose qu'elles purent distinguer, ce fut une grande table entourée de deux bancs et d'une chaise dont la paille éventrée avait été recouverte d'un morceau de toile tellement usé qu'il n'avait plus de couleur. La table était de ces tables anciennes où, de place en place, des creux étaient taillés à même le bois en guise d'assiettes. Quelques reliefs de repas y traînaient encore, faisant le bonheur de deux poules qui étaient grimpées là.

Les deux jeunes filles se regardèrent et après avoir appelé une fois encore, n'ayant pas obtenu de réponse, elles osèrent s'engager un peu plus avant. Dans le fond de la pièce, il y avait une armoire à laquelle il manquait une porte, puis à côté, à gauche de l'armoire, un grand lit. Dans la cheminée, il n'y avait pas de feu. Tout était sale et pauvre et triste. Mélanie et sa cousine continuaient le tour qu'elles avaient entamé. Arrivées devant le lit, elles eurent un regard pour deux draps de chanvre déjà gris par nature mais de plus noirs de crasse, et pour un édredon qui semblait vide de plumes. Un gros chat marron leur sauta dans les jambes et s'enfuit dans la cour. Elles en étaient à revenir vers la porte quand elles furent retenues par une sorte de gémissement. Mélanie revint au lit et Lucie vit alors sa cousine se pencher, puis se relever avec une forme oblongue dans les mains.

— Regarde, dit Mélanie.

C'était le petit du Jean. L'enfant gourmeux suçait farouchement son index. Il avait l'air d'avoir dans les six mois. Il avait des cernes sous les yeux, il était couvert de dartres et langé dans des chiffons dégoulinant d'urine et d'excréments.

— Il y a quelqu'un ? demanda Mélanie, visiblement émue.

Lucie fit écho à sa cousine.

— Mais enfin, il y a quelqu'un ?

Elles furent bien obligées de se rendre à l'évidence, elles étaient seules avec l'enfant. Les filles échangèrent un regard puis très vite, sans qu'elles se soient rien dit, Mélanie déposa le bébé sur le lit et Lucie se mit en quête.

Lorsque Mélanie sortit avec un seau pour aller tirer de l'eau au puits, Lucie avait déjà fait le tour de tous les meubles susceptibles de contenir des linges et n'ayant rien trouvé de ce qu'elle cherchait, elle souleva sa jupe et déchira très vite le premier volant de son jupon. Au-dehors, le tambour du puits grinçait sur ses supports. Lorsque Mélanie rentra avec l'eau, Lucie dit :

— Regarde ce que j'ai trouvé.

— Qu'est-ce que c'est ?

— Je ne sais pas. Un chiffon qui a l'air propre.

Mélanie avait déjà déposé le seau au pied de la table.

— Vite.

Lucie avait chassé les poules et jeté à terre les quelques os et le pain mouillé qui traînaient dans les encoches quand Mélanie revint à la table avec le bébé. Elle commença à le délanger mais le chiffon qui lui tenait lieu de couche restait collé à sa peau.

— Aide-moi, vite !

Elle avait pris le bébé sous les bras et elle le présentait de dos à Lucie. Celle-ci fit couler de l'eau sur les fesses de l'enfant pendant que Mélanie tirait doucement sur le lange. Au contact de l'eau le bébé agita les jambes comme un forcené, mais il ne poussa pas un cri et pas davantage lorsque Mélanie arracha définitivement le linge.

— Tiens, lave-le un peu, dit Mélanie, dépêche-toi, ils vont sûrement revenir.

Lucie semblait avoir le cœur un peu soulevé. Mélanie était partie vers l'armoire. Elle revint bien vite avec un peu de saindoux au bout des doigts qu'elle étala sur les fesses du bébé, puis elle l'allongea sur la table, l'enveloppa de la toile que lui tendait Lucie et elles le ramenèrent sur le lit. Il continuait de tirer sur son index. Pendant tout le temps qu'elles avaient été penchées sur lui, pas une fois il ne les avait regardées. Ses yeux étaient toujours au-delà.

Après l'avoir posé, les deux jeunes filles revinrent rapidement vers la porte. Elles avaient des allures de voleuses, mais en repassant devant la table, Lucie prit quand même le temps de ramasser les os qu'elle avait jetés par terre, pour les remettre dans les encoches pendant que Mélanie expédiait les vieux langes dans la cendre de la cheminée.

Elles couraient un peu en traversant la cour, le bras devant les yeux pour se protéger de la lumière qui leur faisait mal.

— Comment s'appelle-t-il ?

— Je sais pas.

Une fois devant la barrière, elles s'arrêtèrent et Lucie demanda ce qu'elles allaient faire. Mélanie haussa les épaules pour signifier qu'elle n'en savait rien. Pour s'occuper, elles reprirent un bout du chemin et, tout de suite, elles aperçurent, à quelques pas devant elles, une vieille femme qui marchait à leur rencontre en s'appuyant sur un bâton.

— C'est elle, souffla Mélanie à l'oreille de sa cousine.

Elles eurent tout le temps de la voir venir.

Complètement pliée en deux, il devait y avoir beau temps que la vieille femme n'avait plus pour horizon que les deux mètres qui précédaient ses pas. Quand elle fut à leur hauteur, Mélanie lui souhaita le bonjour, mais la vieille continua son chemin tout comme si elle ne les avait pas vues. Mélanie avait pourtant parlé bien fort, comme il convient lorsqu'on se trouve en face d'une personne très âgée. Elle insista quand même et expliqua qui elle était, sans que cela trouble en rien la démarche hésitante de la vieille. Les deux jeunes filles échangèrent un regard interrogateur au-dessus de son dos courbé. Lucie riait un peu derrière sa main. Elles la suivirent, il n'y avait pas autre chose à faire. Mélanie continuait de parler. Elle dit de qui elle était la fille, la sœur, la nièce, la petite-fille... Les deux cousines faisaient un pas quand la vieille en faisait trois. Quand elle eut décliné toute sa filiation, Mélanie se trouva un peu prise de court, car l'autre n'avait rien fait qui pût laisser croire qu'elle s'était rendu compte de leur présence. Lucie trouvait cela de plus en plus drôle. Elles arrivèrent ainsi toutes trois au seuil de la maison.

La vieille entra dans la ferme sans se soucier de personne. Les filles la suivaient toujours.

Quand elles y furent, la vieille alla tout de suite à la cheminée et elle se mit en devoir de casser des branchages en menus morceaux qu'elle jetait ensuite dans le foyer.

Mélanie et Lucie s'étaient un peu avancées dans la pièce. Elles restaient debout. Pour occuper le silence, Mélanie expliqua encore pourquoi elles étaient venues. Quant à Lucie, elle ne parvenait plus à contenir un fou rire grandissant et les sourcils froncés de sa cousine n'y pouvaient rien. Mélanie en était à dire qui elle allait épouser que le rire commençait à la gagner à son tour, à tel point qu'au bout d'un moment, elle fut obligée de s'arrêter de parler. Mais il faut reconnaître que cela ne changea rien à rien. La vieille continuait de casser ses brindilles. Lucie, qui n'en pouvait plus, sortit alors pour faire quelques pas dans la cour.

Une fois l'autre dehors, Mélanie parvint tout de même à dire qu'ils étaient tous conviés à la noce. Elle déposait, sur un coin de la table, un petit sac de dragées, lorsque Lucie rentra précipitamment pour lui dire à l'oreille qu'un homme arrivait, qu'il était maigre, que ce devait être le Jean Pieuchot. Elle ne riait plus.

Jean Pieuchot ressemblait à sa maison. Mélanie reconnut en plus usé, plus fatigué, plus déchiré, l'homme qu'elle avait vu si souvent chez son père. Lui, bien sûr, ne la remit pas de suite. Il faut dire qu'il faisait vraiment sombre dans cette pièce. Il leur avait d'abord adressé un bonjour sans aménité, mais quand elles se furent nommées, quand il eut reconnu Mélanie, il voulut les retenir.

Elles restèrent un temps pendant lequel Jean mêla honte, colère et plaisir sans qu'il y paraisse. Il n'y avait pas de feu dans la cheminée, les doigts noueux de la vieille avaient déjà été chercher une dragée dans le sac de toile, les filles avaient refusé le repas qu'il leur proposait, alors qu'il était midi. Il n'y avait pas de bûches rangées, comme partout ailleurs, à côté du foyer, la vieille, ne pouvant cacher sa faim, prenait une seconde, puis une troisième dragée et pour couronner le tout, Jean Pieuchot n'aurait pas eu de quoi leur faire un repas si les filles s'étaient avisées d'accepter son invitation. Et le plaisir alors ? Peut-être plaisir, si c'en est un de savoir que l'on est encore vivant dans le souvenir de quelqu'un, quand on l'avait oublié.

Jean dit que c'était lui faire bien de l'honneur que de l'avoir invité, qu'il irait au mariage. Et le voilà qui brusquement semble chercher quelque chose autour de lui, en proie à une sorte d'inquiétude. Il fait promettre aux filles qu'elles ne vont pas bouger de leur banc, pas promettre, jurer, qu'elles ne partiront pas sans l'avoir revu, qu'elles vont l'attendre et il se lève et se dirige vers la porte. Sur le seuil, il balaye la cour d'un regard, puis tout courant, il se précipite à la poursuite d'une poule qui, le voyant venir, s'enfuit avec force caquetages de détresse. Il se jette à terre, la manque, se relève, la poursuit encore, tombe à nouveau, court toujours et finit par l'attraper. Quand il la tient, il la met sous son bras, repasse devant la porte en disant qu'il revient, le souffle court, puis il va à la barrière et prend sans doute le chemin.

Les filles se demandaient ce qu'il se passait. Elles échangeaient des regards où l'interrogation le disputait à une certaine crainte. La vieille avait encore repris une dragée avant de chercher, dans le fond de la pièce, à se confondre avec l'obscurité. Dans la pénombre, elle crut qu'elle pouvait sortir la dragée plusieurs fois de sa bouche, la regarder et l'y remettre.

Et Jean Pieuchot revint. Il n'avait plus de poule mais une bouteille de vin blanc, doux et sucré. Il souriait. Il chercha des verres.

Sur le chemin du retour, les filles étaient silencieuses. Chacune marchait avec ses images. Mélanie pensait à l'enfant que ni le Jean, ni sa belle-mère n'avaient été voir tout le temps qu'elles avaient été là. Lucie, pour sa part, revoyait la vieille pousser devant elle un méchant balai de genêts, une fois sur la terre battue, le même sur la table, puis encore sur le sol.

En descendant sur la Cure, les bois avaient gardé leurs ombres et la rivière restait chargée de menaces fluides, confuses et troubles, comme l'eau. Mais que pouvait-on attendre d'une journée commencée sur un vol de pie ?

A quelques kilomètres de la ferme des Huhant, Mélanie et Lucie rencontrèrent les Gautier, le père et le fils, qui étroupaient les haies et taillaient les bouchures autour d'un grand champ qui était dans leur famille depuis si longtemps qu'on l'appelait le pré Gautier. Quand il vit les filles passer dans le chemin, le père appuya son croissant sur la haie, s'épongea le front d'un revers de manche et sortit son paquet de tabac pour se rouler une cigarette.

— Vous voilà bien mises. Ce serait-y dimanche ?

— Non, répondit Mélanie avec un petit sourire.

— Ah c'est vrai, vous êtes de visite. Alors, c'est bientôt la noce ?

— Oui.

Julien Gautier, le fils, continuait de tailler, de couper, d'arracher ronces et branchages avec une ardeur tout à fait extraordinaire qui faisait honneur à son bon vouloir. Les filles le regardaient bien de temps en temps mais il ne détournait jamais la tête.

— Si ça continue comme ça, vous aurez beau temps.

Et le père s'attardait sur le ciel en déposant sa cigarette humide au coin de sa lèvre. Il y eut un silence que les filles meublèrent en faisant un pas. Le père Gautier dut croire qu'elles s'en allaient quand elles ne cherchaient peut-être qu'à se rapprocher de Julien. Il alluma sa cigarette.

— Tu donneras bien le bonjour à ton père pour moi. Tu sais, ton père, c'est mon conscrit.

— Oui, je sais.

Il fallait bien partir maintenant.

— Au revoir.

— Au revoir mes filles.

— Au revoir Julien.

Il fut bien obligé de lever les yeux. Oh, pas longtemps, mais il put voir tout de même comme elles étaient bien habillées puis, tout de suite, il se remit au travail avec la même détermination.

A quelques pas de chez elle, Mélanie se rendit compte que la nature avait repris ses beautés. Le soleil étirait les ombres et mettait de l'or dans les branches. Le ciel était redevenu très bleu entre les taches de coton blanc qu'on appelait à cette époque des nuages. Était-ce l'approche du soir, était-ce sa maison qu'elle distinguait au bout du chemin, était-ce le paysage familier ? Quelque chose ou quelqu'un avait rendu au décor les couleurs et l'éclat que le Gaston avait éteints.

II

La veille des noces, Jean Pieuchot arriva dans les premiers à la ferme des Huhant. Il était très certainement parti avant l'aube. Rasé, peigné, lavé, vêtu d'une blouse propre qui n'avait pas perdu toute couleur et d'un pantalon de velours tout juste légèrement éclairci sur le dessus des cuisses, il avait ce jour-là un autre aspect que lorsqu'il restait à Lingoult. Tout au long du chemin, il avait marché d'un bon pas et semblait joyeux. Il avait un peu l'impression de revenir chez lui puisqu'il avait passé là plusieurs années de sa vie. Il était venu chargé d'un panier qui pendait à son bras replié sur sa poitrine, un grand panier d'osier dans lequel il avait mis deux poules et un canard, tués et plumés, enveloppés dans une grande serviette à carreaux bleus et blancs.

Quand il entra dans la maison, on n'était déjà plus en mesure de faire attention à lui. Tout le monde courait dans tous les sens et chacun avait à faire. D'ailleurs, était-il besoin de se gêner avec le Jean qui, pour n'être pas véritablement un parent, n'en faisait pas moins un peu partie de la famille ?

La table était déjà pleine de nourriture. Il dut repousser plats, légumes, bouteilles, volailles et paniers pour pouvoir déposer le sien.

— J'ai apporté de quoi, dit-il quand même bien fort.

Et tout le monde continuait de courir et il cherchait autour de lui quelqu'un à retenir. Il n'y parvint pas.

— Vous verrez, elles se laisseront faire, je ne vous dis que ça...

Quand il eut déposé son panier, il croisa ses bras très vite. Il restait là, debout devant la table, il regardait, il souriait, il donnait des bonjours à ceux et à celles qui entraient et sortaient, les mêmes qui, en général, ne répondaient rien.

Quand ce fut la mère de Mélanie qui passa, il dit encore :

— Tiens, viens voir, j'ai amené...

— Attends, je viens.

— Oui, j'attends.

Il resta bien là une bonne demi-heure sans que personne soit en mesure de s'arrêter à son côté et lui, de temps en temps, recommençait à dire :

— Tiens, regarde, j'ai amené...

Ou encore, à une voisine qui était venue aider :

— Tu te souviens de moi ? Le Jean, le Jean Pieuchot ? Oui, j'attends...

Il essaya de tout pour être reconnu.

— On va sûrement avoir une belle journée.

Et aussi :

— Ça fait du travail une noce...

Rien n'y fit.

Les bras croisés, il continuait de suivre chacun du regard, toujours souriant, toujours seul.

— Tiens mon François, comme t'as grandi...

— Attends, mon père m'a demandé de porter ça à la cave.

— Ah, si ton père a demandé...

C'est Émile le premier qui s'arrêta. On était au matin mais il avait déjà tellement fait qu'il était en sueur. Il vint donc au bord de la table.

— Dieu qu'il fait chaud !

— Tiens, vois ce que j'ai amené, proposa Jean.

Mais Émile l'arrêta tout de suite en le touchant au bras.

— Je boirais bien un coup, pas toi ?

— Ma foi...

— Petit, va nous chercher une chopine.

Et François, qui en remontait, repartit à la cave.

— Heureusement que je n'ai que deux filles, plus de deux fois ça dans ma vie, ce serait trop. Toi t'as qu'un garçon, tu ne sais pas ce que c'est.

— Non.

Le petit était revenu avec la bouteille.

— L'Émile, il faudrait aller chercher les légumes.

La mère de Mélanie passait derrière eux.

— Maintenant ?

— Oui.

Elle était déjà dehors.

— Sers-moi, je reviens.

Et Jean s'était trouvé tout seul à boire. Un verre, puis un autre. C'était fête. Il en oublia qu'il n'avait rien mangé depuis la veille à midi. Il avait une drôle de façon de se servir le vin et de porter le verre à ses lèvres. Il gardait toujours un bras sur sa poitrine, comme s'il avait tenu quelque chose sous sa blouse qu'il aurait craint de laisser tomber, et cette précaution donnait à ses mouvements un aspect étriqué tout à fait curieux.

Tout à coup, comme ça, sans raison, au milieu de tous ces gens qui ne le voyaient pas, il se sentit pauvre, comme il était. Il se versa un troisième verre de vin et un quatrième encore. Il souriait quand même. Émile n'était toujours pas revenu. Au bout d'un moment, il commença à avoir du mal à reconnaître les gens qui passaient à côté de lui, et de tourner la tête de droite et de gauche pour tenter de les suivre lui donna le vertige. Il fut obligé de sortir. Sur le pas de la porte, il croisa Lucie qui courait, comme tout le monde, pour rentrer.

— Là, sur la table, j'ai posé un panier, tu verras dedans...

Mais Lucie était déjà passée.

Il fit quelques pas dans la cour puis il vint asseoir sa tristesse sur les marches qui menaient à la maison. Il regrettait d'être venu. Ses yeux rejoignirent l'incertain. Toutefois, à un moment, au milieu du brouhaha qui remplissait la grande pièce et qui lui arrivait par vagues, il distingua la voix de la mère de Mélanie.

— Qui c'est qui a apporté ce panier ?

— C'est moi, dit-il.

Pour se relever, c'était déjà dur.

— Il ne fallait pas, t'es fou, c'est trop.

— Mais non, mais non, on sait vivre tout de même.

La mère de Mélanie était partie en hochant la tête, vers la cheminée où brûlait un feu de l'enfer. Jean était sur le seuil.

— Tu verras, elles se laisseront manger.

Émile rentra à cet instant avec un cageot de légumes encore pleins de terre.

— Alors ce verre, où est-il ?

— Là, là, articula Jean.

— Tu trinques avec moi ?

— Si fait, si fait.

Peu de temps après, tout s'était perdu. Émile avait dû ressortir pour accueillir des invités. Jean avait cherché un endroit pour dormir et avait choisi la grange. Il était malade. Il ne reprit conscience qu'à la nuit tombante.

Sortant de la grange et de son sommeil, il avait faim, tellement faim qu'il en oubliait de croiser les bras sur sa poitrine comme il n'avait cessé de le faire depuis le matin.

La cour était pleine de monde. Les jeunes gens finissaient de préparer un grand feu. L'air était doux. Une petite brise fraîche vint lui lécher le visage et pénétra dans ses poumons sans l'écœurer. Deux ou trois étoiles annonçaient le troupeau. Quand Jean croisa des personnes, il dit son nom, il essaya de sourire. Il disait aussi qu'il avait été élevé là, avec l'Émile qui était pour lui comme un frère, et que les parents de l'Émile étaient de braves gens. « Paix à leur âme ! », n'oubliait-il jamais d'ajouter après les avoir nommés. C'est à peu près à cet instant qu'il se souvint de l'accroc qu'il avait sur le devant de sa blouse, accroc que sa belle-mère avait grossièrement réparé avec du fil blanc quand la blouse était bleue. Il recroisa les bras.

Sous la remise, on avait disposé une grande table et tous les hommes étaient autour. Ils avaient commencé à manger. Jean s'approcha. A l'une des extrémités, il y avait un sexagénaire qu'il ne connaissait pas, avec un drôle de béret, qui parlait tout le temps et que tous écoutaient. Une jeune fille, qu'il n'avait jamais vue mais à qui il dit son nom et son histoire, lui donna une assiette. Certains se poussèrent, sans même le regarder, pour qu'il puisse s'asseoir. Il commença à manger et à boire. La nourriture avait du mal à passer quand le liquide descendait tout seul.

Les autres se levaient qu'il mangeait encore et lorsqu'il eut compris qu'ils partaient à l'auberge, il préféra ne pas les suivre. Même dans l'ivresse renaissante, il était si complètement pauvre qu'il n'oubliait jamais qu'il n'avait pas d'argent. Sans doute qu'à l'auberge, il faudrait payer à chacun son tour.

Les jeunes gens commençaient à se regrouper pour partir chez le marié. Les filles s'étaient toutes enfermées dans la maison. Jean se demanda ce qu'il allait faire. Il serait bien parti avec les garçons, mais il ne l'était plus, il avait femme. Il essaya de se lever mais il n'y parvint pas. Il resta donc attablé, encore seul. Il chercha, dans les assiettes de ses voisins disparus, de quoi occuper un moment, puis il finit par s'endormir sur ses bras croisés. Quand les femmes vinrent débarrasser, elles le secouèrent et lui demandèrent d'aller ailleurs. Il y alla.

Le feu avait été allumé. Il était immense. Les flammes montaient jusqu'au toit de la maison et éclairaient comme le grand jour. C'étaient vraiment de belles flammes. Elles avaient toutefois l'inconvénient de faire danser les formes, les êtres et même les murs et c'était difficile alors de marcher dans cette mouvance. Il finit quand même, après bien des détours, par retrouver la porte de la grange qui, pour ne pas être en reste, s'était mise à danser aussi. Quand il voulut monter dans le foin, les barreaux de l'échelle se refusèrent à ses semelles avec une malice évidente, mais c'était fête pour toutes choses. Il choisit de rester en bas et dormit à même la terre.

Le lendemain, tout était brouillard malgré le soleil. Il ne rentra pas dans l'église, il resta dehors avec quelques hommes, non pas parce qu'il pensait que Dieu n'était pas venu, ni qu'il n'avait jamais habité là, mais parce qu'il avait peur de n'être pas à sa place en ces lieux, c'est tout.

Au repas, l'ivresse revint. Il tenta de la dépasser à grand renfort de nourriture, mais il n'y parvint jamais.

Plus tard, figurez-vous que tout le monde semblait particulièrement heureux de le voir, pas un de ceux qui passaient à côté de lui qui ne riait en l'apercevant. Jean était content.

Au bal, il n'eut pas besoin de se mettre debout pour danser. Il appelait toutes les femmes Louise, du nom de la sienne.

Ce soir-là, en fait de dormir, il tomba près du tas de bois.

Le lendemain matin, il allait mieux. Tous les convives lui firent des démonstrations d'amitié et des sourires, chacun lui demanda des nouvelles de sa santé. Son premier mouvement du jour fut d'aller s'isoler un instant dans l'étable pour déchirer rapidement la reprise qu'il avait sur le devant de sa blouse. Ressortant, le premier homme qui l'avait croisé l'avait interrogé :

— Bah, qu'est-ce qui t'est arrivé ?

— Hier soir, j'ai dû tomber et je me suis déchiré, je sais pas comment.

Et l'autre lui avait tapé dans le dos, toujours souriant :

— Mon pauvre vieux...

Le suivant pareil.

— Hier soir...

Autant d'invités, autant de fois il avait raconté son aventure imaginaire. On le plaignait gentiment.

Quand il fut temps de partir, la mère de Mélanie qui avait moins à faire l'appela pour qu'il vienne reconnaître son panier. Lorsqu'il l'eut trouvé, elle se mit à le remplir de toutes sortes de nourriture, volailles, pâtés, légumes, terrines. Il était fatigué, il n'avait pas vraiment la force de protester et d'autant moins que la femme de l'Émile lui expliquait qu'ils avaient trop fait, que tout allait être perdu.

— Si c'est pour te rendre service...

Dans le chemin pour rentrer à Lingoult, il ne savait pas si ça avait été un beau mariage et s'il devait être content.

Comment était-elle, la mariée ?

III

On était au début de juin. Cette année-là, le printemps avait été précoce, tout était en avance. Était venu le temps de la fenaison.

Au lendemain des noces de Mélanie et de Gaston, Jean Pieuchot fut levé à l'aube. La fenaison, c'était le premier des grands travaux de l'été, le début des récoltes, quand la terre se décide à rendre la sueur et le travail. Jean aurait pu ne pas être vaillant ce matin-là, mais le plaisir, chaque année renouvelé, de partir le premier matin, avec la rosée, la faux sur l'épaule, la pierre à la ceinture, la petite enclume et le marteau dans la musette, balançait largement un reste d'empâtement dans la bouche, une trace de vertige et une certaine difficulté à garder les yeux ouverts quand le soleil venait à s'immiscer entre les haies du chemin.

Au bord du champ, Jean s'appuya un temps sur la barrière pour regarder. Il faut comprendre. Avant de prendre femme, deux ans plus tôt, il n'avait jamais rien possédé. Il n'était pas encore rassasié. C'était un beau champ. En pente, bien sûr, très allongé, pas vraiment large mais abrité des vents par un bois qui montait de la Cure, exposé au sud, l'herbe y était haute, fleurie, perlée, parfumée, à lui.

Jean referma la barrière puis il déposa sa veste, remonta ses manches, passa la pierre à aiguiser sur le fil de sa faux, remit la pierre dans la corne à sa ceinture, se cracha dans les mains et commença à faucher.

Les trois premiers balancements de son corps et de ses bras

furent assez hésitants, mais au quatrième, il était calé, chacun de ses gestes allait être le même, jusqu'au bout. Il partait dans la largeur. Et puis, ce fut le bruit du fer sur les tiges, longtemps, les fleurs qui se couchent lentement sur un reste de vert avant de venir se ranger derrière le faucheur, portées par le talon de la faux, et le parfum de l'herbe qui va mourir. A la rosée, l'herbe se laisse bien faire.

Au bout du premier rang, Jean se retourna. Il avait aligné derrière lui un premier andain, bien rectiligne et c'était plaisir encore, confus c'est vrai, de constater qu'il ne devait pas à la mauvaise qualité de son travail partie de sa misère. Il revint pour attaquer le second rang en repassant la pierre sur le fil du dard, comme il disait, en parlant de sa faux.

C'était long la fauchaison, mais on avait le temps d'apprendre à connaître sa terre, pas un pouce de terrain n'échappait au passage, et quand on la connaissait bien, on savait pourquoi on l'aimait. Chacun des coups de faux était un spectacle, pas une fleur pareille, pas une même brassée d'herbe et les parfums montaient toujours, pour une autre ivresse. Oubliés l'hiver, les jours courts et glacés, la terre qui ne donne rien et qui prend, l'incertitude et la crainte. L'âpreté des hivers façonnait déjà les plaisirs du printemps.

A dix heures, il avait aligné plusieurs rangs. Il était en sueur, il avait oublié la noce et il n'y avait plus rien pour la lui rappeler. La rosée n'y étant plus, le fauchage devint plus difficile. Jean revint à la barrière. Il tira de sa musette la petite enclume et le marteau puis il alla s'asseoir à même le sol, à l'ombre, dans le bas du champ, au pied des grands arbres qui montaient de la rivière. Il avait démonté le fer de son dard. Là, les jambes écartées, il planta devant lui son enclume. C'était une sorte de cube de fer, tout plat sur le dessus, sous lequel partait une tige qui entrait en terre et dont l'enfoncement était limité par un collier. Jean se mit à battre sa lame, et le marteau, en frappant le métal, donnait à l'écho des sons qu'il répercutait dans toute la vallée. Quand il l'eut bien battue, il la remonta, affina le fil de deux passages de pierre à aiguiser, puis il repartit pour un rang.

Le père du Jean était journalier. Être journalier, c'était errer, sa vie durant, à la recherche de n'importe quelle tâche qui pût assurer la nourriture et le gîte. Ces gens-là couvraient parfois en une année des centaines de kilomètres. Ils n'avaient pas de maison, ils dormaient dans les granges ou dans les fossés, ils n'étaient nourris qu'autant que leur employeur le voulait bien, ils touchaient des salaires de misère, ils étaient tour à tour bûcherons, charbonniers, bouviers, moissonneurs, laboureurs ou n'importe quoi, ils se vantaient de pouvoir tout entreprendre, ils n'étaient rien.

Moins nombreux toutefois en Morvan qu'en certaines provinces, on en rencontrait quand même dans les chemins en saison. Quand ils étaient en groupe, ils faisaient peur. On disait qu'ils étaient redoutables pour les voyageurs, les fermes isolées et les filles, mais seuls, ils n'étaient que de pauvres diables. Un jour ici, le lendemain ailleurs, prêts à marcher sur un mot, une rumeur annonçant du travail dans tel ou tel endroit, ils n'en prétendaient pas moins aimer leur vie de misère et de liberté. Seulement, comment faire la part de bravade, à une époque où tout le monde était encore fier, dans l'appréciation qu'ils faisaient de leur état ?

Le père du Jean était de ceux-là.

Au soir, plus de la moitié du champ était couchée. Les andains, bien alignés, dessinaient les courbes de la terre. Le ciel était déjà bleu de nuit. Jean était moulu. Il n'avait rien mangé de la journée. Il ramassa ses affaires, referma la barrière, regarda encore. On ne peut pas dire qu'il était heureux, disons qu'il était satisfait, parce que le bonheur, c'était une notion qui n'avait pas cours en Morvan, dans la deuxième moitié du dix-neuvième siècle.

En rentrant, Jean dut repartir chercher ses vaches. Il faisait nuit noire. Quand il les eut ramenées, il fit la traite, nettoya un peu l'étable, alla donner à manger au cochon et quand il rentra enfin dans la maison, il était passé minuit. La vieille avait laissé sur la table un pâté et de la volaille ramenés de la noce. Après avoir dîner, il alla se coucher. Depuis que sa femme était partie, il avait abandonné le lit à la vieille et au petit, il dormait dans la grange.

Le lendemain matin, il était encore debout à l'aube. Après la traite, il conduisit les vaches au pré, puis il retourna à la ferme. Il avait à y prendre sa faux mais aussi une fourche à trois dents et un grand râteau de bois. Il faucha d'abord jusqu'à la rosée. Quand le soleil eut tout bu, armé de sa fourche, il étala le foin qu'il avait coupé la veille. Il écartait les andains avec précaution pour ne pas égrener l'herbe. Ensuite, il se remit à faucher. A midi, il retournait le foin qu'il avait étalé le matin, quand le vert frais de l'herbe eut viré au vert sec sous le soleil. Après, il recommença à faucher, toujours par rang, alignant parfaitement les andains, repassant la pierre au bout de chaque rang, battant le fer, deux fois.

A la nuit tombante, tout le champ était coupé. Avant de rentrer, Jean râtela d'abord le foin de la veille pour en faire des roules, des rangées, puis, armé de sa fourche, il le disposa en tas, en pouchons. Ainsi, en pouchons, le foin s'imprégnait moins de l'humidité de la nuit qui aurait risqué de lui gâter l'arôme.

Quand il eut fini, à nouveau, il faisait nuit noire. Il prit ses outils et rentra à la ferme pour ramener les vaches, traire, faire l'étable, nourrir le cochon, manger un peu et dormir, dormir pour recommencer le lendemain.

La mère du Jean était servante. Les fermes du Morvan n'ont jamais été de grosses exploitations. Je ne crois pas qu'il y ait eu, à cette époque, beaucoup de riches fermiers, mais la plus grande misère de certaines familles les incitait à se débarrasser de leurs enfants dès qu'ils étaient en âge de travailler. C'était alors une bouche de moins à nourrir. Les moins pauvres avaient ainsi des servantes ou des valets, des commis, pour pas grand-chose.

Être servante, c'était souvent servir à tout et chacun le savait, aussi bien les familles des filles qu'on plaçait que celles qui pouvaient en recevoir.

Le lendemain matin, après les travaux ordinaires, Jean partit à l'autre bout du pays, faucher une autre petite parcelle qu'il avait là. A neuf heures, il retourna dans le premier champ pour étaler les andains et ses pouchons de la veille, puis il revint faucher. A midi, il courait pour retourner le tout avant de repartir à son autre parcelle. Le soir, il refaisait ses roules et ses pouchons avant d'aller rechercher ses vaches.

Comment était-ce, les amours d'un journalier et d'une servante ?

Sans doute lui apporta-t-elle un soir, sur l'ordre de son maître, un quignon de pain dans la grange, en guise de repas. Il devait être tard et peut-être avait-il, pour sa part, une autre faim qui l'occupait. Il la bouscula un peu et, par lassitude, elle se laissa faire et puis... et puis qui sait comment vont les choses ? Le lendemain, elle était revenue, toujours sous le même prétexte, mais elle avait changé de corsage et arrangé ses cheveux, tout ça parce que la veille, après l'avoir prise, il ne l'avait pas renvoyée, il s'était endormi contre elle.

Il resta plusieurs jours puis, quand il n'y eut plus d'ouvrage, il dut partir. Parce que c'était une façon, pour cet errant, de fixer quelque chose en lui, il dit qu'il était pris, et elle le crut. Il jura qu'il reviendrait. Elle pleura un peu mais ne le montra pas trop.

Quand il fut parti, elle se refusa à tous, tous ceux à qui elle ne disait pas non, même au maître dont elle occupait quelques vides. Elle apprit douloureusement la dignité qu'elle paya en mauvais traitements. Il revint de temps en temps. Il se cachait. Elle fut enceinte et, pour être gardée à la ferme, il lui fallut redevenir ce qu'elle était avant. Elle ne souffrit qu'un temps puis elle oublia, ou plutôt, elle effaça, elle s'abêtit. Il ne vint plus. Le petit porta le nom de sa mère. Rien que de très banal là-dedans.

Deux matins plus tard, il n'y avait pas de rosée. C'était un signe, le temps allait changer. Il fallait cesser de faucher pour rentrer au plus vite ce qui avait été coupé. Le foin qui a pris la pluie perd la moitié de sa qualité. Pourtant, le ciel était encore bleu.

Après la traite, au lieu de mener les vaches au pré comme il le faisait chaque matin, il partit de suite étaler les andains de la seconde parcelle puis, en rentrant, il mit ses deux vaches sous le joug. Pour la première fois de l'année, il ouvrit toutes grandes les portes de la grange. Le chariot était là. Il fixa le joug au timon. C'était un grand chariot à quatre roues cerclées, deux plus petites sur le devant, accouplées à un essieu mobile pivotant sur un axe, et deux plus grandes à l'arrière sur un essieu fixe, les deux essieux étant reliés sur la longueur par une grosse pièce de bois.

Sur chaque essieu, deux effranges formant une sorte de grand vé soutenaient les ridelles, faites comme de grosses et larges échelles couchées, dont les barreaux auraient dépassé le montant supérieur.

Tous les fermiers de Lingoult étaient en route pour rentrer le fourrage. Jean en rencontra plusieurs en chemin. Certains, pauvres comme lui, avaient attelé leurs vaches, d'autres avaient des bœufs. En général, les hommes marchaient devant, les femmes derrière ou sur le côté, certaines tenant les ridelles d'une main, pour s'aider, chacun avec son outil sur l'épaule, qui la fourche, qui le râteau. Quant aux enfants, ils étaient dans les chars, à rire, à courir de l'arrière à l'avant, à se pousser, à se faire gronder, à encourager les bœufs. Rentrer les foins, c'était un peu la fête.

Dans le champ, après avoir déchargé la perche à foin, Jean fit avancer les vaches jusqu'à ranger le chariot devant les premiers pouchons. A grands coups de fourchées, le foin fut envoyé dans le chariot. Après, il devait abandonner sa fourche, monter pour tasser, redescendre, râteler pour ne rien perdre et pour que personne ne puisse dire que sa femme avait épousé un malpropre, refaire avancer les vaches, recharger, remonter encore.

Tant que le foin ne dépassait pas la hauteur des ridelles, c'était relativement facile, mais après, il fallait commencer à le disposer jusqu'à le faire déborder de chaque côté, tout en l'équilibrant parfaitement de façon à ce qu'il ne soit pas biais malgré l'inclinaison du terrain. Le foin qui devait aller à l'avant, Jean l'envoyait à l'arrière puis, une fois qu'il était remonté sur le chariot, à pleins bras, il installait bien soigneusement le rang de pourtour, puis il redescendait et mettait à l'avant le foin qu'il voulait disposer à l'arrière. Il en entendit des chariots passer sur les chemins avant d'avoir fini son premier. Le ciel perdait petit à petit de son bleu. La chaleur était étouffante. Il allait faire de l'orage.

Quand il avait eu douze ans, un matin, on lui avait dit que sa mère était partie. Il n'avait même pas demandé où, ni comment, il s'était enfui à son tour, mais pas pour la chercher. Après trois jours, il avait été recueilli par le père de l'Émile Huhant qui l'avait gardé.

Jean faisait au plus vite. Le ciel était blanc. Il chargeait toujours. Pas le temps de boire, rien à boire, pas le temps de s'éponger. Charger, charger encore, remonter, bien mettre le foin du milieu qui doit caler les rangs débordants, redescendre, râteler.

Un autre char passa sur le chemin avec des enfants dessus, assis, secoués, joyeux.

Pour charger, Jean était maintenant à bout de fourche et il était de plus en plus long et difficile de monter au faîte.

L'année passée, Louise était là. Elle était grosse. Elle restait en haut, elle installait le foin. Il l'avait reçue dans ses bras quand il avait été temps de descendre.

Le chariot était plein. Jean alla chercher la perche à foin. C'était un assez long morceau de bois, légèrement plus grand que le chariot, avec une grande corde à l'une des extrémités. Il l'appliqua verticalement contre le char puis il regrimpa dessus. Il souleva la perche, l'installa dans la longueur, bien au milieu, veilla à ce que la corde traînât au sol, à l'arrière et redescendit. A l'avant, une grosse chaîne pendait entre le haut des deux ridelles. Jean monta sur le timon, tendit la chaîne, engagea l'extrémité de la perche dans une boucle qu'il avait faite de plusieurs maillons puis il vint à l'arrière, tira sur le cordage et l'engagea dans un tambour à cliquet qu'il fit tourner avec le manche de son râteau. La corde se tendit, la perche pressa fortement le tout. Ensuite, Jean fit le tour de son char pour le peigner soigneusement avec sa fourche et il prit le chemin de sa maison.

Dans la grange, il dut recommencer son manège d'homme seul : envoyer le foin sur le fono, y monter pour l'étaler, redescendre sur le chariot, recommencer. Quand il repartit au champ, le ciel était gris.

Il fit un deuxième chargement, puis un troisième. Sur le coup de cinq heures, on entendait de temps en temps le tonnerre. Le troisième chariot, il le déchargea pour partie sur le fono, et jeta le reste directement dans la grange, par terre, dans les coins. Il se ménagea juste l'espace nécessaire pour rentrer une fois encore. Il repartit au champ. En chemin, il croisa un fermier qui revenait. Jean ne s'arrêta pas pour l'entendre dire qu'il retournait pour rien, qu'il n'allait pas avoir le temps d'en rentrer un autre, que le ciel était pris, que la pluie allait être là. C'étaient paroles de rien, Jean ne pouvait faire autrement, il n'avait pas rentré les trois quarts de ce champ-là et rien de la seconde parcelle. Quand il y eut les premières gouttes, il revint chez lui avec un chariot à moitié plein. Il voulait faire presser les vaches. Il y avait du tonnerre et des éclairs. Le ciel était tout à fait noir.

A la ferme, il fit entrer le chariot dans la grange et referma les portes sans même prendre le temps de dételer les vaches. Il partit tout courant, armé d'une fourche et d'un râteau, vers sa deuxième parcelle, à l'autre bout du pays. Très vite, il refit des roules et des pouchons. Il pleuvait maintenant tout à fait. Les gouttes étaient énormes, le tonnerre claquait avec rage et les éclairs illuminaient les échos de la foudre. La pluie lui faisait du bien.

Quand il rentra, il était trempé jusqu'aux os. A la ferme, il alla dételer les vaches, refit la litière, mit un peu de foin au râtelier et fit la traite. Ce jour-là, elles donnèrent moins de lait que d'ordinaire. Il s'occupa ensuite de la pâtée du cochon puis il rentra. Il était nuit, comme toujours.

Il n'y avait pas de feu dans la cheminée. La vieille était couchée. Il alluma un fagot. Sur la table, il y avait d'autres restes de la noce, les derniers peut-être. Quand il eut mangé, quand il fut sec, il eut la paresse de se lever. Pourtant, il avait bien besoin de sommeil. Qu'y avait-il donc de si reposant dans le fond de son encoche vide, qu'il n'arrivait pas à la quitter des yeux ? Le fagot n'était plus que braise. On y voyait de moins en moins.

Il finit par se lever péniblement. Les chemins de la fatigue, du dépit, ne sont pas forcément les plus courts. Au lieu de se diriger tout de suite vers la porte pour être au plus vite dans la grange, il fit un détour par le fond de la pièce, détour qui le fit passer devant le lit. La vieille ronflait. Elle était en chemise, on ne lui voyait que les épaules, elle avait un bonnet, mais dans le lit, pas de trace de l'enfant. Jean fit un pas jusqu'à se trouver contre le bord, et ce n'est pas l'inquiétude qui lui fit soulever le drap.

Le petit était là qui ne dormait pas. Il avait glissé de dessus l'oreiller jusqu'au milieu du lit. Il avait les yeux ouverts, il tirait toujours aussi furieusement sur son index, les yeux au plafond. Jean le regarda un instant, sans sourire, sans lui parler, sans même chercher à attirer son regard. Il ne le prit pas pour le redresser et le remettre sur son oreiller, il laissa simplement retomber le drap. L'enfant disparut. Jean sortit.

Le lendemain, il pleuvait encore. Il eut le temps de ranger son foin, celui qu'il avait mis par terre et celui qui était resté dans le chariot. Pendant les jours qui suivirent, la pluie revint par intermittence. Entre les averses, il réétalait ce qu'il n'avait pu rentrer, refaisait des pouchons, chargeait un demi-chariot. Le temps resta incertain jusqu'à la Saint-Jean puis il se remit au beau.

A la Saint-Jean, Jean Pieuchot recommença à faucher une herbe qui n'était plus si belle, un peu trop montée, mais qu'il fallait bien rentrer pour l'hiver.

Jean Pieuchot était resté chez le père d'Émile jusqu'à ses vingt ans. Il avait été traité comme un fils, c'est-à-dire qu'il travaillait dur, qu'il ne gagnait pas d'argent, qu'il n'était ni plus ni moins battu que ne l'avait été Émile lui-même et comme un vrai Huhant, à ce régime, il avait fini par devenir un fort bon cultivateur.

Il n'était guère causant. Personne ne pouvait dire ce qu'il pensait, mais il faut avouer que les gens ne s'en souciaient pas. Dans la mesure où Jean faisait bien ce qu'il avait à faire, c'était tout ce qui lui était demandé. C'était un garçon secret, voilà tout, accepté comme tel. Il n'était pas bien fier non plus quand il y avait des filles, mais c'était normal pour un fils sans père et sans nom. En toutes circonstances, il tenait bien sa place en somme.

A vingt ans, il était parti soldat. On raconta que sur un coup de tête, comme il en vient parfois à ces enfants-là qui ne sont, quoi qu'on fasse, jamais tout à fait comme les autres, il s'était engagé pour sept ans. Il fut donc sept ans soldat.

Au soir de la Saint-Jean, comme de coutume, Jean rentrait des champs à la nuit. Il avait fauché toute la journée. En chemin, il croisa des ombres qui devaient être autant d'hommes, de femmes et d'enfants qui riaient, sans visage, il croisa des poursuites, des cris de filles et des appels de garçons, des bruissements de feuillage aussi. Ce soir-là, tout était animé. Chemins, bosquets et prés semblaient peuplés des esprits du printemps et de la jeunesse dont les autres gamins parlaient autour de lui autrefois. Mais lui, il devait encore aller chercher les vaches, traire, nettoyer l'étable, la pailler, donner à manger au cochon, et dîner un peu.

Quand il eut avalé sa soupe de lait qu'il n'avait même pas eu le courage de faire réchauffer, il sortit pour aller dormir dans la grange. Depuis qu'il avait commencé à faire les foins, il dormait sur un reste de paille de l'année précédente car le foin nouveau l'aurait entêté. A tâtons dans le grenier, il chercha son endroit. Il faisait très chaud. Il se laissa tomber sur sa litière et attendit de s'endormir. D'ordinaire, il avait tout juste le temps d'ébaucher l'inventaire des travaux du lendemain qu'il sombrait déjà. Seulement, ce soir-là, les rires, les courses, les appels lui ôtèrent le sommeil, à défaut de la fatigue. Il crut qu'il avait trop chaud. Il se releva pour aller pousser la porte de bois qui donnait sur la cour. Avec l'air du soir qui pénétra sous la toiture de chaume, qui lui fit du bien, entrèrent également des notes de musique façonnées par un violoneux de par ici et d'autres rires, et des chants qui ne lui en firent pas. A cinq cents mètres devant lui, au faîte d'une colline, dans la borde des Meulot, les habitants de Lingoult avaient allumé un grand feu et ils dansaient autour.

Plus loin, au sommet des autres collines qui faisaient, au jour, le paysage, sur toutes les bordes de la région, il y avait d'autres feux qui se répondaient l'un à l'autre comme des échos de lumière. Jean regarda tout cela un instant, puis il retourna sur sa paille.

C'est cette nuit-là qu'il ressentit les premières atteintes du mal qui allait l'emporter.

Sept ans, sept ans à ne pas vraiment chercher à éviter la mort et comme souvent dans ces cas-là, elle l'avait dédaigné, en Crimée d'abord et pendant la guerre de 1870 à Sedan. Quand il eut fait son temps, quand il fut rentré, personne ne put lui tirer un mot de ce qu'il avait vécu, de l'armée, de la guerre, des villes et des pays qu'il avait traversés. Il fut tellement muet, il se montra tellement semblable à ce qu'il était avant, qu'on en oublia très vite qu'il avait voyagé. S'il était parti pour devenir autre chose, sa nature et les gens d'ici le refirent Jean Pieuchot, comme il était.

Le dix juillet, à cinq heures, Jean repartait aux champs avec son chariot et ses vaches. Depuis la Saint-Jean, le temps s'était maintenu. En chemin, il croisa les Meulot qui rentraient le dernier chariot. Ils avaient fini leurs foins. Le père était devant, il conduisait les bœufs, les femmes et le grand-père étaient autour, les enfants étaient restés sur le chargement et chantaient des chansons. A la tête du chariot, fixé à la perche à foin, ils avaient attaché un gros bouquet de fleurs des champs. Tous étaient joyeux. Chacun eut un mot aimable pour lui qui avait rangé son attelage afin de les laisser passer. Le lendemain, ce furent les Chatron qui finissaient et qui installaient la paulée sur le devant de la perche pour le faire savoir. Et tous les autres à la suite finirent de rentrer avant le Jean.

Quand ce fut son tour de revenir avec le dernier chariot, les autres parlaient déjà des moissons. Cette année-là, tout était en avance. Jean fit aussi un bouquet, un petit bouquet, il n'avait pas bien le temps d'en faire un gros mais il ne voulait pas y manquer. Seulement, en arrivant à Lingoult, comme toujours, il faisait nuit et personne ne put voir qu'à son tour il avait terminé sa fenaison.

Le soir du dernier jour des foins, on faisait toujours un repas un peu plus élaboré qu'à l'ordinaire, on tuait une volaille ou un lapin. Jean fit réchauffer sa soupe de lait puis il se fit une omelette. La vieille dormait déjà, le petit aussi sans doute. Il mangea son omelette avec du pain. Il y avait mis des herbes.

Quand Jean était rentré de chez les militaires, on avait supposé un temps qu'il avait peut-être de l'argent et qu'il allait sans doute chercher à s'établir. Mais il se fit employer dans les fermes à des travaux de pauvre et tout le monde sut ainsi qu'il n'était pas revenu fortuné.

Il ne retourna pas vivre chez les Huhant. Le père Huhant était mort, sa femme également qui n'avait pu survivre à son compagnon plus d'une année. Émile avait repris la ferme à plein, il avait déjà quatre enfants. Jean vint seulement les voir de temps en temps, comme ça, en passant, en visiteur.

Il travailla donc de droite et de gauche.

IV

Dans les campagnes, à cette époque, on ne se voyait guère qu'entre voisins. Eh bien malgré cela, par je ne sais quel phénomène tout à fait étonnant, les nouvelles voyageaient jusqu'au plus loin. Par petites étapes, lentement, tout finissait par se dire et se savoir, le vrai, le faux, le passé, l'avenir. Les choses s'inventaient même, quelquefois, en cours de route, avant de se faire.

C'est un peu selon ce procédé que Jean parvint à connaître Louise.

Il avait appris un jour, et je ne suis pas capable de dire par qui, que dans une ferme de Lingoult, il y avait une fille dont le père venait de mourir, qui cherchait un ouvrier pour les travaux de la ferme. De son côté, Louise avait entendu dire par une voisine, je crois, qui le tenait elle-même d'un cousin d'ailleurs, qu'un homme qui s'appelait le Jean Pieuchot cherchait à se placer et qu'il avait la réputation d'être un bon ouvrier. Ils avaient donc déjà tous deux fait projet de se rencontrer avant même de se connaître, et les autres avec eux, rien que sur ce qu'on en disait. Les hasards du travail rapprochèrent petit à petit Jean de Lingoult. Mais était-ce bien le hasard ? A Louise, il y avait toujours quelqu'un pour dire que le Jean Pieuchot avait été vu aux Ouches, ou qu'il avait travaillé deux semaines à Montmardelin, ou qu'il avait coupé du bois à Ruissotte. Ils allaient finir par se voir, c'était inéluctable. Et Louise, et Jean, et tous ceux qui véhiculaient les nouvelles, en étaient bien persuadés. En réalité, je crois, et je ne sais pas comment, que Jean et Louise s'étaient déjà choisis avec l'assentiment de tous.

Un soir de mars, la mère de Louise, déjà courbée, était rentrée de Saint-Germain-des-Champs où elle était allée chercher de la levure de pain pour la fournée du lendemain, et elle avait dit à sa fille :

— Le Jean Pieuchot est à Montigny.

Louise ne lui avait jamais parlé de rien.

Puis la vieille avait vaqué à ses occupations. Deux heures plus tard, alors qu'elle n'avait pas prononcé une autre parole depuis, elle ajoutait, au moment de se mettre à table :

— Il taille des haies dans les Pierres-Velay.

Le lendemain matin, Louise s'était habillée et avait pris le chemin de Montigny. Elle n'avait pas été jusqu'au hameau, elle s'était rendue directement dans les Pierres-Velay qu'elle connaissait bien. Il était là. Il était seul, ce ne pouvait être que lui. Quand elle était entrée dans le champ, ils s'étaient d'abord regardés, lui quand elle venait, et elle en approchant, puis ils s'étaient souhaité le bonjour.

— Je suis la Louise Pillon.

— Je sais.

Il continuait de travailler. Elle n'était pas gênée de le regarder faire.

— Tu sais aussi pourquoi je viens ?

— Oui.

Il n'y avait donc rien à ajouter mais elle resta encore un peu pour la courtoisie. Après dix bonnes minutes pendant lesquelles il n'avait pas cessé d'entrelacer des branches vives pour fermer et tresser les haies de bordure jusqu'à en faire des bouchures infranchissables pour le bétail, il avait fini par dire :

— J'ai encore pour trois jours de travail ici, je viendrai après.

— C'est entendu.

Et Louise s'en était retournée, tout à fait satisfaite de cette première entrevue.

Quinze jours après avoir rentré ses foins, Jean Pieuchot dut songer aux moissons. Il partit un jour avec le matin, dans le haut du pays. Sa femme avait, sous la grande borde des Meulot, quelques ares de terre où Jean avait semé au printemps le seigle dont il allait avoir besoin. Les moissons débutaient toujours par la coupe du seigle car c'était avec la paille de seigle que l'on confectionnait les liens avec lesquels on allait botteler le blé, l'avoine et l'orge.

Jean montait à flanc de colline avec un nouveau courage, une autre ardeur qu'il avait été chercher je ne sais où.

Il ne vit sa récolte qu'une fois arrivé à la barrière parce que, dans le champ où on mettait le seigle, on ne taillait pas les haies autour, la paille étant ainsi protégée du vent qui aurait risqué de la coucher, quand il était furieux.

Jean s'était muni de liens anciens et de sa faucille, affûtée le matin même à la meule des Chatron. Le seigle était bien venu. Il l'avait semé serré pour que les épis, en allant chercher la lumière, croissent jusqu'à faire de la paille longue. Ils étaient presque aussi grands que lui.

Il se mit à l'ouvrage. Débarrassé de sa veste, ayant retroussé les manches de sa chemise, l'outil bien assuré entre ses doigts, il prit une première grosse poignée de paille dans sa main gauche et, le croissant enveloppant bien toutes les tiges, il ramena, au ras de la terre, d'un coup décidé, sa faucille vers lui. Il veillait à ne pas casser les tiges et à ce qu'elles ne soient pas hachées par des coups hésitants. Quand les premiers épis furent coupés, il les appuya sur le seigle encore debout afin de ne pas les coucher au sol.

Arrivé au bout de son premier rang, Jean se redressa et revint à son point de départ. Allongeant alors la paille sur son bras, il commença à faire des bottes qu'il liait avec les liens anciens et lorsqu'il en eut fait plusieurs, il les dressa les unes contre les autres, par cinq, la première au milieu et quatre autour, les têtes vers le haut, confectionnant ainsi des sortes de petites huttes qui allaient, petit à petit, parsemer à intervalles réguliers toute la surface du champ.

Il lui fallut tout un jour pour couper son seigle. Le champ n'était pourtant pas bien grand. A la fin de la journée, il avait peine à se redresser à l'extrémité des rangs.

Quelques jours plus tard, il rentrait ses bottes à la ferme.

D'ordinaire, on n'utilisait, pour confectionner les liens, que de la paille de l'année précédente qui avait eu ainsi le temps de sécher plus de trois cents jours dans le haut des granges, sur les chafeaux. Seulement, lorsque le père de Louise était mort, il s'était éteint aux moissons alors que déjà, trois mois devant, il n'était plus en état de bouger. Bien évidemment, les voisins étaient venus faire les récoltes, mais seulement après avoir fini les leurs. Ils n'avaient pu sauver le seigle, la saison était trop avancée. Il avait été perdu. Quand Jean était arrivé, il s'était promis de regagner cette récolte et, depuis, il semait tous les ans un peu plus que ses besoins, mais il allait falloir plusieurs années pour compenser la perte d'une seule.

Ainsi, cette année encore, s'il voulait avoir les liens nécessaires au bottelage de ses autres moissons, il était obligé d'utiliser pour moitié le seigle nouveau. Il dut donc battre tout de suite partie de son seigle quand tout le monde battait et préparait ses bottes de glui pendant l'hiver.

Pour séparer les épis des pailles, il s'installa dans la grange. Il avait roulé là un tonneau qu'il avait été chercher sous la remise. Il avait aussi amené plusieurs sacs à grains vides. Quand il eut bien tout préparé, il prit à deux mains, dans une première botte, une grosse poignée de seigle et il se mit à tapoter la base des épis sur le bord saillant des douves, jusqu'à ce que toutes les têtes d'épis soient tombées sur le dessus du tonneau. Il fallait taper doucement, toujours pour ne pas risquer de casser les tiges. Il confectionna une nouvelle botte avec la paille étêtée, il mit les épis dans l'un des sacs, puis il recommença avec une nouvelle poignée.

Ce battage dura deux jours. A la fin, il avait refait tout un tas de bottes de glui et chargé les épis dans trois sacs.

La veille du jour où il allait commencer à faucher son blé, il descendit les bottes de glui qui lui restaient de la récolte précédente et, avec celles de l'année, il passa sa journée à confectionner des liens.

Il dut d'abord peigner sa paille avec une sorte de grand râteau de fer afin de ne garder que des brins de bonne taille et de bonne nature, puis il la mouilla pour l'assouplir. Ensuite, prenant une vingtaine de brins dans chaque main, il noua les deux faisceaux ensemble du côté où la paille avait porté les épis. C'était un nœud double. Après, il allongeait soigneusement son lien noué sur le sol et il recommençait. La paille nouvelle était plus délicate à manier. Il fit ainsi près de deux cents liens.

Quatre jours après la visite de Louise dans les Pierres-Velay, Jean Pieuchot se rendait à Lingoult. Il avait fini ses bouchures et il venait comme il l'avait dit.

En arrivant à la ferme, en entrant dans la cour, au lieu d'aller tout de suite à la maison, il avait pris le temps de regarder. Louise le guettait peut-être de derrière la fenêtre, mais lui, il avait besoin de se rendre compte. Puis il était entré. Louise était seule. Elle avait mis des habits comme elle n'en portait pas souvent.

Elle commença par lui verser à boire. De temps en temps, il allait continuer de regarder autour de lui et pendant qu'il regardait, elle allait se taire.

— J'ai deux vaches, une génisse au pré et un veau à l'étable.

Jean dodelinait de la tête. Il avait les mains moites.

— C'est le plus que je peux. Je n'ai que sept hectares pour toutes les cultures et la pâture, si j'avais plus de bétail, je ne pourrais pas les nourrir.

— C'est bien, disait-il d'un air pénétré.

— J'ai un char, un tombereau qui a besoin d'être réparé, une roue est décerclée, une charrue, une herse. Je n'ai pas de rouleau ; quand j'en ai besoin, je l'emprunte.

— On peut se passer de rouleau.

— La ferme est à moi, je n'ai pas de dettes.

A cet instant, Jean regardait à nouveau tout autour, comme s'il avait eu besoin de revoir ce qu'il avait déjà vu, ou comme s'il avait déjà changé de regard. Louise était assise en face de lui mais elle ne buvait pas.

— J'ai des poules, des canards ; si tu veux, je vais te montrer les champs.

Elle s'était levée et il l'avait suivie. Ils étaient partis par le pays. En chemin, elle lui avait demandé son âge. Il avait trois ans de moins qu'elle.

Elle lui montra chaque champ. Elle lui dit les droits, elle chercha même les bornes quand elles étaient encore accessibles, elle lui dit aussi les noms, car en Morvan, chaque champ a son nom, tout comme les personnes. Elle lui raconta, quand elle s'en souvenait, comment ils étaient venus dans sa famille, par le père ou la mère.

— Le père était malade depuis longtemps. Il y a beaucoup à faire.

C'était vrai : les haies, les prés, comme le matériel agricole, la ferme, rien n'était vraiment entretenu. C'était une ferme de femme, cela se voyait bien.

Pour lui montrer ses héritages, Louise avait commencé par les plus petits de ses prés. Pour chacun, elle avait laissé paraître de la tendresse, mais elle termina par le plus beau, le plus grand, celui dont elle était fière et qu'on appelait la Gran-Pateu.

Jean Pieuchot, tout au long de la visite, était resté grave, il n'avait pas beaucoup parlé. Il regardait toujours. Il écoutait. De temps en temps, il remuait la tête pour montrer qu'il était là. Au bord du dernier champ, à la barrière de celui qu'elle aimait, Louise ne trouvait plus rien à dire. Elle ajouta seulement :

— Alors ?

— Faut voir.

Il y avait eu encore un long silence qu'ils avaient occupé en promenant leurs yeux sur la Gran-Pateu, mais ni l'un ni l'autre ne bougeait. Louise dit aussi, d'une voix qui tremblait un peu :

— Tu as vu ce que j'ai ? Tu sais, je ne pourrais pas te payer, je n'aurais pas de quoi.

Jean avait encore agité la tête mais il ne faisait pas un mouvement pour partir. Il attendait. Elle souffla légèrement, puis elle dit :

— Mais si tu veux, on peut s'épouser.

Rien n'avait bougé sur le visage de Jean. Ils étaient restés encore un long moment et il avait redit :

— Faut voir.

Après, ils étaient revenus à la ferme. En chemin, elle ajouta, un peu comme si cela pouvait emporter l'affaire, qu'elle avait aussi un petit verger avec quelques arbres à fruits qui rendaient bien les bonnes années.

Ils marchaient tous deux comme si de rien n'était. Ni l'un ni l'autre n'osaient tourner la tête pour se regarder franchement. Pourtant, en marchant, Jean la devinait, petite à côté de lui et elle l'entrevoyait, fort. Elle était brune, solide. Il était un peu roux.

Quand ils furent à nouveau attablés, elle lui reversa un verre de vin. Après, il se leva. Il dit en partant qu'il allait réfléchir.

— Jusques aux revoirs, avait-elle répondu simplement.

Jean fit ses moissons.

Il faucha d'abord son blé. Il utilisa pour ce faire un dard à râteau et il procédait comme pour la coupe du seigle. Il dressait ses blés fauchés contre les blés encore debout afin de ne pas coucher les épis, puis il revenait faire ses bottes quand il était arrivé au bout de son rang. Il avait amené ses liens. Pour botteler, il étalait sur le sol un lien ouvert et déposait au milieu une grande brassée de blé, puis, un genou en terre, il serrait, tordant et tressant les deux extrémités. Enfin, pour finir, il glissait le dépassant entre le lien et les pailles. Après, il dressait les bottes, par cinq, toujours les épis vers le haut.

Au deuxième jour des moissons de blé, Jean attaqua, comme toujours, sa journée bravement. Il faut croire qu'il y a, dans les gestes séculaires, ceux que l'on fait pour la vie, quelque chose dont l'homme ne peut jamais se lasser tout à fait. Il coupait, liait, dressait sans soupirer, sans faillir. Pour lui qui avait faim, il est vrai que c'était promesse de pain. Pourtant, après l'ardeur de la matinée, au fur et à mesure que le soleil parcourait le ciel, ses gestes commencèrent à se ralentir et à perdre de leur netteté. Mais il coupait, liait et dressait toujours. Il transpirait énormément et le temps ne s'y prêtait pas particulièrement. Passé midi, plusieurs fois, il dut s'arrêter comme s'il avait eu besoin de reprendre son souffle, et quand il se remettait à l'ouvrage, il ressemblait un peu à ces malfaisants qui ne mettent pas la tête à ce qu'ils font. Mais il coupait, liait et dressait toujours. Plus tard encore, si un étranger l'avait vu faire, il aurait à coup sûr gagé que Jean était journalier, ou commis, mais certainement pas homme à travailler sur sa terre. Pourtant, à six heures, il y était encore. Il cherchait, les bras chargés, sur presque toute la longueur de son rang, un lien qu'il n'avait pas préparé. En fauchant, il fit même des vagues dans l'alignement de sa coupe et comme il ne parvenait pas à les redresser, il finit par jeter sa faux à dix pas de lui. Alors, très vite, il serra mal les derniers liens, dressa les bottes qui restaient à terre, ramassa ses affaires et prit le chemin de la ferme. C'était la première fois depuis longtemps qu'il rentrait avant la nuit.

En route, il se cacha pour n'être point vu.

Une fois à la ferme, il alla terrer son mal au fond de la remise où il attendit la tombée du jour. A la nuit, il alla chercher ses vaches, fit la traite et tout ce qu'il y avait à faire chaque soir. Ensuite seulement, il rentra. Il se croyait apaisé.

La vieille n'était pas encore couchée mais elle était déjà en chemise et bonnet. Sur le pas de la porte, Jean s'arrêta un temps. On aurait dit que ce soir-là, il voyait tout, comme c'était.

Il s'assit, par habitude. Ayant passé machinalement sa main dans l'encoche, il se versa la soupe qui attendait sur la table, mais à la deuxième fois qu'il portait sa cuillère à la bouche, il suspendit son geste. Un soir au bout d'un jour si singulier, il fallait s'attendre à ce qu'il ne puisse manger. La cuillère était retombée. Il se leva et se dirigea vers l'armoire.

Pendant ce temps, avec des anhélations de bête usée, à quatre pattes, la vieille était en train de monter dans le lit.

Jean avait sorti une bouteille de marc dont il restait un peu. Il avait également pris un verre qu'il se remplit à plein et, sans se rasseoir, il le but d'un trait. Le liquide le plia en deux, lui ferma les yeux et le fit souffler bruyamment. Petit à petit, il put se redresser, mais avant de reposer la bouteille, il alla chercher le fond, directement, du goulot aux lèvres. Le chemin était fait, ce fut moins dur. Ensuite, il déposa sur la table le verre qui n'avait servi qu'une fois et la bouteille vide, puis il sortit.

La nuit était noire. Au lieu de rejoindre la grange, sans avoir vraiment hésité, il se dirigea vers la barrière puis il prit le chemin et s'enfonça dans l'obscurité. Il allait troquer là le sommeil, quelques heures sans conscience, contre des errances de chien et de loup.

Le lendemain, il était pourtant à son ouvrage comme chaque jour. Après les travaux ordinaires, il retourna à ses moissons et, cette fois, il travailla toute la journée sans faillir, comme il l'avait toujours fait, ne semblant plus porter trace de cette espèce de fièvre, d'humeur qui l'avait tenu la veille. Et les jours suivants ressemblèrent aux autres.

Après sa visite à Louise, Jean avait attendu plusieurs jours avant de rendre réponse aux propositions qu'elle lui avait faites. Il était pourtant décidé depuis le premier instant mais il ne pouvait se précipiter, cela n'aurait pas été convenable. Pour tromper le temps, il accepta un travail de quelques jours à l'Huis-Bargeot. Ce n'était pas très loin de Lingoult. Quand il comptait les jours, quelque chose lui faisait battre le cœur mais il n'aurait pu dire si c'était la femme ou la terre.

Lorsqu'il estima que les délais avaient été décents, il retourna chez Louise. L'un et l'autre firent comme s'ils n'avaient pas attendu, comme s'ils n'étaient pas impatients, comme s'ils n'étaient là que pour traiter une affaire.

Elle lui avait tout de suite versé à boire.

Ils parlèrent bien entendu, pendant un long moment, du temps qu'il fait et qui passe, avant d'en venir à ce qui les occupait. C'est Jean qui avait à dire. Il dut se décider.

— J'ai réfléchi.

Elle s'était d'abord contentée de secouer la tête mais elle ne le quittait pas des yeux. Seulement, comme il tardait un peu à livrer le fruit de ses réflexions, elle ne put se retenir de le presser :

— Alors ?

— Eh bien... C'est d'accord.

— Pour tout ?

— Pour tout.

Les deux devaient être bien remués. Il avait tendu une main qui tremblait un peu, qu'elle avait tapée doucement contre la sienne. Ils cherchaient à se donner le change, mais ils avaient beau faire, leur geste ne ressemblait en rien à la simple conclusion d'un quelconque marché.

— Je peux commencer dès demain.

Quand Jean eut rentré son blé, sans attendre, il coupa son avoine.

Ils n'attendirent que le temps qui était nécessaire avant les épousailles. L'un et l'autre semblaient impatients d'en arriver là et peut-être, en dehors de toute autre chose, sentaient-ils que ce ne serait pas bon pour la suite, si Jean devait travailler longtemps comme un valet.

Dès le lendemain du jour de sa seconde visite, Jean s'attacha à faire la preuve qu'il était dur à la tâche, qu'il était réellement un bon cultivateur et un bon ouvrier, et comme il était fier, il refusa l'aide de ses nouveaux voisins quand ceux-ci la lui proposèrent. Il voulait sans doute montrer à Louise que sept hectares ne lui faisaient pas peur et qu'elle avait bien fait de le choisir. A cette époque, il ignorait comment la vie allait se tourner. Il repoussait ainsi pour toujours une aide qu'aucun homme digne de ce nom ne peut proposer deux fois quand elle a été repoussée la première.

Quand Jean eut rentré son avoine, sans attendre, il coupa son orge.

Ils firent un petit mariage.

Et plus aucun moment de la vie de Jean Pieuchot ne ressembla à ce qu'elle avait été avant.

C'est bien le moment de se demander ce qu'avait gardé Jean Pieuchot de son passé jusqu'à sa rencontre avec Louise.

Est-ce que les enfants des campagnes peuvent porter, comme ceux des villes, des traces et des blessures, eux qui ne sont pas entourés de gens susceptibles de nommer la souffrance ? N'est-ce pas pour partie, la conscience de tous qui fait l'infortune ? A cette époque, dans le canton, personne ne soupçonnait qu'il avait pu être éprouvé, tout le monde pensait, à défaut de le dire, qu'il avait eu la vie normale d'un enfant sans père. Et puisque personne n'était en état de lui renvoyer un écho, savait-il qu'il avait été malheureux ?

Un petit paysan peut-il être marqué de ce qu'à l'école, où Jean ne resta d'ailleurs pas longtemps, il occupait toujours le centre des rondes quand les autres tournaient autour, lui faisant la nique, lui destinant les chansons cruelles, le forçant à découvrir que ce n'était pas rien de n'avoir pas de père ?

Et cette servante, toujours fatiguée, absente, toujours triste, vêtements et cheveux trop souvent pleins de paille, qui n'était sa mère que lorsqu'elle avait à le battre, lui façonna-t-elle réellement des souvenirs amers ?

Quand même, les enfants des campagnes ont beau être taillés dans le bois et la pierre, Jean devait bien se sentir au moins coupable, à défaut de pouvoir dire de quoi il l'était.

A douze ans, juste avant de s'enfuir, il ne savait pas seulement qu'il était vivant. Mais est-ce que l'on est vivant quand on ne retient jamais l'attention des gens qui marchent, qui bougent, qui respirent tout à côté de vous, quand on n'est pas invité aux jeux ou à la table, quand le maître ne vous confie que des tâches de rien, quand on ne provoque même pas la colère, le jour où l'on a choisi, par défi, avec tout ce qu'on avait de courage, de ne plus rien faire, de dire non, pour résister et qu'on ne suscite en retour qu'un haussement d'épaules ?

En arrivant chez les Huhant, il découvrit quand même qu'on pouvait prononcer le nom de Jean Pieuchot sans rire. Peut-être aurait-il pu alors montrer un peu qui il était. Mais réservé, toujours en recul, il continuait de déceler dans chaque chose et jusque dans la bienveillance des Huhant des preuves de sa différence. D'ailleurs, il s'en créait des différences quand il en manquait. A quatorze ans, il avait une façon bien à lui de trouver facile la vie des autres, quand il sentait peser la sienne.

En âge de regarder les filles, les belles, enfermé dans sa dissemblance, il les détesta quand les autres les aimaient. Était-ce de les trouver inaccessibles ?

Comment était-il Jean Pieuchot ? Lui qui n'avait pas de mots à mettre sur son mal et la façon dont il lui était venu, souffrait-il autant que les bavards ?

Il n'y a qu'une seule chose que je puisse affirmer, c'est que, sorti de l'enfance, Jean Pieuchot ignorait totalement qui il était. Il ne savait rien de lui. Sa vie passait sans repère, sans modèle, sans certitude aucune. Il n'osait même pas se souhaiter un avenir parce qu'il n'avait pas assez d'imagination pour s'y voir. Sans aimer sa marche, il avançait, dans le vide.

Était-ce pour se faire une vie et une mort tracées qu'il avait choisi d'être soldat ? Toujours est-il qu'à compter de ce jour, il n'eut plus besoin de s'inventer le décor du lendemain. Peut-être pensait-il qu'il allait mourir ?

A l'armée, les balles et le canon, comme les gens, l'avaient ignoré. Soldat, il avait connu des filles qu'il avait payées et qui l'appelaient chéri, même des pas laides, mais cette forme de mendicité était encore tout à fait semblable à ce qu'il avait connu jusqu'alors, avec tout le monde.

Et il avait rencontré Louise.

Elle était gentille. Elle n'était pas jeune. Il crut qu'on le regardait pour la première fois. Il se découvrit dans les yeux, les mots, les attentions de cette femme, dans la façon qu'elle avait de le servir quand il revenait des champs, ou plus tard, quand le matin, alors qu'il se levait doucement pour ne pas l'éveiller, du lit, elle lui donnait le bonjour. Il connut la douceur. Il avait peine à imaginer que c'était pour lui. Il avait sans cesse envie de chercher tout autour à qui pouvaient bien être destinés ces mots et ces regards et c'était une sorte de souffrance et de jalousie. Il n'arrivait pas à y croire, car il trouvait confusément qu'il ne méritait pas tout cela.

C'est vrai, la terre aussi avait compté, comme la femme. Je les vois d'ici se voiler la face, tous ceux qui ne s'avouent pas qu'ils ont choisi leur compagne sur son aspect physique, sur la façon dont elle était faite.

Il s'était marié et tout avait été différent.

Et il avait aussi rencontré autre chose. Cela, c'est plus difficile à expliquer. Comment dire ? Les femmes qu'il avait payées, en se prêtant à lui, lui laissaient pressentir l'imposture ; d'ailleurs, il ne parvenait au plaisir qu'en leur disant des injures. Mais là, alors qu'il n'en avait rien su jusqu'alors, le bonheur et le plaisir qu'il recevait, il se rendit compte qu'il le donnait aussi. C'était lui, Jean Pieuchot, celui qui n'avait pas de père, celui à qui on n'avait même pas daigné attribuer un surnom, puisque le nom de sa mère en tenait lieu, c'était lui qui avait ce pouvoir. Plus d'insultes, pas d'injures, juste une épouvantable envie de crier qu'il l'aimait, une envie qu'il ne parvenait d'ailleurs à refréner qu'à grand-peine. C'était tellement extraordinaire qu'il avait honte. Lui qui ignorait Dieu, il avait l'impression de commettre un péché. Il ne parvenait pas à supposer que c'était chose permise, c'était trop, et le diable, qu'il connaissait mieux, s'y entend comme personne pour rendre agréables aux hommes et aux femmes les choses interdites.

Au jour, il ne parlait jamais de cela à Louise. Au début, chaque matin suivant une nuit où il l'avait touchée, il s'attendait à être renvoyé. Mais elle donnait toujours un sourire avec son bonjour. C'était comme un enchantement et s'il ne pouvait pas en parler, même pour être rassuré, c'était aussi d'être bien persuadé que les enchantements s'enfuient toujours devant les mots. Et puis, à la grande lumière du soleil, elle ne se ressemblait plus tout à fait, elle était plus impressionnante avec sa coiffe et ses vêtements de toile de chanvre que la nuit, dans sa nudité.

Là encore, ne vous y trompez pas : en campagne, seul le soleil marque les visages, il n'y a que la maladie, la fièvre pour faire trembler et le froid du matin pour tirer les larmes. Jean comme Louise vivaient leurs jours comme ils l'avaient toujours fait et rien ne débordait.

On était rendu à la fin août que Jean rentrait son dernier chariot. Il avait fini ses moissons. L'orge rejoindrait sur le chafeau le seigle, le blé et l'avoine. Ce soir-là, il ne sentait plus trop la peine. Il faisait encore un peu beau. Il n'était pas nuit. Maintenant, il allait falloir songer à l'arrachage des pommes de terre.

A ce jour, seuls les acacias avaient perdu de leur vert, les autres arbres se moquaient encore de l'automne. Jean ne voyait rien.

En arrivant dans la cour, il fit manœuvrer son attelage afin de faire entrer le char à reculons dans la grange, mais avant de dételer, il eut envie d'aller boire. C'était bien le moment de boire, les moissons étaient terminées.

Quand il eut franchi le seuil de la maison, il vit tout de suite l'enfant sur la table, la tête renversée, curieusement immobile, les yeux fermés peut-être pour la première fois. Il chercha du regard la vieille qu'il découvrit au fond de la pièce, dans le noir, assise sur une chaise. Jean ressortit de suite.

Il alla dételer les vaches. Il les mit à l'étable, puis en sortant lentement, il se dirigea vers la grange. Il semblait réfléchir. Avec des gestes ralentis, il jeta une fourche sur le dessus du chariot, empoigna les ridelles, monta sur l'essieu puis sur la roue et se retrouva au faîte de son chargement sans y avoir vraiment pensé. Il ramassa sa fourche et, une à une, il commença à envoyer ses bottes sur le chafeau.

C'est après avoir regardé sans comprendre trois bottes retomber à son côté qu'il se décida à aller jusqu'à l'échelle. Une fois sur le chafeau, il commença à ranger ses bottes. A pleins bras, épis sur épis, pailles à l'opposé, il montait des rangs. Soudain, il lâcha la botte qu'il tenait embrassée, se précipita sur l'échelle, en dégringola les barreaux, sortit de la grange, alla jusqu'à la porte de la maison, l'ouvrit... Il vit tout de suite l'enfant sur la table, la tête renversée, curieusement immobile, les yeux fermés, peut-être pour la première fois... Il marqua un temps avant de sortir et de s'en retourner vers la grange, finir son travail.

Les voisins sont venus. Ils ont dit qu'il valait mieux ne pas prévenir la mère, car on risquait de lui couper son lait, elle y perdrait son emploi. Jean était assis à sa place, l'enfant était juste devant lui. Les voisins, en rentrant chez eux, ont fait prévenir le curé. Tout à coup, Jean se leva, il courut vers le fond de la pièce, peut-être pour étreindre la vieille femme dans ses bras vides. Quand elle le vit venir, elle leva son bras au-dessus de sa tête et s'écrasa un peu sur sa chaise, le regard détourné. Alors Jean s'arrêta et retourna s'asseoir.

V

Huit mois. Huit mois de richesse au milieu d'une misère qu'il ne voyait pas. Huit mois à vivre la vie de quelqu'un d'autre. Huit mois de travail. Huit mois de silence aussi, parce que lorsque l'on a tu son mal sa vie durant, on n'est pas en état de dire son bien. Huit mois qui menèrent Jean et Louise à l'entrée de l'hiver.

Comme ils n'avaient pas de bois pour se chauffer, Jean, en décembre, dut partir faire le bûcheron.

En Morvan, parfois, les bûcherons occasionnels ne gagnaient pas d'argent, mais à défaut, ils pouvaient garder à leur usage le pied des grumes sur un petit mètre et les branches de tête.

Seulement, pour faire le bûcheron, Jean dut la quitter.

Quand il coupait loin de chez lui, il s'absentait toute la semaine, ne revenant que le samedi, très avant dans la nuit, et il repartait quelquefois dès le dimanche, pour être au petit matin sur le chantier. Quand il coupait à moins de trois lieues, il revenait tous les soirs, les marches nocturnes lui coûtant moins que l'isolement et la compagnie des autres bûcherons.

La troisième semaine de décembre, il coupait dans les bois du Rudaillon. Par Montmardelin et Saint-Germain-des-Champs, en deux heures, il était chez lui. Il n'avait pas encore neigé. Les jours étaient courts. Les bûcherons arrêtaient à cinq heures. Le temps de ranger les outils, avant huit heures il était rendu, et en repartant à cinq heures du matin, il se trouvait sur le chantier avant le jour.

Cette semaine-là était une bonne semaine.

Le soir, sur le chemin de sa maison, il avait le temps de penser à elle. Il allait la revoir. Il ne cherchait pas seulement son image dans le silence et la nuit, il cherchait sa silhouette, son mouvement, ses gestes, il cherchait même cette espèce d'aura dont il la trouvait entourée et qui la lui rendait tellement précieuse. Il disait et faisait à l'avance tout ce qu'il allait dire et faire quand il serait rentré. Il avait le temps de le dire et de le faire plusieurs fois. Il allait jusqu'au lit. Quand il avait froid, il marchait au-devant de la chaleur qu'elle savait donner.

C'était curieux de les voir vivre.

Quand il franchissait la porte et qu'il la refermait bien vite derrière lui, il secouait sa veste de pluie ou de froid, il disait bonsoir et elle répondait de même, mais ils n'allaient pas jusqu'à s'embrasser. Bien malin qui aurait pu deviner les pensées qui avaient mené Jean jusque-là. Il ne la regardait presque pas, ou seulement lorsqu'elle était occupée, mais dès qu'elle revenait vers lui, il détournait son regard.

Après le bonsoir, il s'installait à table et elle restait debout pour le servir. Parfois, il disait un peu ce qu'il avait fait de sa journée et elle lui racontait qui elle avait vu, quand elle avait vu quelqu'un, mais c'était assez rare car les journées d'un bûcheron, s'il ne s'était pas produit quelque accident, n'étaient pas très différentes les unes des autres et, l'hiver, Louise ne voyait pas grand monde.

Après le dîner, il allait s'installer devant la cheminée où il traînait sa chaise. Il étendait ses jambes devant le feu et il restait là, à regarder les flammes pendant qu'elle faisait la vaisselle et qu'elle finissait de ranger. Plus tard, elle venait s'asseoir en face de lui et se livrait à quelques travaux de couture, ou elle filait le chanvre. Ils attendaient que la vieille soit couchée. Elle occupait un deuxième lit dans la même pièce, de l'autre côté de l'armoire, au fond. Louise ne se levait jamais avant d'avoir entendu le ronflement faible et irrégulier de sa mère. Elle quittait alors sa chaise et allait se coucher à son tour.

Parfois, avant de rejoindre sa femme, Jean ajoutait une bûche dans la cheminée. C'était un peu fou parce que ça n'allait pas très bien avec leur misère, mais ainsi, lorsqu'il venait contre elle, il pouvait la voir. Jamais Louise ne lui fit là-dessus la moindre remarque. Elle ne pouvait pourtant pas ne pas savoir à quoi servait cette bûche. Quand il la touchait, elle fermait les yeux.

Jean, lorsqu'il était au chantier, de temps en temps, les jours où il avait du mal, après avoir bien regardé autour de lui pour vérifier qu'aucun bûcheron n'était tourné dans sa direction, se donnait du courage en se disant à lui-même l'usage du bois qu'il coupait : cette bûche pour la chaleur du jour, celle-là pour le repas, ces fagots pour le pain, cette autre, la belle, pour regarder la Louise. Et toutes ces choses construisaient le bonheur et la peur qui l'accompagne.

Quand il était près d'elle et qu'ils avaient retiré leurs chemises, on aurait dit qu'il voulait tout à la fois, chaleur, caresses et regards. Il sentait le bois et la résine. Si elle fermait les yeux, c'était peut-être pour qu'il ait moins peur. Elle avait parfois pour lui des gestes qui lui donnaient envie de vivre et de mourir tout à la fois. Et ils quittaient la misère... Après, la lumière allait en déclinant. Il suivait, jusqu'à la dernière lueur, les reflets des flammes sur sa peau. Elle dormait déjà. Il sombrait à son tour et c'était comme une douleur.

Le matin, en partant, après la soupe, il lui fallait tout un temps pour changer de monde. Et déjà, tout ce qu'il avait vu lui semblait incroyable, ce ne pouvait être qu'illusion. En mettant le pied dehors, il avait déjà l'impatience du soir. Seulement, lorsqu'il arrivait près des autres, il effaçait tout ce qu'il pouvait, comme s'il avait craint que l'on pût voir sur lui ce qu'il portait à l'intérieur.

Au lendemain du dernier jour des moissons du Jean Pieuchot, dans la matinée, les gens qui demeuraient en bordure du chemin entre Saint-Germain et Lingoult, ou ceux qui avaient à y faire, virent passer le cortège des derniers sacrements, et chacun d'ôter son chapeau et de se signer devant les deux enfants de chœur et le vieux curé qui les suivait à trois pas, psalmodiant des prières qui ne devaient pas manquer de toucher Dieu, s'il est, comme on le dit, sensible à la misère et à la dérision. L'un des enfants de chœur portait une cloche qu'il agitait de temps en temps, quand il y pensait ou quand il y avait du monde, et l'autre un encensoir qu'il balançait, pour ne pas être en reste, quand l'autre donnait de la cloche. Ils étaient tous deux vêtus de soutanes noires trop courtes qui laissaient bien voir leurs sabots crottés et de surplis jaunis et froissés. Le vieux prêtre avait dû arracher ces deux-là aux travaux des champs car ils avaient encore les mains pleines de terre. Quant au curé, en plus de son livre de prière, il avait à la main une croix argentée au bout d'un long manche dont il se servait comme d'une canne.

En entrant dans la maison des Pieuchot, le vieux prêtre, sans doute fatigué par le chemin, cogna sa croix dans le linteau de la porte et ne put retenir un juron. Il fallut incliner Dieu pour qu'il puisse pénétrer dans la pièce. Le prêtre dit des prières, tourna autour du lit avec l'encensoir, bénit l'eau pendant que les enfants de chœur, nullement impressionnés, vidaient une vieille querelle en catimini, à coups de pied et de poings dans le dos des autres. A la fin, la vieille leur glissa quelques piécettes dans la main, puis tous trois repartirent.

Puisque tout le jour il allait devoir recevoir des voisins, Jean profita des moments où il n'y avait personne pour travailler au jardin. De là, il pouvait voir tous ceux qui venaient faire visite.

Lorsque quelqu'un arrivait, il lâchait sa bêche ou son croc, se frottait un peu les mains l'une contre l'autre avant de les essuyer sur son pantalon, puis il allait accueillir les arrivants à la barrière. Il vint surtout des femmes. Ils allaient alors ensemble jusqu'à la maison, Jean écoutait les mots que l'on dit toujours dans ces cas-là et il rendait les mêmes banalités qui sont censées stigmatiser le chagrin.

Une fois dans la maison, ils allaient à la table. L'eau bénite était dans un bol où trempait une petite branche de buis. La vieille était assise sur une chaise à hauteur des oreillers. Elle se levait à chaque fois et se laissait embrasser. Elle avait apprêté l'enfant, l'avait vêtu de sa robe de baptême et l'avait installé au beau milieu du lit.

Avec la petite branche de buis, les visiteurs dessinaient dans l'air un signe de croix, puis ils la reposaient dans le bol et Jean les raccompagnait avant de retourner au jardin.

A quelques jours de la Noël, il se mit à neiger. La coupe dans les bois du Rudaillon était terminée et Jean avait une semaine devant lui avant d'aller couper ailleurs. Mais il avait à faire à la ferme. Il dut, entre autres choses, s'occuper du toit de la grange qui prenait l'eau au-dessus du fono. Il alla chercher sur le chafeau une belle trentaine de bottes de glui qu'il tria minutieusement. Il choisit les pailles les plus sèches et les plus longues, puis il monta sur le toit. Il dut d'abord dégager la neige et il passa deux jours à bien resserrer les paillons, à boucher les trous et à retresser la faîtière, là où elle manquait. Il avait aussi appris à faire cela chez les Huhant.

Lorsqu'il eut réparé son chaume, Jean passa un moment dans la grange à étaler le foin qui avait été gâté par la pluie.

C'est sur le fono que Louise vint le rejoindre. Comme elle ne prenait pas de fourche, il lui demanda ce qu'elle voulait. Elle répondit qu'elle ne voulait rien. Tout un temps, elle le regarda faire. Lui continuait de travailler. A la fois gêné et content qu'elle soit là, il restait de marbre et se donnait l'air d'être tout à fait pris par son travail. Quand il eut terminé, sans lâcher sa fourche, il vérifia tout autour de lui, plusieurs fois, que tout le foin humide avait bien été étalé et, dans le même temps, comme il n'osait pas bien croiser le regard de Louise, il en profita pour revoir ses épaules, sa poitrine aussi, son ventre. Elle était à cinq pas de lui. Il n'était pas las de la regarder. Il ne fit rien pour l'approcher. Sous le regard de Jean qui ne se fixait pas, elle dit :

— Je suis grosse.

Bien qu'il ne se fût pas attardé sur elle, il savait bien que ce n'était pas vrai.

— Non pas.

Elle eut une sorte de sourire.

— Si, je suis grosse.

Elle fit alors demi-tour, descendit l'échelle et sortit de la grange. Elle courait presque.

Ce n'est que plus tard qu'il comprit ce qu'elle était venue lui dire.

Devant, il y avait le cheval. Assis sur le brancard, de côté, le Mathieu Fréchot de Saint-Germain qui essayait de rouler une cigarette malgré les cahots du chemin, puis le tombereau bleu portant la petite caisse de bois et puis la vieille qu'on avait assise à côté. Maltraitée par les soubresauts de la voiture, les jambes dans le vide et le regard pareil, elle faisait ainsi face à ceux qui marchaient derrière. Et puis tout droit, sans chapeau, sans larme, Jean Pieuchot, tout seul, dont on aurait dit qu'il allait aux champs parce qu'il portait ses habits de tous les jours. Et puis encore quelques voisins, encore des femmes, toutes vêtues de noir, qui parlaient doucement derrière. Dix personnes, pas plus. Il faisait beau.

A mi-chemin, Jean s'écarta vers le fossé et, tout en marchant, il cueillit bien vite, sans choisir, trois fleurs avant de revenir à sa place, au milieu de la route. Il les avait gardées à la main. Un peu plus loin, timidement, comme s'il avait souhaité ne pas se faire remarquer, il allongea le pas jusqu'à rejoindre le tombereau. Il étendit le bras et laissa tomber les trois fleurs sur la petite caisse de bois. Derrière, les femmes chuchotaient toujours. Jean avait repris sa place.

Le tombereau continuait d'être secoué par les cailloux, les roues tombaient dans les ornières et les fleurs glissèrent doucement de la caisse au plancher puis, une par une, du tombereau sur la route. Jean avait hésité, mais il les ramassa. Elles étaient souillées de poussière. A chaque fois qu'il s'était baissé, il avait esquissé un geste pour souffler dessus mais il n'avait jamais été jusqu'au bout. Il les garda à la main. Un peu plus loin, il se rapprocha encore et bras tendu, têtu, il replaça les trois fleurs où déjà il les avait mises. Derrière, les femmes n'étaient pas au bout de leurs confidences. Le glas de Saint-Germain annonçait à tous qu'ils étaient en chemin.

Dans l'église, il y avait des hirondelles.

Tout le monde a oublié le nom de baptême du petit du Jean Pieuchot et de la Louise.

Un enfant.

Cette année-là, l'hiver fut terrible. Dès la Noël, la neige s'était remise à tomber et elle ne cessa pas de dix jours. Après s'installa le froid. Chacun dut s'ouvrir un chemin à la pelle, de la maison à la grange, de la grange à l'étable. De mémoire de vieillard, personne ne se souvenait d'avoir connu pareil hiver. Il fallut couvrir les puits avec des planches et de la paille pour pouvoir, au matin, casser la glace qui, sans cette précaution, aurait été tellement épaisse qu'il n'aurait plus été possible d'atteindre l'eau. En allant au puits, les doigts se collaient au fer des seaux.

Ils allaient avoir un enfant.

Les bêtes fatiguées mouraient dans les écuries. Les pommes de terre gelaient dans les caves et ceux qui n'avaient pas pris la précaution d'en remonter partie dans la maison perdirent la totalité de leur récolte et aussi les semences de l'année suivante. Il n'était plus possible d'enterrer bêtes et gens. Tout ce qui mourut cet hiver-là fut enseveli dans la neige en attendant le printemps.

Jamais Jean Pieuchot n'avait songé qu'il pourrait avoir un enfant.

Il n'était plus question d'aller au bois. Les chemins n'étaient plus praticables. Tous les soirs, vers les quatre heures, une sorte de brume de mort recouvrait la campagne et il fallait être rentré bien vite avant la nuit si l'on voulait retrouver sa maison. Les paysans tremblaient pour leurs semis de blé.

Il y pensa quelques jours à cet enfant et puis, avec tout ce qu'il avait à faire pour lutter contre le froid et préserver son bien, il n'y pensa plus.

Dans la maison même, tout le jour, il fallait bouger pour ne pas s'engourdir. Le feu brûlait du matin au soir. Maintenant, ils avaient du bois mais la chaleur ne dépassait pas trois mètres autour de la cheminée ; au-delà, il faisait noir et glacé. L'eau gelait sous la pierre d'évier. De toute la journée, la vieille ne quittait plus sa chaise qu'on avait installée devant le feu. Là, elle semblait dormir et, le soir, Jean la portait dans son lit et il la réinstallait au même endroit le matin.

Un enfant ? Pour quoi faire un enfant ?

Mais rien n'était changé. Jean passait avec Louise le plus clair de ses jours. Elle vomissait un peu en se levant, c'est tout, et encore, pas tous les jours. Pour lutter, pour survivre, on se couchait de bonne heure. Ils avaient besoin l'un de l'autre pour la chaleur et pour la vie. Le matin, on se levait tard. Jean avait beaucoup de temps à passer contre elle. Elle avait la poitrine gonflée.

A la fin janvier, le temps se radoucit un peu. Il plut quelques jours et la neige fondit pour moitié. Mais le grand froid revint en février. Le tas de bois diminuait régulièrement et Jean ne le voyait pas, pas plus qu'il ne se rendait compte que leurs repas n'étaient plus composés que de pâtés de châtaignes, ou de haricots, voire simplement de fromage. Pendant toute cette période, il occupa ses jours à raccommoder les harnais, à battre le reste du blé, de l'avoine et de l'orge au fléau, car les manèges étaient inutilisables. Il finit aussi de faire son glui, il répara ses outils, il passa ses grains au tarare des Meulot.

Au sortir de l'hiver, il avait oublié l'enfant. Louise était ronde et douce.

A la cave, tout ce qui restait de pommes de terre était pratiquement perdu. Il avait été de ceux qui s'étaient contentés de pailler leurs légumes. Les carottes étaient noires, les poireaux durs comme la pierre, les jours à venir s'annonçaient difficiles. Ils n'avaient plus de bois. Louise avait du souci. La vieille recommençait à se mouvoir et à se lever seule. Jean repartit couper dans les forêts.

Cette fois, il partit loin, mais il allait gagner comme les vrais bûcherons et garder à son usage un stère tous les onze coupés pour le propriétaire. Il coupait dans la forêt Chenue, près de Saint-Brisson, là-bas, vers Saulieu. Il ne put rentrer de quinze jours. Quand il revint, encore ne put-il passer que quelques heures chez lui, il vit bien que Louise avait grossi. Son ventre était gonflé. Il repartit pour quinze autres jours.

Au lendemain de l'enterrement du petit, comme il n'était pas encore temps d'arracher les pommes de terre, Jean emprunta un tombereau pour fumer la terre de blé. C'était promesse de meilleure récolte pour l'année suivante. Le père Meulot lui prêta le sien. Ils parlèrent un peu de la mort pendant que Jean attelait ses vaches, enfin, je veux dire que le Meulot déclina toute une liste de noms d'enfants qui étaient morts, en les resituant dans leur parenté, comme si une énumération de ce type allait avoir la vertu de consoler Jean de sa nouvelle solitude qui n'existait pas. C'est vrai que les silences de Jean entre les mots pouvaient passer pour du chagrin et c'était manifeste qu'il souffrait cet homme, le Meulot le voyait bien.

Jean revint à la ferme avec le tombereau et, armé d'une grosse fourche à quatre dents, il chargea du fumier. C'était encore un travail à suer. Il se servait de sa fourche comme d'une bêche pour découper dans les vapeurs, des carrés de fumier que les mois et la pluie avaient serrés. Mais Jean travaillait toujours régulièrement, sans faillir, sans soupirer.

Après, il partit aux champs et il étendit son chargement à la volée. Le lendemain, il fit un petit labour, pour l'enterrer, et le surlendemain pareil.

Tout à fait au début du mois d'avril, un soir, en rentrant, Jean s'aperçut que Louise n'était pas à la maison. Quand elle revint, il remarqua qu'elle avait ses vêtements de dimanche. Elle était fatiguée. Ce devait être un mercredi. En arrivant, elle remit bien vite ses habits de tous les jours, puis elle dit qu'elle allait avoir du retard pour le repas. Elle secoua la fatigue et comme elle ne semblait pas vouloir dire où elle était allée, il n'osa pas la questionner.

L'aspect de Louise n'avait jamais compté. Petite, solide, le cheveu noir, les sourcils épais, les joues roses ou rouges sous l'effort, un petit duvet sur la lèvre supérieure, les yeux qui riaient, marron foncé, presque noirs, la bouche fine, elle n'était pas bien belle mais Jean ne l'avait jamais regardée de cette façon. Elle donnait à tout le monde l'image d'une femme pleine de vigueur et de santé.

Maintenant qu'elle était grosse, Jean lui trouvait des apparences de vieille. C'était trop tôt. Il n'était pas rassasié. Il avait besoin d'elle, d'elle toute seule. Qui viendrait déranger cette vie qu'elle lui avait faite et qu'il aimait ? Qu'est-ce qui le menaçait ? Avant cette vie-là, Jean n'avait jamais rien eu.

A la mi-avril, Louise repartit un autre jour. Il se souvint alors que déjà, la première fois, comme il le faisait souvent lorsque les travaux de la ferme l'exigeaient, il avait prévenu qu'il ne rentrerait pas le midi et là, il avait annoncé qu'il roulerait ses blés et son avoine et y passerait la journée pour ne pas immobiliser trop longtemps le rouleau des Chatron. Seulement, au matin, rendu chez les Chatron, il apprit que ceux-ci avaient aussi choisi de rouler ce jour-là. Le temps de parler un peu des semailles, des bêtes, du prix de la farine et du temps de saison, Jean était rentré chez lui avec l'intention de préparer, à défaut de roulage, les semences de pommes de terre qu'il avait achetées avec l'argent des coupes de bois et qu'il allait bientôt devoir planter. Lorsqu'il arriva à la ferme, Louise était déjà partie. Pourquoi ne l'avait-elle pas prévenu ?

Elle ne revint qu'au soir. Elle avait à nouveau ses habits de dimanche. Elle était de plus en plus fatiguée, de plus en plus grosse, de plus en plus déformée. Jean aussi était fatigué parce que depuis un mois, ils n'avaient plus grand-chose à manger. Déjà, Louise avait dû accommoder les betteraves qu'ils cultivaient pour les vaches afin d'avoir un plat à mettre sur la table. Les poules redonnaient bien des œufs mais ils n'avaient plus de légumes.

En arrivant, Louise vit bien qu'il l'attendait. De la remise où il entassait ses cageots de plants, il la regarda entrer. Une fois dans la pièce, elle dut s'asseoir pour reprendre son souffle. Elle resta ainsi un petit moment avant d'avoir la force de se relever. Sous ses habits, son ventre poussait et tendait la toile. Jean rentra à son tour. L'espace d'une seconde, de la voir comme cela, assise, défaite, grosse, je crois qu'il la détesta ; mais il n'eut pas bien le temps de la regarder, car dès qu'elle le vit, elle se mit tout de suite debout et partit vers le fond de la pièce.

On ne peut pas dire que leurs rapports avaient changé, mais la fatigue qui désespère, la faim qui déforme le regard et l'enfant aussi, qui faisait peur, tout cela avait pesé sur leur caractère. Jean était toujours aussi silencieux, Louise ne se fâchait jamais, non bien sûr, mais elle soupirait souvent et la nuit, elle venait moins volontiers contre lui.

Près du lit, elle s'était changée. Elle revint pour se mettre au travail. Jean n'avait rien à faire là, mais il n'avait plus envie de sortir. Il rangea un peu les bûches près de la cheminée puis il vint s'asseoir. Louise allait et venait comme si elle cherchait de l'ouvrage, puis, après un soupir, elle sembla prendre un parti, l'un de ceux qui coûtent. Elle vint résolument s'installer devant lui. Ils ne se regardaient pas. Chacun semblait occupé des mains de l'autre qu'ils bougeaient de temps en temps.

— Écoute mon Jean, il faut que je te dise...

Jean avait le sang qui lui cognait aux tempes.

— J'ai été à Avallon.

Elle disait cela comme si elle était en train d'avouer la pire des mauvaises actions.

— Là-bas, il y a des gens...

Elle marqua un temps.

— Des gens qui...

Son aveu était difficile.

— Tu connais l'Hélène Savre ?

Sans lever les yeux, Jean fit non de la tête.

— Mais si, elle est des Ouches, t'y as travaillé.

Jean faisait obstinément non.

— Eh bien tant pis, mais quand elle a eu sa petite, elle est partie à Paris pour faire la nourrice, comme la Marie Satin et la Germaine Dorlay de la Rivière et tant d'autres que je ne connais pas.

Louise vit bien que Jean ne bougeait même plus les mains.

— Pourtant tous ceux-là sont moins pauvres que nous.

Les larmes de Louise étaient toutes proches.

— A Avallon, j'ai demandé ce que je devais faire pour être nourrice, comme l'Hélène Savre.

Les larmes étaient là.

— Je vais bien gagner. On pourra acheter de la terre.

L'immobilité de Jean semblait l'angoisser plus que s'il s'était livré à des débordements furieux.

— Et puis pendant deux ans, t'auras plus à me nourrir.

Les larmes coulaient, c'est vrai, mais elle n'avait pas de sanglot. Elle s'essuyait les yeux du revers de la main.

— On n'a plus rien.

Après, il y eut un long silence. Jean ne bougeait toujours pas. La vieille faisait comme si elle n'entendait rien et les deux autres comme si elle n'avait pas existé. Ils restèrent ainsi pendant dix bonnes minutes. Louise continuait de s'essuyer les yeux de temps en temps.

— Quand tu donneras ton lait, ils te verront, les patrons ?

— Hein ?

Louise ne devait pas s'attendre à cela.

— Oh, bien sûr que non. Tu crois qu'ils n'ont que ça à faire les bourgeois ? Et puis je me cacherai.

Et Louise s'était levée et avait été préparer le repas.

Ce soir-là, elle vint contre Jean et elle montra qu'elle avait retrouvé le goût de lui, perdu depuis quelque temps.

Les jours qui suivirent, elle fut bien joyeuse quand Jean était sombre.

Quand il fut temps, Jean arracha ses pommes de terre. C'était un grand moment, la récolte des *treuffes*. Un sérieux coup de croc derrière chaque plant et il tirait à lui. Les jambes écartées, une main pour se maintenir sur le manche de l'outil, il finissait de l'autre de les sortir de terre et les jetait derrière lui entre ses jambes. Il arracha tout le matin et l'après-midi, il vint avec des sacs et un grand panier. Il triait les petites et les grosses, les premières pour les cochons, les secondes à son usage, dans des sacs différents. Il lui fallut plusieurs jours.

Pour Jean qui ne voyait pas sa misère, enfin pas cette misère-là, lui qui en avait connu une autre, une pire, une vraie, c'était incompréhensible cette décision de Louise. Mais pourquoi voulait-elle partir ?

J'aime les gens simples. Le soir même, Jean trayait les vaches, faisait l'étable, donnait à manger au cochon. J'aime les gens qui ne montrent rien. Le lendemain, il était aux champs, à faire son ouvrage et rien, rien ne débordait. Je voudrais avoir ce courage et ne jamais laisser paraître ce que je ressens. Il fit ses semailles, où chacun des gestes qu'il faut doit être d'une grande régularité pour semer comme on doit. Louise voulait partir. Jean était un bon semeur. Les Huhant les lui laissaient toujours. Quand il était journalier, aux semailles, il ne manquait jamais d'ouvrage. Ses patrons les retardaient même quand ils savaient qu'il allait venir, et lui, pas un autre. Depuis qu'il était établi, quand il ne les faisait pas pour un voisin contre un repas, on en parlait des semailles du Jean Pieuchot.

Louise avait dit qu'elle allait le quitter. Cinq doubles au journal, c'est-à-dire cinq doubles décalitres de grain pour trente-trois ares à semer, trois pas, toujours les mêmes, une prise dans le sac sur le ventre, les grains dans la main, chassés par le balancement du bras droit vers le pouce et l'index légèrement ouverts, les oiseaux qui volent autour.

Arrivé au bout du rang, deux pas de côté, toujours les mêmes et il replongeait la main gauche dans le sac. Semer de gauche, ce n'était pas à la portée de tout le monde, mais le retour à gauche et la régularité de ses mouvements et de son lâcher lui faisaient croiser les grains comme personne. Le retour à gauche, c'était sa particularité et sa force, au Jean Pieuchot.

Ce jour-là, il sema mieux que jamais. Il n'aurait pas plus fait s'il avait cherché à la gagner ou si elle avait été là pour le voir.

Après les pommes de terre, il y eut les betteraves qu'il arracha à la main et dont il coupait les queues sur place, laissant les fanes pourrir sur le sol pour une demi-fumure. Ensuite, ce furent les haricots blancs au jardin, qu'il pendit aux poutres du grenier pour qu'ils sèchent, les labours de blé, les châtaignes à ramasser, la récolte du chanvre, le tri des tiges mâles et femelles, les mâles qu'il coupait, les femelles qu'il laissait sur pied, puis il fit ses semis de blé. Ensuite, comme le temps s'y prêtait, il fit les labours de légumes puis il rentra les bêtes. Ce fut encore un hiver.

Jean Pieuchot eut deux ans de cette vie-là.

Mais par trois fois, trois soirs, trois nuits, il fut repris de sa fièvre, de cette humeur qui lui faisait abandonner son ouvrage puis errer la nuit entière.

Jusqu'à la naissance du petit, Jean travailla comme jamais. Cherchait-il vraiment à la retenir ? Et puis vint l'accouchement. Tout le jour, il était resté aux champs et quand il rentra, l'enfant était né. Dans la maison, il y avait des femmes qui lui firent des compliments. Louise était au lit. Il ne l'avait encore jamais vue malade. Jean n'avait eu qu'un regard pour le petit et encore, parce que Louise le lui avait demandé et qu'il y avait du monde. Le lendemain, Louise prit l'enfant au sein. Lui qui aimait tant à la regarder, il détourna la tête.

Le surlendemain, elle partait, au matin, quinze kilomètres pour aller à Avallon, à pied, avec un petit balluchon. Après, elle prendrait le train pour Paris. Elle lui dit qu'elle ne voulait pas qu'il l'accompagnât mais il n'avait pas montré qu'il avait l'intention de le faire. Il était fâché Jean Pieuchot. La veille au soir, alors qu'il voulait la prendre, elle l'avait repoussé.

Sur le pas de la porte, elle se retourna. Il était encore à l'intérieur. Elle attendit un peu. Peut-être pensait-elle qu'il allait venir l'embrasser. Il ne bougeait pas. En vrai, je crois qu'il ne se rendait pas compte. Elle était encore là. Ce n'était pas différent des autres jours. Bien sûr, elle était vêtue de ses meilleurs habits, mais pas autrement que si elle s'était apprêtée à aller à Lormes pour la foire. Et puis son balluchon était tout petit.

Elle traversa la cour, sourire, fatigue et larmes mêlées, et sans se retourner, elle prit le chemin.

Jean resta bien assis pendant un quart d'heure avant de se lever brusquement et de se précipiter au-dehors pour la rattraper. Mais tout de suite, sur la route, il vit, un peu devant lui, un homme qui marchait. Il s'arrêta de courir. Il fit même semblant d'avoir oublié ce pour quoi il courait, et il retourna sur ses pas.

VI

Deux ans, deux ans à changer sans s'en apercevoir vraiment parce que chaque jour ne sait façonner que bien peu les vies et les caractères. Deux ans à embellir des souvenirs qui n'en avaient nul besoin. Deux ans de silence jusqu'à ce qu'elle écrive, pour la première fois, pour dire qu'elle revenait, le vendredi de la semaine suivante.

Jean qui n'avait jamais rien montré de sa peine eut du mal à ne pas afficher d'impatience, à ne pas trembler, à ne pas bâcler son travail, à accepter la lenteur des jours et des tâches, du moins de l'intérieur, car au-dehors, il restait tel qu'il avait toujours été.

Mais quelle que soit la façon dont on les reçoit, les jours finissent par s'écouler. La veille du vendredi, Jean tenta de promener dans la salle commune un méchant balai de genêts puis il alla se laver dans la cour.

Le matin du vendredi, il était debout à l'aube. Il fit les travaux ordinaires, les vaches, l'étable, puis il conduisit les bêtes au pré. Il revint ensuite à la ferme. Comment faire pour occuper ces instants ? Il n'était pas en état de travailler. Il s'assit devant la table et il attendit. En menant les vaches, il n'avait rien vu du ciel et de la campagne, mais c'était un beau jour de juin. A ce moment, il se releva pour aller se frotter les mains dans l'eau. Avant de se rasseoir, il resta quelque temps debout, les mains en l'air, à ne pas oser les essuyer sur sa blouse qu'il avait propre. Si elle trouvait une voiture, Louise serait un peu après midi au croisement de la route de Lormes et de celle de Montmardelin, sinon, si elle devait aller à pied, elle n'y serait qu'à trois heures.

A nouveau installé devant la table, il ne buvait pas, il respirait profond, il fermait les yeux de temps en temps, c'est tout. Une matinée, c'est plus de temps qu'il n'en faut pour revoir une vie entière.

Quand il fut temps, un peu avant peut-être, il se leva et prit la route de Saint-Germain.

Il n'avait pas l'habitude d'arpenter les chemins sans outil ou sans attelage. Après avoir fait quelques pas, il s'arrêta devant une haie et se tailla un bâton qu'il se mit d'abord à l'épaule, puis il recommença à marcher.

Arrivé en vue de Saint-Germain, il décida d'aller chercher la route de Montmardelin en contournant le village. Il est des matins où l'on n'a pas envie de rencontrer des gens. A travers champs, il lui fallut un bon moment pour dépasser les maisons. Il traversa la route de Chastellux, puis plus tard celle de Vézelay, puis il retrouva celle qui devait le mener vers Louise. Pendant ce détour, il avait marché bon pas, et passé les haies, et franchi les écholets comme un gamin, mais en retrouvant la route, il se mit à aller plus lentement et au bout d'un moment, il s'arrêta tout à fait. Il ne pouvait plus avancer. Il regarda autour de lui. Il ressemblait à un homme ayant perdu son chemin ou sa résolution. Avisant sur sa droite une colline distante d'environ huit cents mètres de l'endroit où il se trouvait, une colline couronnée d'un bosquet de châtaigniers, il quitta la route et grimpa jusqu'en haut. Là, il reconnut les lieux puis il s'assit et attendit. A nouveau, il fermait parfois les yeux et soufflait longuement. Par deux fois, il fit mine de s'enfuir. Il regardait le soleil aussi, trouvant sans doute qu'à son goût il était bien long à gagner le mitan du ciel.

De l'endroit où il se trouvait maintenant, il voyait la route venir à lui à presque deux kilomètres de là, et la route, quand il crut que le moment était venu de l'observer, il l'observa à se troubler la vue. De temps en temps, elle allait jusqu'à danser un peu, à se balancer au milieu des champs, à chahuter son voisinage.

Il devait être assis depuis près d'une heure quand il vit deux petits points noirs qui se dessinèrent sur la terre jaune. Il fut tout de suite debout et chercha à se cacher. Il pénétra dans le bosquet puis en ressortit, y entra encore. Là-bas, les gens approchaient. Comment parvenir à tenir en place ? Il aurait fallu avoir de quoi s'attacher à un tronc, et encore... Il choisit une position moyenne, pas vraiment au cœur du bosquet, mais pas au bord non plus.

Regardant bien, il parvint à distinguer une robe de femme dans les deux silhouettes qui venaient à lui. C'était affreux comme ces gens progressaient lentement.

— Louise.

Il se mit la main sur la bouche. Il avait dit son nom pour la première fois depuis bien longtemps, sans vraiment s'en rendre compte, mais il retira sa main pour le dire encore.

— Louise.

Il ferma les yeux, compta jusqu'à cent, les rouvrit, il ne pouvait rien encore distinguer de précis. Il recommença. Il compta jusqu'à deux cents et même peut-être davantage parce qu'il se trompait tout le temps. Pourtant les yeux fermés, il parvenait maintenant à percevoir la voix des voyageurs, pas vraiment intelligiblement, mais un peu, au milieu des oiseaux. Il rouvrit les yeux mais il entendait moins. Ils étaient de plus en plus proches. Il les referma pour écouter encore. C'était trop dur. Il voulait voir et là, son cœur s'arrêta de battre. Maintenant qu'ils étaient à ses pieds, il les voyait bien. L'homme, il ne le connaissait pas mais il était d'ici, cela s'entendait. Il portait un grand sac dans chaque main. Et la femme, il ne la connaissait pas non plus. Ce n'était pas la Louise, c'était une bourgeoise. Jean regarda de suite tout au bout du chemin, là où il regardait tout à l'heure. Il n'y avait pour l'instant personne d'autre sur la route. Il rentra dans le bosquet, à reculons, en trébuchant. Il suivit quand même l'homme et la femme quand ils s'éloignèrent, puis il recommença à attendre.

Il resta dans le bosquet presque tout l'après-midi. Il vit bien encore des gens, même des attelages, mais pas sa femme. Elle n'était pas revenue.

Sur le chemin du retour, il compta sur ses doigts les jours, se persuada qu'il s'était trompé, s'arrêta dans un bistrot de Saint-Germain pour demander.

— On est vendredi, lui dit le patron.

Il ressortit sans rien boire et reprit la route de Lingoult.

En chemin, il fit un détour par la Grand-Pateu, le champ qu'elle aimait, celui dont elle était fière, pour aller voir comment montait le foin de l'année. Il semblait avoir du mal à marcher. Le bâton qu'il avait gardé à l'épaule tant qu'il allait au-devant d'elle, il s'en servait maintenant pour s'aider à mettre un pied devant l'autre. Il resta un peu dans la Grand-Pateu puis il rentra à la ferme sans prendre au plus court. Il fit encore un détour, non pas parce qu'il avait à faire ailleurs, mais comme ça, pour rien, pour retarder un peu le moment où il allait rentrer.

En arrivant à la barrière, Jean qui peinait se rendit compte soudain que la plus grande partie de ses meubles était dans la cour, bancs, table, chaises, coffre, matelas, même les draps, en tas. Il crut qu'on venait le saisir. Avait-il oublié une dette ? Il fit très vite l'inventaire de ce qu'il devait : deux sacs de blé de semence aux Meulot, pour quelques sous de chandelle... Tirant la caisse à bois derrière elle, une femme en robe de toile, tablier blanc et coiffe de dentelle, sortit dans la cour et rentra aussitôt. Elle n'avait même pas vu le Jean qui était là. L'espace d'une seconde, il se demanda qui pouvait être cette femme qui le déménageait en costume des fêtes et des dimanches ? Il fit quelques pas jusqu'à se trouver sur le seuil. Dans la maison, la femme avec pelle et balai retirait les cendres anciennes de la cheminée. Elle lui tournait le dos mais elle dut finir par sentir sa présence car elle se retourna. Elle ressemblait à la Louise.

Marqua-t-elle vraiment un tout petit temps d'arrêt quand elle le vit ? Elle vint au-devant de lui, souriante.

— Ah te voilà ? Mais où étais-tu donc passé ?

Jean n'avait pas bougé.

— T'avais donc pas reçu ma lettre ?

Maintenant qu'elle était à deux pas, il vit que c'était bien la Louise sous d'autres vêtements. Elle avait des gouttes de sueur au front et les mains noires.

— On ne s'embrasse pas ?

Jean restait interdit.

En faisant le dernier pas qui lui permit d'effleurer les joues de son mari, elle fut secouée par quelques sanglots.

— Oh Jean, c'est terrible, notre petit...

Mais tout de suite, elle refit un pas en arrière. Elle ne pleurait déjà plus.

— Demain, tu me mèneras au cimetière. On fera faire une tombe, en marbre.

Elle avait déjà fait demi-tour et elle était retournée vers la cheminée pour finir de débarrasser les cendres.

— Qu'est devenu le lit de ma mère ?

Jean n'avait toujours pas bougé.

— Hein, où est-ce que tu l'as mis ?

Il parvint quand même à marmonner quelques mots :

— Le premier hiver... Trop à faire pour aller au bois...

— Tu vas aller chez les Chatron et tu vas leur demander qu'ils nous prêtent le lit du grand-père en attendant qu'on aille en acheter un autre.

Elle savait déjà que le grand-père Chatron était mort à deux mois d'ici. Jean ne bougeait toujours pas.

— Oh puis non, j'irai moi-même.

Elle avait fini de nettoyer la cheminée. Elle passa devant lui avec son balai et sa pelle et elle sortit la déverser sur le tas de fumier. Jean la suivait des yeux.

Du dehors, elle parlait toujours.

— Demain, en revenant du cimetière, ou avant, on passera à la scierie du Cousin. On commandera du bois pour faire faire une table et un lit.

Qu'avait-elle donc de changé, la Louise ?

En rentrant, elle dit :

— Tiens, viens voir ce que j'ai apporté de Paris.

Elle alla vers deux grands sacs de toile qu'il avait déjà vus, le matin, aux mains de l'homme sur le chemin. Elle les avait déposés dans le fond de la pièce. Sur les sacs, en travers, reposait un parapluie, un grand parapluie noir, serré dans le haut par un cordonnet qui faisait bouffer la toile. Louise avait ouvert l'un des sacs et elle en ressortit deux lampes à pétrole.

— Finies les chandelles, tu vas voir comme on voit bien avec ça.

Jean cherchait désespérément à faire coïncider les images présentes avec les images anciennes.

— Ne reste pas là sans bouger, aide-moi. Sais-tu où se trouve la porte de cette armoire ?

Jean fit non dc la tête.

— Oui, elle est sûrement passée dans la cheminée le deuxième hiver.

Elle souriait pour dire cela.

— Enfin, on verra tout ça bientôt. Il y a aussi quelque chose qu'on va faire tout de suite, on va faire mettre des carreaux par terre, dans cette pièce ; cette terre battue, ce n'est plus possible.

Jean était abasourdi.

— Je ne peux pas vivre dans une écur...

Il avait fermé les yeux un temps pendant qu'elle parlait, pour se rendre compte si ses oreilles étaient plus fidèles que ses yeux. Mais même le langage de la Louise avait changé.

— Pendant que je vais chez les Chatron, tu vas rentrer tout ce que j'ai mis dehors.

Elle alla se laver les mains, retira son tablier, retourna vers le fond de la pièce jusqu'à ses sacs de voyage, en sortit un petit miroir, rajusta sa coiffe et sortit en lui souriant.

Jean, depuis qu'il avait franchi le seuil de la maison, était toujours à la même place.

Quand elle fut sortie, il prit le temps de regarder cette grande salle vide et c'est comme cela qu'il découvrit qu'il restait encore à l'intérieur une chaise, une seule, alors que la pièce avait été complètement vidée de ses meubles, une chaise sur laquelle la vieille était assise. Elle semblait tout à fait perdue. Jean fit quelques pas vers elle parce qu'à cet instant, ils étaient semblables. Quand il fut tout près, suivant le regard de la vieille femme, qu'elle promenait apeuré sur cet espace vide, il vit la même chose qu'elle. Après, lentement, il sortit et il commença à rentrer les meubles. Il s'appliqua à tout remettre à sa place. Il n'avait pas encore rentré draps et matelas que Louise revenait avec les deux fils Chatron qui portaient un lit démonté. Jean, lui, tenait un banc et s'apprêtait à pénétrer dans la maison.

— Pousse-toi.

Les deux garçons entrèrent devant lui.

— Mettez-le là, au fond.

Elle désignait l'endroit où se tenait la vieille.

— Prenez ma mère et mettez-la devant la cheminée. C'est là qu'elle se trouve bien.

Les deux garçons posèrent le bois de lit et déplacèrent la vieille femme.

Quand les garçons eurent fini de monter le lit, ils partirent et revinrent plus tard avec un sommier. Comme ils se redressaient après l'avoir installé, Louise leur glissa quelque chose dans la main et ils dirent merci. Tant qu'ils avaient été occupés à monter le lit, Louise n'avait jamais cessé de parler, mais Jean ne l'écoutait plus.

Lorsque les garçons furent sortis la deuxième fois pour ne plus revenir, Louise pria Jean de rentrer le matelas et il fit comme elle le lui demandait.

— Quand tu l'auras rentré, prépare le feu.

Elle alla chercher un autre matelas de plume qui se trouvait dans un coffre depuis qu'il n'y avait plus de deuxième lit. Elle le secoua sur le pas de la porte et le battit longuement.

— Tout est sale ici. C'est plein de poussière. Regarde-moi ça ! Il était temps que je rentre.

Puis elle alla mettre le matelas sur le lit qu'elle destinait à la vieille. Jean préparait le feu.

Louise continuait à faire preuve d'une activité extraordinaire. Elle prépara le repas, nettoya chaque instrument de cuisine longuement, lessiva le dessus de la table, tout cela en parlant, en parlant sans arrêt, de ce qu'elle allait faire, de tout ce qu'il fallait changer. Jean était ivre. Il avait été s'asseoir à sa place, contre la table et c'était aussi pour ne pas tomber. Il tentait de la suivre des yeux quand elle tournait autour de lui. De temps en temps, il disait oui ou non lorsqu'elle le questionnait, mais souvent, il répondait à côté et d'ailleurs, elle ne semblait pas s'en rendre compte à chaque fois. Il faut avouer qu'il ne comprenait pas la moitié de ce qu'elle disait.

Quand le repas fut prêt, elle sortit six assiettes de porcelaine blanche de l'un des grands sacs et elle en installa trois triomphalement aux endroits qu'ils allaient occuper.

Le jour commençait à descendre. Elle prit les deux lampes à pétrole et les déposa sur la table. Elle alla aussi chercher une petite bouteille qu'elle sortit de l'autre sac.

— Tu vois, on met du pétrole. Attends. Je dévisse ça. Il faut faire attention aux verres, ils sont très fragiles. Je mets le pétrole. Je dispose la mèche... Tu vois, comme ça, elle trempe bien. Après, j'allume. Quand ça fume, c'est que la mèche est mal réglée. Tu vois ? Je remets le verre. Doucement, c'est fragile. Regarde comme on voit bien.

Jean ne regardait rien de ce qu'elle faisait, il regardait sa femme.

Elle refit la même chose avec la deuxième lampe, toujours en commentant.

— A Paris, dans les maisons, on s'éclaire au gaz aujourd'hui, c'est encore mieux que le pétrole, dans les rues aussi.

C'était vrai qu'on voyait bien maintenant, on voyait presque mieux que le jour, on voyait bien comme elle était changée.

Ils mangèrent dans les assiettes et cela ne ressemblait pas à un dîner de fête. Louise continuait de bouger sans cesse et de parler aussi. Après le repas, elle fit la vaisselle et Jean alla s'installer devant le feu. Après la vaisselle, Louise se remit à bouger. On aurait dit que le mouvement lui était devenu indispensable et qu'elle allait mourir si elle s'arrêtait un instant. Elle n'aurait pas mieux fait si elle avait cherché à s'étourdir et à enivrer les autres.

Le matin, sur le chemin, Jean qui l'attendait ne l'avait pas reconnue, il l'avait prise pour une bourgeoise.

De ses énormes maudits sacs, elle tira quatre grands draps de toile qu'elle déposa sur le bord du banc où elle avait préalablement passé sa main et elle se mit en devoir de faire les lits. Jean se tournait de temps en temps pour la regarder faire, sans trop en avoir l'air, mais il revenait bien vite au feu, comme s'il avait eu peur. En faisant les lits, elle parlait toujours.

— Vous allez voir, c'est autre chose de dormir dans des draps de fil. Je les ai achetés à Paris. Une folie. A Avallon, j'achèterai des dessus-de-lit et des couvertures en piqué.

Quand elle eut fini, elle dit au Jean :

— Tu devrais la porter dans son lit.

Depuis six mois, la vieille ne bougeait plus guère. Les années précédentes, elle n'était restée engourdie que pendant l'hiver, mais là on était au printemps et, de décembre, elle ne s'était pas réveillée. Jean la porta. Bien qu'elle ne parlât pas, Jean comprit tout de suite qu'elle n'était pas bien, qu'elle ne devait pas avoir envie de se coucher, ou pas là, mais Louise ne vit rien. Quand Jean l'eut déposée, sa fille vint la déshabiller. Jean était retourné s'asseoir. Louise passa à sa mère une chemise de nuit qu'elle avait également achetée dans une boutique de Paris, attribuant les difficultés que la vieille fit pour la mettre à l'âge et aux rhumatismes, puis elle la borda comme elle l'aurait fait pour une enfant. Avant de revenir à la cheminée, elle lui donna un petit baiser sur la joue, et ce d'autant plus facilement que la vieille s'était de suite tournée vers le mur.

Quand elle revint, Louise mit de l'eau à chauffer dans la grosse marmite qui pendait à la crémaillère puis elle recommença à ranger, à parler, mais Jean ne voulait plus l'entendre.

Plus tard, elle vint prendre de l'eau dans un petit broc et elle retourna à la pierre d'évier. Pendant quelque temps, elle ne parla plus. Jean commençait à s'apaiser mais elle dit encore :

— Ne te retourne pas.

Il y avait des bruits d'eau, des frottements. Jean n'y avait même pas songé. Il était trop bien dans l'immobilité et le silence, mais maintenant, il se demandait pourquoi il ne devait pas se retourner. Au bout d'un moment, elle ajouta :

— Maintenant, tu peux.

Mais il ne se retournait toujours pas.

— Tu ne veux pas me regarder ?

Elle vint à côté de lui. Il releva la tête. Elle portait une chemise dont on faisait ici les robes de mariées. Elle était souriante. Elle écartait les bras. C'était donc pour ça qu'il ne fallait pas se retourner ? Jean cherchait toujours à la reconnaître, vainement, et il sentit qu'il était sale. Elle ne souriait plus, sans doute découragée par son air. Elle dit qu'elle était morte de fatigue. Elle alla se coucher en poussant des soupirs.

— Quelle journée !

Jean restait devant la cheminée.

— Tu ne viens pas ?

Elle redit une autre fois combien elle était épuisée.

Comment dire ? Depuis deux ans, Jean dormait dans la paille. Il allait devoir enlever sa veste et son pantalon. Il essayait de se souvenir si, dans son dos, le bas de sa chemise ne portait pas de traces. Avant de se coucher, Louise avait soufflé ses lampes à pétrole qui remplissaient la pièce d'une odeur qui donnait envie de vomir. La salle n'était plus éclairée que par le feu. Jean attendit que la dernière bûche se fût consumée avant de se lever de sa chaise, mais maintenant elle dormait.

Il vint jusqu'au lit. Il ne la distinguait presque plus, juste les cheveux et une forme blanche dans le blanc. Il retira sa veste. Il attendit un peu avant de retirer son pantalon, le feu était aux braises, c'était encore trop de lumière. Il étendit la main pour toucher le lit, les draps de toile. Ce n'est que lorsqu'il eut froid qu'il souleva doucement l'édredon de plume.

En entrant dans le lit, il avait l'impression d'entrer dans de l'eau. Il se souvint qu'un jour, quand il était petit, il avait failli se noyer. Comment dormir là-dedans ? Louise avait bougé. Il suspendit souffle et mouvements. Lui qui en avait tellement rêvé de ce moment-là tremblait de peur maintenant. Tout ce qui occupait ses jours et ses nuits, couché sur la paille ou en errance, tout était là : la Louise déjà chaude, sa poitrine, ses mains, ses hanches, sa bouche et pourtant, il craignait comme mort de la réveiller. Allongé dans la toile fluide, il semblait pétrifié.

— T'es pas content ?

Il avait sursauté.

— On va avoir du mal.

Elle s'était réveillée de le sentir à côté d'elle.

— Il faut prendre patience mon Jean. Là, on ne se connaît plus bien, mais ça va revenir.

Elle ne faisait pas un geste pour l'approcher. Il avait le cœur qui lui battait.

— Tu vas voir, maintenant, tout va changer. J'ai bien gagné, on va pouvoir acheter de la terre. On ira chez le notaire. On pourra avoir plus de bêtes. C'est vrai, aujourd'hui, je ne pourrais plus supporter cette misère. On va se faire une autre vie.

Elle n'était donc revenue que pour parler tout le temps. Pourtant, là, dans le noir, il lui semblait reconnaître la voix de la Louise qu'il attendait, s'il n'aimait pas les mots. Elle lui prit la main et elle la guida jusqu'à sa poitrine, comme si elle avait cru qu'il en avait oublié le chemin, mais il restait figé.

— Tu sais, moi aussi j'ai peur, murmura-t-elle.

Elle vint se mettre contre lui mais il ne pouvait toujours pas bouger. Elle essaya des caresses.

— Tu sens la vache, dit-elle et elle devait sourire.

Elle chercha un temps à le faire remuer mais petit à petit, elle perdit ses mouvements. Elle finit par se retourner vers le mur en lui disant que ça ne faisait rien, que ça allait revenir et elle lui souhaita le bonsoir.

Au milieu de la nuit, Jean ne dormait pas encore. Jamais il n'avait pensé qu'il pourrait un jour dormir dans de l'eau, même chaude. Louise était à côté de lui et elle sommeillait maintenant profondément. Il tenta de la toucher, de passer sa main sous sa chemise, de reconnaître sa peau, mais il ne put aller jusqu'à la prendre. Il finit par se lever. A tâtons, il prit une chandelle dans l'armoire et il l'alluma en la posant sur la table. Quand la lumière vint, il découvrit la vieille, assise sur sa chaise, devant la cheminée éteinte. Elle qui ne bougeait plus s'était relevée, on ne sait trop comment, pour venir là. Il alla s'asseoir à sa place. Ils écoutèrent longtemps la respiration profonde de Louise.

Louise fut réveillée de bonne heure. Quand elle s'assit dans son lit, elle ne sembla pas s'étonner de trouver sa mère et Jean déjà debout. Elle leur dit bonjour en sautant à bas du lit et elle recommença à parler. Jean avait allumé le feu. Elle disait tout ce qu'elle avait à faire, elle parlait aussi de Paris, de la vie qu'elle avait là-bas. Pour échapper à cette avalanche de mots, Jean alla s'occuper des vaches.

Il y traînait depuis un long moment quand elle vint le rejoindre. Elle s'était habillée comme elle était la veille. Quand elle se présenta à la porte de l'étable, elle dit :

— On ne voit rien ici. Où t'es ?

Pour un peu, Jean n'aurait plus bougé.

— T'es là ?

— Oui.

— Ce matin, on va à Avallon. On a plein de choses à acheter. C'est la foire.

Jean étalait la paille sous les vaches.

— Dès que tu auras fini, tu viendras te préparer. Les Chatron vont venir nous prendre.

Et elle était repartie vers la maison.

Elle dut revenir une deuxième fois.

— T'as pas encore fini ? Dépêche-toi.

Quand il fut revenu dans la maison, elle l'envoya se laver puis, de ses horribles grands sacs, elle sortit une blouse et un pantalon neufs qu'elle appliqua d'abord devant lui avant de les lui faire enfiler. Mais cela, ce n'était rien. Elle sortit aussi une paire de chaussures, de gros brodequins de cuir. Elle dit qu'elle avait mis du temps à les choisir. Elle dit que c'était aussi une folie mais qu'il fallait bien trouver de quoi faire plaisir à un homme qui l'avait peut-être oubliée. En disant ça, elle avait un demi-sourire, mi gai, mi triste. Jean ne pouvait pas ne pas les mettre. Il n'en avait plus porté depuis qu'il avait été soldat et il avait l'air aussi satisfait que s'il s'était agi de repartir pour la guerre. Les Chatron étaient à la barrière. Ils attendaient dans le tombereau. Ils firent au Jean compliment sur son costume et son allure.

En chemin, Louise parla tout le temps et les Chatron, peut-être impressionnés, l'écoutèrent sans jamais l'interrompre. Quant au Jean, lui, il pensait à sa femme...

Ils arrivèrent à Avallon que Louise n'était pas encore au bout de son discours, mais le serait-elle jamais ? La ville était pleine de monde, d'animaux, de marchands. Ils furent obligés de garer le tombereau très loin du champ de foire. Avec les Chatron, Louise convint d'un rendez-vous pour le retour et elle partit par la ville avec Jean.

Elle marchait d'un pas décidé. Dans la cohue, Jean avait peine à la suivre.

Ils entrèrent dans les boutiques, ils s'arrêtèrent devant les étals, ils allèrent aussi voir les animaux. Elle compara le prix des bœufs à celui des chevaux. Ils se rendirent chez le notaire mais il y avait trop de monde, Louise dit qu'elle reviendrait un autre jour. Toute la matinée, elle ne cessa d'agrémenter ses déplacements de fabuleux commentaires, comme si chacun de ses pas devait avoir mille raisons d'être fait, mais heureusement Jean, dans la foule, ne pouvait saisir trois mots sur cent qu'elle disait. Elle acheta d'abord des paniers, de grands paniers d'osier, elle acheta des chaises, de la nourriture, du tissu, de la vaisselle. Louise glissait toujours dans la main des commis une petite pièce de monnaie avant de sortir des magasins et ceux-ci se précipitaient pour lui tenir une porte qu'ils lâchaient ensuite sur Jean. De temps en temps, il fallait revenir à la voiture pour se décharger et ils repartaient ensuite pour d'autres achats. Jean était effrayé. Ils rencontrèrent quelques personnes de connaissance à qui Louise avait des choses à dire.

A deux heures, les rues s'étaient un peu vidées. Elle acheta une miche de pain et deux tranches de jambon fumé qu'ils allèrent manger sur un banc de la place Vauban, puis ils repartirent par la ville. Elle acheta encore quelques outils, elle regarda le prix des tarares, des charrues, des tombereaux puis, quand fut venu le temps du rendez-vous avec les Chatron, ils revinrent à la voiture. Les Chatron les attendaient. Jean et Louise étaient un peu en retard.

— Je n'ai pas eu le temps de faire tout ce que je voulais, mais il faudra que je revienne. Il y avait un monde chez le notaire, dit-elle en manière d'excuse.

En partant d'Avallon, il fallut encore passer à la scierie du Cousin. Louise fut seule à descendre. Les autres l'attendirent une demi-heure, puis elle ressortit et le retour se passa comme l'aller : Louise parlait, les Chatron l'écoutaient et Jean était ailleurs.

Une fois à la ferme, il fallut tout décharger. Louise était excitée comme une jeune femme installant sa première demeure, si Jean était triste. Quand les Chatron furent partis, il retourna à l'étable après que sa femme lui eut dit de se changer et elle commença ses installations.

Après la traite, lorsqu'il rentra dans la maison, Jean n'était plus chez lui, tout était différent et pas seulement parce que, autour de la table, il n'y avait plus de bancs mais les chaises achetées le matin, et pas davantage parce qu'il y avait des rideaux à la fenêtre, des seaux neufs, des plats neufs. A vrai dire, rien n'était plus tout à fait comme avant.

Quand Jean voulut s'asseoir et il en avait bien besoin, il ne trouva pas sa chaise, sa chaise sans paille, recouverte d'un morceau de tissu dont on ne voyait plus la couleur. Louise était encore joyeuse. Jean regarda tout autour de la pièce puis il sortit. Il chercha dans la cour, puis sous la remise, et c'est là qu'il la découvrit, sa vieille chaise, avec les bancs, sur le tas de bois. Il la prit par le dossier et revint à la maison. Il marqua un petit temps avant de franchir le seuil, mais après une profonde inspiration, il rentra. Louise le regardait. Il alla à la table, écarta la chaise neuve qu'il porta dans un coin puis il remit sa vieille chaise à sa place et s'assit. Louise ne riait plus. Après le repas de silence et de larmes rentrées, Jean alla se mettre devant la cheminée.

Il repassa dans sa tête les détails de cette maudite journée. Maudite ? Oui, maudite car il avait maintenant compris ce qu'allait être la vie nouvelle. Toute la journée, il n'avait pas marché à côté d'elle, encore moins devant, il était derrière. Bien sûr, elle était la seule à savoir ce qu'elle voulait, bien sûr il y avait du monde dans les rues et il était difficile de marcher de front dans cette cohue, mais ce n'était pas que physiquement qu'il était derrière. Chez les commerçants, c'était elle qui choisissait, qui parlait, qui payait, lui, il portait les paniers. Parfois même, elle l'avait laissé à la porte des magasins pour qu'il garde les achats. Il l'avait alors regardée par la vitre, cette femme qui se prétendait sienne. Elle était à son aise la Louise. Elle parlait avec les vendeurs, elle se faisait montrer les objets. Lui, il était dehors, comme un domestique.

Ils couchèrent la vieille.

Pendant que Jean ruminait son désenchantement, Louise s'était lavée. Ce soir-là, elle n'avait pas osé, ou n'avait pas trouvé nécessaire de lui recommander de ne pas se retourner et quand elle eut fini, elle dit encore qu'elle était morte de fatigue.

On sentait bien dans sa voix qu'elle était déçue mais Jean l'était aussi et comme ils ne l'étaient pas ensemble, ils n'avaient pas de raison, ni l'un, ni l'autre, de chercher à partager leur tristesse.

Il l'entendit se glisser dans les draps d'eau et pousser des soupirs. Lui, il n'avait pas envie de se coucher, pas tout de suite. Il n'alla vers le lit que plus tard. Il avait pensé, un moment, retourner dormir dans la grange, seulement, elle était là, il avait le droit, il n'avait qu'à la prendre. Quand il s'allongea près d'elle, elle dormait déjà. Sans attendre, sans même songer à la réveiller, il lui souleva sa chemise et commença à la toucher. Elle ne devait pas encore tout à fait se rendre compte. Contre elle, il ne prit pas le temps de la reconnaître. Pour aller au plaisir, il lui dit des injures qui ne passèrent pas ses lèvres et qu'il garda à l'intérieur. Il fut seul à y aller. Quand il s'écarta, elle pleurait. Elle pleura un temps puis elle dit :

— Mes patrons ne voulaient pas que je parte.

Jean n'était pas apaisé. Cet amour-là n'avait pas grand pouvoir.

— Ils voulaient me garder, pas comme nourrice, mais pour continuer de m'occuper du petit.

Même les larmes de Louise ne le touchaient pas au cœur. La Louise qu'il aimait n'avait jamais de larmes.

— Il est gentil le petit, il m'aime bien.

Mais elle était fatiguée, sa respiration commençait à s'allonger. Elle dit encore :

— Je fais tout ce que je peux...

Sa voix n'était plus très assurée. Elle ajouta :

— Je vais partir...

Elle dormait.

Le lendemain, elle ne fit rien pour s'en aller. Ils passèrent ainsi quelques jours, sans se parler, sans plaisir autre que celui qu'il prenait sur elle maintenant chaque soir, et qu'elle ne partageait plus. Et puis, au bout de quelques jours, vint la voiture du menuisier. Il apportait une table, une armoire et un lit. Jean revenait juste des champs. Il était midi. Il laissa le menuisier monter le lit. Louise, pendant ce temps, avait vidé la vieille armoire et semblait avoir retrouvé le goût de faire. Quand le menuisier monta la neuve, Jean le laissa encore, mais quand, plus tard, l'autre lui demanda de l'aider à sortir la vieille table, Jean dit non.

Le menuisier mit quelque temps à comprendre.

— Jean, disait Louise.

Et comme elle avait déjà fait quelques pas pour la prendre avec le menuisier, Jean s'approcha à son tour, tendit les deux bras et pesa de tout son poids pour qu'ils ne puissent la soulever.

— Jean, redit Louise.

— Vous n'allez pas garder ça. Plus personne par ici n'a ce genre de table. Allez voir dehors celle que je vous ai faite.

Mais Jean ne bougeait plus. Louise avait honte. Le menuisier les regardait tous deux.

— Écoutez, je n'ai pas que ça à faire, votre table, je vais la laisser dans la cour, vous en ferez ce que vous voudrez.

Avant de sortir, il s'arrêta.

— Je serai payé au moins ?

Louise fit dans les larmes un petit mouvement de tête. Le menuisier sortit et déchargea la table. Jean n'avait pas lâché la sienne. Louise sortit à son tour avec l'argent. Quand elle rentra, Jean y était toujours. Elle n'avait plus de raison de se retenir, elle pleura tant qu'elle put.

Lorsque Jean eut entendu la charrette du menuisier s'éloigner, il consentit à lâcher sa vieille table où les assiettes étaient taillées en creux et il vint s'asseoir sur sa chaise. Il était l'heure de manger mais Louise ne fit rien pour lui servir le repas. Il attendit un peu, puis il sortit et retourna aux champs.

Le soir, il couchait dans la grange.

Au matin, Louise était partie.

VII

Et la vie reprit comme elle était, faite de labeur, rythmée par les saisons et le temps qu'il fait. Jean se retrouva plus à l'aise dans son souvenir que dans cette réalité qu'il avait affrontée pendant quelques jours. Mais au bout d'un temps, le retour de la Louise, de l'autre Louise, ne fut plus qu'un mauvais rêve, un cauchemar comme on en fait parfois. Il recommença à l'attendre et à l'aimer.

Les bancs étaient revenus dans la pièce et les chaises pourrissaient sous la remise. Les gens du hameau se demandèrent bien ce que c'était que cette table neuve, exposée à la vue de tous et aux intempéries, au beau milieu de la cour, qui servait de perchoir aux volailles et aux oiseaux. La table et son endroit firent rire une bonne partie du canton. Les draps de fil furent mangés par les souris qui ne goûtaient pas les draps de chanvre. Jean avait gardé le nouveau lit et les outils qui, à tant servir, finirent rapidement par ressembler au reste. Comme la vieille femme s'enfonçait de plus en plus dans l'immobilité, en plus des travaux de la ferme, Jean dut s'occuper de la basse-cour, des repas et des soins de la maison.

Passa l'été, puis l'automne, puis revint l'hiver.

Jean continua de s'acquitter de ses tâches avec l'ardeur qu'on lui connaissait. Certaines nuits, il retourna errer à travers champs et près des maisons, de moins en moins dans les champs, de plus en plus près des maisons, mais maintenant, il n'était même plus effleuré par le remords. Il ne se sentait plus coupable. Le retour de la Louise dont il avait effacé les détails avait toutefois contribué à la précipiter dans la dissemblance.

En errance, il cherchait, la nuit, à surprendre la vie des autres, regardant par les fenêtres à l'intérieur des fermes, quand les volets n'étaient pas tirés. Même certains chiens s'étaient habitués à sa présence, qui n'aboyaient plus et venaient lui lécher les mains. Il leur donnait des caresses.

Cet hiver encore, après avoir brûlé la table et les chaises, il dut partir au bois. Les voisins vinrent s'occuper de la vieille pendant ses absences.

Il coupa dans tout le Morvan.

Quand il était au bois, c'était comme naguère, il pensait à la Louise comme il y avait pensé alors : les premiers jours, doucement, elle venait l'effleurer, puis petit à petit, lorsqu'il était sûr que personne autour de lui ne pouvait le surprendre, il lui parlait. Puis le rêve reprenait tant de place qu'il finissait par occuper tout son jour. Évidemment, il ne rentrait plus comme avant, dès que c'était possible. C'était mieux de rester. Il suffisait d'accommoder encore un peu le rêve, de se dire qu'il travaillait trop loin de chez lui, même s'il ne coupait qu'à quelques pas de sa maison, ce n'était pas grand effort. Seulement, à ce régime, lorsque arrivait la fin du chantier, il avait complètement oublié qu'elle n'était plus là et il était possédé par une envie frénétique de la revoir et de la toucher, comme le 17 janvier de cette année-là.

Ce 17 janvier, il terminait une coupe près de Quarré-les-Tombes. Il était sur le point de partir quand la neige se mit à tomber. Alors que les autres lui disaient que ce n'était pas prudent, il choisit quand même de prendre la route. Il avait une heure de jour devant lui, il croyait que cela allait être suffisant.

C'était bien de rentrer. En chemin, il faisait et disait ce qu'il allait dire et faire quand il serait près d'elle.

Les flocons étaient énormes. Tout était silencieux. Il n'avait pas froid. Il marchait bon train. La terre semblait monter au-devant de la neige tant celle-ci tombait serrée.

D'abord, en entrant, il ne dirait rien, bonsoir peut-être, mais il irait au plus urgent, il refermerait bien vite la porte derrière lui. Elle non plus ne dirait rien, mais il verrait tout de suite, à sa façon d'être et de bouger, qu'elle avait été inquiète de le savoir dehors par ces temps-là. Tout de suite, elle mettrait la soupe sur la table.

Il avait choisi de prendre la route d'Avallon. Il pensait avoir ainsi moins de chances de s'égarer. Après avoir traversé La Gorge, il obliqua sur la gauche, vers Saint-Germain. La campagne devenait de plus en plus blanche. Il n'avait toujours pas froid, mais le chemin commençait à se perdre.

En mangeant, même s'il n'osait pas la regarder franchement, il aurait au moins la possibilité de voir ses mains et ses bras quand elle apporterait le plat.

Passé Lautreville, il ne savait plus bien où il devait aller. La nuit était presque là, et avec la nuit lui vint un frisson. Il ne voyait plus les flocons, mais il les sentait sur sa figure. Il décida de suivre les haies. Le brouillard commençait à descendre. Il marchait toujours.

Elle irait se coucher la première et il resterait devant le feu.

A suivre ainsi les haies, par deux fois, il se retrouva dans un champ. Il dut à chaque fois faire demi-tour pour tenter de retrouver son chemin. Ses vêtements étaient tout blancs et la chaleur de son corps, en faisant fondre la neige, lui faisait couler de l'eau sur la peau.

Et puis il irait la rejoindre après avoir mis plusieurs bûches dans le feu pour avoir chaud et la voir longtemps.

Cette eau qui coulait sur lui, au début, il avait eu assez de force et de chaleur pour la réchauffer, mais au bout d'un moment, il n'y parvint plus.

Il tremblait, mais c'était souvent comme ça quand il s'approchait d'elle dans le lit.

Il avait marché deux heures et n'avait pas rencontré Saint-Germain. La nuit était maintenant tout à fait noire. Il fut obligé de s'arrêter. Après quelques secondes d'immobilité, il chercha le fossé du bout du pied, se mit à genoux et se roula au bas de la haie. La neige était à cet endroit moins épaisse.

Il lui retirerait sa chemise et là...

Mais que se passait-il ? Dans le fossé, alors que Jean la cherchait, la Louise n'y était pas. C'était la première fois. Comment était-elle la Louise ? Chaude oui, c'est vrai, mais comment ? Comment c'était sa chaleur ?

Il avait besoin d'elle, il voulait la prendre. Lorsqu'il l'appelait d'ordinaire, elle venait toujours, il était même obligé de se cacher pour que les autres ne la voient pas. Et ses mains, et son front, et sa poitrine, c'était comment ? Louise ?

Il se releva éperdu, secoua ses vêtements et partit pour l'aller rejoindre. Enfin debout, il fit quelques pas aveugles. La solitude, la vraie, qu'il venait de rencontrer, celle qui ne vous laisse même pas un souvenir, cette solitude-là, la noire, la froide, le précipitait dans une obscurité nouvelle qui se mélangeait à l'autre.

Maintenant que la nuit était totale et que la neige imposait alentour un silence profond que pas un chant d'oiseau, pas un murmure de rivière ne parvenait à percer, comment savoir où diriger ses pas ? A quoi bon savoir où diriger ses pas ? Louise ?

Par ici, quand un fermier n'était pas rentré à la nuit l'hiver, sa femme ou ses parents allaient à l'église pour donner de la cloche, mais il n'y avait pas d'église à Lingoult.

Dans l'obscurité, il battait des bras pour ne rencontrer que le froid, le vide et la neige. Ça durait. C'était peut-être déjà la mort. Et il continuait d'aller, sans savoir où parce qu'il avait maintenant perdu toute notion de ce qui l'entourait. Qu'est-ce qui faisait encore marcher Jean Pieuchot ? Il tombait souvent. Se pouvait-il qu'il eût réellement oublié que sa femme ne l'attendait pas ? Pourquoi affrontait-il cette nuit, cette neige ? Pourquoi ne se couchait-il pas ? Tout à coup il perdit pied, le sol semblait s'être dérobé sous ses pas. Il se mit à rouler. La neige s'infiltrait partout, lui glaçait les mains et le cou. Puis il fut retourné par un arbre et partit la tête en avant. Il glissait, il glissait de plus en plus vite. On ne peut pas dire qu'il descendait vers l'enfer puisqu'il y était de longtemps. Il se laissait aller. Il était bien. Il fut encore retourné deux fois contre des troncs, il glissait toujours. Mais soudain, il s'arrêta. Il n'était plus aussi seul. Il y avait un bruit, un bruit d'eau. La Cure était à côté.

En longeant la Cure, il savait qu'il rejoindrait Lingoult.

En franchissant le seuil de sa maison, il reçut une bouffée de chaleur et pourtant, le feu était éteint. Louise n'était pas là à l'attendre. Il se secoua, alla à la cheminée et alluma un feu de l'enfer. Après, il fit un tour dans la pièce pour voir. Louise n'était pas couchée non plus. Plus tard, le feu fut si fort que les flammes léchaient le linteau de la cheminée, mais Jean ne parvenait toujours pas à se réchauffer. Il but du vin chaud et rien ne semblait pouvoir regagner le froid qui l'avait saisi. Il changea de vêtements, se couvrit comme s'il allait ressortir et se remit à marcher, devant la cheminée cette fois, il marcha longtemps.

Plus tard encore, pour gagner son lit, il dut passer devant celui de sa belle-mère. Les frissons le secouaient comme jamais. Il s'arrêta. Il tremblait tellement qu'il eut toutes les peines du monde à saisir le coin du drap pour aller se glisser auprès de la vieille femme. Elle ne rendait pas beaucoup de chaleur. Il s'approcha un peu plus, jusqu'à la toucher.

Plus tard, bien plus tard, il ferma les yeux comme pour ne plus les ouvrir jamais. La vieille lui tournait le dos. Il commença à bouger contre elle. Elle se mit à crier, des onomatopées, pas des mots. Il lui dit des injures.

Le lendemain matin, après avoir allumé le feu, Jean éplucha quelques treuffes et deux poireaux pour faire une soupe. Il n'avait rien mangé depuis la veille à midi. Quand il eut accroché la marmite à la crémaillère, il sortit pour la traite.

En revenant, la pièce était imprégnée par l'odeur de la soupe. Il alla décrocher la marmite et en versa le contenu dans un plat de terre. Après, il chercha dans l'armoire une sorte d'écuelle dans laquelle il versa du bouillon et quelques légumes, puis, à l'aide d'une cuillère, il écrasa consciencieusement les pommes de terre contre le bord, avant de se lever et de porter le tout à la vieille femme.

Pour aller jusqu'au lit, il marchait doucement. C'était peut-être pour ne rien renverser.

Quand il fut près du lit, il s'arrêta. La vieille était couchée sur le côté, le nez contre le mur, comme elle avait été pendant la nuit. Elle ne bougeait pas. Avec le bois qui claquait sous la flamme dans la cheminée, il n'était même pas possible de percevoir sa respiration. Toujours au bord du lit, il prit l'écuelle d'une main et, doucement, il tendit l'autre pour lui toucher l'épaule. Elle eut comme une sorte de sursaut. Il avait retiré son bras. Il resta ainsi longtemps à attendre. Il avait repris l'écuelle à deux mains.

Plus tard, il revint à table, vida le contenu de l'écuelle dans le plat, mais au lieu de s'asseoir et de se mettre à manger, il se dirigea vers la porte, prit une veste et sortit. La soupe répandait encore son brouillard dans la pièce froide.

Toute la journée, Jean scia du bois sous la remise. Il s'était installé très en retrait du bord du toit, là où la neige n'allait pas.

Vers les neuf heures vinrent les voisins. Ils apportaient à manger à sa belle-mère. Jean courut au-devant d'eux pour les atteindre avant qu'ils n'aient gagné la porte. Quand ils virent qu'il était revenu, après avoir échangé quelques mots, ils repartirent chez eux.

Le soir, après l'ouvrage, Jean coucha dans la grange, juste au-dessus de l'étable.

Le lendemain, il coupait encore. Il alla jusqu'au bout du tas de bois qui représentait le salaire de l'avant-dernière coupe. A deux heures de l'après-midi, quand il eut scié l'ultime bûche, il passa plusieurs heures à tout entasser contre le mur, au fond de la remise, à bien ranger comme ce devait être, ensuite il se dirigea vers la grange.

Une fois dans la grange, il monta sur le fono comme il faisait lorsqu'il allait jeter du foin pour les bêtes, mais au lieu de s'armer de sa fourche, il s'approcha d'une poutre à laquelle pendait un cordage recouvert de paille et de toiles d'araignée, un cordage qui soutenait un petit palan de bois à moitié mangé par les vers. Il amena le cordage, démonta le palan, fit une petite boucle à l'extrémité de la corde à l'aide d'un nœud simple, passa l'autre extrémité dans la boucle jusqu'à en ménager une plus grande, puis il tendit le dépassant pour en avoir plusieurs mètres de reste. Après, il leva la tête vers les pièces de charpente. En même temps, il se rapprochait du bord. Il finit par envoyer l'extrémité libre par-dessus le gros entrait qui dominait toute la grange, puis il l'arrima solidement à une contre-fiche, passa sa tête dans la grande boucle et se jeta dans le vide.

Tout de suite, il y eut des images, et le sang qui cogne aux tempes, et les yeux qui se voilent et qui font mal. Il se balançait et ses pieds revenaient régulièrement au fono. En cherchant à s'y retenir, il perdit ses sabots. Et l'air qui manque. Il avait les deux mains autour de son cou pour chercher à se dégager. Et les pieds qui reviennent. Il parvint à se maintenir au bord du fono l'espace d'une seconde, mais la Louise l'appelait. Elle était revenue. Elle était nue. Elle était là, enfin ! Et la corde qui rentre dans la chair et les mains qui n'y peuvent rien. Il prit la Louise sur un voile noir. Il connut le plaisir qu'il avait avant. Ensuite, il tomba longtemps. Et quand il fut au bout de sa chute, il avait mal.

Je ne sais pas combien de temps il resta ainsi sur le sol, la corde autour du cou et le bout cassé traînant à terre. Il avait des airs de bête entravée, mais après un long moment, il finit par se redresser. C'était difficile. Il toussa plusieurs fois. Il était au bord du vomissement. A genoux, il retira son collier de chanvre et de mort.

Chacun de ses gestes devait être douleur. Puis en tâtonnant, dans la nuit, il chercha ses sabots. Il mit tout un temps pour se retrouver sur ses pieds, avant de sortir en chancelant.

Plus tard dans la nuit, il alla faire l'étable, pailler, traire, puis il revint dans la grange pour dormir.

Mélanie avait bien changé. Elle n'avait pas vingt et un ans et elle avait déjà perdu sa fraîcheur, si elle était encore un peu belle. Physiquement, elle avait abandonné son enveloppe d'enfant, elle avait maigri, elle était plus fine, elle semblait plus frêle quand Gaston, dans la pleine force de l'âge, devenait chaque jour plus gros, plus rouge, plus chauve, plus rustre. Le contraste entre eux deux était saisissant. On voyait bien que l'un se payait du bonheur et de la santé sur la vie de l'autre, si l'on n'en parlait pas encore. Ce qui retint longtemps la compassion, ce fut de la savoir riche. Il était commode de penser ou de dire que l'abondance devait aider la Mélanie à supporter le reste. On en riait encore un peu de ce mariage-là.

Jean mit du temps avant de se remettre, de reprendre sa vie d'avant, sa vie de travail sans fin. Il resta d'abord près d'un mois à la ferme, sans pratiquement franchir les limites de la cour. Il porta une écharpe autour du cou pour masquer à la curiosité des autres des traces profondes. Mais l'époque des grands travaux était encore lointaine. On n'était pas rendu au bout de l'hiver. Jean avait du temps.

Un soir comme tous les autres soirs, Gaston et sa famille étaient installés devant la cheminée. Il était déjà tard. Le père du Gaston, sur sa chaise, prenait un acompte sur sa nuit, la mère, un peu en retrait, filait le chanvre, Gaston et son frère contemplaient les flammes et seule Mélanie était encore debout. Elle préparait des fromages.

Dans quatre grands pots de terre, avec le lait du jour, elle avait mélangé des ferments. Avec d'autres pots, elle faisait couler du lait déjà pris dans des faisselles de terre cuite dont l'intérieur était garni d'un carré de toile fine à larges mailles, qui dépassait les bords. Ensuite, elle remettait le tout à égoutter au-dessus du pot et elle recouvrait le caillé avec les pendants de la toile.

Mélanie, dans l'indifférence générale, prit un premier pot et se dirigea vers le saloir, une sorte de petite pièce qui donnait sur la salle commune où Gaston mettait les prunes à fermenter pour la goutte, les jambons quand ils étaient fumés, les petits outils et les fromages en cours de fermentation. Mais en passant devant la fenêtre, elle poussa un cri et laissa tomber tout ce qu'elle avait dans les mains. Tout de suite, elle se retourna vers les autres. On ne savait plus de quoi elle avait peur.

La mère regarda Gaston qui ne détourna même pas la tête mais fit une grimace, le père se réveilla en demandant ce qu'il se passait et Fernand se leva pour aller vers elle. Lui ne disait jamais rien. Il ramassait les morceaux quand Mélanie n'avait pas encore bougé.

— Ça coûte la vaisselle, avait marmonné la vieille.

Comme il avait du temps, Jean s'était laissé reprendre par ses errances.

Depuis le premier jour de son mariage, avant même, peut-être depuis la première visite du Gaston à la ferme de ses parents, Mélanie se sentait menacée sans vraiment savoir le pourquoi. Dans sa nouvelle maison, elle n'avait pas d'endroit, de moment pour être bien. Elle ne voyait que rarement les membres de sa famille. La dernière fois qu'elle en avait vu un, c'était à l'entrée de l'hiver. Son père était passé en allant au moulin. Il lui avait annoncé que le François était parti depuis le mois de juin, qu'on ne savait pas ce qu'il était devenu, qu'on l'avait cherché partout, que de son côté à elle, il lui faudrait demander aux gens, aux journaliers, aux voyageurs, aux mendiants.

Pas plus que lors des visites précédentes, Mélanie n'avait parlé de ce qu'elle vivait, mais après avoir vu son père cette fois-là, pendant tout un temps, elle crut pouvoir nommer sa peur et son chagrin. Qu'était devenu son petit frère ?

En campagne, les hommes vivent au plus proche de la nature, c'est une évidence, de la nature et de ses choses, mais ils vivent aussi au plus proche de la nature des gens, ce qui l'est peut-être moins, évident.

Dans ses errances, Jean s'était mis à rechercher, sans le savoir, le malheur, la souffrance, la peine, le vice même, comme il se sentait. Il ne devait pas être seul à errer la nuit, et d'autres devaient le faire qui ne quittaient pas forcément leur lit pour ça.

Il avait d'abord erré dans les alentours d'une femme dont on disait pis que pendre, mais elle n'était que pauvre, seule et laide. Il lui manquait trop de choses pour qu'il la sentît proche.

A une semaine environ de la soirée des fromages, Mélanie dut aller au bois pour faire les fagots nécessaires à la fournée du lendemain. C'était elle qui y allait toujours. Jusque-là, le sous-bois ne lui avait jamais été hostile, c'était même un des endroits où elle peinait le moins.

Ce jour donc, je ne sais pourquoi, elle chercha tant qu'elle put des branchages à l'entrée de la forêt, mais n'ayant pas son compte, elle dut s'enfoncer plus avant dans le bois.

Après, Jean avait erré aux alentours d'une veuve, une femme des Ouches qui venait de perdre son mari, écrasé par une grume dans un charroi.

Il la surprit souvent en train de parler toute seule, ou d'autres fois pleurant sur la table, il la vit même un jour se rouler sur son lit en cherchant elle-même à se dévêtir. Il la regardait longuement. Elle ne pensait jamais à fermer ses volets. Mais c'était trop simple, trop pur, pas comme lui, il n'était pas bien.

Mélanie marchait dans le bois depuis un bon moment. Elle faisait ses fagots mais ses yeux couraient tout autour. Elle sanglotait même de temps en temps. Et puis soudain, quelques craquements de branchages, comme il y en a toujours en forêt, furent suffisants pour la faire fuir et laisser là sa récolte. Plus loin, toujours courant, elle se retourna. Il n'y avait personne, bien entendu, mais elle ne revint pas sur ses pas.

En quelques minutes, elle était dans la cour, elle rentrait précipitamment dans la maison, refermait la porte derrière elle et s'y adossait pour recouvrer son souffle et essuyer deux larmes de froid sur ses joues rouges. La mère du Gaston épluchait des légumes.

Mélanie fit un pas dans la pièce, puis un autre.

— Et les fagots ?

Mélanie s'arrêta.

— Où ils sont les fagots ?

Elle avait peur. Elle avait tout le temps peur.

— Dans la cour, dit-elle pour échapper à celle de sa belle-mère.

— Si on ne les met pas à sécher dans la cheminée, on fera le pain avec quoi demain ?

Mélanie ne bougeait plus. Elle devait appeler la force de dire à cette femme qu'elle les avait laissés là-bas.

— Eh bien, qu'est-ce que tu attends ? Va les chercher !

Il fallut bien sortir. Elle ouvrit la porte lentement, mais étant restée à l'intérieur, elle la referma tout de suite.

— Alors ?

Les fagots étaient là, au bas des deux marches de pierre.

Et puis un jour, Jean avait pensé à Mélanie. C'était fatal. Elle habitait assez loin. Je ne crois pas que qui que ce soit lui en ait jamais parlé. Il fit souvent le chemin.

A partir du jour des fagots, Mélanie rechercha la présence des autres, s'attacha aux pas de sa belle-mère qu'elle détestait, de son mari qu'elle n'aimait pas, du vieux qui en profitait pour la toucher et de Fernand qui fuyait toujours devant elle.

Quand Jean s'aventurait chez les autres, il ne le faisait qu'après avoir bien étudié les habitudes de la maison. Il attendait toujours que tout le monde fût rentré pour pénétrer dans les cours. Seulement, au bout d'un temps, le besoin aidant, il perdit un peu de sa prudence, si bien qu'un soir, alors qu'en rasant les murs il s'approchait d'une fenêtre, il se cogna dans quelqu'un.

— Qui c'est ?

L'haleine du Gaston était toute proche de sa joue. Son énorme patte s'était abattue sur son bras et l'enserrait comme dans un étau. Jean tenta de se dégager mais l'autre ne le lâchait pas et le traînait déjà vers la porte.

— Qu'est-ce que tu viens faire chez moi à cette heure ?

Jean poussait des grognements de bête.

— Je voudrais bien voir ta figure.

Et Gaston le tirait toujours et il n'y avait pas moyen de ne pas le suivre tant l'autre était fort. Pour tenter de se dégager, Jean frappa leurs deux mains contre le mur, mais l'autre semblait ne rien sentir.

— Ça se débat ces animaux-là. Agite-toi charogne, agite-toi tant que tu veux !

Jean, les deux pieds arc-boutés sur le sol, se faisait maintenant tirer sans plus faire un pas.

— On en fait des rencontres, en allant pisser.

Gaston riait. Ils étaient quasiment à la porte.

— Je vais enfin voir ta tête.

Brusquement, Jean se pencha et mordit de toutes ses forces Gaston au bras, et l'autre de pousser un cri.

— Ah ! Fernand, amène-moi un bâton !

Gaston hurlait mais il avait lâché sa prise. Jean s'enfuyait, protégé par la nuit, sa complice. Fernand était sorti.

— Viens vite, il y avait quelqu'un dans la cour. Je le tenais, mais le chien m'a mordu.

Et tous deux se mirent à courir.

Ce n'était pas bien difficile pour Jean de se dissimuler. Il monta dans un tilleul et regarda passer les deux autres qui couraient après lui.

Il faut croire que ce soir-là, son mal le tenait fort, car lorsque les deux frères furent passés, il descendit de son perchoir et retourna vers la ferme. Il s'approcha de la fenêtre.

Mélanie, assise sur une chaise, était tournée vers la porte qu'elle ne quittait pas des yeux. Le vieux n'était pas loin d'elle et il la regardait. La vieille était penchée sur son ouvrage.

Revint un autre printemps.

Jean se remit aux travaux de la terre.

Les fatigues qu'il endurait pendant le jour lui firent suspendre un temps ses errances, et comme il avait du mal, comme il avait envie de revoir Louise, de la toucher, de la prendre, comme il était en souffrance de plaisir, un après-midi, au lieu de partir aux champs, il retourna dans la grange.

Il refit ce qu'il avait fait mais il regarda à l'avance les endroits où la corde pouvait casser. Il confectionna une boucle. Tout comme la première fois, il attacha l'extrémité du cordage à la même contre-fiche et, ayant passé sa tête, il se jeta au-devant de sa femme.

Il avait mal encore. Il se balançait toujours. Il cherchait l'air. Il ne parvint pas à passer ses mains entre son cou et le lien. Il voulut reprendre pied. La Louise était là. Le corps de la Louise. A nouveau, il sentait que ses yeux allaient quitter sa tête. Mais la Louise n'avait pas de visage. Ses pieds revenaient encore au fono. Il battait des jambes. Il essaya le visage de Mélanie sur le corps de l'autre. Il ne sut pas qui il prenait sur un voile noir mais il connut le plaisir. Souffrance et plaisir. Seulement, c'était trop. Il ne tombait pas. Plus d'air, peut-être plus jamais d'air...

Quand il se releva, c'était sans doute longtemps après. Il avait encore la corde autour du cou. Elle avait fini par casser plus haut. Ce n'était pas la première fois qu'il essayait de se remettre debout, qu'il avait mal à la nuque, qu'il titubait, qu'il avait envie de vomir. Il lui fallut du temps pour rejoindre la porte de la grange. Quand il sortit, c'était matin.

Au soir du dernier jour de la fenaison, pour la fête, pour le maigre plaisir de ce jour-là, par habitude, Jean disposa la paulée en tête de la perche à foin. Le soir, il repartait en errance.

Il arriva dans le voisinage de la ferme de Gaston alors qu'il ne faisait pas encore tout à fait nuit. A bonne distance, il fit deux fois le tour de la ferme pour attendre l'obscurité. Plus la nuit gagnait, plus les cercles devenaient étroits. Au bout du deuxième tour, il était tout près de la barrière quand il entendit la porte s'ouvrir. Il n'avait pas le temps de se cacher. Il s'arrêta sur place, pour qu'aucun mouvement ne puisse attirer l'attention.

Un bras jetait une femme dans la cour. Elle dégringola les deux marches à la poursuite de son équilibre pendant que le même bras, en rentrant, refermait violemment la porte derrière elle. La femme resta un moment sur les genoux, les mains au sol, puis elle se releva lentement. Jean avait fait un pas. La femme se retourna vers la maison. Elle sanglotait. Jean fit un autre pas. La nuit était là maintenant. Elle avait mis ses bras autour d'elle. Jean fit encore un pas. Il avait franchi la barrière. C'était impossible de l'entendre tellement il marchait rarement. Il retenait sa respiration.

La femme finit par s'approcher de la fenêtre. Jean avait le cœur qui lui battait. Timidement, elle se dressa sur la pointe des pieds pour regarder à l'intérieur. Jean avait envie de dire qu'il était là. C'était Mélanie. Elle avait des larmes. Les deux mains agrippées sur le rebord, elle semblait s'accrocher à la lumière. Jean ne pouvait plus bouger. Mélanie finit par lâcher la fenêtre et elle s'affaissa un peu pour pleurer.

Les genoux repliés sous elle, la joue contre le mur, il ne la voyait guère. On aurait dit un tas de chiffons. Jean, pas après pas, mit du temps pour la rejoindre. Ayant passé la porte, se rapprochant de la lumière, il s'accroupit et gagna le mur. La pierre était froide sous sa main. Il continuait d'avancer. Il l'entendait maintenant respirer. Elle ne sanglotait plus. Sa respiration était lente, régulière. Elle s'était endormie.

Il était si près maintenant qu'il aurait pu sans peine la prendre dans ses bras, mais il ne fit que des gestes autour d'elle avec ses mains comme si, dans la nuit, il avait voulu dessiner son contour, sans la toucher. Il la dessina de tous côtés. Était-il heureux, le Jean ?

Combien de temps serait-il resté ainsi si la porte ne s'était ouverte ? A cet instant, il était derrière elle. Un peu de lumière était venue éclairer les marches. Mélanie se mit à bouger. Elle se redressa lentement. Il ne vint personne sur le pas de la porte. On l'avait ouverte de l'intérieur, c'est tout, et cela voulait sans doute dire qu'elle avait le droit de rentrer. Jean la regarda s'éloigner et disparaître.

C'est le père Chatron qui a trouvé Jean dans la grange. On était à la fin août. Il pendait au bout d'une corde déjà nouée deux fois.

Tout le jour, Jean avait coupé son avoine et dressé ses bottes. Et puis il était rentré juste un peu plus tôt que de coutume.

Les Chatron ont emmené la vieille et les bêtes chez eux. Ils ont dit qu'ils écriraient à la Louise.

Jean pendait contre le fono. En pliant un peu les jambes, il aurait pu revenir sur le bord. Il n'était pas pendu depuis bien longtemps, son pantalon était encore mouillé.

Le père Chatron était venu lui emprunter un dard à râteau, il venait de casser le sien sur une pierre.

DÉSIRÉ BUCARD

I

Au lendemain de la visite au Jean Pieuchot, Mélanie et Lucie visitèrent des cousins de Marigny-l'Église, puis, le jour suivant, un oncle de Mélanie, le frère de sa mère, qui restait à Saint-André-en-Morvan et qui était charron.

Chaque matin, quand elles partaient, généralement, tout allait bien. Les filles étaient maintenant familiarisées avec les visites et puis c'était agréable d'aller par les chemins, bien habillées, de croiser des gens qui leur faisaient des compliments, d'autres qui s'arrêtaient de travailler pour les regarder, et d'autres encore qui venaient sur le pas de leur porte, rien que pour les voir, quand elles traversaient les hameaux.

Une fois dans les maisons, elles étaient toujours reçues comme des reines. On s'empressait autour d'elles. On allait chercher les hommes s'ils étaient aux champs. On les faisait asseoir. On leur donnait du vin doux. Elles disaient les nouvelles.

Les retours étaient parfois plus difficiles. Si en rentrant de Marigny-l'Église, à la nuit, elles riaient toutes deux comme des enfants, en rentrant de Saint-André, au jour, Mélanie ne desserrait pas les dents et Lucie ne parvint pas à l'arracher à son silence. Pourtant, les deux fois, tout semblait s'être passé de la même façon.

— Allez, levez-vous.

Depuis un moment déjà, la mère de Mélanie entrechoquait des plats et des bols, allait de la cheminée à la pierre d'évier, sortait et rentrait dans la salle commune.

— Il faut que je prenne un balai pour vous dresser debout ?

Elle n'était pas bien en état de mettre sa menace à exécution, compte tenu qu'elle portait à deux mains un grand baquet de bois qu'elle alla déposer au-dehors sur le mur de la cave.

Les filles avaient bien un peu bougé sous l'édredon, mais elles n'étaient pas apparues. Tous ces derniers matins, elles s'étaient levées avant la mère, mais là, jusque dans le sommeil, elles devaient se souvenir que de trois ou quatre jours elles n'allaient plus faire de visites. Il était donc moins nécessaire de s'arracher à la chaleur douce de la plume. La mère était revenue.

— Je vais aller chercher un bouquet d'orties, vous allez voir si vous allez traîner jusqu'à demain.

Mais elle continuait d'aller et de venir.

C'est Lucie qui s'assit la première, le dos contre les oreillers. Depuis le matin, la porte de la maison était restée ouverte. Lucie se croisa les bras sur la poitrine et se frotta un peu les épaules.

— Ah, c'est pas trop tôt.

La mère passait.

Lucie secoua sa cousine en bâillant et Mélanie apparut à son tour. La petite Solange devait être déjà levée car elle n'était plus dans le lit. Les fatigues des derniers jours, qu'elles n'avaient pas trop senties jusqu'alors, pesaient ce matin-là et marquaient les yeux et les visages.

— Vous allez bientôt finir de faire les marquises ?

La mère repassait de sa chambre à la porte avec une brassée de chemises sales. Il fallut se mettre debout. Les deux jeunes filles claquaient des dents. Elles se lavèrent très vite, sans jouer. On aurait pu croire qu'elles ne se voyaient pas. Elles s'habillèrent devant la cheminée avec leurs habits de tous les jours, puis elles déjeunèrent.

La mère continuait de trouver qu'en ce matin elles ne faisaient rien comme il fallait.

— Ce n'est pas encore fini ce déjeuner ?

Lucie et Mélanie ne répondaient pas. Depuis qu'elles étaient réveillées, ni l'une ni l'autre n'avait prononcé le moindre mot. Je ne sais même pas si elles s'étaient souhaité le bonjour. Après le déjeuner elles firent un peu de ménage et de rangement, puis elles sortirent donner à manger aux poules et aux lapins. Mélanie n'avait pas encore refermé la dernière cage que sa mère lui demandait de ramener la brouette de dessous la remise. Elle la poussa jusque devant la porte.

— Aide-moi, dit la mère, et dépêche-toi.

La femme Huhant avait déjà la main sur l'une des poignées du baquet qu'elle avait posé sur le mur de la cave. Mélanie prit l'autre et elles le portèrent sur la brouette. Dans le baquet, il y avait déjà les chemises qu'elle promenait tout à l'heure.

— Venez, je vais vous donner des draps.

Toutes trois rentrèrent dans la maison. Mélanie et Lucie en ressortirent avec plusieurs paires de draps qu'elles tenaient à pleins bras. Elles les entassèrent dans le baquet et Mélanie s'attela aux brancards. Lucie allait marcher à côté d'elle. Elles avaient déjà fait quelques pas quand la mère revint sur le seuil.

— Où est-ce que vous allez comme ça ?

— Au ru.

— Toutes les bêtes ne sont pas à l'écurie.

Les filles s'étaient arrêtées.

— Et dans quoi est-ce que vous allez mettre le linge quand vous l'aurez essouingué ?

Les deux filles se regardèrent sans rire.

Mélanie abandonna la brouette et Lucie l'accompagna jusqu'à la maison. Elles prirent un second baquet de bois qu'elles disposèrent au-dessus du linge, à l'envers, et elles reprirent leur chemin.

La roue cerclée de fer grinçait sur l'essieu, la brouette secouait les bras de Mélanie. De temps en temps, Lucie replaçait le baquet du dessus qui glissait et manquait de tomber à chaque fois que sa cousine n'avait pu éviter les pierres. Elles descendirent au ru.

Pour aller à l'eau, elles quittèrent la route et empruntèrent un chemin très raide au bout duquel était aménagé une sorte de petit lavoir avec quelques planches. C'est là qu'elles s'installèrent. Elles étaient juste au pied d'un pont de bois.

Elles déchargèrent la brouette, disposèrent les deux baquets derrière elles et se mirent en devoir d'« essouinguer » le linge. Quand c'était un drap, elles le trempaient à elles deux, chacune tenant le même bord, avant de le retourner et elles le laissaient aller dans l'eau en l'agitant. Sans savon, simplement en repliant la toile contre la toile, elles ne frottaient que les grosses taches. Quand c'était des chemises, elles en prenaient chacune une. Mélanie avait bien remarqué que Lucie les triait et qu'elle trempait de préférence les chemises d'Adrien, mais ce n'était pas un matin à rire.

A faire ce travail, on avait chaud au corps et froid aux mains. L'eau était claire et glacée. De temps en temps, il fallait bouger pour se dégourdir les genoux. Les filles ne se parlaient toujours pas. Un baquet se vidait et l'autre se remplissait dans le même temps. Elles travaillèrent vite car elles occupaient ainsi les silences. Quand elles furent au bout, elles ramenèrent d'abord la brouette sur le chemin, puis le baquet plein qui était très lourd maintenant que le linge était mouillé, puis l'autre baquet, le vide, et elles remontèrent vers la ferme.

En chemin, Lucie relaya plusieurs fois sa cousine pour pousser la brouette. Quand elles arrivèrent à la ferme, elles étaient en nage.

— Vous en avez mis un temps.

Les filles déchargèrent les baquets. La mère avait préparé d'autre linge.

Elles repartirent au ru. Il devait être dans les onze heures. Quand elles remontèrent, il était beaucoup plus de midi, tout le monde était déjà à table. La mère les fustigea encore pour leur retard. De tout le repas, Lucie ne leva pas la tête et Adrien eut tout le loisir de la regarder.

L'après-midi, les filles retournèrent deux fois au ru. Le soir, elles étaient moulues. Le dos, les genoux, les mains leur faisaient mal. Elles furent les premières couchées.

Le lendemain, c'était jour de lessive, jour de bue. Tout le monde fut levé avec le petit matin. Les filles avaient des courbatures, mais ce n'était pas le moment de traîner et elles allaient les oublier en travaillant.

Tout de suite après la traite, les hommes installèrent la grande cuve sous la remise, sur un large trépied de bois percé en son milieu, puis ils partirent aux champs, le reste regardait les femmes.

Le grand cuvier de bois avait environ deux mètres de diamètre sur un peu plus d'un demi de hauteur. Tout de suite, la mère de Mélanie alla chercher une poignée de glui qu'elle tordit avant de l'introduire en force dans un petit trou qui se trouvait au fond et au milieu du cuvier. Elle avait disposé cette espèce de bouchon de telle manière que le faisceau de glui allait dépasser le dessous d'une dizaine de centimètres. Lucie, Mélanie et sa petite sœur étaient autour.

— Ne restez pas là à me regarder. Mélanie, va me chercher

un fagot de bouleau et toi, Lucie, commence à amener les baquets. Non, attends, je vais aller avec toi.

Mélanie disposa une ramée de petites branches de bouleau au fond de la cuve, sur la coulotte de glui.

En partant vers la maison avec Lucie, la mère avait demandé à la plus jeune de ses filles d'aller chercher le drap de lessive.

Tout le monde revint au bout d'un instant, la mère et Lucie avec un premier baquet, Solange avec un grand vieux drap.

— Les filles, allez mettre de l'eau à chauffer et vous reviendrez avec les autres baquets.

Les filles durent aller au puits plusieurs fois pour remplir l'énorme marmite accrochée à la crémaillère. Dessous, elles firent un gros feu de ramées. Pendant ce temps, la mère disposait dans le cuvier, au-dessus de la coulotte et des branches de bouleau qu'on mettait là pour que la paille de glui ne soit pas écrasée et chassée par le poids du linge, le grand vieux drap qui débordait largement les bords et qui allait envelopper toute la lessive. Ensuite, la mère commença à disposer des draps.

Les filles étaient revenues.

— Vous n'avez même pas ramené les lamelles de savon et les racines ? Je ferais mieux de me faire aider par les corbeaux.

Les filles repartirent. Le jour de la bue, tout le monde courait, habité par une sorte de fébrilité quand même joyeuse. C'était un grand moment la lessive, on ne faisait cela que deux fois l'an.

— Surveillez votre feu !

La mère avait disposé en une bonne couche tous les draps. Entre chaque épaisseur de linge, elle allait mettre des lamelles de savon et des racines d'iris pour la senteur. Les filles avaient recommencé à amener des baquets et aidaient à l'entassement. La petite Solange, elle, n'atteignait pas le haut du cuvier et, pour voir, elle était montée sur le tas de bois.

Après les draps, les femmes disposèrent le linge de corps et les vêtements et c'était plaisir de se souvenir des moments où on les avait portés : la jupe que Mélanie avait mise pour la fête à Saint-Martin, la coiffe que la mère portait au repas d'accordailles. Toute une année qu'on revivait là, autour de la cuve. Après, elles mirent les vêtements de travail. La mère était toujours nerveuse.

— C'est pas bien essouingué tout ça.

Après, elles mirent le linge de maison, les nappes et les serviettes, les torchons. Le cuvier était presque plein. Quand elles eurent disposé les dernières lamelles de savon et les dernières racines, Lucie, Mélanie et sa mère se mirent autour du cuvier et elles rabattirent les bords du drap de lessive au-dessus de l'ensemble.

Ensuite, toutes trois partirent vers la ferme. Solange courait autour d'elles.

Lucie alla remettre un fagot sous la marmite. La mère chercha dans le cellier le grand drap de chanvre, le flairé, dont elle se servait pour chaque bue. Mélanie et sa petite sœur ressortirent avec une grande caisse de bois pleine de cendre de chêne, des feux de tous ces derniers jours, cendre que, la veille au soir, la mère avait débarrassée de ses tisons. Elles revinrent encore toutes autour du cuvier. A elles trois, je devrais dire à elles quatre, parce que la petite Solange avait roulé au bord de la cuve un gros billot de bois pour se hisser à hauteur du bord, elles étendirent le drap de chanvre sur le cuvier puis, à pleines mains, elles disposèrent sur toute la surface dix à quinze centimètres de cendre. Après, elles replièrent les bords du flairé au-dessus du cuvier puis elles retournèrent encore vers la ferme.

Elles ne pouvaient plus rien toucher, elles avaient les mains noires. Elles riaient. Elles se passèrent les mains à l'eau. Dans la cheminée, l'eau frissonnait dans la marmite. La mère envoya Lucie chercher un récipient quelconque avec une poignée, et Mélanie des brocs de fer. Celle-ci rapporta les brocs mais Lucie, en guise de récipient, n'avait déniché qu'un vase de nuit de porcelaine blanche. Les filles Huhant éclatèrent de rire.

— J'ai trouvé que ça.

Lucie riait aussi, contente de son effet.

— Que t'es sotte. Comment la sœur de l'Émile a-t-elle pu mettre au monde une fille comme toi ?

Mais la mère riait aussi.

Elle partit au cellier et revint avec une sorte de seau bas qui avait une poignée sur le côté.

Les brocs furent remplis d'eau chaude. On attisa le feu. On remit un seau d'eau froide pour remplir à nouveau la marmite et elles retournèrent au cuvier.

La mère demanda à Solange, la plus petite, de se glisser sous le cuvier et d'installer le seau à poignée juste à l'aplomb de la coulotte, puis, ayant pris chacune un grand broc d'eau chaude, elles commencèrent à arroser la bue. Elle faisait couler l'eau lentement sur toute la surface du drap de chanvre. Quand les brocs furent vides, elles retournèrent à la maison pour les remplir. Il fallut encore remettre un fagot sous la marmite.

— Pour que la bue soit bonne, il faut mettre de l'eau de plus en plus chaude, expliqua la mère.

Et comme la première était frissonnante, elles attendirent un peu que la suivante soit au bord de l'ébullition. Les femmes avaient chaud. Elles s'épongeaient le front avec le revers de leurs manches.

Elles remplirent le cuvier jusqu'à ce que l'eau recouvrît complètement le flairé. A la fin, quand l'eau fut à ras bord, la mère demanda à Mélanie de se pencher et d'aller voir comment se comportait la coulotte. Mélanie se mit à genoux. Du petit bouchon de paille de glui, l'eau s'écoulait goutte à goutte dans le seau qu'elles avaient glissé là.

Toute la journée, les filles allaient devoir recommencer à arroser la bue, mais uniquement avec l'eau d'écoulement de la coulotte. Au début, toutes voulaient y aller en même temps, d'ailleurs, elles y allèrent souvent ensemble, mais à la fin de la journée, la mère devait crier un peu pour que les filles consentissent à se déplacer pour retirer le seau et réarroser le flairé.

Comme c'était quand même un peu la fête, à la fin du jour, juste après le repas, les filles demandèrent la permission d'aller se promener. Elles l'obtinrent avec une recommandation pour ne pas rentrer trop tard. François et sa petite sœur étaient sortis au milieu du repas. Les filles partirent à travers champs.

Elles marchèrent un peu. Elles se tenaient le bras. Il ne faisait pas encore nuit. Elles se serraient doucement l'une contre l'autre. Elles ne devaient pas avoir envie de parler. Il semblait leur suffire de se toucher pour être bien. Le ciel était clair.

Elles avaient contourné les maisons du hameau, elles allaient vers le bois quand elles entendirent des cris et des rires. Comment résister à cela quand on est au mois de mai, qu'il fait beau, qu'on a beaucoup travaillé tout le jour et qu'on est vieille de dix-huit printemps et de fort peu d'hivers ?

Elles allèrent au-devant du bruit et de la gaieté.

Au milieu d'un champ, les enfants du hameau, les petits, avaient planté un pieu auquel ils avaient attaché une corde et au bout de cette corde il y avait un petit garçon, les yeux bandés et le bras tendu, qui essayait de saisir les vêtements que les autres lui envoyaient au visage. Quand il avait attrapé une chemise, un châle, un bonnet, une veste, il devait dire à qui ils appartenaient.

— C'est à la Berthe.

— Non, non, t'as perdu, disaient tous les autres.

Alors le petit garçon aux yeux bandés revenait à l'autre bout de sa corde et déposait au pied du piquet les vêtements dont il n'avait su deviner le propriétaire.

Ils jouaient au loup.

Et les vêtements lui volaient toujours à la figure. Et pendant ce temps, les autres essayaient de reprendre autour du piquet les affaires que le loup avait gardées.

Au milieu des enfants du hameau, il y avait François et Solange.

— C'est au Louis, je le reconnais.

— C'est vrai, c'est vrai, t'as gagné.

Il fallut changer de loup et le Louis devint la bête.

Les filles regardaient tout cela avec une certaine tendresse. Elles devaient se sentir à cet instant bien vieilles.

Et les vêtements recommencèrent à voler. A un moment, le loup, revenant à son piquet, put saisir un petit garçon qui était venu rechercher sa veste mais qui, dans son désir de fuir au plus vite, s'était emmêlé les pieds dans la corde et était tombé. Le loup se précipita alors sur lui avec avidité, mais au lieu de manger sa victime comme n'aurait pas manqué de le faire n'importe quel loup de bonne nature, celui-ci se contenta de le rosser tant que l'autre ne lui eut pas échappé.

Tout en regardant les enfants, les filles avaient continué d'avancer, lorsque à l'autre bout du champ elles découvrirent un petit groupe de cinq garçons et de deux filles de leur âge qui était en face, à regarder, eux aussi, le jeu. Il y avait Adrien parmi eux et également Julien Gautier. Il était temps de les apercevoir, la nuit était là, dix minutes plus tard les filles les auraient manqués.

C'est Adrien qui proposa aux enfants de jouer avec eux.

— Non, non, firent tous les petits.

— Mais si, on veut jouer.

— Allez jouer ailleurs, protestait une fillette, c'était nous les premiers.

— Allez, dit l'un des arrivants, c'est moi le loup.

— Non, c'est le Louis, dit François. Tu seras le loup si t'es deviné.

— Mais non, on recommence au début, dit un autre grand, c'est mieux.

— Venez, venez, disait Adrien à Mélanie et à Lucie.

Les filles approchèrent. Les petits dirent qu'ils allaient s'en aller et, un par un, ils le firent parce qu'ils voyaient bien qu'ils ne pourraient jamais plus être loup, les grands avaient tout pris et ils s'entendaient.

C'est Joseph qui fut le premier loup. Tout le monde lui jeta ses vêtements, Mélanie son corset, les garçons leur chemise, Lucie sa coiffe. Joseph saisit la coiffe de Lucie et la devina. C'était à Lucie de désigner un loup, car à ce jeu-là, il n'y avait pas de louve. Tout le monde s'attendait à ce qu'elle prenne Adrien, mais elle désigna Julien qui était resté légèrement en retrait et qui ne semblait pas vouloir jouer. Il fallut le prier pour qu'il acceptât de se faire bander les yeux. Tous les petits étaient partis maintenant.

Au début, Julien joua mal. Il semblait ne pas avoir le cœur. Mais petit à petit, il se prit au jeu et fit un loup tout à fait convenable. Il roua de coups un égaré qui, ayant voulu aller rechercher sa casquette au pied du piquet, s'était heurté à lui dans le noir, puis après, il attrapa une fille. On ne voyait pas bien, mais il sembla à Mélanie qu'il avait cherché à la reconnaître en passant sa main sur son visage, et l'ayant reconnue, au lieu de profiter de ses droits de loup, il l'avait laissée partir.

Mélanie avait le cœur qui lui battait. La nuit était pleine d'étoiles mais il n'y avait pas de lune. Elle avait jeté son possible. Tout le monde riait mais elle ne riait pas. Le loup semblait chercher quelqu'un, écouter la nuit au-delà des cris et des appels. Il fallut à Mélanie aller rechercher ses affaires pour être en mesure de continuer. Elle marcha vers le piquet. Julien était de l'autre côté à se débattre avec des vêtements qui lui cinglaient la figure de toutes parts. Elle marchait normalement, elle n'essayait pas de courir comme faisaient les autres. Et puis tous étaient occupés, ils ne devaient pas la voir dans l'obscurité. Elle y était presque quand Julien, avec un instinct de loup, fit demi-tour et se cogna contre elle. Elle n'avait pas vraiment fait ce qu'il fallait pour l'éviter. Comme il avait procédé avec la première fille, il commença par lui passer la main sur le visage. Elle tremblait comme feuille d'automne. Plus il la détaillait, plus il allait doucement. Il ne devait pas bien la reconnaître parce que, après le visage, il lui toucha les épaules. Pour sa part, Mélanie semblait résignée, qui ne tentait rien pour échapper. Les mains de Julien continuaient de la parcourir. Quand il les posa sur sa poitrine, elle se mordit les lèvres pour ne pas crier. Et puis les autres étaient là qui les encourageaient, qui ne voyaient certainement pas tout.

— Tu sais qui c'est ?

— Tu l'as reconnue ?

— Touche bien pour voir.

— Ne va pas te tromper, ce serait dommage.

A défaut de tout voir, chacun devait deviner.

Julien avait lâché sa corde. Il n'avait pourtant pas le droit. Il avait attiré la jeune fille contre lui et l'avait embrassée au bord de la bouche, presque mordue.

— Tu ne sais toujours pas ? Essaie encore. Cherche bien.

Quand Julien passa ses mains sous sa chemise, Mélanie ferma ses bras autour de lui et ce fut à son tour de l'embrasser et de le mordre. Le loup ne pouvait s'attendre à cela, ce n'était pas dans les habitudes des loups que d'être traités de la sorte. Tous deux tremblaient maintenant à ne plus savoir quelle était la victime de l'autre. Ils n'arrivaient pas à se séparer. Les joueurs commençaient à s'impatienter.

— Alors ? Qu'est-ce que vous faites ? On ne joue plus ?

Les loups en devenir n'avaient pas eu leur compte. Ils voulaient aussi des proies. Adrien n'était pas le dernier à piaffer.

Je suis obligé de le dire, Julien, le loup, trichait depuis le début. Tout de suite il avait reconnu sa victime et s'il l'avait touchée, ce n'était pas pour la nommer.

A cause des autres, il finit par crier :

— C'est la Mélanie Huhant, la promise du Gaston.

Finies, morsures douces, pour d'autres cruelles.

— C'est ça, t'as gagné. Mélanie, il te faut désigner un autre loup.

Mélanie avait du mal à parler mais c'était un peu normal après la douleur qu'elle venait d'avoir.

Et Adrien s'impatientait toujours.

— Alors Mélanie, tu dors ?

— Adrien, dit-elle.

Adrien ne devait attendre que cela et une autre avec lui. Il arracha quasiment le bandeau de la tête de Julien et se le mit sur la sienne. Il ramassa la corde et le jeu reprit. Adrien semblait avoir une faim de loup.

Au bout d'un moment, les garçons et les filles s'aperçurent que Mélanie n'était plus là. Ils se rendirent compte aussi que Julien avait disparu. Ils dirent en riant que le loup était parti finir sa proie dans quelque coin de forêt, mais ils se trompaient, chacun était parti de son côté avec le goût de l'autre dans la bouche.

François et Solange étaient rentrés les premiers à la ferme, boudeurs. Plus tard, Adrien et Lucie rentrèrent à leur tour. En chemin ils ne se tenaient pas la main, mais avant d'ouvrir la porte, dans un élan, Adrien avait embrassé sa cousine sur la joue. Cela aurait pu ressembler à un banal baiser de cousins, si d'ordinaire ils s'étaient embrassés.

Quand ils eurent franchi le seuil, au moment de refermer la porte, ils virent que Mélanie était là, juste derrière eux et ils ne savaient pas depuis combien de temps. Comme les parents n'étaient pas encore couchés, que les petits ne dormaient pas, ce n'était pas le moment de s'étonner. Les filles se couchèrent. Ce soir-là, elles ne furent pas bavardes. Adrien aussi se glissa dans son lit à côté de François. La mère gagna la chambre. Le père tourna un peu dans la pièce pour souffler les chandelles puis il sortit en laissant la porte ouverte. Tous les soirs, il sortait ainsi avant d'aller se coucher et il urinait à quelques pas de la porte. Ce faisant, il regardait le ciel et lâchait quelques considérations sur le temps du lendemain. Tous l'entendaient. Ce soir-là, la mère cria de la chambre :

— N'oublie pas d'arroser la bue !

Et les garçons se mirent à rire un long moment.

En se rhabillant, le père alla sous la remise.

Pour conserver la chaleur dans le cuvier, à la nuit, on étendait une grosse couverture sur le dessus de la lessive. Le père mit un genou en terre, chercha à tâtons le seau sous la coulotte, souleva la couverture par quart et répartit consciencieusement l'eau d'écoulement sur toute la surface du cuvier. Il rentra après avoir remis le seau sous le bouchon de glui. François riait encore un peu.

II

Le lendemain matin, les filles étaient rêveuses et souriantes. Après la toilette, le déjeuner, le ménage, les soins de la basse-cour, elles revinrent au cuvier. Plus la nuit s'éloignait, plus les deux filles semblaient perdre cette sorte de langueur avec laquelle elles s'étaient éveillées, au profit d'une activité joyeuse et pleine d'entrain. Elles voulurent plier et ranger la couverture qui recouvrait le cuvier. Elles se proposèrent pour aller jeter les cendres dans le jardin. Elles sortirent le linge et l'essorèrent au-dessus de la grande cuve avant de le disposer dans les baquets de bois.

Elles s'étaient mises à parler, à parler de mille choses, comme savent si bien le faire les filles, et la mère, sans jamais avoir eu l'air de les écouter, finit par s'y mettre aussi. Autour des mots, il y avait des rires et de tout petits silences.

En retirant vêtements, torchons, nappes, serviettes et draps, elles les présentaient à chaque fois au soleil, comme dans les rites païens, mais c'était d'abord pour pouvoir juger de la propreté du linge et pour le plaisir de constater qu'il l'était à souhait.

La veille, au bord du cuvier, elles avaient revécu l'année écoulée, à cet instant, au même endroit, elles se projetaient dans l'avenir.

— Oh tiens, je mettrai ça dimanche, disait Mélanie en sortant un châle de sa mère.

— C'est le mien, protestait l'autre.

— Oh, s'il te plaît.

Et la mère hochait la tête, mi fâchée, mi souriante.

Puis reprenait le bavardage.

Quand elles eurent rempli les trois baquets, le cuvier était loin d'être vide. Lucie alla chercher la brouette. Mélanie y étendit un vieux drap et elles continuèrent d'entasser le linge à même la brouette.

Tout en travaillant, Mélanie, soudain, sans sourire, glissa entre deux chemises à tordre et deux phrases qui parlaient d'autre chose :

— Ils ont du bien les Gautier ?

La mère ne répondit pas tout de suite. Lucie avait regardé sa cousine. Mélanie était rouge.

— Oui, finit par dire la mère sans vraiment y penser.

Plus tard, ce fut à Lucie de glisser, toujours au milieu d'une foule d'autres mots :

— Si on travaille bien, on pourra aller se promener ce soir ?

— On verra, répondit la mère, cette fois sans attendre.

Avant que les filles ne partissent à la rivière, la mère voulut récupérer l'eau du cuvier dans des seaux.

— On va la garder pour pouvoir tout nettoyer pour le mariage.

Mariage. Et l'un des visages perdit son sourire.

— Il n'y a pas meilleur que l'eau de lessive pour bien récurer une maison, ajouta encore la mère en pliant sur la brouette le flairé et le drap de fond.

Pendant ce temps, en deux coups d'eau, les filles rinçaient le cuvier, puis elles le dressèrent sur la tranche, contre le tas de bois. Elles rangèrent encore le trépied avant de descendre au ru.

Cette fois, c'était Lucie qui poussait la brouette. Elles passèrent la matinée à rincer les affaires dans l'eau claire et courante.

L'après-midi, l'herbe, les haies se couvrirent de taches de couleur tout autour de la ferme. Pour jouer, Lucie et Solange tiraient sur les draps et cherchaient, en les secouant, à se les faire lâcher avant de les étendre. Mélanie, pour sa part, n'était plus aussi gaie que le matin. Pourtant, vers les trois heures, en étendant une nappe, elle aperçut Julien, deux champs plus bas. Tout de suite, elle se mit à rire, à courir, à pousser sa cousine, à lui arracher les chemises de son frère pour la faire bisquer et ne perdit son ardeur que lorsqu'elle se fut rendu compte que Julien n'allait pas monter jusqu'à elles et venir les saluer.

Le soir, ils furent trois à partir ensemble de la maison. Lucie, Adrien et Mélanie. Adrien, dans la cour, dit qu'ils devaient rejoindre les autres jeunes gens dans une grange à l'autre bout du hameau et qu'ils allaient danser. Lucie l'accompagna mais Mélanie laissa partir son frère et sa cousine sans que les deux autres fissent quoi que ce soit pour la garder avec eux.

La nuit était encore sans lune. Il y avait toujours des étoiles. La jeune fille, une fois seule, entra dans le verger qui, comme la borde derrière, restait couvert de linge. C'était un verger fantôme. Elle pouvait distinguer des taches blanches, des carrés lumineux tout autour d'elle.

Elle n'avait pas de rendez-vous, Mélanie, mais elle espérait qu'il allait venir. Elle se disait déjà qu'elle allait l'attendre, que si le Julien ne la voyait pas dans la grange avec les autres, il la chercherait. C'était bien qu'il la cherchât. Elle devait simplement être patiente. S'il l'aimait, il allait la trouver. Elle écoutait le silence. Elle marchait toujours un peu, veillant à ne pas poser les pieds sur les affaires. La nuit était douce. Plus loin devant elle, elle distinguait deux petits draps étendus parallèlement l'un à côté de l'autre. Elle s'arrêta. Elle entendait maintenant les chants qui lui venaient de l'autre côté du hameau. Pour danser, comme ils n'avaient pas de musiciens, les jeunes gens chantaient et les voix s'essoufflaient un peu quand la danse était vive. Lui parvenait aussi, de temps en temps, le bruit des sabots sur la terre battue. Portés par la nuit et modulés par le vent qui les rendait clairs ou confus, les sons lui entraient dans le corps sans même passer par l'oreille. Toujours à quelques pas des deux petits draps, elle esquissa malgré elle une figure de bourrée en chantonnant à son tour, mais elle n'avait pas vraiment l'envie. Tout à coup, elle sursauta. Devant elle, les deux petits draps jumeaux venaient de se transformer en un seul grand drap sur la gauche et une bande de toile de quelques centimètres sur la droite. Au loin, à l'autre bout du hameau, les jeunes gens devaient avoir ouvert les portes de la grange car les sons lui parvenaient mieux. Si son cœur battait à rompre, ce n'était pas parce qu'elle avait peur. La bande de toile disparut à son tour puis un autre drap voisin se coupa pour moitié. Les autres chantaient *la Vosgienne*. La silhouette semblait se rapprocher. Julien était venu. Il était là son bien-aimé, il y était même depuis plus longtemps qu'elle, à l'attendre et à l'espérer. Elle vint au-devant de lui, se dressa sur la pointe des pieds et lui donna un baiser. Elle avait cherché la bouche de l'autre, fermé ses bras autour, mais, tout de suite, elle s'écarta en poussant une sorte de rugissement. L'haleine qu'elle venait d'effleurer du bout des lèvres exhalait le vin et les mauvaises dents, la peau tout autour n'était pas rasée. Elle avait vu le Julien dans l'après-midi, glabre, elle avait goûté sa bouche hier. C'était quelqu'un d'autre ! Un rôdeur ! Le Gaston qui l'épiait !

Pousser un second cri, s'enfuir, sortir du verger, traverser la cour, buter sur les marches dans sa précipitation jusqu'à se cogner dans la porte, mais se relever tout de suite et entrer comme une demi-folle dans la maison, pour tout cela, il ne lui fallut que quelques secondes.

Ses parents étaient devant la cheminée. Solange s'était endormie sur les genoux de sa mère.

Mélanie se précipita vers la pierre d'évier. Elle saisit un broc de fer, le trempa dans un seau, retourna à grand bruit la cuvette d'émail, versa l'eau et y trempa ses mains. Elle tremblait toujours. Très vite, elle se nettoya les paumes, mais ce ne devait pas être suffisant. Elle se les passa aussi sur le visage et se frotta les joues et la bouche à les arracher.

— Mais qu'est-ce que tu fais ? demandait le père.

Sans répondre, elle se dirigea alors vers son lit et se débarrassa de ses vêtements comme s'ils avaient été souillés. D'ailleurs, elle les laissa par terre pour ne plus avoir à les toucher.

— Qu'est-ce que tu as ? avait interrogé la mère.

Quand elle n'eut plus rien sur le dos, Mélanie, sans prendre le temps d'enfiler une tenue de nuit, se glissa dans son lit et, la tête sous les draps, elle se mit à pleurer.

Les parents restaient devant la cheminée.

Un peu plus tard, juste avant qu'ils aillent se coucher, Mélanie se releva, enfila sa chemise et sortit dans la cour pour aller vomir. Elle avait laissé la porte ouverte et était restée sur les marches dans le carré de lumière. La mère vint la rejoindre après avoir couché la petite.

— T'es malade ?

Le lendemain, vers onze heures, quand le soleil eut déjà bien donné, Solange, les filles et la mère allèrent au verger. Elles emportaient avec elles de grands paniers carrés qu'elles avaient enfilés l'un dans l'autre, de ces paniers que le père confectionnait l'hiver, à la veillée, avec des lamelles découpées dans du noisetier et de l'osier qu'il cultivait dans un coin du jardin. Mélanie portait sur le visage traces de sa soirée et de sa nuit, et Lucie également. Elles ne se ressemblaient plus. Elles commencèrent à plier et à ranger le linge. Mélanie évitait un certain endroit.

Rentrer le linge, c'était encore un plaisir. D'autres fois, Mélanie aimait à mettre son visage dans les draps, tout le temps qu'il fallait pour aller de l'endroit où elle les avait pliés jusqu'aux paniers posés à terre. Elle respirait ainsi la fraîcheur, l'odeur de l'iris, de l'herbe et de la rosée. C'était naguère comme une caresse, une sorte de volupté, c'était doux et bon.

A midi, la mère les laissa pour aller préparer le déjeuner.

A l'heure du repas, elles rentrèrent deux premiers paniers. Elles allaient finir au début de l'après-midi.

A table, Mélanie ne mangea rien de ce qu'on lui servit. Tout le temps que dura le repas, elle avait choisi de ne pas quitter son père des yeux.

Quand il était entré, elle le regardait déjà. Il avait suspendu sa veste derrière la porte, comme il le faisait toujours, puis il avait été se passer de l'eau sur les mains. Avant de tirer sa chaise pour s'y installer, il avait sorti son couteau de sa poche et l'avait ouvert et posé à côté de son assiette de terre. Après seulement, il s'était assis. François, comme toujours, avait disposé à portée de sa main, la bouteille de vin qu'il avait été tirer à la cave. Le père, pour commencer, s'était servi un verre et l'avait bu d'un trait. Après l'avoir redéposé en soufflant, il s'était passé la main sur la bouche puis il avait tendu le bras pour attraper le pain. Mélanie ne l'avait jamais vraiment regardé. Il avait essuyé la lame de son couteau sur le dessus de sa cuisse, fait une croix au dos de la miche avant de couper des tranches qu'il coinçait ensuite avec son pouce pour les maintenir sur son couteau, le temps de les jeter à chacun. Tout le monde autour de la table avait tendu les mains pour saisir sa part au vol, sauf Mélanie qui l'avait laissée choir sur le bord de son assiette, mais le père n'avait pas semblé le remarquer. Après, il avait attendu.

Quand la mère apporta le plat, il le suivit du regard, comme pour le deviner, puis lorsqu'il fut sur la table, il tendit son assiette afin d'être servi. La part des hommes était toujours plus grosse que celle des femmes et des enfants. Il se mit à manger. Penché, Mélanie ne lui voyait plus que le front et le dessus de la tête. Comme elle ne l'avait jamais regardé de cette façon, elle ne le reconnut pas, c'était inévitable.

De tout le repas, il ne dit pas trois mots. Mélanie essayait de comprendre comment cet homme qu'elle n'avait jamais vu pouvait ainsi disposer d'elle et décider qu'elle serait donnée au Gaston pour le restant de ses jours. De temps en temps, elle devenait toute rouge de son audace, mais elle ignora les signes de Lucie et les sourcils de sa mère. Elle ne détourna jamais la tête. Quand le père fut au bout de son assiettée, il se redressa. Il avait les yeux bleus très clairs, transparents. Il se reversa un verre de vin et tendit ensuite la bouteille vers Adrien qui avait approché le sien. La mère n'avait pas fini, mais elle était déjà debout pour lui tendre le fromage. Il se servit une part qu'il découpa en carrés, qu'il disposa un à un sur son pain avant d'ouvrir toute grande la bouche pour parvenir à tout prendre à la fois. Au bout de ses mains qui n'étaient pas grosses, ses ongles étaient longs et jaunes. Quand il eut fini son fromage, il but un autre verre, referma son couteau après l'avoir essuyé sur son pantalon, puis il fit reculer sa chaise en restant dessus. Il étendit ses jambes et il regarda sa famille. Un petit regard pour chacun sans arrêter ses yeux. Tout le monde était occupé et personne n'osait jamais trop rencontrer les yeux bleus du père Huhant. Il ne croisa donc que le regard de Mélanie, mais ne s'attarda pas non plus sur elle. Il avait une barbe de quelques jours, il ne se rasait que le dimanche.

— Garçon, dit-il à destination d'Adrien, on va déplacer les génisses. En bas, l'herbe n'est plus bonne. On va les mettre dans les Pierres-Moinzons.

— Oui, répondit Adrien.

Et le père s'endormit un peu sur sa chaise. Mélanie le regardait toujours.

— T'as rien mangé, souffla sa mère, peut-être pour lui faire enfin détourner la tête.

Les yeux fermés, est-ce qu'il pensait à elle ? A moitié endormi, il rouvrit son couteau et de la pointe de la lame il alla chercher un reste de viande entre ses dents, puis il se remit à sommeiller. Il n'avait rien fait de plus que ce qu'il faisait d'habitude et Mélanie était tout étonnée de le voir. Les filles commençaient à débarrasser la table et elle ne bougeait toujours pas. Tous avaient peur. François et Solange échangeaient des regards. Lucie essayait encore d'attirer l'attention de sa cousine, mais rien n'y faisait.

Au bout d'un moment, le père bougea un peu. Il se redressa, se passa une main sur la figure, une main qui fit du bruit sur sa barbe dure, puis il se leva, s'étira et se dirigea vers la porte pour décrocher sa veste. Adrien le suivit. Ils sortirent tous deux. Mélanie le regardait toujours, même maintenant qu'il était parti. Elle semblait vouloir le suivre encore au travers des murs. La table était vide et la mère vint déposer une bassine sur le coin. S'approchant de Mélanie, elle dit :

— Qu'est-ce qui te prend ? C'est nouveau, ça !

Mélanie fit alors venir ses yeux sur sa mère, mais comme elle n'avait pas changé de regard, celle-ci lui donna une gifle.

— Tiens, je vais t'apprendre moi !

Je ne sais pas ce qu'il y avait à apprendre, mais même sous la gifle, Mélanie ne bougea pas. Elle ne se mit debout que lorsque Lucie repartit au verger.

Jusqu'à trois heures, elles plièrent le linge. Après avoir rentré les paniers, elles retournèrent dans la cour et allèrent s'asseoir sur le mur de la cave. Solange qui était trop petite pour comprendre mais qui, instinctivement, semblait sentir que les filles devaient, à des titres divers, avoir besoin de ses câlineries, tournait autour d'elles, essayait les genoux de chacune, entourait leur cou de ses bras, disait que Lucie sentait bon et que Mélanie était douce et leur donnait des baisers.

Elles étaient là depuis quelque temps quand le père revint. Il passa devant elles et entra dans la grange. Solange, sur les genoux de Lucie, chantait à sa cousine qu'elle avait un beau front, de jolis yeux, un nez de carcan, une bouche d'argent, un menton fleuri et la chanson se terminait dans des embrassades vertigineuses et pleines de rires qui les relevaient et les faisaient tournoyer dans la cour sur des pas de valse effrénés. Mélanie ne jouait pas. Elle alla vers la grange à son tour.

— On recommence, disait Solange.

— Attends, protestait Lucie.

— Non, maintenant, maintenant.

Lucie alla se rasseoir avec son fardeau de tendresse.

— Beau front, jolis yeux...

Alors qu'elle était à la porte, son père ressortit. Ils se retrouvèrent face à face. Émile ne marqua pas le moindre temps d'arrêt, il ne lui demanda pas davantage ce qu'elle voulait. Il se dirigea vers la maison, où il entra. Mélanie, qui l'avait suivi, l'attendit au-dehors. Il ressortit au bout d'un moment avec un piochon, une sorte de grosse binette. Toujours sans la regarder, il partit vers la barrière.

— Encore ! Encore, suppliait Solange.

— Je suis fatiguée, se plaignait Lucie.

— Une dernière fois.

— Si tu veux, mais c'est la dernière.

— Oui.

— Tu le jures ?

— Oui.

Et ses yeux riaient et mentaient effrontément.

Lucie s'était à nouveau assise sur le mur de la cave et avait réinstallé la petite sur ses genoux.

Mélanie avait suivi son père.

— Beau front, jolis yeux...

Le père avait mis le piochon à l'épaule. Mélanie marchait à dix pas de lui. Ils prirent le chemin des Couées.

La jeune fille commençait à ressembler à la douleur, à la peur, à la peine. Le père semblait ne pas savoir qu'il était suivi.

Émile se rendit dans le champ de l'Hoté. Un peu dans le haut du champ, il y avait une source vers laquelle il se dirigea. Mélanie était entrée derrière lui.

D'abord, le père déposa sa veste à même l'herbe, puis il remonta ses manches. Ensuite, il se mit à genoux et il commença, à la main, à arracher l'herbe, les hautes touffes de jonc et le cresson sauvage qui comblaient partie de la petite flaque, puis il ramassa son piochon et, en laissant un petit bourrelet de terre au bord de la mare pour retenir l'eau, il creusa sur les traces des anciennes rigoles, en descendant vers le bas du champ. Il y avait tout un réseau qui partait en branche depuis la source et qui irriguait la totalité du pré. Mais les animaux avaient piétiné les rigoles et l'eau s'arrêtait dans d'autres flaques et ne pouvait plus aller partout, retenue qu'elle était en maint endroit. Dans le haut, Émile creusait large et profond, et plus il descendait, plus il creusait mince et en surface.

Mélanie s'était arrêtée à cinq mètres de la source. Elle restait debout, elle regardait son père, et lui, c'était à croire qu'il ne l'avait pas encore vue. Maintenant qu'il était en bas du champ, il allait devoir remonter pour en creuser une autre et il ne pouvait pas ne pas la voir, c'était certain.

Je ne sais pas comment il se débrouilla, mais il remonta jusqu'à la source sans avoir relevé la tête. Il comptait les rigoles, évaluait le travail qui lui restait à faire, ou le temps dont il allait avoir besoin, et il se remit à creuser la suivante. Toujours du plus large au plus étroit, il redescendit jusqu'à la haie et pour la suivante encore.

Mélanie ne bougeait toujours pas.

A la troisième remontée, à défaut de la voir, il aurait pu l'entendre car elle fredonnait la chanson du beau front et des jolis yeux.

Elle resta là des heures. Il fallait du temps pour recreuser un réseau. Elle ne se remit à bouger qu'aux tout premiers signes du crépuscule, vous savez, quand les hirondelles commencent à raser la terre, quand le vert se marque, quand les premières brumes montent des rivières. Elle ne cherchait pas encore à partir mais quand son père remontait vers elle, elle tentait quelques pas de côté pour attirer son attention. Rien n'y faisait. Aveugle et sourd, il repartait pour une autre.

Plus tard encore, quand le ciel égara le soleil et, de bleu qu'il était, passa au rouge, puis au rose, elle commença à manifester des signes de panique. Plusieurs fois, elle fit des pas vers la barrière. Elle ne ressemblait plus à un reproche. Et quand la brume s'en vint à lécher les pieds de son père, elle finit par s'enfuir.

Lorsque Émile remonta vers la source pour, de deux coups de piochon, enlever le bourrelet de terre qu'il avait laissé au bord de la flaque, Mélanie n'était plus là depuis un bon moment. Il regarda l'eau courir, se séparer, descendre, il l'écouta chanter, il la suivit jusqu'à ce qu'elle le quitte pour un autre, puis il rentra à son tour.

Le soir, après le repas, les filles mirent les fers à chauffer devant la cheminée et elles commencèrent à repasser le linge. La mère seule le rangeait dans les armoires, c'était l'apanage de la maîtresse de maison. Contrairement à l'habitude, elle avait en plus disposé un grand drap ouvert sur un coffre et il fallut tout un temps à Mélanie pour s'apercevoir que son linge à elle, ses affaires, la mère ne les entassait pas avec les autres, elle les mettait dans le drap.

Le lendemain, les filles reprirent leurs visites. Des parents, des amis. Elles visitèrent les Gautier. Chaque soir, en rentrant, elles repassaient du linge.

Mélanie avait franchi un palier. Elle riait et pleurait devant tout le monde quand elle était chez elle, ou bien parlait tout le temps, ou encore se taisait pendant de longues heures. Elle était toute décousue. Lucie lui devenait de plus en plus étrangère.

Un soir, alors qu'elle devait repasser, elle quitta la maison. Il avait beau faire nuit, elle ne semblait plus craindre l'obscurité. Elle courut chez les Gautier. En arrivant dans la cour, le chien se jeta sur elle. Elle crut qu'il allait la mordre. Elle s'était immobilisée, tremblante, mais aux aboiements, le père Gautier vint sur le pas de la porte. Il reconnut Mélanie mais il ne lui demanda pas ce qu'elle faisait là.

— Viens, entre.

Devant la cheminée, il y avait la mère et Julien. Le père fit asseoir la jeune fille. Il lui donna un petit verre de vin. Elle tremblait toujours. La mère Gautier ne lui demanda pas non plus ce qu'elle voulait, elle essaya d'être comme elle était toujours et y parvint sans peine. Quant à Julien, il manifestait une profonde, totale, exclusive admiration pour le jeu des flammes autour des bûches. Petit à petit, Mélanie se calma. Pour un peu, et je souhaite qu'elle ait été en état de rêver, elle aurait pu croire qu'elle avait subitement vieilli de quelques années et réalisé sa chimère. Plus tard, le père se leva.

— Je vais te raccompagner.

Mais il attendait, il tournait en rond. Mélanie n'avait pas encore bougé de sa chaise. Elle regardait Julien. Le père Gautier redit encore :

— Il est temps de rentrer.

Même la mère se tourna vers son fils. Le père avait décroché sa veste.

— Viens ma fille.

Mélanie fut obligée de se lever et elle partit par les chemins avec le père qui la mena jusqu'à sa cour.

Maintenant, dans la journée, quand les filles ne faisaient pas de visites, ou quand elles étaient rentrées de bonne heure, ou, plus généralement, dès que Mélanie avait un instant, elle partait à la recherche de son père, où qu'il soit, et elle restait avec lui, s'approchant un peu plus chaque jour.

Quelque temps plus tard, tout le linge avait été repassé. Sur le coffre, la mère avait refermé le drap autour des affaires de Mélanie. Elle lui avait donné ses plus beaux draps, deux nappes qui lui venaient de sa grand-mère, la robe de baptême des enfants, presque toutes les choses auxquelles elle tenait. Elle disait que sa fille ne pouvait arriver nue.

Ce soir-là, comme tout le monde avait beaucoup travaillé, chacun avait été se coucher, hormis Mélanie qui, depuis le repas, était restée à sa place devant la table. Toute droite, immobile, sans larme, elle n'avait pas répondu aux bonsoirs qu'on lui donnait. La mère avait déjà soufflé les chandelles.

Quand son père ressortit de la chambre en chemise pour aller dehors comme il le faisait chaque soir, il passa une fois de plus, sans paraître la voir. Il avait laissé la porte ouverte. Elle l'entendit. Il revint, il referma la porte derrière lui. Il coinça la gâche avec une petite cale en bois qui pendait au bout d'un brin de ficelle et il s'apprêta à rentrer dans sa chambre. Mélanie n'avait toujours pas bougé de sa chaise. Elle était là, misérable et peut-être fut-il enfin touché car il dit, avant de disparaître :

— J'ai donné ma parole.

On était rendu à trois jours du mariage.

III

Tant qu'il avait été dans le bocage, Désiré Bucard avait marché d'un bon pas, sans jamais sentir le poids de sa caisse, ne songeant à rien d'autre qu'aux bonnes affaires qu'il se proposait de réaliser sur la bourse de ces nigauds de paysans. Il allait son chemin comme si celui-ci n'avait pas été celui-là. C'était misère de voir un jeune homme de vingt ans à peine passer ainsi à côté d'un printemps. La journée durant, il n'avait pas eu un regard pour cette route qui s'enfonçait en Morvan et pour le paysage qui la bordait. Il n'avait pas eu la moindre petite trace d'émotion pour ces fleurs qui poussaient la grâce jusqu'à se rouler à ses pieds. Et même si un colporteur ne peut, en plus de sa caisse, se charger de beaucoup d'émotion, il y avait quelque chose d'incongru dans la présence de ce personnage tellement indifférent au milieu de cet air, sous ce soleil, et parmi ces senteurs.

Seulement, plus tard, dans le sous-bois, la caisse commença à peser. Elle changea plus souvent d'épaule et le pas de Désiré perdit de son allant. Mais il est tout à fait vraisemblable qu'une longue journée de marche et une si lourde caisse avaient pu entamer partie de son ardeur.

L'indifférence qu'il avait montrée le matin pour les noisetiers, les chèvrefeuilles et les sureaux qui, mêlés, tressent en cette région de France les haies qui bordent chaque champ, s'était changée en fin d'après-midi en un grand intérêt pour les chênes, les frênes, les hêtres et les sapins qui, confondus, font en cette province les forêts si noires et si denses.

Même la grande chaleur de midi semblait l'avoir moins incommodé que la chaleur humide du sous-bois.

A dix heures de la matinée, il tentait d'estimer son profit une fois rendu au bout de son négoce, en se faisant violence pour être raisonnable ; six heures après midi, il fut parcouru par un frisson en songeant, pour la première fois, que ses pratiques seraient peut-être pauvres.

Tout avait changé.

Vers les onze heures, un vol de corbeaux qu'il avait dérangé avait répandu par le chemin, tout autour de lui, des ombres qui ne l'avaient même pas fait sourciller. Au crépuscule, un méchant picvert lui donnait des battements de cœur.

Dès l'aurore, il s'était plusieurs fois surpris à siffloter gaiement une vieille marche militaire qui rythmait bien son courage, le soir, il se forçait à chanter pour s'en donner un autre. Mais sa voix n'était guère plus assurée que son pas et les sons qui sortaient de sa bouche ne couvraient même pas les mille et un bruissements de la forêt.

— *Quand je menais mes chevaux boire*
J'entendis le coucou chanter...

Sa chanson était une vieille mélodie de mort, mais il ne s'en rendait pas compte et il est vrai que, quelques instants plus tôt, il avait entendu un coucou. C'est chose curieuse que les gens qui connaissent des chansons et aiment à chanter ; ils ne les choisissent pas vraiment quand elles leur viennent, ce sont les moments qu'ils vivent qui les font resurgir.

— *Il me disait dans son langage*
Ta bien-aimée est enterrée...

Pour ne pas chanter vraiment juste, Désiré Bucard n'en donnait pas moins aux mots qu'il disait, un accent, une intonation qu'auraient pu lui envier bien des gens de théâtre. Le coucou se fit entendre encore.

— *Ah que dis-tu méchante bête*
J'étais près d'elle hier au soir...

Chaque séquence était entamée le plus fortement possible et puis, petit à petit, les sons allaient en s'amenuisant jusqu'à ne plus être que marmonnés à la fin des phrases. Désiré se donnait alors un temps de respiration, juste ce qu'il fallait pour tressauter sur un craquement de bois mort ou une course sourde dans le sous-bois, et il reprenait, la voix forte :

— *Mais quand je fus dedans la lande*
J'entendis les cloches sonner...

Cette fois, point de cloches, mais le vol lourd d'un grand duc qui claqua juste au-dessus de lui. C'était trop. Désiré Bucard s'arrêta. A chaque fois qu'il détournait brusquement la tête pour tenter d'apercevoir ce qui l'avait surpris, la lanière de cuir de sa caisse, qui lui passait sur l'épaule, entamait un peu plus la base de son cou. Il finit par poser son fardeau et regarda autour de lui.

Déjà, au grand jour, quand le soleil écrase les cimes des arbres, la forêt morvandelle est parfois sombre comme nuit, mais là, avec le crépuscule, on ne pouvait plus distinguer que des ombres, des formes d'ombres sur des ombres plus noires encore.

— Je vais manger un morceau.

Seulement, la caisse à ses pieds, il ne bougeait pas. Seuls ses yeux continuaient de parcourir son entour. Il était essoufflé comme s'il avait couru. Tout à coup, il se mit à crier. Au début, son cri pouvait ressembler à un appel, mais au bout d'un instant, il hurlait comme une bête, replié sur lui-même, poings serrés et fermant les yeux. Ses cris durèrent un bon moment, faisant enfuir tout ce qui vivait par là, puis son dernier hurlement se termina comme les phrases de sa chanson, en s'amenuisant petit à petit. Le silence revenu, il réarticula quelques mots.

— Il n'y a donc jamais de village dans ce maudit pays ?

Les cris semblaient l'avoir pour un temps apaisé. Il se pencha sur sa caisse et en souleva le couvercle. A tâtons, il réussit à saisir un morceau de pain, puis il la referma et s'en fit un siège.

— *Mais quand je fus dedans l'église*
J'entendis les prêtres chanter...

Les mots avaient encore plus de mal qu'auparavant à sortir de sa bouche, mais c'était aussi parce qu'ils n'y étaient plus seuls. Il mordait régulièrement dans son pain, sans vraiment s'en rendre compte.

— Mais qu'est-ce qui m'a pris de croire que c'était ici que je commencerais ma fortune ?

La nuit maintenant était là et en levant la tête, Désiré put voir quelques étoiles dans une déchirure de feuillage.

— *Donnais du pied dedans la châsse*
Réveillez-vous si vous dormez...

Je vous dois quand même une précision, car vous savez comme moi qu'on ne passe pas ainsi, sans coup férir, de la franche gaieté au pessimisme le plus noir, de l'espoir à la peur, sans qu'il y ait quelque raison. Il est vrai qu'une heure après midi, il s'était passé quelque chose qui allait changer la vision de Désiré et donner une tout autre couleur au reste de sa journée.

A chacun d'entre nous, il est arrivé, en présence d'un événement fortuit, d'un incident, d'une rencontre, de ne pas choisir le beau rôle dans la pièce qu'il nous faut improviser chaque jour, de tenir par malheur le mauvais parti. La vie est pleine de ces moments. Sur l'instant, lorsque l'on est bien fourvoyé, il semble qu'il n'y ait rien au monde auquel on tienne plus qu'à ses mauvaises raisons, mais lorsque l'on a quitté la scène, on est généralement condamné à la mauvaise humeur ou à la peine, jusqu'à ce que le temps l'ait effacée ou jusqu'à ce que l'on ait accommodé le souvenir qu'on en a gardé. Mais si, allons, vous savez bien ; si l'on n'a pas bougé quand il fallait le faire, avec du temps, on se dit que l'immobilité était le seul parti à tenir, si l'on n'a rien dit, on finit par penser que c'était le bon moyen de faire peser son mépris, et si l'on a fui, on raconte qu'on n'avait plus de raisons de s'éterniser par là.

Une heure après midi donc, Désiré avait fait une rencontre et la forêt l'avait depuis tellement accaparé qu'il n'avait pas eu le temps d'en faire autre chose. Seulement, depuis ce moment, rien n'allait plus.

— *Non je ne dors ni ne sommeille*
Je vous attends dedans l'enfer...

A midi, il s'était arrêté sous un chêne pour déjeuner. Tout en mangeant, pour ne point perdre de temps, et parce que rien encore ne pouvait le distraire, il peaufinait son boniment : un couplet pour les vieilles, un autre pour les jeunes, un couplet pour les laides, un autre pour les belles, interchangeables d'ailleurs, avec des éléments communs. Dans chacun, par exemple, il se moquait des maris, il promettait des galants à qui n'en avait pas ; dans tous, il se proposait plus ou moins d'en être.

Après son repas, il avait repris son chemin. Il était sur le point de quitter le bocage et s'apprêtait à entrer dans la forêt lorsqu'il se retrouva au bord d'une rivière. Comme souvent en Morvan, il n'y avait pas de pont.

Il n'est point temps de vous conter tous les revers de fortune qui avaient pu conduire un jeune homme de si bonne mine comme l'était Désiré Bucard à embrasser la modeste condition de colporteur, mais apprenez seulement que tout ce que Désiré n'avait pas dépensé pour achalander sa caisse, il l'avait mis dans son costume et il ne pouvait être question pour lui de prendre le risque de le gâter en s'aventurant dans l'eau.

Il en était là de ses réflexions quand il avisa un homme qu'il n'avait pas vu tout de suite et qui, assis au bord de l'eau, l'air assez farouche d'ailleurs, l'observait sans doute depuis qu'il était arrivé. D'abord surpris, un peu craintif aussi, Désiré Bucard s'était éclairci la voix pour lui faire sa demande :

— Dites-moi mon brave, est-ce qu'il n'y aurait pas un pont par ici ?

— Ç'ot moué.

L'homme assis au pied de son arbre était sans doute le premier autochtone que le jeune homme rencontrait.

— Hein ?

— Le pont, ç'ot moué.

— Comment ça, c'est vous ?

— Ben oui, je me tiens là pour traverser les voyageurs sur mon dos.

Désiré Bucard s'était mis à rire, mais il n'en revenait pas.

— Mais si l'on veut un pont, il y a des gens comme ça qui ne traversent les rivières que sur des ponts, le premier pont, il est loin d'ici ?

— Il est à cette heure assis devant vous, not' bourgeois.

Désiré vit bien qu'il n'en sortirait pas. Il regardait l'eau, perplexe, l'homme sur le bord, et la rivière encore.

— C'est profond ?

— Pas bien. Un gars comme vous êtes doit pouvoir garder la tête et les bras, s'il a bon pied.

A chaque fois que l'autre lui parlait, Désiré était obligé de réfléchir un temps pour comprendre ce qu'il venait de dire.

— Mais qu'est-ce que je suis venu faire par ici ?

— Vous êtes bien le seul à le savoir.

Là, je ne suis pas certain que Désiré fit l'effort de comprendre. Il regardait l'homme. Il commençait à être agacé.

— Mais si je veux traverser, qu'est-ce que je peux faire ?

— Faut juste choisir lequel de nous deux sera mouillé.

— Qu'est-ce qu'ils font d'ordinaire les autres voyageurs ?

— Ça dépend.

Désiré piétinait maintenant sur place.

— Bon, eh bien allons-y. Qu'est-ce que je dois faire ?

Le paysan s'était levé.

— Posez voir votre caisse.

— Pour quoi faire ?

— Posez, je vous dis.

Désiré avait posé sa caisse, mais il n'avait pas lâché la lanière. Le paysan s'approchait toujours. Il était grand, il avait bien une tête de plus que le colporteur.

— Venez par là.

Le paysan indiquait à Désiré un gros rocher qui bordait la rivière de l'autre côté du chemin.

— Vous grimpez là-haut et vous me montez sur l'échine.

— Et ma caisse ?

— Je viendrai la prendre tout à l'heure.

— Ah, pas question, il faut me transporter avec elle.

Le paysan s'était tout de suite arrêté. Sans même regarder le jeune homme, il avait fait demi-tour et était retourné s'asseoir à l'endroit où Désiré l'avait découvert.

— Qu'est-ce que vous faites ?

— C'est pas bien malin à deviner.

Et il s'était réinstallé sur son coussin de feuilles.

— Vous ne voulez plus me traverser ?

— Faut d'abord s'entendre. Il n'est point d'usage de porter les voyageurs avec leurs bagages, c'est déjà assez dur ce métier-là.

— Vous croyez que je n'ai pas compris, précisa Désiré avec un mauvais rire, vous me traversez, je laisse ma caisse ici et qu'est-ce que je fais quand je suis de l'autre côté ?

— Vous attendez que je revienne avec vot' caisse.

— Et qu'est-ce qui me prouve que vous n'allez pas la garder et partir avec ?

Le paysan avait marqué un petit temps avant de répondre :

— Rien.

— Ah !

— Je veux bien traverser la caisse d'abord.

— C'est ça ; et moi, je reste de ce côté et je peux encore vous regarder partir avec...

Comme il terminait sa phrase, Désiré Bucard avait regardé le paysan et croisé son regard. Tout de suite, le jeune homme avait baissé les yeux. Après un long silence, Désiré finit par articuler doucement, avec une toute petite voix :

— Vous n'avez rien à me laisser en gage ?

Il avait regardé l'homme.

— Non, naturellement, se répondit-il à lui-même, l'ayant revu, en haussant les épaules.

Désiré n'avait toujours pas lâché sa courroie.

— Je ne pourrais pas la tenir à la main et la faire flotter, comme ça, sur l'eau ? Non ? Non. Non et puis elle coulerait avec tout ce que j'ai dedans.

C'était vraiment sans solution. Le paysan avait fini par se recroqueviller un peu sur lui-même et il sembla à Désiré qu'il prenait des dispositions pour somnoler.

— Vous habitez de quel côté de la rivière ?

L'autre ne répondait plus.

— Vous voyez, vous ne voulez même pas me le dire.

Puis il avait ajouté entre ses dents :

— D'ailleurs, est-ce que ces gens-là ont une maison ?

Désiré avait maintenant des tas de raisons d'être exaspéré.

— Mais on ne va pas rester comme ça toute la journée, j'ai à faire moi !

Et l'autre semblait dormir tout à fait.

— Ah, la peste soit du Morvan et des Morvandiaux !

Le passeur avait rouvert un œil en l'entendant. Désiré en revint un instant au silence.

— On pourrait faire un petit radeau ? C'est pas le bois qui manque par ici. On mettrait ma caisse...

Décidément, l'autre ne bougeait plus, c'était un parti pris. Désiré finit par éclater.

— Mais enfin qu'est-ce que vous faites ? Vous êtes là pour faire traverser les voyageurs, ce n'est pas le moment de dormir à la fin !

Alors brusquement, le paysan s'était relevé, il avait en même temps ramassé une grosse bûche de bois qui se trouvait à côté de lui et que Désiré n'avait pas remarquée tout d'abord, et il s'était comme précipité sur lui en tenant la bûche à la main. Désiré crut que sa dernière heure était arrivée. Mais avant qu'il eût songé à s'enfuir, l'autre l'avait rejoint, lui prenait le bras de sa main libre et le poussait jusqu'au rocher. Désiré restait encore agrippé à sa caisse qu'il traînait derrière lui, mais quand l'autre l'obligea à grimper sur le rocher, Désiré fut bien obligé d'abandonner la lanière.

Le paysan était resté en bas et il empoigna les jambes de Désiré pour l'amener à lui. Glissant à moitié sur la mousse, le jeune colporteur se retrouva sur les épaules du passeur, une jambe de chaque côté de son cou et celui-ci l'emporta aussi facilement que s'il avait été chargé d'un sac de plumes. Le paysan s'engagea dans l'eau. Désiré avait perdu la parole. Quand le passeur eut de l'eau à mi-cuisse, il posa la bûche devant lui, la maintenant d'une main, puis, au fur et à mesure que l'eau montait vers sa poitrine, il continua de la pousser ainsi jusqu'à ce qu'il soit en mesure de faire reposer ses bras dessus et de la bloquer sous ses aisselles. Il avançait toujours. Il y avait beaucoup de courant et la marche du passeur était difficile. Désiré sur son dos était mort de peur. Au milieu de la rivière, l'eau était si haute que le jeune homme craignit de devoir mouiller ses chaussures, mais l'autre, les bras toujours reposant sur la bûche, lui attrapa les deux jambes pour les lui soulever. A cet instant, Désiré crut que le passeur allait le précipiter dans l'eau à la renverse, mais ce n'était que pour le bien tenir, tout en évitant de mouiller ses souliers.

Un peu plus loin, l'eau commença à décroître. Le paysan lui lâcha les pieds, puis il dégagea ses bras de dessus la bûche, puis il finit par la pousser devant lui. Quand il fut arrivé sur la terre ferme, d'un mouvement d'épaule et à l'aide d'un seul bras, il déposa Désiré sans vraiment faire ce qu'il fallait pour amortir sa chute.

— Holà ! protesta Désiré, encore pénétré de toutes les peurs qu'il avait eues.

Mais ces peurs-là n'effaçaient pas l'autre, celle qui l'occupait le plus, et il fut bien soulagé de voir tout de suite le passeur retraverser la rivière pour aller chercher sa caisse. Vous pensez si Désiré le suivait attentivement.

Le paysan s'était réinstallé sur sa bûche puis en peu de temps, il fut sur l'autre bord. Une fois sur la berge il alla vers la caisse, mais au fur et à mesure qu'il en approchait, son pas se ralentit. Près d'elle, il s'arrêta pour la regarder.

— Qu'est-ce que vous faites ?

L'autre ne répondait pas. Il se mit à en faire le tour, toujours en la regardant.

— Amenez-moi ma caisse tout de suite !

Après l'avoir contournée deux fois, le paysan finit par s'y asseoir. Il faisait face à Désiré.

— Mais qu'est-ce qui vous prend ?

Désiré était obligé de crier pour couvrir le bruit de l'eau.

— Vous voyez bien not' bourgeois, je me repose.

— Quoi ?

— Je me repose, dit l'autre en parlant plus fort à son tour.

— Apportez-moi ma caisse tout de suite, sinon, sinon...

— C'est que j'ai peiné, moi, pour vous mener là-bas. Vous faites bien dans les cent trente livres.

— Je vous préviens que si vous ne retraversez pas tout de suite, vous aurez de mes nouvelles.

— J'en ai déjà not' bourgeois, et plus qu'il m'en faut.

Trois fois déjà Désiré avait fait mine d'entrer dans l'eau pour le rejoindre, mais il n'avait jamais été au bout de son geste.

— Il y a une chose qu'on n'a point dit, ajouta le paysan, la voix forte et claire, c'est le prix.

— Le prix ?

— Oui, combien j'aurai pour ma course.

— Combien voulez-vous ?

— Pour vous, ce sera deux sous.

— Bon, eh bien c'est d'accord, vous les aurez.

— Pour la caisse...

— Ah parce que je dois aussi payer pour la caisse ?

— Dame ! Pour la caisse ce sera trois sous.

Ce n'était pas grosse somme mais Désiré se demandait bien pourquoi le passage de sa caisse allait lui coûter plus que son propre transport.

— Comment, comment ? Trois sous pour ma caisse et deux sous pour moi ?

— Bin, c'est que vous voyez not' bourgeois, à moi, sauf vot' respect, il me semble, sur vos façons, qu'elle vaut plus que vous cette caisse.

Désiré comprenait bien qu'il n'était pas en position de faire payer l'insolence qui lui était faite.

— C'est d'accord, c'est d'accord.

Le désir de retrouver ses précieuses marchandises n'était pas non plus pour rien dans la promptitude de son assentiment.

L'autre s'était enfin relevé. Il avait passé la lanière de cuir à son épaule et il s'apprêtait à retraverser. Désiré vit là la fin de son supplice.

— Plus haut la caisse, plus haut, sinon vous allez mouiller ma marchandise.

L'autre avait repris sa bûche. Il s'arrêta encore alors qu'il avait juste les pieds dans l'eau.

— Ah, j'oubliais...

— Quoi encore ?

— Ce sera aussi cinq sous pour l'insulte.

— L'insulte ? Quelle insulte ? Elle est forte celle-là !

— Je ne suis pas bien fortuné, mais passer les voyageux, c'est mon ouvrage et je n'ai encore jamais volé mes pratiques. Pour l'insulte, ce sera cinq sous.

— Jamais ! Jamais ! Sinon, vous m'en devez tout autant.

Et comme le paysan s'apprêtait à revenir sur la terre ferme sans avoir traversé, Désiré s'empressa de dire :

— C'est d'accord, c'est entendu, va pour cinq sous.

— Ça fera en tout dix sous pour le passage.

— Oui, oui, ça fait dix sous.

Et Désiré eut enfin la satisfaction de voir son précieux chargement revenir à lui. Quand le paysan fut arrivé à son côté, il déposa la caisse aux pieds du jeune homme. Celui-ci se précipita sur elle pour la caresser, la toucher, la prendre. Il s'était mis à genoux. Le paysan se tenait à côté de lui et tendait déjà la main. Désiré aurait donné n'importe quoi pour lui faire un bel affront, ou pour partir sans s'acquitter de sa dette, seulement, dans la position où il se trouvait, accroupi, le passeur lui paraissait encore deux fois plus grand qu'il n'était.

— Écartez-vous.

Le paysan fit un pas en arrière.

— Encore.

L'autre fit deux pas de plus, toujours en s'éloignant.

Avec des précautions d'avare, Désiré souleva le couvercle de sa caisse, sortit une petite bourse de cuir, toute plate, compta des pièces qui n'étaient pas légion, jusqu'aux dix sous, et les tendit au paysan qui, se rapprochant, lui fit prestement refermer son couvercle.

— Tout à vot' service, dit l'autre en recevant son argent.

— Oui, c'est ça, marmonna Désiré en enfilant son bras dans la lanière.

Et il s'était éloigné au plus vite, sans un adieu, tandis que le passeur retraversait la rivière.

IV

— *Quand je menais mes chevaux boire*
J'entendis le coucou chanter...

Vous voyez, cette aventure avec le passeur, il y avait bien là de quoi vous gâcher tout un jour.

Désiré, toujours assis sur sa caisse, était arrivé au bout de son pain. Il sentait bien qu'il fallait se décider. Il ne pouvait passer la nuit au milieu de la forêt. Ni son courage, ni son costume, ni ses habitudes ne le lui permettaient. Seulement que faire ? Où aller ?

A cet instant, il se souvint de ce que disaient les gens de la plaine :

— Il ne vient du Morvan ni bon vent, ni bonnes gens.

Et dire que la première fois qu'il avait entendu cet adage, non seulement ça l'avait bien fait rire, mais de plus, cela n'avait pas peu contribué à emporter sa décision. Puisqu'il avait choisi de faire commerce, il avait supposé que les colporteurs ne devaient pas se bousculer dans une région nantie d'une si flatteuse réputation et il avait donc décidé de commencer par là, à l'abri d'une trop vive concurrence, la conquête d'une position sociale mieux en rapport avec ses espérances.

Et Désiré, assis sur sa caisse au milieu des bois noirs, de se traiter de bête. Il était bien avancé maintenant. Pourquoi ne s'en était-il pas remis à la sagesse populaire ?

C'est difficile de se lever quand on a les jambes molles et lourdes tout à la fois. Les six heures de nuit qui restaient à courir finirent par l'aider à se tenir debout. Il passa son bras dans la lanière et souleva sa caisse. Il avait mal au dos. Mais au moment de reprendre son chemin, il s'aperçut qu'il ne se souvenait plus de quel côté il était arrivé. A gauche ? À droite ? Décidément, quel pays ! S'il allait se tromper, revenir à la rivière, revoir le passeur. Il en ferait une tête celui-là. Quoique la nuit, il n'attendait peut-être plus les voyageurs. Et tout compte fait, ce ne serait pas grand mal que de quitter ce pays et de n'y jamais revenir. Désiré Bucard était bien capable d'aller faire sa fortune ailleurs. Ça lui coûterait dix sous de plus, voilà tout, non cinq. Tout de même, abandonner avant d'avoir commencé, ce n'était pas très glorieux.

Désiré tergiversait, tentait mollement de se fustiger, balançait tout comme s'il avait su reconnaître son chemin, mais il n'avait toujours pas fait un pas. Finalement, dans cette nuit deux fois noire, il eut une illumination. Il devait s'abandonner à son destin. Comme il ne parvenait pas, malgré ses efforts, à se souvenir de l'endroit par lequel il était arrivé et comme, s'il l'avait su, il aurait eu peine à prendre parti, il n'y avait qu'à marcher et le hasard le ferait colporteur en Morvan ou ailleurs.

Il marcha.

Il est malgré tout des endroits où rien n'est simple. Allez, vous, mettre un pied devant l'autre quand vous n'y voyez rien, que vous n'avez aucune idée de l'endroit où vous vous trouvez et que vous ignorez totalement où vous devez vous rendre. Il essayait de sentir la terre du chemin sous ses pieds, seulement, malgré toute l'attention dont il était capable, qui mangeait un peu de sa frayeur, il se rendit compte au bout d'un instant qu'il devait l'avoir abandonné malgré lui, parce que les ronces cherchaient à le retenir par les pieds et que les branches qui ne le giflaient pas se posaient comme autant de mains invisibles sur son épaule, ou tiraient sa caisse pour la lui arracher. C'était vraiment infernal. Le diable y était, c'est sûr.

A nouveau, il s'arrêta. Il pensa qu'il devait absolument se calmer pour pouvoir s'en sortir, faire tranquillement demi-tour et revenir au chemin. Mais comment savoir s'il retournait réellement sur ses pas et non un peu plus à gauche ou un peu plus à droite ? D'autant qu'en avançant à nouveau, après s'être retourné, il sentit bien qu'il s'enfonçait davantage dans la broussaille. Maintenant, Désiré était gagné par la panique. Les ronces montaient jusqu'à sa poitrine. Il pensa qu'il allait mourir là, étouffé. Il fut secoué par des sanglots d'enfant, qu'il était encore sous son costume, mais très vite, il s'arrêta tout net. Il venait d'entendre quelque chose, pas une course de bête sauvage, pas un craquement de bois mort isolé, non, on aurait dit... On aurait dit des pas. Le bruit s'effaça, puis revint, puis s'effaça encore, un temps. C'était bien quelqu'un qui marchait sur la terre et les feuilles.

Désiré, au milieu des ronces qui avaient fini par lui interdire toute espèce de mouvement, fut saisi par un immense espoir. Il allait être sauvé. Quelqu'un venait à lui. Il ouvrait déjà la bouche pour appeler, les pas étaient tout proches...

Mais comment faisait-il, ce personnage, pour se diriger ainsi dans la nuit ? Le jeune homme scrutait la pénombre depuis un bon moment et il ne voyait pas de torche, pas le moindre falot, pas la plus petite lampe tempête. Qui pouvait ainsi se diriger dans l'obscurité ?

La bouche ouverte, Désiré ne parvint à articuler aucun son et même, il essaya de retenir sa respiration pour ne point être découvert. Les pas passèrent devant lui, pas bien loin, puis petit à petit s'éloignèrent et le vent dans les branchages s'en vint reprendre toute la place. Désiré ne savait plus où porter sa terreur et bien évidemment, lorsqu'il fut certain d'être tout à fait seul, il retrouva son envie d'appeler à l'aide. Seulement, c'était trop tard. Toujours lié par les ronces, chaque mouvement, chaque ébauche de mouvement lui était une douleur. Durant une fraction de seconde, il vit sa mort et puis, tout de suite, parce que cette vision était insupportable, il eut une idée. Là où il avait entendu marcher cette créature nyctalope, là était le chemin. Le silence était tout à fait retombé sur la forêt. Désiré se servit alors de sa caisse pour tasser et écraser les ronces autour de lui et ainsi, il put se dégager et avancer sans nouvelles meurtrissures. Au bout d'un instant, il retrouvait le sentier. Il en ressentit une impression extraordinaire de soulagement. Ce n'était pas loin d'être le meilleur moment de sa vie.

Prudemment, au lieu de se diriger dans la direction qu'avaient empruntée les pas, il s'en fut dans l'autre, ne voulant pas prendre le risque de se retrouver en présence d'êtres dont il ne savait rien, d'êtres qui se dirigeaient sans lumière dans le noir.

Une fois sur le chemin, il se jura qu'il ne le quitterait plus. Avant de faire un pas, il allait prendre une multitude de précautions. Il avançait d'abord une jambe, le plus loin possible. De la pointe du pied, il cherchait l'ornière et ramenait ensuite son pied vers lui pour vérifier qu'il n'était pas abusé par quelque trou et reconnaître que les traces de roues étaient bien en continu. Après, il réavançait le même pied avant de s'engager à le suivre. Après encore, il recommençait le même manège avec l'autre jambe.

A ce train-là, la nuit n'allait pas le porter bien loin.

Tous les trois pas, il demandait, par précaution, avec une toute petite voix :

— Y'a quelqu'un ?

A ne pas savoir ce qu'il craignait le plus, de rester seul, ou d'entendre soudain une réponse.

Au bout d'un long moment, la terre se perdit sous la mousse, les ornières furent moins marquées. Désiré devait arriver sous des pins. D'ailleurs, le vent avait changé de mélodie. Le jeune homme redoubla d'attention. Il était trempé de sueur.

Combien de temps dura son supplice ? Je ne saurais le dire mais, s'il fallait se fier aux impressions de Désiré, tout un siècle au moins. Pourtant, alors qu'il allait choisir, à bout de forces, de mourir sur place, en levant la tête, sans doute pour recommander son âme à Dieu, il distingua devant lui comme une lueur. Ce n'était plus tout à fait la nuit, c'était peut-être le petit jour, il y avait si longtemps qu'il marchait. Désiré fut étouffé par un immense espoir. Ses pas l'avaient enfin conduit au-devant de l'aube. Si cette lueur était vraiment le jour, il marchait vers l'est. Il s'était bien effectivement égaré, mais cela n'avait plus d'importance, il aurait accepté d'avoir fait dix lieues de trop pour voir la fin de son cauchemar. Il assura la courroie sur son épaule, cala sa caisse dans son dos et il marcha devant lui. Au bout d'un moment, il s'aperçut qu'il avait des étoiles au-dessus de la tête et qu'elles ne semblaient pas vouloir pâlir ou s'effacer. Il avait quitté la forêt. Plus loin devant lui, les lueurs devenaient plus précises. Il retrouva partie de ses esprits. Il reconnut le bocage. Il marchait sur un chemin entre des haies et il se fit même la réflexion qu'il ne devait pas être retourné sur ses pas puisqu'il n'avait pas rencontré la rivière.

Maintenant, il percevait aussi des voix. Il devait se rapprocher d'un village. Ça allait mieux. Tout en marchant, il passa ses mains sur son costume, retirant les épines et les feuilles pour être présentable. Les lueurs s'affirmaient toujours et les voix étaient de plus en plus claires. Le chemin fit un coude, les lueurs vinrent sur sa droite, puis un peu plus loin il en fit un autre, et là Désiré s'arrêta, pétrifié.

Devant lui, il y avait une ferme. Sur le moment, il avait cru qu'elle était la proie d'un incendie, d'ailleurs, c'était plutôt des cris qu'il entendait, plus que des paroles, mais tout de suite, il avait vu des ombres fantastiques avec des bras tentaculaires se dessiner sur les toits dans les crépitements du feu et les éclats de rire sataniques.

Devant la ferme, dans la cour, il y avait un brasier immense, un brasier de l'enfer avec des gens autour qui s'agitaient. C'était bien le sabbat. Et les ombres n'arrêtaient pas de courir sur les toits de chaume, s'embrassant, se mêlant, s'écartant avant d'y revenir, passant par-dessus la maison. Mais où était-il tombé encore ? Au milieu des cris, impossible de reconnaître une parole, un mot. Et Désiré qui croyait être arrivé au bout de ses frayeurs !

Il ne lui fallut pas plus de quelques secondes pour tout comprendre, faire demi-tour et s'enfuir. Tout, n'importe quoi, même la forêt la plus noire, plutôt que d'affronter ces gnomes, d'être découvert par ces êtres épouvantables qui chevauchaient les maisons. La caisse lui battait les reins mais il ne la sentait plus. Fuir, fuir, quitter cet endroit, cette région, revenir dans son pays.

Il rentra dans la forêt dont l'obscurité et le silence lui semblèrent des plus accueillants. Quand il y fut bien enfoncé, il s'arrêta. Il avait besoin de reprendre son souffle. Qu'allait-il faire ? Était-il assez loin ? Il n'en pouvait plus. La marche depuis le matin, les émotions, les contrariétés du jour, l'avaient déjà bien entamé, mais les terreurs, toutes les terreurs de la nuit, achevaient de lui dévorer ses dernières forces. Il avait vraiment du malheur. A chaque fois qu'il croyait être arrivé au bout de ses peines, il rencontrait quelque chose de plus épouvantable que tout ce qui l'avait terrorisé jusqu'alors.

Il déposa sa caisse. A nouveau, il ne savait plus s'il était encore dans le chemin, mais maintenant, cela lui était égal. Il se laissa tomber sur le sol, le dos contre sa marchandise. Elle avait bien raison sa mère, elle qui ne voulait pas le voir partir. Pourquoi ne l'avait-il pas écoutée ? L'ambition, voilà le mot. L'ambition, ce devait être un bien grand péché si Dieu le lui faisait payer si cher. Sa respiration commençait à se calmer un peu. Il ferma les yeux. C'était mieux ainsi : les yeux clos, on n'est pas effrayé par la nuit. Ah, ces gens qui couraient sur les toits et sautaient dans les flammes, ou qui se dirigeaient dans l'obscurité mieux que n'importe qui au grand jour, et ce passeur de malheur... Désiré aurait dû se douter que celui-ci avait été placé là pour le décourager. D'ailleurs, un jeune homme aussi soucieux de faire très vite sa fortune aurait dû lui placer pour dix sous de boutons, ou lui vendre un couteau, non, pas un couteau, une tabatière peut-être, et en forçant un peu le prix, son passage ne lui aurait pas coûté. S'il devait jamais revenir par là... Désiré se revit au bord de la rivière. Sur la berge en face, il y avait une foule de gens qui l'attendait pour lui acheter ses marchandises et lui, grimpé sur le dos du passeur, haranguait la foule. Curieusement, tout le monde était encore là à la nuit, avec des torches, à l'écouter et à l'attendre alors qu'à cette heure, Désiré n'avait plus rien à vendre. C'était étrange, il n'y avait plus de femmes ; n'étaient restés que les hommes. Et puis, par je ne sais quel miracle — mais par ici, il fallait s'attendre à tout —, les torches montèrent un peu vers le ciel et finirent par l'entourer. A nouveau, Désiré eut peur. Il rouvrit les yeux.

Tout autour de lui, au-dessus de sa tête, une couronne de torches restait suspendue en l'air, tenues par des mains énormes, sans bras, ni corps, ni visage. Et les torches parlaient.

— Quoi que c'est ?

— Qu'est-ce qu'il faisont là ?

— Il est mort ?

Désiré n'était pas mieux armé contre les cauchemars que contre l'obscurité. D'assis, il se mit à genoux et prit sa caisse à pleins bras.

— C'est un marcelot.

— Oui, c'est un bizouard.

Désiré Bucard n'entendait pas le patois morvandiau. De tous les mots qu'il venait de saisir, il n'avait retenu que le mot mort. Était-il déjà en enfer ?

Désiré referma les yeux. Les deux bras autour de sa caisse, il ne savait pas s'il devait faire l'effort de se réveiller. Il comprit soudain que tout n'était que cauchemar : sa marche, la rivière, la forêt, la nuit. Il ne devait pas encore avoir quitté son village. Il allait se réveiller chez lui. Il n'était qu'à la veille de partir. C'était une vision prémonitoire qui l'occupait. Quand il allait se décider à se lever, en ouvrant la fenêtre de sa chambre, il apercevrait la plaine, les champs de blé encore verts et les dernières maisons du village, allongées au bord de la route.

— Il est peut-être tombé.

— Il a dû se briser un calau.

Le cauchemar, tenace, à défaut de se laisser voir, se faisait encore entendre.

— Il n'est pas bin vieux.

— Vois comme il est fagoté. C'est un drôle de bizouard.

Toujours les bras autour de sa caisse, les yeux encore fermés, Désiré n'arrivait pas à se résoudre à regarder autour de lui, dans la crainte de ce qu'il allait découvrir. Il essaya de se pincer les mains de l'autre côté de ses quatre planches. Il se les pinça plusieurs fois.

— Il est bellement tolé, vois, il peut pas se dresser.

— Il est peut-être éfiané.

— Bin marche, quoi on va faire ?

Désiré attendait maintenant. En réalité, il était bien persuadé qu'il ne dormait pas, mais les yeux toujours fermés et le cœur battant, il guettait la tournure qu'allaient prendre les événements. Dans cette position, il était bien. Finalement, ces démons-là n'avaient pas l'air si terribles. Et puis dans cette nouvelle peur, il y avait quand même quelque chose de rassurant, il n'était plus seul. Il sentit soudain une main se poser sur son épaule.

— Oh ! l'ami...

— Ne me touchez pas !

En moins d'une seconde, Désiré s'était dressé sur ses pieds et il faisait face, en tournant sur lui-même, à toutes ces torches qui s'étaient un peu écartées de lui.

— Holà, doucement.

— Qu'est-ce que vous voulez ?

Désiré cherchait à surprendre un visage derrière les lumières et il commençait à distinguer des formes en retrait des torches.

— Nous, rien.

— On n'aime pas bien marcher sur les gens qui pieutent en travers de nos chemins.

— Je ne dormais pas !

— Y'a pas d'offense.

Désiré avait l'air furieux. Il commençait à décrire des cercles autour de sa caisse en allant répondre aux voix, et les lumières qui l'entouraient toujours continuaient de s'éloigner régulièrement quand il avançait. Le cercle devenait moins étouffant et notre jeune homme se donnait des apparences de courage en criant bien fort.

— Mais qu'est-ce que c'est que ce pays ?

— C'est le nôtre.

— Comment est-ce qu'on traite les gens par ici ?

— Calme, l'ami, calme.

Désiré crut entendre des rires.

— Commencez par vous montrer d'abord, que je vois un peu vos têtes de brigands.

Comme une seule, les torches refermèrent leur cercle autour de lui.

— Un par un, un par un.

— Et toi, qui tu es ?

— Qu'est-ce que tu fais par chez nous ?

— Dans nos bois ?

— A barrer nos chemins ?

— J'ai… j'ai embrassé, provisoirement, la noble profession de colporteur.

— Qu'est-ce qu'il dit ?

— Il dit qu'il est marcelot, bizouard, quoi.

— Il n'est point vêtu comme un marcelot.

— Désiré Bucard, c'est mon nom, n'est pas n'importe quel colporteur, je suis un colporteur comme vous n'en avez jamais vu.

— C'est bien vrai.

Il n'y avait que des voix d'hommes et toutes étaient teintées de jeunesse. Désiré n'avait pas encore bien vu à qui il avait affaire, mais il savait maintenant qu'ils étaient environ dix autour de lui, presque un public.

— Si je suis venu jusqu'ici, et parfois au péril de ma vie, ce n'est pas seulement pour vendre de la marchandise, bien que j'aie là dans ma caisse des articles de toute première qualité, mais je suis aussi, et surtout, venu vous informer de la révolution.

— La révolution ?

— Quelle révolution ?

— Y'a eu une révolution ?

— Oui, et la plus grande qui soit, la révolution industrielle. Une révolution sans échafaud mais dont les effets vont changer la face du monde, la vie de chacun, et vous comme les autres. Je vais vous montrer quelques échantillons de…

— Attends voir, l'ami. On n'a pas bien le temps d'écouter

ton boniment. Aujourd'hui, je marie ma sœur, la Mélanie, et on a à faire.

— On a déjà perdu bien du temps.

— Ils vont nous attendre là-bas. Ils doivent se demander ce qu'on fait.

— Dame, il faut aller. La iollée, ça n'attend pas.

— Les filles itou, ça n'attend pas.

Un frisson de rire parcourut les garçons.

— Adieu l'ami, on te reverra sûrement. T'essayeras bien de nous vendre quelque chose ?

— Attendez.

— A cette heure, on peut plus. Le marié doit se demander ce qu'on fait.

— Et moi, qu'est-ce que je deviens ?

— Bizouard tu es, bizouard tu restes.

— Mais quand vous m'avez trouvé, j'étais perdu.

— Où est-ce que t'allais ?

Des torches s'éloignaient déjà.

— Je n'en sais rien.

— Eh bien alors, te voilà rendu.

— Oh l'Adrien, t'arrives ?

— Oui, je viens !

— Mais je ne sais même pas où coucher. Il n'y a pas de village, par ici ?

D'autres continuaient de s'éloigner. Il ne restait plus que deux torches autour de Désiré. Parmi les premiers partis, il devait y avoir un violoneux car on entendait maintenant les notes d'une marche et les garçons reprenaient le refrain avec l'instrument.

— C'est encore sur la mousse qu'on dort le mieux.

— Indiquez-moi quand même un endroit.

Celui que les autres avaient appelé Adrien était le dernier à être resté auprès de lui, mais il commençait à montrer des signes d'impatience.

— Et puis je... je ne suis pas d'ici, vous comprenez, je n'ai pas l'habitude. Dans la forêt, comme ça, j'étais...

Il y eut un petit silence. L'autre devait réfléchir.

— T'as quel âge ?

— Vingt ans.

L'autre marqua encore un silence.

— Allez, viens avec nous.

— Où est-ce que vous allez ?

— Bin, on va chercher le marié.

— C'est loin ?

— Oh, assez.

Désiré hésitait.

— C'est que j'ai déjà beaucoup marché.

— Écoute, il faut que j'aille. Je ne vais pas manquer la iollée de ma sœur quand même ? T'as qu'à nous attendre ici. On va revenir tout à l'heure. On te reprendra en passant et c'est bien le diable si on ne te trouve pas un peu de paille pour te coucher.

— Non, je viens avec vous.

Je ne sais pas si la référence au diable y était pour quelque chose, mais Désiré n'hésitait plus. Il avait déjà enfilé son bras dans la lanière. De soulever sa caisse lui arracha un gémissement.

— Tu ne vas pas aller avec ça ?

— Ah mais si !

— Laisse-la donc. On la reprendra tout à l'heure.

— Tiens, pour qu'on me la vole.

— T'as qu'à la cacher dans un fourré.

— Et comment est-ce que je la retrouverai ? Je l'emporte.

Celui que les autres avaient appelé Adrien s'éloignait en haussant les épaules et commençait à marcher vite pour rejoindre ses compagnons. Ceux-ci étaient déjà assez loin car on n'entendait presque plus les chants et le violon. Adrien était bien un homme. Sa silhouette se dessinait sur les arbres derrière la lumière qu'il portait devant lui.

— Attendez !

Et Désiré de courir pour le rejoindre.

V

Désiré avait du mal, il soufflait, il avait peine à se maintenir à hauteur de sa nouvelle connaissance. Il lui fallut soutenir un effort terrible et ne pas s'arrêter aux affreuses douleurs qu'il avait au dos et à la base du cou, pour parvenir à rester à son côté, mais à ce rythme, au bout de quelque temps, Adrien et lui finirent par rejoindre un à un les jeunes gens.

— Donne-moi ta caisse si tu veux.

Adrien entendait Désiré ahaner derrière lui.

— Non, ça va, ça va.

— Comme tu voudras.

Le groupe s'était reformé. Devant, il y avait le violoneux qui n'arrêtait jamais de jouer, éclairé par ses compagnons. Autour de lui et derrière, il y avait les autres jeunes gens qui chantaient. En plus des torches, certains s'étaient munis de provisions pour la route, de bouteilles surtout et souvent, ils se souhaitaient la santé avant de porter les goulots à leurs lèvres. Entre deux couplets, ils riaient, s'échauffaient le sang à parler des filles dont ils disaient qu'en les retrouvant tout à l'heure ils sauraient bien leur faire regagner le temps qu'ils avaient perdu loin d'elles. Des noms se greffaient sur les chansons : Lucie, Louise, Adèle, comme autant de promesses et plus il y en avait, plus les garçons pressaient le pas.

Un peu en arrière du groupe, il y avait Désiré qui avait de plus en plus de mal à suivre, Désiré qui n'avait pas de nom à prononcer pour effacer la fatigue et qui par conséquent n'en pouvait plus. Les autres semblaient l'avoir oublié, nul ne faisait plus attention à lui. Le jeune colporteur était au bord de l'évanouissement. Si la forêt ne s'était pas obstinée à rester si noire, à coup sûr, il se serait laissé tomber au milieu du chemin. Deux fois déjà, il avait crié aux autres de l'attendre, mais personne ne semblait l'avoir entendu.

C'était vraiment dommage que Désiré ne soit pas en état de goûter le spectacle qu'il lui était donné de voir, car c'était réellement un moment exceptionnel.

La forêt, secrète, profonde, à la fois silencieuse et pleine de bruits, porteuse de tous les mystères, les torches qui faisaient danser les silhouettes sur les branches, les chants qui prenaient des allures de symphonie quand le vent s'en mêlait, le violon qui rendait des sonorités surnaturelles et, en plus de tout cela, un parfum, une odeur, un espoir de plaisir et d'amour qui allégeait la marche des garçons, c'était véritablement extraordinaire.

Désiré fut obligé de s'arrêter.

— Attendez ! Attendez !

Ce fut encore Adrien qui se retourna.

— Qu'est-ce qu'il y a encore ?

Mais en se retournant, comme Désiré était assez loin en arrière, Adrien ne le vit plus.

— Où que t'es ?

— Ici.

— Qu'est-ce que tu fais ?

— Je... Je me repose. Je n'en peux plus.

Adrien revint sur ses pas.

— Alors, tu la laisses ta caisse ou tu nous attends là ?

Il y eut un petit silence.

— C'est encore loin ?

— La moitié d'une heure de marche.

— Ah ?

Il y eut encore un petit silence.

— Je la laisse.

— Mets-la donc là, sur le côté. On la reprendra en revenant.

— Mais comment on reconnaîtra l'endroit ?

— Je te le dirai. Dépêche-toi.

Et Désiré posa sa caisse sur le bord du chemin dans un fourré.

— C'est sûr que ça ne craint rien ?

— Il n'y a rien qui intéresse les loups dans ta caisse ?

— Les loups ?

— Ni les renards, ni les sangliers ?

— Non, je ne crois pas.

— Alors elle ne craint rien. Dépêche-toi.

Et Adrien s'était remis à marcher. Désiré lui emboîta le pas. Il marchait tout de même plus facilement.

— C'est vrai qu'il y a des loups par ici ?

— Ben dame !

Désiré fit l'effort de revenir tout à côté d'Adrien. Il semblait ne plus vouloir le quitter.

— Tiens, bois un canon, ça te fera du bien.

Adrien lui tendait une bouteille. Désiré porta le goulot à ses lèvres et en but une longue rasade. Mais tout à coup, il écarta brusquement la bouteille et cracha un peu en toussant.

— Qu'est-ce que c'est ?

— Du vin de chez nous.

— Oh ! là ! là ! c'est rude.

Et Adrien de rire.

— Il faut nous presser pour rejoindre les autres, ajouta Désiré en toussant encore.

— On y va, on y va.

C'était maintenant Désiré qui était un peu devant.

— Vous en avez déjà vu des loups ?

— Moi ? Non, des traces seulement, l'hiver.

— Et vous connaissez des gens qui en ont rencontré ?

— Oh ! plein. Tiens, écoute voir. Je vais te raconter une histoire. J'ai un oncle qui reste maintenant à Saint-André. Quelque temps avant ses noces, il rentrait chez lui après avoir fait visite à sa promise. Il était tard, c'était après la veillée. Eh bien en chemin, il s'aperçut qu'il était suivi par un loup, un vieux, un solitaire. Ceux-là, ce sont les plus féroces...

— Alors ?

— Heureusement, il avait des allumettes. Il en gratta une et le loup s'éloigna, un peu tu vois, pas bien, mais un peu. Et puis l'allumette fut au bout et le loup se rapprocha.

— Et pourquoi votre oncle ne s'était-il pas fait une torche ?

— L'hiver, quand il y a de la neige partout et que tout est trempé ?

Au ton d'Adrien, Désiré vit bien qu'il avait dit une énormité.

— T'es d'où, toi ?

— De la Brie.

— C'est où ça ?

— Par là, au nord.

— Et c'est comment chez toi ?

— Chez moi, c'est pas comme ici, c'est la plaine. L'été, on voit des champs de blé à perte de vue.

— Et les forêts, elles sont comment ?

— Il n'y a pas de forêts, c'est la plaine.

— Et pas de montagnes, ni de vallées ?

— Non.

— C'est un drôle de pays, ton pays.

Ils marchèrent un temps en silence.

— Et votre oncle alors ?

— Dès que l'allumette s'éteignait, mon oncle grattait la suivante. Mais le chemin était plus grand que la boîte. Quand il gratta la dernière, il était encore à une lieue de chez lui. Il essayà bien de faire prendre une poignée de genêts mais il n'y avait pas moyen. Quand la dernière allumette fut éteinte, mon oncle se mit à courir et le loup lui courut après. A chaque pas, il gagnait un peu. Ça va vite un loup. Déjà, mon oncle voyait sa maison mais le loup était sur lui.

— Alors ?

— Alors, je ne sais pas ce qui lui a pris ; lui-même, il dit qu'il ne sait pas pourquoi il a fait ça. Il allait être rattrapé. Il s'est arrêté et il a fait face au loup.

— Et puis ?

— Et puis il lui a parlé.

— Qu'est-ce qu'il lui a dit ?

— Il a dit : « Ne me mange pas, je me marie dans trois jours ! » Le loup a regardé mon oncle. Il dit, mon oncle, que c'était comme s'il avait compris et il a fait demi-tour et il est rentré dans le bois.

Désiré était troublé. Cette histoire lui semblait tout à fait invraisemblable, pourtant, la voix d'Adrien portait des accents très persuasifs en la racontant.

— C'est comme je le dis. C'est même comme ça que j'ai pu avoir des cousins.

Désiré n'était plus seul. C'était tentant de faire le fier, il ne put y résister.

— Et c'est votre oncle qui vous a raconté tout ça ?

— Plutôt cent fois qu'une.

Adrien était grave.

— Et c'est vrai ?

— C'est un brave homme, mon oncle.

— D'accord, mais il s'est peut-être abusé. Dans le noir, un chien...

Adrien fronçait les sourcils.

— T'en as jamais vu des loups ?

— Non.

— Quand il est arrivé chez lui, mon oncle a raconté ses misères à son père et à son frère et tous trois, ils sont ressortis avec les fusils. Ils ont bien reconnu les traces et ils les ont suivies longtemps, mais au petit jour, la neige s'est remise à tomber et ça a tout effacé.

Désiré était revenu tout à côté d'Adrien. Les autres étaient encore un peu devant.

— Mon oncle, son frère, son père, ce ne sont point des menteurs.

— Je n'ai pas dit ça.

— Non, tu ne l'as pas dit.

— Dépêchons-nous, ajouta Désiré qui venait d'accorder un regard à la forêt.

Il voulait bien faire le fier, mais avec des mots seulement.

— Je pourrais en raconter bien d'autres...

Après quelques minutes de marche rapide, Adrien et Désiré rejoignirent le groupe des jeunes gens, jusqu'à se mêler à eux. Une fois au milieu des autres, Désiré, qui se sentait mieux, put s'intéresser à ses voisins, à leur aspect, à leur visage qu'il détailla à la lueur des torches. C'était d'ailleurs assez curieux, car cette lumière si particulière, mouvante, faisait les visages farouches lorsque les jeunes gens étaient sérieux et accentuait les sourires quand ils s'animaient.

Lorsqu'ils ne chantaient pas, les conversations allaient bon train. Désiré, pour sa part, ne comprenait pas la moitié de ce qui était dit ou fredonné.

En détaillant de plus près ses compagnons, le colporteur se rendit compte que certains jeunes gens portaient des fusils à l'épaule et la narration d'Adrien reprit toute sa saveur. Sans menace de faire de mauvaises rencontres, pourquoi diable ces jeunes gens se seraient-ils munis de fusils à la veille d'une noce ? A posteriori, Désiré sentait la sueur, la mauvaise, la froide, lui parcourir le dos. Et dire qu'il s'était aventuré seul au milieu de ces bois !

Ils marchaient toujours.

Il est des signes qui ne trompent pas. Désiré comprit qu'il avait été accepté par tous quand d'autres jeunes gens qu'Adrien lui tendirent leur bouteille et si, la première fois, Désiré avait eu quelque peine à garder le vin qu'il avait avalé, maintenant, il s'était habitué et il acceptait bien volontiers le breuvage qui le réchauffait, lui donnait du courage et lui permettait d'oublier un peu sa fatigue.

Lorsque les chansons étaient longues et qu'il avait le temps de s'y faire, il essayait même de reprendre le refrain, remplaçant les paroles par des onomatopées qui serraient au plus près ce qu'il croyait avoir compris.

Ils quittèrent la forêt.

Désiré s'échauffait de plus en plus, à tel point que dans un silence entre deux chants, alors que c'était au violoneux de boire, il entama résolument un air de chez lui et tous écoutèrent.

Cette chanson racontait l'histoire d'une fille dont le galant venait un soir frapper à la porte. Mais la belle, au lieu de le recevoir, le laissait dehors et le voulait voir mourir de froid parce que peu de temps auparavant, au village, le jeune homme s'était vanté, devant du monde, qu'elle était à ses volontés.

Entre chaque couplet, qui ne comportait que deux vers, il y avait tout un air à fredonner et pendant que Désiré égrenait les notes, ses compagnons faisaient des commentaires.

— Par chez toi, ils font comme chez nous les garçons.

— Hé, ce qu'il chante là, le marcelot, ça ne vous fait point penser au Louis ?

— Si, si, au Louis et à la Berthe.

Et ils riaient tous, sauf le Louis qu'il était facile de reconnaître.

— Tais-toi donc, disait le Louis en donnant une bourrade sur le bras de son voisin.

— T'en fais pas mon Louis, écoute voir, écoute, insistait le voisin en s'écartant, tu vas apprendre à te sortir de là.

Et Désiré rechantait deux vers.

— Il va crever si elle le laisse dehors.

A la fin, la belle souhaitait mille morts à son galant indélicat et voulait qu'il fût pleuré au plus vite par son père et sa mère. En face de ces extrémités, les jeunes gens prirent parti pour le jeune homme, c'était bien naturel.

— T'en fais pas mon gars, il y en a d'autres.

— C'est point les gamines qui manquent.
— Et si ça manque, t'as qu'à venir chez nous, il y en a plein.
Désiré n'était pas peu fier de l'effet produit par sa chanson. Déjà, dans sa tête, en fredonnant le petit air qui séparait chacun des couplets, il se promettait d'en chanter une autre, mais lorsqu'il eut fini, le violoneux se remit à l'ouvrage et les jeunes gens au leur, à des chansons de chez eux auxquelles Désiré ne connaissait rien.

Ils arrivèrent ainsi aux abords d'un hameau. Les quelques fermes qu'il y avait là semblaient endormies. Ils le traversèrent sans jamais mettre leurs chants ni leurs rires en sourdine. Ils firent aboyer les chiens.

Une fois le hameau traversé, ils prirent un chemin qui menait à une grosse ferme. A la barrière, une lampe avait été accrochée pour guider le cortège. Quand les jeunes gens pénétrèrent dans la cour, la porte de la ferme s'ouvrit et la silhouette d'un homme gros et fort se dessina sur fond de lumière. Désiré, à cet instant, n'était plus entouré que d'amis de longue date. Il marchait dans les premiers. Le gros homme vint au-devant d'eux. Sortit ensuite un autre personnage, un peu plus grand et plus maigre, qui portait des godets de fer-blanc, puis une vieille femme avec deux bouteilles. Les jeunes gens entourèrent leurs hôtes en les saluant bruyamment et chacun de tendre trois fois le bras : la première pour échanger une solide poignée de main, la seconde pour recevoir un godet des mains de l'homme grand et maigre, et la troisième pour le faire remplir par la vieille femme, et Désiré comme un autre.

Les jeunes gens trinquèrent à la noce, aux mariés, aux filles, puis la troupe parla de reprendre le chemin. On jeta les torches consumées et le gros homme en distribua d'autres.

On rendait aussi les godets lorsque quelques notes sorties d'une vielle résonnèrent depuis le fond de la maison pour saluer la compagnie. Le violon, par courtoisie, répondit au salut. Les jeunes gens, qui n'avaient que bras et voix pour se mêler aux civilités que se faisaient les instruments, applaudirent à grand bruit en poussant des hourras. Le vielleux se joignit au violoneux et le groupe, fort en plus du gros homme et du grand maigre, se remit en chemin derrière les musiciens.

Au bout de quelque temps, Désiré se rendit compte que le groupe n'avait plus le même entrain que tout à l'heure. Était-ce la présence des deux nouveaux, ou le vin qui commençait à torturer les estomacs, ou plus simplement la fatigue qui se faisait sentir, ou bien encore les sons de la vielle qui ajoutaient des plaintes à celles du violon ? Toujours est-il que plus personne n'était aussi gai, aussi franchement délié que précédemment.

Pour sa part, Désiré n'eut pas besoin d'aller chercher bien profond pour nommer sa nouvelle mélancolie. Il était affreusement fatigué. Plusieurs fois, il avait eu des regards tendres pour la mousse, mais le récit d'Adrien était encore tout proche. Adrien ? Il n'était plus à côté de lui. Il le chercha. De parler, ça l'aiderait sûrement à se tenir éveillé. Adrien marchait quelques pas derrière, en compagnie d'un garçon dont Désiré avait remarqué depuis le début qu'il était le seul à être resté tout le temps silencieux. Désiré se laissa rejoindre, puis il prit le pas des deux autres. Il était carrément venu se mettre entre eux. Il avait donc Adrien à sa gauche et l'autre jeune homme, le silencieux, à droite.

— Quand est-ce qu'on va arriver chez le marié ?

Adrien devait penser à autre chose car il ne répondit pas.

— Je commence à être fatigué.

— Quoi ?

— Quand est-ce qu'on va arriver chez le marié ?

— On y était.

— Ah bon ? Et il n'est pas venu ?

— Si, il est là-bas.

— Ah, c'est le grand maigre qui ne parle jamais ?

— Non, c'est l'autre.

Désiré n'en revenait pas. Alors le marié c'était celui-là ? Il avait au moins deux fois leur âge. En plus, il n'était pas bien beau, déjà un peu gros et rouge.

— Quel âge elle a, ta sœur ?

Le jeune homme silencieux s'était laissé distancer.

— Dix-huit ans.

Et Adrien était sombre en parlant de l'âge de sa sœur. Désiré sentit qu'il ne fallait pas s'arrêter là.

— Comment il s'appelle, le marié ?

— Le Gaston.

— C'est un nom très répandu. J'en connais plein des Gaston...

Mais Adrien ne répondait plus.

— C'est encore loin ?

Ils étaient, depuis un bon moment déjà, revenus dans la forêt.

Les jeunes gens chantaient toujours, les musiciens jouaient de plus belle, mais les esprits n'y étaient pas.

Il n'y avait pas de quoi s'inquiéter, dans toutes les fêtes il y a toujours un instant où, si fortes que soient les réjouissances, elles s'estompent un peu, comme si les hommes se faisaient peur de trop de plaisir, comme si passait un remords, comme si quelque chose venait soudain les rendre à la mesure, à la vraie vie qui n'est pas faite que de délices. C'est un peu comme si la réalité se vengeait d'avoir été écartée. Mais après, passé le nuage, ces moments dessinent aussi au plus juste les contours du bonheur présent et redonnent de la saveur, de l'élan, à un plaisir qu'on épuiserait peut-être trop vite sans cela.

Le vin circulait bien encore, mais les bouteilles étaient presque vides. D'ailleurs, le vin ne change pas la nature des choses, il l'accentue, mais il ne la transforme pas. Il rend la gaieté plus gaie, plus bruyante, et il en fait tout autant avec la mélancolie ou le chagrin.

C'était l'heure d'avoir une pensée pour certaine fille que Désiré avait laissée au village, qui, de cette forêt, lui paraissait plus belle encore, blonde et douce à regarder, la poitrine ronde sous le corsage, les bras blancs, le regard rieur. En pensée, Désiré refit des manœuvres pour la séduire et comme le moment n'était pas à la joie, elle riait et se moquait de lui, comme elle avait fait. S'il était à ce jour au milieu des bois, avec des gens qu'il ne connaissait pas quelques heures plus tôt, la mâtine n'y était pas pour rien. Lorsqu'il allait revenir fortuné, elle l'aurait peut-être épousé son coquin de Jean Lebœuf, mais elle n'aurait pas fini de s'en mordre les doigts. Il la promènerait, Désiré, sa réussite par-devant la médiocrité qu'elle s'était choisie. Et le colporteur de se faire, pendant de longues minutes, un plaisir de cette triste et piètre perspective. C'était malheureusement, à ce jour, tout ce qu'il pouvait espérer. Il faudrait ensuite que Jean Lebœuf se tue dans quelque accident de minoterie, ou meure d'une quelconque maladie. En partant, Désiré avait cédé la place.

Ces pensées l'occupèrent tout un temps et quand il se réveilla, il était dans un chemin, en face d'une ferme qu'il avait déjà vue, dans la cour de laquelle brûlait un grand feu. Seulement, plus aucune ombre ne courait sur les toits, plus personne ne dansait autour ou dans le feu. La cour était complètement vide. La porte était close, les volets aussi. Désiré se demanda où avaient bien pu passer les démons et il pensa de suite que s'ils ne s'étaient pas enfermés dans la maison, ils devaient avoir pris la fuite à leur approche. On était quand même mieux quand on était plusieurs. Le groupe avançait toujours et Désiré franchit la barrière sans faillir. Mais tout à coup, le jeune colporteur fut secoué par un haut-le-cœur.

VI

— Ma caisse ! J'ai oublié ma caisse !

Le violon et la vielle s'étaient tus et les jeunes gens commençaient à s'égailler tout autour avec une certaine prudence, prenant d'infinies précautions pour ne point faire de bruit.

— Ma caisse, j'ai laissé ma caisse dans la forêt !

— Chut ! disaient des bouches autour de lui.

— Il faut que je retourne.

— Tais-toi donc !

Certains jeunes gens revenaient déjà de derrière la ferme. Désiré reprit plus bas :

— Il n'y a pas quelqu'un qui pourrait retourner avec moi ? C'est que tout seul, je ne saurais pas reconnaître l'endroit.

C'est à cet instant qu'il vit venir à lui Adrien. Il portait la caisse de Désiré et celui-ci se précipita au-devant de l'autre pour la recevoir dans ses bras. En la caressant et toujours doucement pour ne pas risquer les remontrances des compagnons, Désiré se confondit en remerciements.

— Ah ! Ah ! Je l'avais oubliée. Ma caisse ! Merci. Merci. Entre nous, dit-il en se relevant et en regardant Adrien droit dans les yeux, c'est à la vie, à la mort.

Adrien n'en revenait pas.

— A partir d'aujourd'hui, ajouta Désiré, tu es mon meilleur ami.

— Serre-la donc sous la remise.

Les musiciens s'étaient approchés à dix pas de la porte. Tous les jeunes gens faisaient maintenant face à la maison.

Quand Désiré revint parmi eux après avoir disposé sa caisse contre le tas de bois, dans un endroit sombre où personne ne pouvait la voir, il remarqua que les fusils commençaient à quitter les épaules. Plus personne ne parlait. C'était la première fois qu'il allait assister à une chasse aux démons. Son cœur battait. Tout de suite les jeunes gens se mirent à tirer, en l'air. Les coups de feu résonnaient au loin dans la nuit. L'ombre des fusils montait sur le toit. La fumée de la poudre se répandait autour d'eux et les enveloppait tous, avec cette odeur si particulière. Désiré aurait voulu tirer à son tour. Les musiciens n'avaient toujours pas bougé. Le colporteur avait oublié la noce. Il courait de l'un à l'autre, réclamant une arme. Lorsqu'il s'aperçut que son ombre, avec les autres, se dessinait sur le toit, il se mit à gigoter, à écarter les bras, à sauter, au milieu des coups de feu qui continuaient de crépiter de toutes parts, dans un vacarme assourdissant. Maintenant, les ombres le faisaient rire.

Dans la ferme, rien ne bougeait. S'ils étaient à l'intérieur, les démons devaient être terrorisés. La maison restait bouclée, scellée comme une tombe. Soudain, les coups de feu cessèrent. On aurait dit que les tireurs s'étaient donné le mot et les musiciens se remirent à jouer.

Ils entamèrent un air qui sembla bien étrange à Désiré, en la circonstance. Ils firent ainsi une longue introduction, douce et propre à charmer le diable lui-même, puis l'un des jeunes gens s'approcha de la porte et tout contre le bois, il se mit à chanter :

— *Ouvrez-moi donc la porte*
Ma mie si vous m'aimez.

Le jeune homme avait une belle voix et il avait mis le ton.

Les musiciens recommencèrent son chant quand le chanteur reprit haleine, mais après, il se passa quelque chose de tout à fait extraordinaire. De derrière la porte, on put entendre une voix de femme qui répondait au chanteur.

— *Je n'ouvre pas ma porte*
A l'heure de minuit.

Les jeunes gens s'étaient rapprochés pour mieux entendre. Plus de mélancolie, finie la tristesse, tous semblaient pris d'une grande excitation et Désiré tout autant qu'un autre. Les instruments reprirent le chant de la jeune fille, puis la voix féminine ajouta, avec une nuance de moquerie :

— *Frappez à la fenêtre*
La plus près de mon lit.

Et les musiciens de rejouer l'air qui avait accompagné les mots.

Désiré cherchait déjà une fenêtre. Il n'y en avait qu'une, ce devait être la bonne. Il allait y frapper quand le jeune homme se remit à chanter. Personne d'autre que Désiré n'avait bougé de la proximité de la porte.

— *Quand je serai à la fenêtre*
Ma mie, l'ouvrirez-vous ?

Oui, oui, pensait Désiré, est-ce qu'elle l'ouvrira ?

Et il courait encore dans l'espoir d'en trouver une autre.

Et les musiciens toujours reprenaient la chanson.

La péronnelle, derrière la porte, ne se donna même pas la peine de répondre. C'était à désespérer. Alors le jeune homme reprit, un peu triste :

— *Nous sommes dedans la neige...*

Désiré regarda autour de lui. Au mois de juin, de la neige ?

— *Dans l'eau jusqu'aux genoux.*

La terre était si sèche qu'elle se craquelait par endroits. Il y avait juste un peu de boue près de l'abreuvoir, mais tous en étaient très éloignés.

— *Et la pluie est si grande*
Qu'elle nous tréperce tous.

Désiré comprit que le jeune homme cherchait à l'attendrir. Il riait intérieurement du bon coup qu'ils étaient en train de faire. Il y avait beau temps qu'il avait oublié le diable et ses affidés.

Le jeune homme reprit :

— *Les chiens de votre père*
M'avont bien aboyé.

Désiré eut encore un petit regard pour la cour afin d'apercevoir des chiens qui n'étaient pas là.

— *Ils disent dans leur langage*, continuait l'autre,
Galant tu perds ton temps
Ton temps et ta jeunesse
Et aussi ton argent.

C'était un argument auquel Désiré était des plus sensibles. Mais pourquoi les faisait-elle tellement attendre ?

— *Combien de fois la belle*
Le soir après souper
Au beau clair de la lune
Tous deux avons jové ?

Hé, hé, pensait Désiré, ils ont eu du bon temps ces deux-là. Alors pourquoi est-ce qu'elle ne lui ouvrait pas ? Si ça avait été la première fois, d'accord, mais là. C'était bien les filles, d'oublier qu'elle s'était déjà laissé faire.

Quand les musiciens eurent repris la partition du jeune homme, et qu'ils cessèrent de jouer, la jeune fille reprit, indignée :

— *Si j'ons jové ensemble*
Pourquoi le dites-vous ?

Elle n'était pas contente, il n'y avait pas à s'y tromper.

Alors le jeune homme, qui avait à se faire pardonner, reprit tendrement :

— *Si j'étais l'hirondelle,*
Si je pouvais voler,
J'écarterais mes ailes
Sur les bois d'oranger,
Dans le sein de ma belle
J'irais me reposer.

Quand même, ces paysans, où allaient-ils chercher tout ça ? C'était bien joli. Si Désiré en avait les larmes aux yeux, la belle ne semblait pas vouloir se laisser attendrir.

— *Mon sein n'est pas un arbre*
Capable de te porter
Au jardin de mon père
Il y a z'un oranger.

Décidément, cette fille était bien tenace. Chez lui, elle aurait déjà ouvert depuis longtemps. Désiré suggéra aux autres :

— On n'a qu'à enfoncer la porte, on est bien assez pour ça.

Heureusement, tous n'avaient pas entendu la remarque de notre colporteur parce que, comme de coutume, la vielle et le violon reprenaient la musique de la jeune fille, mais ceux qui l'avaient entendue se tournèrent vers lui avec de gros sourcils.

— Chut !

Désiré se fit tout petit, mais les autres s'étaient très vite retournés vers la porte pour entendre la suite.

— *Ma mie tu es cruelle*
Aujourd'hui plus qu'hier
La mort soit du jour
Où je t'ai regardée.

Il était à bout ce pauvre garçon, c'était visible. Désiré était bien d'accord avec lui. On perdait son temps. Pourquoi n'allait-on pas chercher une fille plus amène dans une autre ferme ?

Mais personne ne faisait rien pour partir, les musiciens jouaient toujours jusqu'à ce que la jeune fille, de l'autre côté de la porte :

— *Ainsi je suis cruelle ?*
Libre à toi de changer.

Et la musique de reprendre.

— *C'est sûr, j'y vais aller*, menaçait le jeune homme.

Et la musique encore.

Désiré, depuis qu'il avait été rabroué par les autres, n'osait plus donner son avis, mais il commençait à se lasser de toutes ces simagrées. La fatigue qu'il avait oubliée revint lui parler d'elle. Ils faisaient vraiment trop de manières par ici. Ils n'allaient tout de même pas passer le reste de la nuit devant cette porte, à en compter les clous. Et la jeune fille, toujours invisible, de continuer :

— *Va donc chez l'Henriette*
Elle est seule, sans galant.

Un petit air de vielle.

— *Tu te moques de nous*
Elle a tenu ma mère
Jadis sur ses genoux.

Bien qu'il n'y eût aucun signe tangible que la situation fût sur le point de se débloquer, les jeunes gens se resserraient toujours de plus en plus vers la porte. Il allait sûrement se passer quelque chose.

— *Ou prends donc l'Émilie...*

Encore un petit air.

— *Elle est aussi laide*
Que tu sais être belle
Vas-tu finir enfin
De me faire enrager ?

Un petit air de violon.

Et tout le monde continuait de se rapprocher et les jeunes gens commençaient à monter les marches et Désiré aussi, un peu malgré lui, poussé par ceux qui étaient derrière. Une sorte de frisson semblait les parcourir.

— Tout de bon, c'est donc moi que tu veux ?

— Oui, toute seule et personne après toi.

C'était sûr maintenant, quelque chose se préparait et d'autant plus que, cette fois, aucun des deux n'avait chanté. La musique montait en rythme et en volume.

— Tu es seul ? s'enquit encore la jeune fille.

— Oui, répondit son soupirant sans l'ombre d'une hésitation.

Et comme à cet instant le groupe des jeunes gens, dans son impatience, commençait à murmurer, Désiré eut peur que la fille ne les entendît et restât porte close. Ce fut à son tour de faire :

— Chut !

La porte finit par s'entrouvrir et tous les garçons se mirent à pousser. Seulement elle ne cédait pas facilement car derrière, c'étaient maintenant plusieurs voix féminines qui s'encourageaient à résister. Désiré, complètement écrasé entre cette porte réticente et ceux qui poussaient derrière lui, n'avait pratiquement plus les pieds au sol, mais à nouveau il était impatient. Elles étaient plusieurs, les filles !

Les musiciens se mirent à jouer une sorte de charge et la porte céda sous la poussée conjuguée des garçons et des notes. Tous comme un seul se précipitèrent dans la maison en criant et ils se répandirent dans la pièce comme s'ils étaient à la recherche de quelque chose de fugace et de précieux. La grande salle commune était faiblement éclairée par le feu de la cheminée. Et tous les garçons d'ignorer les filles au profit de leur recherche. Ils déplaçaient les lits, ouvraient les armoires, renversaient les coffres avec une espèce de frénésie comme si leur vie, ou leur fortune, ou leurs amours, allaient dépendre du fruit de leur quête. Quand l'un d'entre eux se dirigeait vers un endroit, ils étaient cinq à lui emboîter le pas. On aurait dit que chacun craignait de laisser un autre découvrir ce qu'il n'avait pas vu. Désiré, lui, ne cherchait rien qu'à poursuivre les filles, à les pousser, à les pincer, les chahuter, à essayer de leur prendre des baisers, mais chacune de celles qu'il approchait le repoussait pour ne rien perdre des investigations des garçons. Elles semblaient même se demander ce que cet escogriffe venait faire par ici et qui pouvait bien être ce personnage qui ne s'intéressait pas à ce pour quoi tous les autres étaient venus. Notre colporteur ne comprenait rien à la situation, c'est vrai, mais il s'était trop impatienté au-dehors pour cesser ses assauts et puis la musique était toujours là pour l'entraîner.

Alors qu'il s'égarait à caresser la poitrine d'une grande et belle fille, il reçut en retour une superbe gifle qu'on entendit claquer par-dessus les instruments. Désiré en eut le souffle coupé. Il mit la main à sa joue mais la donzelle était déjà loin, à suivre les autres qui entraient dans une pièce devant être un cellier. Elle ne l'avait même pas regardé. En quelques secondes, il se retrouva seul dans la pièce commune, car même les musiciens avaient suivi. Il était tellement abasourdi qu'il ne prêta pas attention au jeune compagnon triste d'Adrien, celui qui marchait à côté de lui dans la forêt, celui qui ne chantait jamais, qui n'avait pas suivi les autres et était en train de pénétrer dans une pièce qui devait être une chambre. Il cherchait sans doute à s'isoler car il n'avait pas l'air de partager ni de goûter le plaisir de ses compagnons.

Le colporteur n'eut pas bien le temps de se lamenter sur son sort, ni de s'interroger sur les mœurs de ces gens-là, que tout le monde ressortait déjà du cellier, musiciens en tête, pour entrer dans la chambre où venait de disparaître le jeune homme triste. Les derniers y étaient à peine qu'on entendit une grande exclamation et des hourras répétés et soulignés de notes triomphantes, puis se fit le silence, impressionnant.

De derrière une armoire qui occupait dans la chambre un pan de mur, le jeune homme triste attirait à lui une toute jeune fille, grave et belle comme un premier matin de bonheur. Elle ne semblait pas vraiment heureuse d'être découverte, il ne le paraissait pas davantage de l'avoir trouvée. Elle était rouge. Il tremblait un peu. Les autres s'écartèrent pour les laisser passer. Ils se tenaient la main. Ils allaient revenir dans la pièce principale.

— Bravo Julien !

— Hourra pour le Julien !

La musique avait cessé. Il y avait chez la jeune fille et le garçon quelque chose de solennel qui fit venir des larmes aux yeux de Désiré, des larmes qu'il tenait toutes prêtes depuis la gifle qu'il avait reçue. Julien et la jeune fille semblaient ne plus voir personne, je ne sais même pas s'ils se voyaient l'un l'autre. Seulement, jeunes gens et jeunes filles en étaient restés à la fête et au plaisir, ils se remirent à crier :

— Tu lui dois un baiser.

— Le baiser ! Le baiser ! reprirent-ils tous.

Julien faisait non de la tête.

— Si, si, le baiser ! Le baiser !

Julien et sa découverte étaient maintenant à deux pas de Désiré. Tout le monde voulait revenir dans la grande pièce et derrière, pour sortir de la chambre, on se bousculait un peu.

— Si tu ne le donnes point, je vais le faire à ta place, menaçait un grand gaillard qui devait avoir une vingtaine d'années, et c'est moi qui scellerai la possession. Je te prendrai tes droits.

Les autres criaient toujours et se pressaient pour approcher et voir. C'est à cet instant que réapparurent le marié et son frère. Ils venaient d'entrer et regardaient le groupe formé par les jeunes gens, groupe dont ils n'étaient pas. Julien vit le Gaston. La jeune fille aussi. Ils se tournèrent l'un vers l'autre pour échanger un regard mais, comme tout autour on continuait de pousser pour ne rien perdre de ce moment, malgré eux ils se retrouvèrent collés l'un à l'autre. Julien, à vouloir faire le sourd, baissait la tête. Parce que tous deux ne l'avaient pas vraiment voulu, leur effleurement fut maladroit et le jeune homme triste posa ses lèvres au bord de la bouche de la jeune fille alors qu'on s'attendait à les voir s'embrasser sur la joue. Mais les autres de crier d'autres hourras quand même.

— Allez, mène-la à son mari maintenant.

Toujours poussés, toujours malgré eux, Julien et Mélanie avançaient vers Gaston qui avait accroché sur sa face un sourire qui ne le quittait pas. Il tendait déjà la main pour prendre celle de sa future, mais alors que Julien aurait dû la lui offrir, il s'écarta au dernier moment et Gaston la reçut sans que l'autre la lui eût donnée.

Dès que Gaston eut touché la main de Mélanie, la musique se remit à jouer. Il attira la jeune fille vers lui et ce fut à son tour de l'embrasser. Tout le monde criait et chantait, sauf Julien qui n'était plus là. Chacun y allait d'un encouragement ou d'une plaisanterie.

Désiré ne comprenait pas toujours très bien ce qui se passait mais, à cet instant, il ne pouvait s'empêcher de penser que dans ce qu'il lui était donné de voir il y avait quelque chose d'anormal, comme un non-sens dans cette fête.

Les jeunes gens entourèrent la table. Gaston n'avait toujours pas lâché sa proie et la gardait par-devers lui. Tout le monde prit un verre et on recommença à boire.

Plus tard, les musiciens jouèrent les premières mesures d'une bourrée et ce fut le signal d'aller dans la grange. Il fallait bien terminer le jour par d'autres vertiges que ceux qui tiennent à la boisson. En sortant, et dehors, on se bousculait encore, mais c'était cette fois dans le but de se rapprocher de l'objet de ses désirs.

Dans la grange, les musiciens grimpèrent sur deux tonneaux surmontés de quatre planches et, de cette hauteur, ils entonnèrent la première bourrée dont ils avaient joué l'introduction tout à l'heure.

La première danse appartenait au jeune homme qui avait trouvé la mariée. C'est poussé par les autres que Julien qui s'était encore à moitié caché fit les pas qui le séparaient de Mélanie. Gaston s'effaça, avec toujours le même sourire. Julien la prit dans ses bras et ils commencèrent à tourner.

C'était drôle, le malaise que Désiré ressentait lorsque la jeune fille était sur les genoux du Gaston, n'existait plus lorsqu'elle était au bras de Julien. Il trouvait que c'était mieux comme ça.

Comme il était content, il s'approcha des musiciens et leur promit une pièce si cette bourrée-là durait longtemps, plus longtemps qu'elle n'avait jamais duré. Ensuite, il se dirigea vers l'endroit où il y avait les bouteilles dans l'espoir de s'y mieux souvenir s'il possédait l'argent qu'il venait de promettre. Il trinqua même avec Gaston qui ne quittait pas ce coin-là et n'allait jamais danser, pas même avec sa future. Désiré n'était pas mécontent du petit tour qu'il lui avait fait. Il ne l'aimait pas, ce gros paysan avec son sourire figé.

Plus tard, Désiré dansa ce qu'il savait. La nuit devait être, à cette heure, bien avancée. Il dansa avec la mariée, puis avec d'autres jeunes filles, il dansa même avec celle qui l'avait giflé, sans plus lui tenir rancune.

Quelque temps avant le jour, le bal s'arrêta. Tout le monde avait besoin d'un peu de repos car la noce en elle-même n'était pas encore commencée, on n'en était qu'aux prémices. Quand le dernier pas fut esquissé, quand les derniers doigts se délièrent, Désiré comptait les filles, toutes les filles, au nombre de ses amies de toujours, comme il l'avait fait plus tôt avec les garçons. Avec les autres jeunes gens, il coucha dans la grange. Plus tard, d'autres personnes vinrent les rejoindre, dont certaines ne purent même pas grimper à l'échelle pour monter dans le foin, qui dormirent en bas, à même le sol.

VII

Au matin, c'est la faim qui tira Désiré de ses rêves. Quand il ouvrit les yeux, il n'y avait pratiquement plus personne dans la grange, sinon deux hommes torturés dans leur sommeil, qui ronflaient bruyamment et qui semblaient se répondre l'un à l'autre dans un étrange dialogue, attendu que l'un en était à souffler quand l'autre inspirait. Désiré se mit debout. C'était quand même dur. Il s'étira, se gratta la tête. La grange dansait un peu autour de lui.

Doucement, en enfonçant dans le foin, il gagna l'échelle et cette façon de marcher dans le fourrage allait bien à son léger vertige. Il appréhenda les barreaux avec beaucoup de prudence. Il avait un peu regardé vers le bas et le sol tournait encore plus que les murs. Il descendit les yeux fermés.

Arrivé à terre, il prit une profonde inspiration, puis, tout en avançant vers la porte, il frotta ses habits avec soin, devant et derrière. Il était sur le point de sortir quand brusquement il se ravisa. Les souvenirs de la veille lui revenaient en mémoire. Finalement, il allait se retrouver au milieu de gens qu'il ne connaissait pas et ceux-ci seraient en droit de lui demander ce qu'il faisait là. Devait-il simplement remercier et partir, ou pouvait-il considérer qu'il avait été invité et rester encore ? Il hésita un bon moment puis il finit par mettre la main sur la gâche de fer. Il avait décidé de traîner un peu et de voir quelle tournure allaient prendre les événements, mais tout de même d'essayer de rester.

Il entrouvrit la porte de la grange. Sa première impression fut douloureuse. Le soleil en entrant lui brûla les yeux et le sang lui martela la tête. Il avait besoin de s'accoutumer. La porte toujours entrouverte, il regarda au-dehors. Il devait être encore assez tôt. D'ailleurs, Désiré sentait bien qu'il n'avait pas eu beaucoup de sommeil. Pourtant, dans la cour, il y avait déjà du monde, des hommes et des femmes passaient et repassaient, les bras chargés de nourriture et de provisions. Des jeunes gens près de l'abreuvoir se lavaient ou se rasaient et tous cherchaient à jeter de l'eau aux filles s'aventurant par là, qui s'enfuyaient en poussant des cris par-dessus les rires. Désiré en reconnut quelques-unes, des garçons aussi, mais en ce matin, il se sentait tout à fait étranger à ces gens-là. Et dire que la veille, il les avait trouvés tout proches...

Désiré referma la porte sur son sentiment de solitude. C'était le moment de réfléchir. Il n'avait pas envie de s'en aller. En haut, les deux hommes continuaient de ronfler en cadence. En regardant au-dehors, il avait aussi aperçu une grande table sous la remise, que les femmes étaient en train de garnir avec des bols, des assiettes, du pain, des brioches, du cochon. La tablée était dressée pas très loin de l'endroit où il avait laissé sa caisse. Sa caisse ! Mon Dieu, sa caisse ! Il l'avait encore oubliée. Était-elle toujours là ? A la nuit, il l'avait disposée hors de la vue de tous, mais au jour, chacun devait la voir. Il remit la main sur la porte et celle-ci s'ouvrit sans lui. Adrien entrait dans la grange avec une fourche. Désiré fut obligé de fermer les yeux.

— Ah, te voilà debout ? C'est bien les gens de la plaine. Ils veulent bien danser toute la nuit, mais il leur faut dormir le jour.

— Non, non.

— T'es tout chiffonné.

— Oui mais hier, toute la journée, j'avais fait du chemin.

— On va bientôt gaûter, dépêche-toi.

Et Désiré enjamba la porte de bois tandis qu'Adrien restait. Désiré se retrouva dans la cour, les bras ballants. Il avait l'air d'un grand nigaud. Il aurait donné la moitié du reste de ses espérances de fortune pour avoir quelque chose à faire de ses mains. Il s'approcha de l'abreuvoir. Il s'était fait un sourire tout fixe qui tirait encore un peu plus ses traits fatigués. Quand les jeunes gens le virent venir, ils le saluèrent avec des bonjours, de l'eau, des cris et des plaisanteries.

Désiré répondit à chaque fois, sauf pour l'eau qu'il chercha à éviter par des pas de côté. Il contourna l'abreuvoir prudemment, à bonne distance et se dirigea vers la remise. En croisant des personnes dont aucune ne lui demanda qui il était, ni ce qu'il faisait là, il dit à chaque fois bonjour, mais en réalité, il ne pensait plus qu'à sa caisse. Les vertiges divers de la nuit avaient pu un instant la lui faire oublier mais, avec le jour, il était temps de retrouver son bon sens et la juste mesure des choses importantes.

Arrivé sous la remise, il contourna la table. En la longeant, il put constater que les jeunes filles non plus ne l'avaient pas oublié, qui le saluaient et lui donnaient des sourires. C'était doux et Désiré, modeste, se fit la réflexion que le vin, la danse et la nuit créaient à eux tous des liens vraiment indélébiles.

Arrivé près du tas de bois, avec une certaine désinvolture, il fit un premier passage devant sa caisse pour se rassurer en constatant qu'elle était toujours là, mais comme elle était placée, et comme il l'avait craint, maintenant, tout le monde pouvait la voir. Après un deuxième passage, il s'en rapprocha rapidement et, très vite, se mit à genoux et souleva le couvercle. Quel soulagement ! Tout était encore comme il l'avait laissé. Sur le dessus, il y avait sa petite bourse, un morceau de pain déchiré et déjà les objets de son commerce. Il prit le morceau de pain qu'il jeta vers trois poules qui traînaient par là et qui, après s'être enfuies devant le projectile, y revinrent pour le mieux voir et se le disputer, puis Désiré referma son couvercle, se remit debout et regarda autour de lui.

Les jeunes gens chahutaient encore. Des invités arrivaient, accueillis par un homme et une femme dont notre colporteur allait apprendre plus tard qu'ils étaient les parents de la mariée. Dans la cour, il y avait aussi un homme avec un grand béret qui faisait les cent pas, entouré de plusieurs autres et des enfants qui couraient partout. Désiré se demandait s'il allait oser. Il prit la courroie et souleva sa caisse jusqu'à la tirer près de la table. Des femmes revenaient avec encore de la nourriture.

— Ça va faire une belle journée, dit Désiré, histoire de donner le change.

Il n'obtint rien pour ses mots, tant elles étaient affairées. Il reprit encore sa lanière pour amener sa caisse au pied de l'un des poteaux qui soutenaient l'auvent de la remise. Il la laissa là quelques instants, le temps de rattraper un enfant qui, poursuivi par d'autres, allait tomber à ses pieds d'avoir voulu courir trop vite. Il reprit ensuite sa caisse et s'apprêta à traverser la cour.

Auprès de l'abreuvoir, la plupart des jeunes gens avaient fini de se laver. Torses nus, ils continuaient de rire et d'arroser tout ce qui passait à leur portée. Quand ils virent Désiré avec sa caisse à l'épaule, chacun de lui demander s'il s'en allait, ou s'il avait l'intention de leur vendre quelque chose, ou s'il voulait mouiller sa marchandise comme ces coquins de maraîchers qui, en ville, trempent les légumes pour en augmenter le poids. Et les garçons commençaient à lui envoyer de l'eau. Prudemment, Désiré posa son fardeau et continua d'avancer sous l'averse en retirant veste et chemise.

— Arrêtez !

Avant même d'avoir touché l'abreuvoir, il était trempé. Adrien était venu les rejoindre. Il se lava tout à côté de Désiré. Penchés sur l'eau claire et froide, à faire les mêmes gestes, Désiré ne pouvait rester silencieux, cela aurait été de la dernière impolitesse, mais tout ce qu'il trouva à dire, sans avoir vraiment réfléchi, ce fut :

— Bon ; eh bien, je vais m'en aller.

— Pourquoi ?

Il avait des excuses, Désiré. La nuit avait été courte et il était encore sous le coup de la peur qu'il avait eue d'avoir perdu son bien.

— Vous avez été bien gentils avec moi. Maintenant, il faut que je continue mon chemin.

— Où est-ce que tu vas ? T'es pas pressé. Reste donc.

Ah, quand on est mal engagé, c'est difficile de s'en sortir.

— C'est une fête de famille, un mariage.

— Les amis aussi sont là.

— Oui, mais moi...

— Allez reste, on t'invite.

— Non, je ne peux pas accepter...

— Bon, comme tu voudras. On n'a jamais retenu personne qui ne le voulait. On aurait été bien content que tu restes. T'es un drôle de gars. Ça fait rien, tu reviendras bien un jour par chez nous ?

Désiré n'y trouvait plus son compte. Il laissa tremper ses mains dans l'eau à la recherche d'une inspiration. Adrien se relevait déjà.

— Oh oui, sûrement.

Décidément, ça ne venait pas. Qu'allait-il bien pouvoir dire pour rattraper l'invitation qu'il avait si imprudemment refusée ?

— En tout cas, vous allez avoir une belle journée.

Désiré avait dû entendre dire qu'à la campagne les considérations météorologiques représentaient la panacée des conversations difficiles car, à chaque fois qu'il se trouvait dans l'embarras, il remettait les belles journées sur le tapis de terre.

— Avant de t'en aller, tu vas bien gaûter avec nous ?

Désiré allait répondre : « Non, je te remercie », comme on le fait quand on veut être poli, mais de savoir que l'autre lui rétorquerait quelque chose comme : « Eh bien, tant pis, au revoir », le retint avec les mots au bord de la bouche.

— Si tu veux, choisit-il de dire, mais il ne put s'empêcher d'ajouter, parce qu'on ne se refait pas : Si ça te fait plaisir.

— Mais si tu dois aller maintenant, te contrains pas pour moi.

— Non, non, je vais déjeuner avec vous.

Adrien finissait de se rhabiller et Désiré en faisait autant. Ce n'était pas très agréable de rentrer dans son linge, ses affaires étaient toutes mouillées.

Tout le monde, hommes et femmes, jeunes ou vieux, se dirigeait vers la table, ou l'avait déjà rejointe. En allant vers sa caisse, Désiré parvint à articuler négligemment :

— Allez, tout compte fait, je m'arrangerai. Je reste pour la noce.

— Bon.

— Mais je partirai tout de suite après.

— C'est comme tu voudras. Allez, dépêche-toi, on ne va plus rien avoir à manger.

— Attends, je reviens.

Et Désiré, tout gai, tout léger, passa la courroie de sa caisse à son épaule et courut vers la grange.

Désiré referma soigneusement la porte derrière lui et se mit en devoir de monter à l'échelle. On entendait encore le ronflement des dormeurs. L'ascension fut lente et difficile, sa caisse le tirait en arrière. La marche dans le foin le fut tout autant, car il enfonçait profondément dans le fourrage. Mais plus rien n'était un obstacle maintenant qu'il était content. Il se dirigea vers le coin le plus éloigné du fono et, quand il y fut, il déposa sa caisse, creusa le foin à pleins bras, mit la caisse dans le trou qu'il avait fait, puis il la recouvrit avec le foin qu'il avait retiré. Après, il se redressa, jugea de plusieurs endroits du fono si elle n'était point visible et il redescendit prestement, sortit de la grange et courut à la table.

Il ne restait plus que quelques personnes debout qui avaient du mal à trouver place. Adrien l'appela :

— Viens, viens là.

Et un autre jeune homme de dire :

— Regardez le bizouard, il a déjà trouvé une bonne fortune ce matin.

Tous les regards, comme un seul, se tournèrent vers lui. Désiré sentit le rouge lui monter au front. Il reprit son sourire niais.

— Qu'est-ce qu'il y a ? demanda-t-il.

— Ces gens de la plaine, ce sont quand même des gaillards, renchérissait un autre.

— Il va falloir surveiller nos filles, dit encore un plus âgé.

Et tout le monde de sortir sa plaisanterie sur le tempérament bouillant des marcelots pendant que les autres commençaient à chercher, autour de la table, laquelle des jeunes filles avait été honorée. En quelques secondes, tous les garçons criaient :

— Levez-vous les filles ! Debout les filles !

Désiré ne comprenait pas pourquoi il était l'objet de tous ces quolibets. Chacune des filles dut se mettre debout à son tour et quand elles furent toutes passées à l'examen général, les garçons se retournèrent vers Désiré qui riait toujours, dans son ignorance.

— On ne saura rien.

— Tu vois marcelot, les filles de chez nous sont plus malines que toi.

— Tu sais bizouard, t'aurais bien pu prendre un coup de fusil dans cette aventure.

Désiré voyait bien quand même que dans le ton, quelque chose démentait la menace.

— Ou une volée de bois par l'un de nous.

— Mais elle t'a sauvé la coquine.

— Elle, elle a pensé à brosser ses affaires.

— C'est pas comme toi.

Alors Désiré regarda son costume. Il était tout couvert de foin et comme ses vêtements étaient mouillés, il tenait bien au tissu. Désiré essaya de se brosser mais les brindilles étaient tenaces. Il ne pouvait être question qu'il dise ce qu'il était allé faire sur le fono et, tout compte fait, c'était tout de même plus flatteur d'être taquiné pour une pseudo-bonne fortune que pour un réflexe malsain qui l'avait poussé à cacher son bien.

Le déjeuner fut copieux et gai. Désiré recommença à se sentir de la fête.

Quand les plaisanteries de tous eurent changé de victime, quand les jeunes gens s'en prirent à une fille qui avait plus de vingt ans et n'était pas encore mariée, quand chacun dit un nom pour deviner après qui elle soupirait, un nom qui généralement soulevait des vagues de rires parce que chacun allait chercher le plus invraisemblable, Désiré prit le temps de regarder les convives autour de la table, de détailler les visages, les ronds, les creux, les joufflus, les ridés, les vilains, les sévères, les beaux, les rieurs, les rouges, les doux, les roses. Il ne croisa que très peu de regards car les yeux de tous allaient, avec un bel ensemble, de celui des convives qui parlait le plus fort à leur assiettée, pour revenir à un autre parleur sans plus s'attarder.

Prudemment, pendant le déjeuner, Désiré ne prononça pas un mot. Ayant déjà eu sa part de notoriété, il commençait à savoir qu'en ouvrant la bouche il prenait des risques.

Quand le repas fut terminé, on parla de former le cortège. Tout le monde se regroupait dans la cour lorsque le marié arriva. Toujours aussi gros, toujours aussi rouge, Gaston était accompagné de son frère, de la vieille femme qui portait les bouteilles la veille au soir, et d'un vieil homme qui devait être son père. Quand ils franchirent la barrière, il y eut comme un silence, pas bien long c'est vrai, mais un moment, un tout petit moment sans joie. Seuls le père et la mère de la mariée les reçurent avec déférence.

Tout le monde étant là, on commença à former le cortège. Là encore, c'était curieux. D'abord se placèrent les musiciens, violon et vielle, puis, à quelques pas derrière, la mariée, pas vraiment souriante au bras de son père, sérieux et satisfait. Ensuite prit place le frère du marié, celui qui ne parlait jamais, au bras d'une belle jeune fille que Désiré regardait souvent et que les autres appelaient Lucie ; ensuite, il y eut Adrien avec une autre jeune fille, un peu moins belle et chacun, quand il était placé, restait bien sagement à côté de sa cavalière, sans bouger, tourné tout de même vers l'arrière pour voir comment se formait la suite, donnant parfois des conseils ou des avis, disant qui devait être avec qui. Tous ceux qui n'étaient pas encore pourvus restaient en groupe et cette masse de gens ressemblait à un gros écheveau dont une main invisible aurait tissé un fil de couples se démêlant petit à petit au cœur de cette étrange laine.

Pendant ce temps, les musiciens accordaient leurs instruments. Le gros écheveau allait en s'amenuisant, le cortège s'allongeait dans la cour, de la barrière à la maison, puis faisait un coude pour la longer, puis revenait ensuite vers la remise.

Désiré, bien entendu, fut placé dans les derniers mais il eut tout de même une cavalière. Juste derrière lui, il n'y avait plus que le marié au bras de sa mère. Alors le cortège se mit en route.

Chacun avait revêtu ses plus beaux habits et, fièrement, après examen, Désiré trouva que son costume, pour être différent des autres, n'en tenait pas moins dignement sa place dans cette cérémonie. On marchait dans les chemins. Il y avait quand même des choses troublantes dans cette noce. Le jeune colporteur s'était rendu compte en partant que certains avaient emporté des bouteilles alors qu'on se rendait à l'église. Ils étaient plusieurs à en avoir.

On marchait dans les chemins. Souvent, Désiré ne pouvait même pas apercevoir la tête du cortège tant ils étaient nombreux. Heureusement, les musiciens, devant tout le monde, indiquaient à chacun le pas et la direction qu'il fallait suivre.

En route, Désiré fit de l'esprit. Sa cavalière ressemblait un peu à une amie d'une amie invitée à la noce, ou à la sœur d'une autre. Elle avait ce qu'on appelle une coquetterie dans l'œil, quand il s'agit d'être courtois. Elle n'était pas très grande mais elle était assez bien faite tout de même. Son costume n'était pas réellement beau, il ne devait pas avoir été confectionné pour cette noce-là, mais Désiré était quand même content de l'avoir à son bras. On marchait dans les chemins.

Quand je dis qu'il fit de l'esprit, disons plutôt qu'il essaya d'éblouir sa compagne avec un peu du boniment qu'il avait répété, un peu de souvenirs qui n'étaient pas tous à lui, mais dont il s'attribuait la propriété, un peu d'histoires comme on en raconte entre garçons dans les cabarets et tout cela en quantité suffisante pour occuper quelques lieues. La jeune fille à son bras souriait de temps en temps, mais plus lorsqu'il riait que lorsqu'il parlait. Elle disait aussi oui ou non parfois et c'était assez pour encourager Désiré à poursuivre. On marchait dans les chemins.

Après vingt bonnes minutes, le cortège arriva en vue d'un hameau. Le chemin, à cet endroit, s'étirait sans courbe et Désiré, en se portant de côté, put apercevoir des enfants et les habitants des maisons qui bordaient la route, venant au-devant d'eux. En premier, il y avait une petite fille qui portait une branche de chèvrefeuille, une branche qui en plus de ses propres fleurs était ornée de rubans de couleur attachés à ses rameaux. Le cortège s'immobilisa. La mariée reçut la branche qu'elle troqua contre un baiser puis, avec des ciseaux, elle découpa des petits morceaux de ruban pour les distribuer aux femmes et aux enfants qui étaient venus à sa rencontre. En même temps, les hommes sortaient les bouteilles de leurs poches, d'autres des verres et tout le monde trinqua. A grand renfort de poignées de main, on se souhaita toutes sortes de félicités, les garçons d'honneur distribuèrent de la brioche, puis les verres et les bouteilles regagnèrent les poches, la mariée garda la branche avec les petits bouts de ruban qui lui restaient et le cortège se remit en marche. Les habitants du hameau regardèrent s'éloigner la noce jusqu'à ce que le dernier des convives ait disparu.

Désiré était vraiment séduit par les rites de ces noces paysannes et, même s'il ne comprenait rien au pourquoi des choses, il les recevait, en ce matin, comme des curiosités tout à fait charmantes.

On traversa encore deux hameaux et, à chaque fois, on recommença le même cérémonial, partageant avec les gens le vin et le pain de fête. Il faut dire que le vin était le bienvenu, non seulement parce qu'il aidait Désiré à éblouir sa compagne, mais aussi parce que le soleil dardait ses plus beaux rayons pour accompagner la noce. Les musiciens jouaient toujours, les sabots se couvraient de poussière, mais personne encore n'avait tombé la veste ou la blouse et chacun restait dignement à son rang et à sa place.

On était parti depuis plus de deux heures lorsqu'on entendit les cloches d'une église proche. L'église, on ne la voyait pas encore, elle devait être cachée dans un repli de terrain, mais le son du bronze sur le bronze rythmait maintenant résolument la musique des ménétriers. Le village aussi était caché, Désiré ne le découvrit qu'au dernier moment. Tous les habitants étaient sur le pas de leur porte.

Le cortège s'arrêta devant la mairie où n'entrèrent que les mariés, les parents et les témoins. Les autres attendirent dehors. On s'était rassemblé sous les tilleuls, en groupes compacts, pour déjà parler des noces de ces derniers temps et les villageois regardaient de loin, sans oser se mêler, comme si les costumes et la solennité du moment interdisaient aux vulgaires de se mélanger aux élus. Deux ou trois invités seulement condescendirent à traverser la place ou la rue pour aller saluer des connaissances, mais on sentait bien que le fait d'être du mariage ajoutait aux personnes, car des deux qui se seraient salués simplement sans plus de façon la veille ou le lendemain, c'était celui qui n'était pas de la noce qui mettait la casquette à la main. Après, l'autre rejoignait ses condisciples et ne faisait plus attention à rien. Pour ajouter à cette espèce d'isolement, les cloches qui continuaient de sonner à toute volée couvraient totalement la conversation des invités et la rendaient parfaitement inaudible pour la population du village.

Quand les mariés sortirent de la mairie sans grande démonstration, chacun reprit sa place dans le cortège et, toujours magnifique d'isolement, on se dirigea vers l'église.

Le curé attendait sur le modeste parvis, en compagnie de trois enfants de chœur et d'un quatrième qu'on ne voyait resurgir que de temps en temps, attendu qu'il disparaissait régulièrement au plafond de la nef, ne voulant pas lâcher une corde qu'il tirait à toute force et qui l'emportait tout droit comme en paradis, avant de remontrer ses pieds nus et ses mollets blancs lorsqu'en redescendant son aube trop courte s'écartait en corolle.

Dans l'église, les femmes se mirent à droite, les hommes à gauche. La mariée s'était installée et Gaston vint la rejoindre.

Des hommes étaient restés dehors, mais Désiré ne fut pas de ceux-là.

L'office commença. Pour être tout à fait juste, on ne peut pas dire que pendant la messe l'atmosphère ait été à la piété profonde. Les garçons n'avaient pas encore assouvi leur désir des filles, les filles n'avaient pas toutes arrêté leur choix des garçons, ni les uns ni les autres n'étaient encore habités de certitude, l'inquiétude tenaillait également les femmes pour la réussite de la fête, les hommes n'étaient pas las de vin et de nourriture, les vieilles n'avaient pas eu le temps de détailler toutes les toilettes, ni de dresser la liste exhaustive des personnes présentes, et pour les vieux, il n'était pas temps de s'assoupir. Il y avait trop de regards échangés d'un banc à l'autre, trop d'impatience, trop de curiosité, trop de promesses et de doutes pour s'abandonner au recueillement.

Durant l'office, pendant que le prêtre recommandait en latin les nouveaux mariés à quasiment tous les saints du paradis, Désiré fut attiré, puis fasciné par la nuque de Lucie qui, tout là-bas, au premier rang, entre les épaules et les coiffes des autres femmes, s'offrait à ses regards sans qu'elle en sût rien. Ce fut terrible car au bout d'un temps, Désiré ne vit plus que cela. Il en avait des vertiges. Pour ne rien arranger, de temps en temps, elle lui présentait son profil sous prétexte d'avoir à regarder dans l'autre travée. De là à imaginer qu'elle ne se tournait ainsi que pour lui faire des gâteries, il n'y avait qu'un pas que Désiré franchit allégrement sans avoir à bouger. Il se promit de la poursuivre, de lui faire des cadeaux, un cadeau, de l'aimer.

Lorsque les mariés échangèrent leurs anneaux d'or, il y eut dans l'assemblée un moment où chacun fit la trêve de ses préoccupations, Désiré comme les autres. Tout de même, ce gros homme avec cette toute jeune fille... Décidément, il ne s'y faisait pas.

Quand le prêtre eut béni l'assemblée, les cloches se remirent à sonner et le cortège se reforma pour sortir. Cette fois, Gaston marchait avec Mélanie. Ils passèrent au milieu de tous. La jeune fille regardait à terre, quelques pas devant elle, Gaston, souriant, regardait devant lui, fier et satisfait comme il l'était toujours. Venaient ensuite les garçons et les filles d'honneur, Lucie parmi les autres, puis les parents, puis les amis, puis Désiré qui se retrouva sans y penser auprès de sa cavalière.

Dehors, tous les enfants du village attendaient la sortie de la noce, derrière les hommes qui n'étaient pas entrés. Il y avait aussi quelques commères de l'endroit, venues en curieuses revoir de plus près cette fête dont elles n'étaient pas, et deux ou trois mendiants.

Les garçons et les filles d'honneur commencèrent à jeter à pleines poignées des dragées à la volée et les enfants se précipitèrent avec une certaine sauvagerie pour les ramasser, allant jusqu'à se rouler aux pieds des gens pour une meilleure moisson. Les cloches, malgré tous leurs efforts, ne parvenaient même plus à couvrir leurs cris. Puis le cortège dont l'ordonnancement avait été un peu troublé se reforma et prit la direction du centre du village. Les dragées volaient encore mais les garçons les jetaient maintenant bien au loin pour écarter les enfants qui ne manquaient pas toutefois de revenir autour, récolte faite. Petit à petit, ils furent moins nombreux. Il y avait ceux qui s'étaient retirés satisfaits, les poches et les mains pleines, il y en avait d'autres que le dépit avait éloignés, ceux qui ne couraient pas assez vite, ceux qui tombaient trop tôt, il y avait ceux qui défendaient leur bien et ceux qui partageaient avec les autres, les fillettes surtout semblant ne pas supporter les larmes des tout petits.

A nouveau, les musiciens étaient devant.

Tous les gens qui, du pas de leur porte, avaient regardé passer le cortège lorsqu'il se rendait à l'église, y étaient encore quand la noce revint sur la place. Et chacun de répondre maintenant à l'invitation que leur lançait un bras ou un autre, et de suivre, et de venir à l'auberge.

Là, on but bravement pour remercier tous ceux qui avaient honoré le passage de la noce, pour fixer en eux les images, les sceller dans le souvenir. Puis, afin de satisfaire l'impatience des jeunes gens, on improvisa un bal sur l'emplacement du jeu de quilles. Les musiciens montèrent sur une table, les vieux allèrent occuper les bancs.

On resta à l'auberge près de deux heures. Le soleil donnait à plein et les tilleuls n'arrivaient pas à fournir de l'ombre et de la fraîcheur à tout le monde. Les servantes ruisselaient de courir d'une table aux danseurs, et de revenir, et de recommencer.

Désiré but autant qu'un autre mais il était toujours mal à l'aise en revoyant la mariée qui n'en finissait pas de recevoir des compliments dont elle paraissait ne savoir que faire. Le visage de Mélanie lui tordait le cœur. Sur un front, deux yeux, un nez, deux joues roses, deux lèvres rouges, des dents blanches et un petit menton pointu, il croyait lire, lorsqu'il la voyait, la résignation déjà, un peu de plaisir tout de même, la peur aussi, le désespoir parfois, la conscience d'être reine, ce jour encore, et la certitude d'être ignorée demain, tout cela mélangé. Et quand il regardait le Gaston, cet ours satisfait qui ricanait sous les tapes que d'autres ursidés de son espèce lui administraient dans le dos, avec des regards complices et des sous-entendus qui tordaient la bouche de l'autre d'un seul côté, Désiré était secoué de frissons. Il irait la voir souvent la petite mariée. Il la compterait au nombre de ses pratiques. Il se promit de ne jamais monter dans le Morvan sans faire le détour qui le mènerait chez elle et qui sait, si tout allait aussi mal qu'on pouvait le craindre, peut-être pourrait-il la consoler.

Il faut dire que Désiré ne dansait pas tout, certaines danses lui étaient inconnues. Il passait alors du temps au bord de la piste, à boire, bien obligé de regarder les autres. C'est surtout dans ces moments-là qu'il plaignait Mélanie, quand elle apparaissait dans son horizon au-dessus de son verre. Le vin était bon à donner du sentiment. Mais dès qu'il était en état de reprendre la danse, de briller, dès qu'il fallait manœuvrer pour se retrouver au bon moment près de Lucie, quand les musiciens attaquaient un nouvel air, la petite mariée disparaissait un peu et ne l'occupait plus tant.

La conquête de Lucie ressemblait au combat des enfants pour les dragées et, malheureusement pour lui, Désiré à ce jeu-là n'était pas parmi les plus adroits et les plus rapides. La concurrence était vive, féroce même parfois. Adrien, surtout, se démenait comme diable. En guise de consolation, quand Désiré avait été devancé, il y avait toujours sa petite cavalière pour laquelle personne ne se bousculait, qui ne dansait pas si mal, ma foi, ne manquait jamais de se serrer contre lui quand l'exigeait la danse et jouait, malgré elle et sans le savoir, le rôle des petites filles émues par le chagrin des déshérités.

Quand le cortège quitta l'auberge, le soleil commençait déjà à incliner la tête à l'horizon.

Le village regarda partir la noce à regret.

VIII

Devant, il y avait toujours les musiciens, mais sans doute à cause de la grande attention qu'ils portaient à leur instrument, ils semblaient avoir quelque peine à conserver de la rectitude dans leur démarche. Derrière eux les mariés, puis le reste du cortège et déjà, les tenues n'étaient plus aussi dignes et graves que lorsqu'ils avaient emprunté le chemin inverse. Les enfants ne tenaient plus leur rang, certaines blouses étaient portées à l'épaule, tout le monde parlait plus fort, on s'interpellait, on s'attendait, on marchait quelquefois par quatre, les plus vieux pinçaient un peu les filles quand elles passaient à portée et personne ne semblait se rendre compte que, souvent, des fausses notes se glissaient sournoisement dans la partition du violon et de la vielle. On avait encore du chemin à faire mais aucun ne semblait trouver le temps long.

On n'avait pas pris tout à fait le même chemin qu'à l'aller, afin de montrer la noce dans d'autres hameaux.

En vue de trois maisons, le cortège trouva un bouquet de branchages, de fleurs et de rubans, planté au milieu du chemin. Quelques personnes étaient autour. La noce s'arrêta. On trinqua puis on prit le temps de danser trois bourrées, une patinée et deux vosgiennes, comme ça, sur la pierre et dans la poussière. Comme on avait commencé tout de suite après l'arrêt des premiers, Désiré ne put rejoindre à temps l'endroit où l'on dansait et quand il arriva, il ne lui restait plus que sa petite cavalière pour occuper ses bras.

Dans ce chemin, au bord de l'herbe et des champs, à deux

pas des maisons, sous le soleil, Désiré se fit un attendrissement pour elle. La pauvre, elle le voyait à chaque fois courir et se démener pour danser avec d'autres filles et revenir près d'elle lorsqu'il était bredouille, et jamais elle ne s'était refusée. Quand même, de sentir la main de la jeune fille dans la sienne, sa jupe qui le frôlait, l'application et le sérieux avec lesquels elle comptait ses pas, de voir sa poitrine qui bougeait sous le corsage lorsqu'elle s'essoufflait, ce n'était pas rien. Il eut un remords. A l'avenir, il se promit de mettre un peu plus de discrétion dans la poursuite de Lucie et des autres, et de toute façon, quel que soit le cours de ses bonnes fortunes, de ne pas oublier de rendre hommage à cette petite qui le méritait bien autant qu'une autre.

Quand la première danse cessa, il en était là de ses réflexions et il s'inventa un autre avantage à ne plus lâcher sa cavalière. Après avoir poursuivi Lucie depuis le matin, il n'était peut-être pas mauvais pour ses intérêts qu'elle le voie s'accrocher à une autre et il feignit de ne plus lui accorder une once d'attention. Peut-être allait-il ainsi la piquer ? Personnellement, je crois qu'il en fut pour sa peine. Lucie était trop occupée à régir ses faveurs et à distiller son poison pour concéder la moindre parcelle d'intérêt à notre colporteur. Le seul plaisir qu'il lui fit jamais, ce fut de venir grossir, anonyme, le nombre de ses poursuivants.

La cavalière de Désiré s'appelait Marceline. Il joua à la tendresse avec elle, en regardant ailleurs, et lorsque cessait la danse, il mettait du temps à lui lâcher la main. Marceline était rouge.

Pendant que les jeunes dansaient dans la poussière, les hommes et les femmes arrosaient copieusement l'honnêteté qui leur était faite. La mariée marqua les personnes d'un petit bout de ruban, puis le cortège se remit en route, toujours aussi débridé, de plus en plus en désordre.

Le désordre atteignit son paroxysme lorsque, fâchés et têtus, les deux musiciens se mirent à jouer une marche différente, aucun des deux ne voulant céder à l'autre parce qu'ils avaient attaqué leur air au même moment. Cela fit bien rire tout le monde et ni l'un, ni l'autre n'acceptant de se ranger à l'avis de son comparse, la marche, celle-là qui faisait s'enfuir les oiseaux, dura longtemps. La situation risquait de s'éterniser lorsque l'un des convives eut une illumination soudaine. Il courut en tête du cortège et vint offrir à boire aux antagonistes qui, pour un verre, cessèrent leur cacophonie. Comme les estomacs commençaient à réclamer du solide, un jeune homme proposa de couper à travers champs afin d'être plus vite rendu. La noce applaudit à la proposition et on s'en fut par les champs.

C'était extraordinaire de voir toutes ces couleurs dessiner un ruban de musique, de chants, de rires et de toiles sur l'herbe verte des prés. Et puis cette nouvelle situation présentait bien des avantages. Pour sauter les rigoles et les ruisseaux, on prenait la main des filles, pour franchir les écholets, ces petits escabeaux de bois construits dans les bouchures pour permettre le passage des gens sans que le bétail puisse sortir des prés, les garçons prenaient toutes les filles par la taille, à chacun son tour, et celles-là qui passaient les haies d'ordinaire sans personne pour les soutenir, semblaient ne plus pouvoir rien faire sans les bras des garçons. On en profitait pour échanger des douceurs, d'autres plaisanteries ou des promesses. Les jeunes n'aidaient que les jeunes, les vieux et les vieilles s'aidaient entre eux, avec parfois des mots semblables, pour la galanterie. Plus loin, tout en marchant, les amoureux offraient déjà des fleurs à leurs espérances. C'était vraiment une belle noce.

On n'était plus qu'à quelques pas de la maison des Huhant lorsque, brusquement, la musique cessa et le silence et l'immobilité remontèrent tout le cortège jusqu'à sa fin. Devant les mariés, un lièvre dérangé avait surgi d'une haie et s'enfuyait au milieu du champ avec des bonds et des sauts de côté. Désiré le vit à son tour, lui qui était encore dans les derniers, et sans remarquer le silence ni l'immobilité des autres, il se mit à courir comme s'il voulait l'attraper. Il détalait comme un fou, remontant tout le cortège.

— Oh regardez ! Regardez, criait-il, un lapin, un gros lapin !

Et tout excité, il avait déjà doublé tout le monde. Il courut jusqu'à ce que l'animal ait disparu à l'autre bout du champ. Alors Désiré, n'ayant plus de raison de courir, s'arrêta et fit demi-tour. Toute la noce semblait figée et tous le regardaient. Il était un peu en contrebas. Désiré comprit alors qu'il venait encore de faire quelque chose d'anormal. Doucement, si doucement que personne ne put l'entendre, il dit :

— Qu'est-ce que j'ai fait ?

Le violoneux cherchait des notes sur son instrument, pour en faire un air, mais semblait avoir égaré la manière de les lier. Les autres hésitaient à se remettre en route, puis le vielleux aida son compère et la musique et le cortège se remirent en mouvement. Désiré les laissa passer. On tentait de repartir joyeusement. Il vit bien que ce n'était plus comme tout à l'heure, qu'on remarchait à nouveau comme la veille, en revenant de chez le marié.

Désiré remonta lentement mais ne reprit pas sa place, il resta derrière, à quelques pas des derniers vieux, de ceux qui avaient le plus de mal à avancer.

A la haie suivante, il remarqua de suite Adrien qui l'attendait en prenant prétexte d'aider les gens. Il donnait même la main aux vieilles femmes. Au bout d'un moment, dans ce champ-là, ne restaient plus que le frère de la mariée et Désiré. Le colporteur s'arrêta. Adrien se tourna vers lui.

Adieu la noce, pensa Désiré, je ne sais pas ce que j'ai fait, mais il va me demander de partir.

Désiré se remit à avancer, résigné. Lui qui, orphelin, venait d'un pays ayant depuis longtemps égaré ses coutumes, battues à la semelle des passages et des mélanges, oubliées dans le brassage des idées et du sang, c'était fatal qu'en Morvan, dans ce pays protégé, il n'ait aucun sens des choses qui se faisaient et de celles qui ne se faisaient pas. A cet instant, il se rendit compte que même son costume dont il était si fier et qui lui avait tant coûté avait ici quelque chose de déplacé. Adrien était sombre.

— Alors, tu passes ? Qu'est-ce que t'attends ?

Désiré s'exécuta. Quand il eut franchi la haie, Adrien la franchit à son tour puis il régla son pas sur celui de Désiré. Ils marchèrent ainsi un instant en silence, assez loin des autres.

— T'es un brave gars.

Aïe, pensa Désiré, quand ça commence comme ça, c'est plu tôt mauvais signe.

— Mais on a bien tous vu que c'était un lièvre.

— C'était pas un lapin ?

Adrien fit non de la tête. Désiré comprenait de moins en moins. Alors c'était juste parce qu'il s'était trompé que les autres n'étaient pas contents ? Il n'y avait pourtant pas de quoi en faire un événement. Ça arrive à tout le monde de se tromper. Est-ce qu'il leur demandait, lui, de faire la différence entre un gros-grain et un simple ruban de fil ?

— Mais je te remercie, continua Adrien, et peut-être que la Mélanie t'a cru.

Lorsque l'on ne saisit rien de ce qu'on vous dit, le meilleur parti à prendre, c'est encore de se taire.

Ils marchèrent encore un peu en silence.

— C'est mauvais pour ma sœur.

Ah bon ? pensait Désiré.

— On en connaît des gens qui ont peiné toute leur vie parce qu'ils avaient rencontré un lièvre sur le chemin de leurs noces. C'était bien de faire ce que tu as fait.

— Oh, fit Désiré comme si ce n'était vraiment pas grand-chose.

— On est bientôt arrivés. Viens, on va rattraper les autres.

Et les deux garçons allongèrent le pas pour rejoindre le cortège.

Quand toute la noce pénétra dans la cour, passant la barrière dans une franche cohue, chacun semblait être parvenu à effacer la fâcheuse rencontre du lièvre dans le champ des Vires.

Aux premiers cris des jeunes gens, les femmes qui étaient restées pour apprêter le repas vinrent sur le pas de la porte. Pendant que le cortège se répandait dans la cour, les mariés approchaient de la maison. A quelques pas des marches, les femmes commencèrent à leur jeter des graines qu'elles tenaient dans leurs tabliers. Sous cette pluie, Mélanie baissait la tête et Gaston se protégeait de son bras tendu, mais les épousés n'en continuaient pas moins d'avancer.

Beaucoup de convives restaient dehors, mais beaucoup d'autres cherchèrent à entrer dans la maison. Désiré était de ceux-là, toujours attentif à ne pas s'éloigner des filles, les filles qui semblaient ne rien vouloir perdre des gestes de la mariée, pour rêver sans doute, pour apprendre peut-être, pour savoir se conduire le jour où elles en seraient là.

Après les graines, les femmes, s'essuyant dans leurs tabliers, vinrent embrasser la mariée. Chacune poussait ses voisines pour être la première ou la suivante, chacune cherchait à garder longtemps la petite mariée prisonnière de ses bras, de ses débordements et de ses souvenirs, mais elle était très vite obligée de céder la place à une autre qui s'impatientait et qui semblait n'en pouvoir plus de museler sa tendresse du jour. La petite mariée paraissait perdue, bousculée, abandonnée dans les gros bras des femmes qui parlaient toutes ensemble, qui effaçaient d'un revers de main rouge des larmes et de la sueur. Mélanie allait de l'une à l'autre, sans volonté, ballottée par cette émotion bruyante et énorme, comme ivre, quand brusquement elle s'arracha de leurs bras et se précipita dans la maison, enjambant, sans y prendre garde, un balai qu'on avait dû abandonner là, sur le pas de la porte, quand il s'était agi d'accourir pour voir revenir la noce.

Mélanie alla jusqu'au fond de la pièce et ne s'arrêta que le visage contre le mur, entre l'armoire et la tête de son lit. Elle resta quelques secondes immobile, reprenant son souffle, dos tourné.

Les femmes, en la voyant négliger le balai, avaient eu comme un temps de suspension dans la joie et le plaisir, les jeunes aussi qui se trouvaient juste derrière elles sur les marches.

La mère de Mélanie entra à cet instant, mais pour pénétrer dans la pièce, elle fit deux pas de côté afin de ne pas avoir à enjamber ce curieux balai qui faisait se demander à Désiré ce que cela voulait dire. Il l'aurait bien ramassé lui, ce méchant bout de bâton avec quelques brins de bouleau au bout, mais le souvenir de ses expériences précédentes, toutes plus ou moins malheureuses, le rappela à la prudence.

Beaucoup de femmes, de filles et quelques jeunes gens étaient encore entrés derrière la mère et chacun de faire comme elle, d'éviter soigneusement l'ustensile. Décidément, personne ne semblait vouloir le ramasser. Seule une vieille femme, la mère du Gaston, se pencha sur le manche, le prit dans ses mains noueuses et le porta à la cheminée en hochant la tête d'un air entendu.

Désiré regardait tout cela avec de grands yeux, cherchant à deviner la signification de ces survivances des temps anciens. A chaque fois qu'il lui était donné d'assister à l'un de ces petits événements, quand il n'était pas occupé des filles et qu'il pouvait s'en faire la remarque, son premier mouvement le poussait à se moquer mais, très vite, il se laissait gagner par la gravité des gens, par l'importance qu'ils accordaient à ces choses et leur attitude finissait par les lui rendre importantes à son tour, même s'il n'en avait pas compris le pourquoi.

Ce balai, en l'occurrence, n'avait pas été placé là par hasard. Les jeunes mariées en trouvaient un semblable, sournoisement laissé sur leur chemin, en rentrant chez leur mère, après la cérémonie et, malgré l'émotion, la fête, les hommages, elles devaient ramasser l'instrument et le dresser contre le mur. Elles prouvaient ainsi, pensait-on, que quoi qu'il arrivât plus tard, et quelles que soient les circonstances, elles allaient être femmes de raison, d'intérieur et maîtresses d'elles-mêmes avant toute chose.

Mélanie, le nez contre le mur, se passa les mains sur les joues et se retourna très vite. Elle était souriante et ses yeux brillaient. Sa mère avait, depuis quelque temps déjà, disparu dans la chambre où Julien avait trouvé la petite fiancée la veille, mais elle ressortit très vite avec une coiffe blanche, brodée, dont les deux rubans pendaient devant elle, dessinant les plis de sa jupe quand elle avançait. Elle s'approcha de sa fille et, avec des gestes tremblants, pas vraiment tendres mais émus, elle lui passa la coiffe qui devait être le symbole de sa nouvelle condition. Cela, même Désiré le comprit sans peine. C'était curieux, Mélanie, ainsi parée, s'éloignait de ce qu'elle était hier encore, et ce matin même.

La pièce était maintenant noire de monde et tous d'applaudir, de crier et de venir encore l'embrasser maintenant qu'elle avait revêtu les derniers attributs de la femme, maintenant qu'elle était autre, comme si elle venait d'arriver, comme si elle était nouvelle.

Pourtant, les vieilles entre elles se disaient qu'elle n'avait pas ramassé le balai en entrant, et la mère du Gaston veillait à ce que la nouvelle se propageât, ne donnant pas cher de ses vertus ménagères.

Au milieu de la cohue indescriptible qu'il y avait dans la grande salle, quelqu'un cria qu'il devait être temps d'aller à table et tout le monde se précipita dans la cour.

Au fond de la cour, une énorme table avait été dressée, en forme de U, faite de planches et de tréteaux. Il y avait de quoi asseoir toute la noce.

On n'en était plus aux civilités et la prise des places, hormis celles des mariés et de la proche famille, ressembla à un assaut. Les garçons étaient dix à se disputer certains morceaux de bancs et d'autres espaces restèrent vides longtemps. Ils couraient dans tous les sens. Ceux qui n'avaient pu être à côté voulaient être en face. Petit à petit les espaces se comblèrent. Le début du repas fut un peu voilé de tristesse pour certaines jeunes filles qui avaient attendu.

Désiré s'était placé de telle façon qu'il avait en face de lui toute la partie principale de la table en enfilade, les mariés, la famille, les garçons et les filles d'honneur, Lucie en particulier, et à sa droite la branche du U où se trouvaient tous les jeunes gens et les jeunes filles, l'autre branche étant occupée par les anciens qui s'étaient regroupés pour pouvoir parler à loisir des noces d'autrefois. Marceline était à son côté. Le repas fut énorme.

Les femmes qui portaient les plats semblaient à chaque instant devoir crouler sous les fardeaux. Des rangs et des rangs de bouteilles occupaient tout le milieu de la table. Chacun avait à peine le temps de vider son assiette qu'elle était déjà pleine. Jambon à la crème, en croûte, cochon, gigot, volaille, mouton, pâté de treuffes, salade de choux et cent autres choses encore. Au dessert, il faisait nuit noire.

On refit un grand feu dans la cour.

Pendant le repas, tout avait été à la joie. A table, il ne peut y avoir d'autres émotions que celles qui occupent le palais. La joie était grande, le repas semblait éternel. Compliments, souvenirs, grivoiseries, chansons, farces, tout ce que l'estomac peut apporter à l'esprit fut servi avec et entre les plats.

Désiré s'était conduit comme un fier convive. Il n'avait été en reste pour rien : ni pour la nourriture, après avoir pris la précaution de déboutonner son pantalon, ni pour la boisson qu'il ingurgitait comme un brave, ni pour les compliments car son avarice n'était pas de cette nature, ni pour les souvenirs qui n'intéressaient pas toujours son entourage, ni pour les grivoiseries qui le faisaient rire avant tout le monde, ni pour les chansons (à l'approche du dessert, la tête sur l'épaule de Marceline et le regard tourné vers Lucie, il fredonna la plus tendre des mélodies), ni pour les farces, celles qu'il tenta de faire et celles dont il fut victime : quelques-uns de ses voisins lui ayant fait accroire que la moelle des os de volaille renfermait des substances propres à améliorer les performances amoureuses des jeunes gens, après avoir haussé les épaules, notre Désiré, à tout hasard, chercha le plus discrètement possible à briser les os de poulet, les gardant ensuite dans la bouche comme il l'aurait fait d'un cure-dent, pour les sucer longtemps, mais négligemment.

Au dessert, le champ de bataille comportait son lot de cadavres et de blessés, mais les survivants étaient encore en grand nombre, bien que très affaiblis par la rudesse des assauts. Il était temps de rendre hommage aux combattants. Les mariés se levèrent. Si les applaudissements furent moins nourris, ils n'en restèrent pas moins chaleureux et Mélanie, le verre à la main, se tourna vers son voisin de droite pendant que Gaston en faisait autant vers sa voisine de gauche.

A droite de Mélanie, il y avait Fernand. Il se leva avec peine. Quelqu'un lui remplit son verre qu'il entrechoqua avec celui de la mariée et il se pencha sur elle pour l'embrasser sur la joue.

— C'est le moment de lui dire comment tu la trouves.

— Allez mon gars, fais-lui donc ton compliment, c'est bien le jour.

— Dis voir quelque chose, criaient les autres tout autour de la table.

Mais Fernand ne parlait jamais. Sérieux, il secouait la tête pour faire savoir qu'il ne dirait rien.

Pendant ce temps, Gaston, après s'être essuyé la bouche, qui en avait bien besoin, se penchait sur les joues de Lucie qui reçut son baiser en regardant ailleurs.

— A peine marié, il biche déjà les gamines.

— Mélanie, va falloir veiller. Le Gaston m'a l'air d'un sacré luron.

Petit à petit, même les gisants de la bataille semblaient retrouver un peu de la vie qui les avait quittés.

En s'éloignant de Lucie, Gaston trébucha contre un pied de banc.

— Si tu manques de tomber, tu peux t'accrocher à elle, elle a de quoi.

Désiré regardait Mélanie venir dans sa direction.

Après Fernand, Mélanie s'approcha de sa mère. Celle-ci pleurait déjà avant de recevoir sa fille dans ses bras. Dans son émotion, elle avait oublié de prendre son verre. Les plaisanteries s'estompèrent et quelques larmes vinrent au bord des yeux des filles et des plus avinés.

— Ton verre. T'as pas pris ton verre, la mère.

Et les voisins de chercher à lui glisser son verre dans la main.

En quittant les bras de sa mère, Mélanie s'approcha de son beau-père.

— Allez grand-père, à toi.

— Tu ne dois plus savoir comment c'est fait les filles.

— Si tu veux, je vais le faire pour toi.

Le vieux tendait les mains. Il toucha un peu la jeune fille là où il n'avait pas à le faire. Elle ne cherchait pas à s'échapper.

— C'est pas là que tu dois te poser, grand-père.

Mélanie, comme pour chacun, avant de se laisser embrasser, porta le verre à ses lèvres et avala une grande rasade du breuvage qu'il contenait. Le vieux se rassit, non s'en s'appuyer encore un peu sur elle.

— C'est la fête, hein, grand-père! disaient les jeunes gens.

Et Mélanie continuait son tour. Désiré ne parvenait pas à la quitter des yeux, sauf parfois pour jeter un coup d'œil sur Gaston qui continuait le sien. Mais là-bas, les plaisanteries n'étaient pas les mêmes.

— Vas-y mon gars, ta femme est occupée ailleurs.

Mélanie trinquait et se laissait embrasser. Désiré regardait ses mains, son cou, ses lèvres, sa poitrine, il cherchait à la deviner sous la toile, pas pour la désirer, pour la plaindre. Elle avançait lentement de l'un à l'autre. Elle allait bientôt arriver à sa hauteur. Il allait lui dire quelque chose pour lui montrer qu'il avait compris. Deux fois déjà on avait reversé du vin dans le verre de la mariée. Elle n'arrêtait pas de boire, y cherchant peut-être une ivresse salvatrice qui, pour l'instant, semblait se refuser à elle.

Quand elle arriva à côté de Désiré, il savait ce qu'il allait lui dire, il avait préparé des mots. Il se leva, mais toute la partie de la table où il se trouvait éclata de rire. Il n'avait pas songé à reboutonner son pantalon.

— C'est la Marceline qui t'a fait des gâteries ?

— Hé l'bizouard, ce n'est pas comme ça que chez nous on rend hommage à une jeune mariée.

— Tu viens d'un drôle de pays.

— Tu vas attraper du mal, les nuits sont fraîches par ici.

Et Désiré de chercher maladroitement à se rhabiller sous les quolibets des convives. Il avait bien entendu oublié ce qu'il voulait dire. Il eut juste une petite mimique pour s'excuser auprès de Mélanie. Elle choqua son verre avec le sien. Désiré ne savait plus ce qu'il faisait.

— Oh le Gaston, t'as vu ?

— T'aurais mieux fait de venir par là avec ta femme.

— Mon pauvre vieux, tu ne sais pas ce qui se passe.

Désiré embrassa la jeune femme. Ses joues étaient douces. Elle, elle ne sembla pas faire attention à lui plus qu'à un autre et elle continua son tour.

Désiré était mortifié. Il commençait à souffrir de ses ridicules. Maintenant que, honteux, il était retombé sur son banc, les mots revenaient dans sa bouche, mais c'était trop tard, Mélanie avait dépassé Marceline. Pourtant, il avait la certitude d'être le seul à voir ce qui se passait. La petite mariée avançait de plus en plus lentement. On remplissait son verre et chaque pas qu'elle faisait semblait lui coûter davantage.

— Alors ma fille, t'as peur ?

— Tu vas voir, le Gaston va t'arranger tout ça.

Et tous ces lourdauds se trompaient sur la nature des choses.

— Je lui ai dit ce qu'il te fallait pour te faire sourire.

Elle n'entendait rien. Elle allait toujours de l'un à l'autre, de plus en plus lentement au fur et à mesure qu'elle revenait vers le milieu de la table, à l'intérieur du U.

Pour sa part, Gaston continuait son tour. Il était en avance sur sa femme. Mélanie en était à trois convives du Julien. Désiré calculait qu'elle allait croiser son mari, juste à hauteur du jeune homme.

— Tu vois Gaston, on préfère embrasser ta femme, ça va moins vite de son côté, fit remarquer un garçon.

Le verre bougeait maintenant dans la main de Mélanie. Une gorgée de vin, le baiser d'un jeune homme, une autre gorgée, encore un baiser de femme et Julien devant elle et Gaston à côté.

Julien voulut faire celui qui pensait à autre chose, qui n'était pas là. Jusqu'à lui, tous les convives s'étaient levés bien avant que celui des mariés qui approchait fût arrivé à sa hauteur, pour être prêt, mais lui, il restait assis.

— Alors Julien, à qui donc tu rêves ?

— Regarde qui est derrière toi.

— Par qui tu commences ?

Et Julien se leva. Depuis le premier instant, Désiré avait tout compris.

— T'en pinçais pas un peu pour la Mélanie ?

— Allez, serre-lui la main, au Gaston.

— Hé les mariés, vous pourriez vous bicher aussi, ça fait longtemps que vous ne vous êtes point vus.

Au milieu du brouhaha général, Julien trinqua avec les deux puis se rassit sans avoir embrassé la mariée. Mélanie attendit un peu, pas longtemps, mais un peu. Gaston avait repris son tour et Mélanie dut recommencer à avancer. Désiré avait attendu quelque chose qui ne vint pas, un geste de révolte, un cri, une violence même, d'ailleurs son cœur battait ferme, mais non, ces deux-là étaient résignés. Deux fois pourtant, elle se retourna pendant que d'autres lui touchaient les joues. Là encore, Désiré, dans sa suffisance, crut qu'il était le seul à le remarquer.

Il fallut encore du temps pour terminer le tour. Gaston retrouva le premier sa place. Mélanie n'avait pas rattrapé son retard. Quand elle arriva devant son père, elle ne tendit pas son verre, ni ses joues, elle resta devant lui sans bouger, tête basse, les yeux sur ses pieds. Il la prit par les épaules, se pencha sur elle, lui donna un baiser sur chaque joue et elle avança vers Lucie qui n'eut droit à rien de plus que ce qu'avaient eu les autres. Après, elle n'avait qu'à dépasser son mari pour retrouver sa place. Quand elle y fut, Gaston se releva et tous deux, bras tendus, promenèrent encore le vin vers tous les invités qui les imitèrent. Chacun rebut une dernière fois d'un seul trait et les mariés allaient se rasseoir quand les convives recommencèrent à crier.

— Il faut effacer les traces !

— Alors, tu ne vas rien faire pour montrer à ta femme que de nous tous, c'est toi qui l'embrasses le mieux ?

— Fais voir un peu comment tu t'y prends.

— Allez, biche-la donc !

Gaston embrassa sa femme.

— Mieux que ça ! Mieux que ça !

— Si t'es pareil tout à l'heure, elle va me regretter ta femme.

Et Gaston l'embrassa encore, cette fois plus près de la bouche.

— C'est tout ?

— Bois un coup si t'oses pas.

— Attends, je vais te montrer.

Je ne sais jusqu'où les invités auraient poussé Gaston si le violoneux n'avait, à cet instant, donné le signal du bal. Tous les jeunes gens se levèrent d'un bond derrière les musiciens et se précipitèrent vers la grange.

Gaston et Mélanie y gagnèrent le droit de se rasseoir sans plus de démonstrations.

IX

Désiré but comme un possédé, il poursuivit les filles comme un possédé, il dansa comme un possédé, même les danses qu'il ne connaissait pas, et si dans ces moments-là il s'emmêlait copieusement les pieds, cela n'avait plus aucune importance, ni pour son orgueil, ni pour personne. Notre jeune homme mit un point d'honneur à faire danser tout le monde, les jeunes filles bien évidemment, mais les femmes aussi et, par courtoisie, même avec ces dernières, il tenta quelques privautés. Il fit même danser certaines vieilles, mais là, les privautés s'arrêtaient au langage.

Le bal passa comme un rêve. Il ne parvenait plus à fixer son attention. Il ne se rendit même pas compte de la disparition des mariés.

A un moment, la musique s'arrêta. Le violoneux et le vielleux devaient avoir besoin de repos. Désiré, à cet instant, dansait avec une grosse jeune fille qui occupait tous ses bras. Comme je l'ai dit, il avait beaucoup de facilité pour la musique et le temps de la danse, il avait retenu l'air qu'il fredonnait doucement, les yeux fermés, bien bercé dans la douceur de la poitrine de sa cavalière sur laquelle il cherchait à se reposer.

Les musiciens avaient cessé depuis quelque temps, les gens commençaient à quitter la grange et Désiré ne s'était encore rendu compte de rien. Dans une sorte d'extase, il marquait ses pas, chantait toujours et sans la jeune fille qui, un peu honteuse d'essuyer les regards rieurs de tous ceux qui sortaient, et qui se mit à le secouer sans tendresse pour le réveiller, peut-être y serait-il encore. Lorsqu'il ouvrit les yeux, contraint et forcé, il n'y avait plus qu'une dizaine de personnes dans la grange. Tous les autres étaient partis et Désiré et sa bonne grosse jeune fille étaient bien les seuls à se balancer encore.

— Qu'est-ce qui se passe ?

Il semblait quitter cette espèce de confort avec beaucoup de regrets.

— On part chez le Jean.

— Qui c'est ?

La jeune fille sortit à son tour sans prendre le temps de lui répondre, prouvant ainsi que déjà, à cette époque, l'ingratitude payait souvent les bienfaits et Désiré se retrouva seul. Il s'approcha des tonneaux.

— Mais qui c'est le Jean ?

Il ramassa un verre en titubant un peu, mais c'étaient peut-être encore des pas de danse, et il tenta d'en regarder le fond.

— Je ne le connais même pas, ce Jean-là.

Il fit jouer l'une des cannettes, rien ne vint.

— Hein ?

Il donna deux coups de poing dans le tonneau.

— Y'a personne ?

Il se mit à rire.

— Non, y'a personne. Allons voir à côté.

Il frappa le second tonneau.

— Y'a quelqu'un ?

Celui-là ne rendit pas le même son que son voisin.

— Oui, il y a quelqu'un, je le sais.

Il tourna la cannette et le vin se mit à couler. Le verre avait quelque peine à se maintenir au bon endroit. Désiré s'en fit couler sur les mains.

— Holà !

Il referma la cannette et but d'un seul trait avant de reposer son verre sur la planche où gisaient les autres. Après, il se dirigea vers la porte de la grange.

— Je ne sais même pas qui c'est le Jean.

Quand il l'eut franchie, il appela :

— Attendez-moi !

Dans la cour, il ne vit personne. Le feu était aux braises. Il en fit le tour. Mais sous la remise, les vieux s'étaient regroupés, certains dormaient déjà sur la table.

— Vous savez où il habite, vous, le Jean ?

— C'est par là mon gars, par là.

Et Désiré s'engagea dans la direction qu'on lui avait indiquée. La nuit était tout à fait noire. Il se retrouva dans le chemin.

— Attendez !

Au loin, on entendait des voix et des pas. En levant la tête, Désiré vit aussi la lueur des torches qui courait entre les haies.

— C'est fou ce qu'on marche dans les noces par ici. Chez moi, c'est pas comme ça. Attendez !

De plus, le chemin avait une certaine tendance à tanguer sous ses pas. Tout à coup, il s'arrêta, il venait d'entendre quelque chose.

— Hé, y'a quelqu'un ?

Il n'obtint pas de réponse. Il étendit un peu les bras autour de lui pour ne rencontrer que l'air frais de la nuit.

— Je vous connais, hé, hé. Où sont les autres ? Ah oui, là-bas.

Et il se remit à marcher. Il continuait d'entendre de la toile froissée pas très loin, mais il ne parvenait pas à la localiser précisément.

— Qui c'est ? Allez, arrêtez. De toute façon, je vous ai reconnu.

Il étendit encore les bras et une petite forme vint se glisser contre lui, silencieuse.

— Ah, je t'ai attrapée, dit tout fort Désiré qui ne pouvait s'empêcher de se vanter en toutes circonstances.

Désiré voulait la retenir, mais la petite forme continuait d'avancer dans le chemin et le jeune homme la perdit un temps.

— C'est pas la peine, tu ne m'échapperas pas.

Il pressa le pas pour la reprendre. Et parce que dans le noir, quand on n'y est pas seul, on peut avoir toutes les audaces, Désiré se mit à toucher cette petite forme qui semblait ne jamais vouloir cesser son mouvement.

— Qu'est-ce que c'est ?

Désiré reconnut une coiffe et un visage doux.

— Tiens, tiens, tiens...

Tout en marchant, il continua ses investigations.

— Arrête un peu, je ne me rends pas bien compte, tu bouges tout le temps.

Mais l'autre ne voulait rien savoir. Sous la coiffe, il y avait un cou qui lui sembla tout chaud et tendre, puis des épaules. Plus il allait, plus il avait envie d'aller et plus la petite forme à son côté semblait presser le pas.

— Mais ne t'en va pas, je suis là.

Il touchait toujours pour s'y reconnaître. Il rencontra deux petits seins dans un détour.

— Tiens, qu'est-ce que c'est que ça ? demanda-t-il en riant.

Mais la jeune fille ne ralentissait pas pour autant et, une fois encore, elle lui échappa, sans un murmure, sans même un soupir.

— Hé, où tu es ?

Ce fut alors la jeune fille qui lui prit la main et l'entraîna dans un champ qui s'ouvrait sur la droite. Au loin, on voyait toujours les torches. Désiré n'était pas mécontent de quitter le chemin pour aller dans l'herbe. Il en profita pour revenir à la poitrine de la jeune fille, mais cette fois, il passa ses mains sous la toile.

— Mais qu'est-ce que c'est ?

Il continuait de se faire rire.

— En tout cas, tu n'es pas l'Adrien.

Et c'était sans doute pour s'en convaincre qu'il la caressait encore, mais rien n'était simple car l'autre, au lieu de s'arrêter maintenant qu'ils en étaient là, ne ralentissait toujours pas.

— Vas-tu finir de courir comme ça ?

Désiré s'impatientait. Toujours sous la chemise de la jeune fille, il parcourut sa peau à la taille et sur son ventre. Il lui sembla alors qu'elle tremblait un peu. Mais en même temps, il se prenait les pieds dans des mottes de terre et elle lui échappait encore. Seulement, il n'était pas long à y revenir. Au moment où il fallut franchir une haie, elle lui reprit la main et le guida au milieu des branches, puis ils se remirent tout de suite à marcher. Il sembla à Désiré qu'en passant, la jeune fille lui avait embrassé la paume. Et Désiré de la reprendre et de la caresser encore.

— C'est quand même bien la campagne.

Ils étaient dans un autre champ qu'ils traversèrent en se lâchant de moins en moins. Désiré n'en pouvait plus. Ils franchirent une barrière je ne sais trop comment, et ils se retrouvèrent dans un chemin. Là, la jeune fille s'arrêta et Désiré put enfin la saisir pour de bon. Sur la pointe des pieds, elle vint lui donner un baiser et Désiré de la serrer davantage. Il allait chercher un peu d'herbe pour n'en point rester là quand il distingua à nouveau des bruits de voix. Il vit alors apparaître les torches au bout du chemin sur lequel ils se trouvaient. A travers champs, ils avaient rattrapé les autres et même, ils les avaient dépassés. Dans une minute, ils allaient être rejoints. Désiré voulut très vite refaire le tour de ses plaisirs et de ses découvertes. Il reçut d'autres baisers pour la peine qu'il se donnait mais les gens de la noce arrivaient, ils se détachèrent l'un de l'autre et c'était à prendre froid.

La lumière les éblouit un peu. On leur demanda ce qu'ils faisaient à cet endroit et comment ils y étaient arrivés. Il y eut des sourires et des sous-entendus. A la lumière, Désiré reconnut Marceline qui ne semblait troublée en rien par ce qu'ils venaient de faire, mais qui détournait la tête afin que le jeune colporteur ne puisse la regarder. Ils se mêlèrent aux autres.

Tous deux marchèrent assez près l'un de l'autre, mais sans aller jusqu'à se donner la main, et comme à la lumière Marceline était moins troublante que dans la nuit profonde, Désiré refit l'obscurité de temps en temps en fermant les yeux.

Cet autre cortège, composé une fois encore des jeunes gens et des jeunes filles, était aussi bruyant, aussi gai que les précédents. Les musiciens étaient à nouveau là pour les précéder.

Ils arrivèrent assez vite devant une ferme dont ils envahirent la cour. Désiré ne se demandait pas vraiment ce qu'ils venaient y faire, il suivait, il pensait à autre chose. Il était content d'y être.

La ferme était silencieuse. La porte de la maison était fermée. Point de lumière. Tout le monde se dirigea vers la porte. On monta les marches, on ouvrit. La pièce était grande. Il n'y avait pas de feu dans la cheminée. Au fond, il y avait un lit double où, contrairement à l'habitude, seule la tête était mitoyenne du mur, les deux côtés étant largement dégagés.

Sur le lit, il y avait Gaston et Mélanie, encore habillés, immobiles. La petite mariée plissait les yeux sous la lumière des torches. Tous les jeunes gens parlaient et criaient, mais Désiré n'y faisait plus attention, il ne cherchait pas davantage Marceline, noyée sans doute dans la cohue, il était comme subjugué par ce qu'il voyait. Que venait-on faire ici ?

Tous les jeunes gens se disposèrent en cercle autour du lit, de façon à ce que tout le monde puisse bien voir. Désiré ne quittait pas des yeux la petite mariée et le gros homme à côté d'elle. Peut-être à cause de la douceur qu'il avait connue en chemin, ce spectacle lui paraissait particulièrement atroce. Alors c'était donc vrai, il allait la toucher, le gros paysan, cette si jeune fille ? Et pour que personne ne l'ignore, on conviait le monde à les venir voir. Quelles mœurs !

Aucun des deux ne bougeait. Ils attendaient quelque chose

et Désiré ne savait pas quoi. Tout à coup, le silence se fit et Julien sortit du cercle. Il était grave. La petite mariée le regardait, Gaston aussi. Tous trois semblaient impressionnés, comme les simples spectateurs. Désiré pressentit un drame. Il allait sûrement se passer quelque chose de terrible. Julien contourna le pied du lit et s'approcha de Mélanie. Gaston ne bougeait toujours pas. Quand Julien fut au bord, il se pencha sur sa bien-aimée et la prit dans ses bras. Enfin ! Enfin, pensait Désiré, ce n'était pas trop tôt. On n'allait tout de même pas la laisser souiller par ce primate de Gaston.

Julien souleva alors la jeune fille et l'emporta. Elle avait fermé ses bras autour du cou du jeune homme. Même Gaston devait se rendre compte que c'était la seule chose à faire, qui ne protestait pas, et personne dans l'assemblée ne prononça le moindre mot pour prendre sa défense. Julien et son précieux fardeau se rapprochaient maintenant du cercle formé par tous les jeunes gens et le cercle allait s'ouvrir et se refermer sur eux, sans doute à jamais. Désiré était soulagé. Il pensa qu'il allait enfin pouvoir s'abandonner complètement, maintenant que cette ineptie allait être réparée.

Mais le cercle ne s'ouvrait pas et Julien fut obligé de chercher plus loin un passage. Gaston le regardait toujours. Le jeune homme avait maintenant parcouru tout le cercle jusqu'à son extrémité, il dut revenir sur ses pas. Il refit un second passage comme s'il avait voulu la montrer et personne ne s'écarta. Désiré, lui, n'était pas au bord, il était derrière, sans cela, vous pensez s'il les aurait laissés passer. Julien marchait maintenant plus lentement. Désiré voyait bien qu'il voulait la garder.

Julien finit par revenir vers le lit. Elle, elle s'accrochait à son cou. Elle avait caché son visage. Lui, il retournait vers l'endroit où il l'avait prise et il la redéposa auprès de son mari, comme ces offrandes que l'on faisait jadis à des dieux cruels. Désiré voulait protester. En la déposant, Julien tomba à genoux mais il se releva de suite et, sans plus regarder personne, il rejoignit le cercle des jeunes gens sous les applaudissements des autres, pour le fendre et disparaître. Mais pourquoi l'avait-il rendue ? Et les jeunes gens commencèrent à sortir de la pièce. Quelle bande de sauvages ! Mais ils ne voyaient donc rien ? Et Julien ? C'était bien la peine de la prendre ainsi si c'était pour la rendre. Désiré, poussé par les autres, allait vers la porte, mais il ne le voulait pas. Il cherchait Adrien. La pièce était petit à petit regagnée par l'obscurité. En se retournant, Désiré vit la petite mariée qui les regardait partir et Gaston qui avait déjà ébauché un mouvement pour se rapprocher d'elle. Désiré voulait rester pour empêcher ça, mais les autres le poussaient toujours. Il aperçut Adrien dans la cour. Le dernier sorti avait refermé la porte. Adrien riait, tout près de Lucie.

— Pourquoi ?

— Quoi ?

— Pourquoi il ne l'a pas gardée ?

— Qu'est-ce que t'as ?

Mais Lucie s'éloignait et Adrien ne voulait pas la laisser partir sans lui.

— Où est-il Julien, que je lui dise ce que j'en pense ?

— Tiens bizouard, bois un canon.

Et Adrien lui tendait une bouteille que Désiré repoussa d'un revers de bras. Déjà, tout le monde, derrière les torches et les musiciens, avait repris joyeusement le chemin. Désiré fut bien obligé de marcher aussi pour continuer ses invectives.

— Pourquoi il a fait ça, Julien ?

— C'est l'usage.

— Mais enfin, t'as rien vu ?

Adrien marqua un tout petit temps avant de répondre.

— Non.

— A toi, ça ne te fait rien de laisser ta sœur avec ce Gaston ?

— C'est son mari.

— Et le Julien, ça ne lui fait rien non plus ?

— Demande-lui donc.

Et Désiré chercha le Julien. Il le chercha sans le trouver. L'autre n'avait pas dû prendre ce chemin-là. A la fin, découragé, Désiré se laissa glisser en queue de cortège, là où il n'y avait plus trop de lumière. Une petite forme était bien venue se glisser à nouveau sous son bras, mais il ne semblait pas la sentir. Plus on allait et plus Désiré marchait lentement. La petite jeune fille se serrait pourtant tendrement contre lui. Elle lui avait même pris une main qu'elle avait timidement conduite jusqu'à sa poitrine, mais Désiré la laissa là sans la bouger.

Au bout d'un moment, il s'arrêta et la petite ombre avec lui. Il fit lentement demi-tour et retourna vers la maison qu'ils venaient de quitter.

Pour le reste de la nuit, Désiré tourna autour de la ferme, pleurant de temps en temps sur cette offense à l'amour, l'amour auquel il croyait tellement. Marceline ne le quitta qu'au jour, lorsque le ciel moins noir lui eut rendu sa disgrâce.

Vous souvient-il que Désiré Bucard avait vingt ans à peine ?

X

Au matin, Désiré revint à la ferme des Huhant dans le seul but de récupérer sa caisse et de s'enfuir. Seulement, en arrivant, il retrouva tous les convives à table en train de saluer gaiement le jour. Il ne sut résister à leurs appels et leurs invitations. Ce petit déjeuner qui se prolongea effaça sans trop de peine les chagrins de la veille et lui redonna le goût du soleil qui l'avait blessé d'abord, et des filles, et des désirs qu'il avait d'elles.

Marceline n'était plus à la ferme. Toute la matinée, il la chercha partout. Elle avait dû rentrer chez elle. A midi, à table encore, il osa s'informer de l'endroit où elle habitait et chacun de lui dire un hameau différent jusqu'à quinze lieues de là, pour le faire bisquer. Comment savoir qui disait vrai, si l'un d'eux disait vrai ? Désiré se fit même suppliant et ne sut pas reconnaître l'estime dans laquelle les jeunes gens le tenaient, pour ne rien changer à leur attitude quand il avait changé la sienne.

Tout l'après-midi, il erra, rôda près des maisons, fit des kilomètres pour ne pas la voir. Il avait grimpé aux arbres et accouru au moindre bruit de marche dans n'importe quel chemin.

Quand le soleil allongea les ombres, découragé, il s'en retourna vers la ferme des Huhant. Fatigué aussi par sa journée après celle de la veille, il coupa au plus court et rentra à travers champs et ce n'est qu'à deux pas de la ferme qu'il surprit Marceline. Dissimulée derrière une haie, sur la pointe des pieds, elle regardait dans la cour. Elle devait être, elle aussi, à la recherche de quelqu'un.

Tristesse, fatigue, doute, mélancolie ne pèsent rien au regard de certains événements. Occupée comme elle était, elle ne l'avait pas vu, elle ne l'avait même pas entendu venir. Derrière elle, il étendait les bras pour la prendre, mais au moment de la saisir, il se ravisa, se contentant de lui souhaiter le bonsoir.

Comme elle sursauta, la petite Marceline ! On est bien bête quand on est jeune.

Elle ne l'avait regardé que le temps de le reconnaître pour déjà détourner la tête et ne plus jamais croiser son regard. Il faisait encore jour :

— Qu'est-ce que tu fais là ?

Désiré avait cherché son ton le plus dégagé.

Marceline reculait, le regard toujours détourné.

— Attends, t'en va pas, qu'est-ce que tu fais ?

Et comme elle reculait encore, il ajouta, et c'était bien le moment :

— Je t'ai cherchée toute la journée.

On n'en sait rien la plupart du temps, mais les mots, quand ils le veulent, renferment de la magie : elle qui allait s'enfuir s'arrêta de suite.

— Où t'étais ?

Elle ne prit pas la peine de répondre, mais cela n'avait plus guère d'importance.

— Viens, ne restons pas là.

Ils marchèrent tant que dura le jour.

Avec la nuit, Marceline se rapprocha jusqu'à le tenir par la main. Tous les deux, on aurait pu croire qu'ils marchaient au hasard, mais Marceline, sans en avoir l'air, conduisait leurs pas. Ils recommencèrent à se toucher. Elle l'amena dans la cour d'une ferme. Un chien s'était mis à aboyer mais il se tut tout de suite quand elle murmura son nom. Elle entraîna Désiré vers la grange, pénétra à l'intérieur, lui reprit la main pour le guider jusqu'à l'échelle et, lorsqu'ils furent en haut, elle avança seule dans le foin. Désiré ne savait plus où elle était passée. Pourtant, il l'entendait bouger de temps en temps. Ça durait.

— Où t'es ?

— Là, répondit-elle en accompagnant la précision qu'elle donnait d'un petit rire nerveux.

Il étendit ses mains devant lui, aussi pour ne pas tomber, et il la rencontra. Elle avait retiré ses vêtements. Désiré en eut le vertige. C'était trop d'un coup, il ne savait plus où donner des mains et de la bouche. Elle l'attira sur la paille. Elle avait étendu ses affaires. Il connut le plaisir quand elle criait et sanglotait un peu en le serrant dans ses bras. Il crut qu'il allait mourir.

Après, il dormit quelque temps avant de se réveiller sous d'autres caresses et d'autres baisers. Désiré la reprit.

Plus tard encore, il se leva. A tâtons, il chercha ses affaires et, sans faire de bruit, se dirigea vers l'échelle. Il fut prudent car il pouvait bien tomber du fono et aller se briser quelque chose cinq mètres plus bas. Quand il trouva l'échelle, il descendit les échelons sans bruit puis il se dirigea vers la porte, l'ouvrit avec d'infinies précautions, mais au moment de sortir, tout à côté de lui, une petite voix lui demanda où il allait.

— Il faut que je m'en aille.

— Pourquoi ?

C'était agaçant.

— Il faut. Je dois aller récupérer ma caisse.

— Attends, je vais avec toi.

Ces matins-là, les filles sont toujours comme ça et comme il étendait le bras pour la retenir et l'empêcher de franchir la porte, il se rendit compte qu'elle n'avait pas pris le temps de se rhabiller.

— Mais qu'est-ce que tu fais ?

— Je vais t'accompagner.

— Pas comme ça, tu es folle. Tu vas attraper du mal.

Et il la toucha encore pour bien se rendre compte comme elle pouvait tomber malade, et elle bougeait sous sa main.

— Va t'habiller.

— Mais tu m'attends ? Tu ne vas pas partir sans moi ?

— Non.

— Tu le jures ?

— Oui.

Elle retourna vers l'échelle. Dehors, il faisait encore nuit. Le chien vint le sentir mais il n'aboya pas. C'était un matin triste et pas parce qu'il allait partir. Les garçons sont toujours comme ça au matin, ils ne comprennent plus trop leurs désirs de la veille.

— Tu viens ? lui demanda-t-il, impatient.

— Je suis là.

C'était vrai. Elle était à nouveau à côté de lui.

Ils marchèrent dans les chemins. Elle le mena à la ferme des

Huhant. Ils retournèrent dans la grange. En haut, il y avait encore des ronfleurs.

— Il faut que j'allume la lampe, murmura-t-il doucement.

— Non, le supplia-t-elle.

— Il faut bien que j'aille récupérer ma caisse. Elle est là-haut et avec tous les gens qui dorment, je vais leur marcher dessus.

Il cherchait déjà la lampe.

— Je crois qu'elle est par là. Ah, ça y est, je l'ai. Où t'es ?

Il parlait bas.

— Là. Tiens-la moi, que je puisse l'allumer.

— Non.

— Allez, ne sois pas sotte. Qu'est-ce que j'ai foutu de mon briquet ? Il ne manquerait plus que je l'aie perdu chez toi. Non, le voilà.

Il battit le briquet à amadou, souffla sur la mèche et alluma la lampe. Déjà Marceline détournait les yeux. Il lui reprit la lampe, masqua la mèche de son briquet et monta à l'échelle. Elle le suivait.

— Qu'est-ce que tu fais ?

— Je viens avec toi.

— On va réveiller tout le monde.

Oubliés la douceur et l'amour. Il lui parlait sans tendresse.

— Mais tu ne pourras pas chercher ta caisse et porter la lampe en même temps.

— Oui, c'est vrai. Allez, monte.

Sur le fono, marchant doucement entre les dormeurs, Désiré se dirigea vers certain coin. A genoux, il découvrit sa caisse, passa la courroie à son épaule, se releva et retourna à l'échelle.

— Éclaire-moi.

Toujours précautionneusement, il descendit jusqu'à terre. Elle descendait derrière lui et il ne releva même pas la tête.

Arrivés au bas de l'échelle, elle s'arrêta. Lui se dirigeait déjà vers la porte. Il allait sortir quand il se retourna. Il hésitait. Il fit mine de sortir encore, revint, puis tout à coup, il retrouva son sourire.

— Attends.

Il refit quelques pas vers elle, enleva la courroie de son épaule, déposa sa caisse aux pieds de la jeune fille, s'accroupit et ouvrit le couvercle.

— Regarde.

Elle regardait à peine.

— Mets-la plus haut la lampe, on ne voit pas bien.

Elle mit la lampe plus haut.

— Regarde. Regarde tout ce que j'ai. T'as vu ? Regarde tout ça...

Et il détaillait sa marchandise, son fil, ses rubans, ses boutons, ses livres.

— T'en as déjà vu autant ? Tu sais, il y en a pour une petite fortune là-dedans.

Et Marceline disait oui de temps en temps.

— Je vais te faire un cadeau.

Et il cherchait dans sa caisse. Avisant une plaque de douze boutons nacrés, il la lui tendit.

— Non, attends, ceux-là sont mieux.

C'était vrai, les seconds étaient plus gros, mais il n'y en avait que six.

— Tiens, prends-les, je te les donne. T'es contente ?

Peut-être l'était-elle Marceline, derrière ses larmes.

— Tu veux aussi du ruban ?

Et il dévidait un petit rouleau de ruban rouge.

— Tiens, en voilà deux bons mètres.

Avec une paire de ciseaux qui tenait suspendue au couvercle de la caisse, il lui coupa le bout de ruban qu'il enroula autour de deux doigts avant de le lui tendre.

Elle prit le ruban.

— Merci.

Elle pleurait maintenant tout à fait.

— Allez, embrasse-moi.

Elle baissait la tête et, dans le même mouvement, elle fit non.

— Tu ne veux pas m'embrasser ?

Elle fit encore non.

Alors Désiré s'approcha d'elle, lui prit la lampe des mains, entrouvrit le volet pour la souffler, la déposa à terre et entoura Marceline de ses bras. Ils se donnèrent un baiser.

— Tu vois que tu voulais bien.

Il la toucha encore un peu, pour tout installer dans sa mémoire, puis il retourna vers la porte.

— Tu sais, je reviendrai.

Elle était restée au bas de l'échelle. Ils ne se voyaient plus.

Au-dehors, le ciel commençait à se colorer, à l'est, droit devant lui.

Auguste

I

Déjà à cette époque, le temps était inexorable.

Gaston et Mélanie s'épousaient un jeudi.

Le lundi précédent, dès l'aurore, après la traite, Émile Huhant et son fils Adrien partirent chez le menuisier du Cousin, chercher les planches et les tréteaux qui allaient faire office de table. Ils avaient attelé le tombereau. En chemin, il s'arrêtèrent chez tous les gens de connaissance pour recevoir des compliments et boire à chaque fois à la réussite de la fête. Au Cousin, le menuisier leur offrit un verre à la santé des époux.

Au retour, ils prirent un autre chemin pour s'arrêter chez d'autres gens de connaissance.

En revenant à la ferme sur le coup de midi, ils déjeunèrent puis ils repartirent à vingt-cinq kilomètres de là, dans la direction de Saulieu, pour aller chercher du vin en tonneau chez un marchand. Avant d'y arriver, ils s'arrêtèrent encore plusieurs fois. Là-bas, sur place, ils en goûtèrent différentes sortes pour bien choisir puis, avant que les bœufs ne les ramènent à la ferme, ils trinquèrent à la prospérité des deux familles.

Le soir, à table, Émile était sombre, il avait les yeux légèrement injectés. Il ne toucha pratiquement pas à son assiettée. Quant à Adrien, il riait comme un niais, aux anges ou à Lucie. Plus tard, quand le jeune homme demanda à sa cousine d'aller faire un tour alors qu'il avait peine à se soulever de sa chaise, elle lui dit non. Adrien se releva dans la nuit pour vomir.

Ce même lundi, François et Solange, avec quelques-uns de leurs petits amis du hameau, partirent pratiquement tout le jour au bois, pour faire les fagots nécessaires à la fournée du lendemain. Ils ne revinrent que quatre fois à la ferme, chacun des enfants tirant plusieurs fagots derrière lui. Pour être tout à fait juste, dans le bois, mais c'était le bois, les enfants se donnèrent quand même le temps de jouer : les garçons dénichèrent des oiseaux et plus tard se firent une cabane, les filles, avec constance, jouèrent au mariage et aucune ne contestait à la petite Solange le droit d'être à chaque fois la promise.

Ce même lundi, Mélanie et Lucie parcoururent tout le voisinage pour se faire prêter de la vaisselle, des plats, des marmites, des couverts, des assiettes. C'est qu'il en fallait pour recevoir tant de monde ! Elles y passèrent toute la matinée. Dans l'après-midi, il fallut commencer à déterrer les légumes, bien laver toute la vaisselle, aller souvent au puits tirer de l'eau, jusqu'à s'en arracher les bras. Elles avaient chaud, les filles. A la fin du jour, elles étaient rompues.

Quant à la mère, il semblait qu'elle ne savait plus parler. Elle ne pouvait plus s'adresser à quelqu'un sans crier. Elle courait partout. Elle disait souvent qu'après cela, elle allait mourir. Il faut avouer qu'en plus de son travail propre, chacun venant lui demander ce qu'il y avait à faire, elle devait sans cesse s'interrompre. Aussi, au fil du jour, elle se rendait compte à son grand désespoir, et pour plus de nervosité encore, qu'elle ne faisait pas le tiers de ce qu'elle avait espéré. Tout pour elle semblait aller de mal en pis, et ceux qui s'aventuraient encore à la questionner dans le courant de l'après-midi entendaient une telle énumération de besognes que, étant obligés de choisir au milieu de cette avalanche, ils pouvaient être certains de ne pas la satisfaire, personne, à ses yeux, n'ayant opté pour l'essentiel.

Que dire encore de ce jour ?

Le matin, en revenant de mener les vaches après la traite, Mélanie, toute seule dans le chemin, avait soulevé ses jupes comme pour revoir comment elle était faite. Cherchait-elle à imaginer la place que viendrait prendre le Gaston lorsqu'il aurait le droit d'y venir ?

Tiens, Gaston, puisqu'on en parle. Sa mère était venue dans l'après-midi, toute fermée, toute sèche, proposer ses services et la mère de Mélanie, bien calée dans l'embrasure de la porte pour que l'autre ne puisse rien voir de ce qui se préparait à l'intérieur, le sourire miraculeusement revenu, l'avait renvoyée en disant qu'on s'en sortait très bien, que tout allait pour le mieux, en souvenir des fiançailles. Et la mère du Gaston était repartie, toujours aussi fermée, toujours aussi sèche, avec cet affront.

Quoi encore ?

A cinq heures, alors que les enfants entassaient sous la remise leur troisième voyage de fagots, Mélanie revenait du puits, le seau au bout du bras, l'autre bras largement écarté pour faire contre-poids. Elle s'arrêta tout à coup à la moitié du chemin. Elle soufflait. Elle n'avait pas posé son seau. François la regardait quand, soudain, il se retourna vers le plus proche de ses compagnons et se mit à le pousser d'abord, comme ça, pour rien, mais assez violemment, des deux mains. Puis, devant les protestations de l'autre, il se jeta sur lui et le battit comme plâtre. Mélanie semblait n'avoir rien vu. Elle avait repris sa marche vers la maison.

Quoi d'autre ?

Le soir, la mère de Mélanie, quand tout le monde allait se coucher, en était encore aux apprêts de la fournée du lendemain. Elle allongea le levain avec de l'eau et de la farine, puis elle le remit dans une jatte après l'avoir entouré d'un linge pour le maintenir au chaud. Elle laissa le tout sur la table. Elle était épuisée.

Au milieu de la nuit, Mélanie se réveilla en sursaut. Elle avait encore mal aux jambes et aux épaules. Le sang lui battait les tempes. Elle sentait Lucie tout à côté d'elle. Rien encore n'était changé. C'était bien toujours la même odeur. Plus de braise dans la cheminée pour donner un peu de lumière. Le noir, le noir complet. C'était sûrement comme ça, la mort. A la fenêtre, point de lueur. C'est dans la nuit, sans rien pour la distraire, qu'elle comprit qu'on lui avait volé l'amour, le seul, le vrai, celui d'avant le mariage, parce que après, la vie semblait la même pour tout le monde. Elle eut soudain l'impression qu'elle tombait dans un trou sans fond qui partait de son ventre. Plus tard, encore sans dormir, elle sut qu'au matin elle ne se réveillerait plus comme elle était avant.

Le mardi, ce fut pire encore.

Les hommes firent, dès l'aube, le pain de la noce quand les femmes préparaient tartes et galettes.

Personne ne sembla remarquer comme Mélanie était différente.

Le four était plein jusqu'à la gueule.

Mais tous les autres avaient changé avec elle, sans qu'ils en sachent rien.

Pendant la cuisson, Émile ne quitta pas la porte du four. Il ne pouvait être question pour lui de chercher une autre occupation, c'était trop grave, la cuisson d'une pareille fournée demandait de la surveillance. Allez voir un peu que tout brûle, que les tartes soient noircies et les pains charbonnés ! Il ne s'éloigna que pour deux verres de vin.

Et pas seulement les gens, les choses aussi, la maison, même la maison, la ferme ne se ressemblait plus. Il faut dire qu'elle était pleine de monde, de femmes surtout et que l'on ne s'entendait pas tellement elles faisaient de bruit. Elles apprêtaient la fête ou le repas du jour et les conversations allaient bon train, dans l'odeur de plus en plus enivrante du pain frais. Défilaient d'autres fêtes, des noces et des ripailles.

Ce furent les tartes et les galettes qu'Émile sortit en premier. Elles arrivèrent sur la table avec tout le monde autour. Les petits dansaient de plaisir.

Solange et François non plus n'étaient plus les mêmes que la veille.

Quand il fut temps, au milieu de l'admiration générale, Émile sortit une à une les miches qu'il alla disposer verticalement sur le dessus de la maie où l'on avait étendu des torchons. Le père ne cherchait pas à discerner si cette admiration revenait à la quantité, personne n'en avait plus vu autant depuis des lustres, ou bien à la couleur, il est vrai que le pain semblait cuit à point et qu'il avait bel aspect, mais il recevait les murmures flatteurs et les regards émerveillés avec un plaisir qu'il masquait sous des gestes chargés de componction, et cette componction, avec d'autres choses, allait mener doucement les gens vers la solennité de l'événement qu'ils allaient vivre.

A midi, on se mit à table. Les paysans ne savent pas manger debout. On finit le vieux pain. Les voisines qui étaient là depuis le matin rentrèrent pour nourrir leurs hommes et leurs bêtes. Elles allaient revenir plus tard.

Tout de suite après le repas, Émile et Adrien, accompagnés de François, sortirent avec la mère qui allait désigner les animaux de basse-cour sacrifiés à la fête. Elle commença par les poulets.

— Celui-là, disait-elle en tendant le doigt.

Adrien et François se précipitaient alors sur le volatile qui s'enfuyait dans tous les sens. Le père attendait sur les marches avec des ciseaux. Il regardait, sans peut-être les voir, ses fils s'escrimer, courir, tomber parfois, se relever, courir encore, cerner, plonger, puis saisir le malheureux poulet.

Quand c'était Adrien qui l'avait attrapé, il le renversait de suite et lui immobilisait les pattes avec un petit morceau de ficelle, complètement indifférent aux cris, aux contorsions et aux battements d'aile, et il allait le suspendre aux branches d'un vieux prunier qui était à quelques pas du fumier. Le père s'approchait alors, saisissait le cou du poulet tout près de la tête, avec deux doigts il appuyait sur ses joues pour lui faire ouvrir le bec et, d'un coup de ciseaux, il sectionnait le filet en maintenant les ailes et le corps sous son bras. Tout de suite après, il le lâchait et l'animal, à l'agonie, se débattait, envoyait son sang partout, se vidait petit à petit et finissait par mourir dans une dernière ébauche de mouvement.

Il y avait beau temps que la mère avait envoyé ses fils à la chasse d'un autre et que les garçons étaient repartis à la course.

Au bout d'un moment, il régnait une grande panique chez les habitants de la basse-cour. Chacun semblait craindre que ce ne fût son tour et trembler pour tous. Les coqs chantaient leur inquiétude, les poules tendaient le cou, l'œil mobile, et ceux qui n'étaient pas concernés directement par la course présente couraient quand même, histoire de se préparer à la suivante qui pouvait bien être la leur.

La terre sous le prunier était noire de sang.

Quand c'était François qui finissait par attraper le poulet, il avait toujours du mal à le maîtriser. Sans doute était-il moins fort, mais je crois plutôt que sa main tremblait un peu et il présentait généralement au bourreau un poulet écartelé qu'il tenait d'une patte et d'une aile, et qui n'avait pas encore de ficelle pour l'immobiliser. Mais Émile, inexorable, rétablissait cela tout de suite et pendait le poulet à côté de ses congénères.

Un seul parvint à s'échapper alors qu'on l'avait désigné, un qui réussit à franchir la barrière et alla se perdre dans les champs voisins. Même Adrien finit par abandonner.

— Alors celui-là, redit la mère.

Et les garçon mirent un point d'honneur à le bien prendre tout de suite.

Après, ce fut le tour des canards. Le père avait abandonné les ciseaux pour la serpe et s'était approché du billot sur lequel, d'ordinaire, il taillait les branches des fagots. Les canards étaient plus faciles à attraper, moins vifs, moins difficiles à immobiliser. Présentés à Émile, celui-ci prenait la tête de la main gauche, le cou allongé sur le billot, tandis qu'Adrien, en face, maintenait le corps et les pattes. Le père levait alors le bras droit et, d'un coup sec, il lui tranchait la tête. Les canards continuent longtemps de remuer après avoir été décollés et Adrien, deux ou trois fois, partit à la poursuite de son petit frère en le menaçant avec le corps, lui promettant que même sans tête, l'autre allait bien l'attraper.

Et François, qui ne le croyait pas vraiment, s'enfuyait quand même en lui criant des injures.

Après, on tua encore trois oies. Là, François ne chercha pas à les prendre car il ne voulait pas se faire pincer. Adrien, lui, s'en sortait bien. Les oies marchent toujours en troupeau. Quand il approchait, le jars et quelques femelles se tournaient vers lui, cou tendu, corps allongé pour chercher à le prendre. D'un mouvement leste de la main, Adrien giflait plusieurs têtes pour les écarter et saisissait le cou de celle qu'on avait désignée. Il la soulevait alors à bout de bras, la main bien écartée du corps et revenait vers son père. Finalement, la solidarité des oies n'est que toute apparente, car le troupeau s'éloignait, presque indifférent, tandis que leur consœur, ailes déployées, battait une dernière fois l'air pour leur dire adieu. Le cou s'allongeait sur le billot et la tête finissait dans la main d'Émile.

Tout le temps que dura la chasse et la mise à mort, les filles s'étaient attaquées au grand nettoyage. Pieds nus, manches relevées, cheveux en désordre, sueur au front, elles briquèrent, lavèrent, cirèrent, nettoyèrent, lessivèrent toute la maison. Elles avaient été rechercher l'eau de la bue. Elles y passèrent plusieurs heures puis, tout de suite après, elles durent vider les volailles.

On avait sorti des chaises pour les voisines revenues. Disposées en cercle devant la maison, à l'ombre, elles plumaient les poulets. Bavardes, rieuses, se penchant parfois de côté pour quelque confidence qui faisait venir des sourires aux lèvres de la commère, puis se remettant à parler tout fort, elles arrachaient, les doigts fermes, les plumes par poignées. Au milieu de leur cercle, la mère de Mélanie avait disposé plusieurs baquets dont l'un était rempli d'eau chaude et les autres destinés à recevoir les plumes. Les femmes trempaient les poulets de temps en temps, puis elles les reposaient sur leurs genoux et recommençaient leur ouvrage. Les filles faisaient les aller et retour des femmes à la maison.

Quand c'était au tour de Mélanie de sortir, les conversations revenaient à chaque fois au mariage. Hors la présence de la jeune fille, elles parlaient de tout, des récoltes quand elles étaient sérieuses, de leurs noces quand elles l'étaient moins, mais quand Mélanie venait, elles ne manquaient jamais de lui glisser quelques remarques plus ou moins licencieuses sur ce qui attendait la jeune fille ces temps prochains, et la nuit venue.

Et quand c'était Lucie, invariablement et sous diverses formes, elles l'interrogeaient pour savoir dans combien de temps elle allait y passer, si elle n'avait point de galant, ou si elle en avait plusieurs, l'assurant que, dans ce cas, il valait mieux attendre de les avoir usés, que le dernier serait sûrement le bon.

Quand elles en vinrent à plumer les oies, au crépuscule, Émile leur apporta des sacs dans lesquels elles allaient mettre le duvet. Pas question de les mouiller pour les plumer plus facilement. C'est qu'avec le duvet, on faisait les matelas, les édredons, les oreillers. Autour de leurs discours et de leurs plaisirs flottaient maintenant des plumes légères au vent du soir. Elles devaient de temps en temps se gratter le nez et ça les faisait rire.

Mélanie, en essuyant les plaisanteries des femmes, ne manquait jamais de sourire, un sourire fixe avec un peu d'eau dedans, un sourire immuable qu'elle finit par prendre avant même d'avoir franchi la porte, un sourire qui ne voulait rien dire au fond et qu'elle ne quittait qu'en rentrant. C'était pénible ces moments. C'était comme lorsqu'elle devait passer devant le tas de ses affaires, resté sur le coffre.

Le soir, il fallut se mettre à la couture et au repassage. Dans le silence revenu de la maison, les filles, autour de la cheminée, penchées sur leur aiguille, restaient silencieuses. Lucie savait bien pourtant que Mélanie approchait à chaque instant un peu plus de son tourment, mais elle ne pouvait s'empêcher de l'envier quand même. Pour sa part Mélanie, ce soir-là, sentait mieux pourquoi elle avait peur.

Les poules qui avaient échappé au massacre avaient attendu longtemps les grains.

On était à l'avant-veille.

II

La veille du mariage de Mélanie et de Gaston, on a fait chauffer de l'eau, puis on a mis un grand baquet de bois au beau milieu de la pièce commune. Mélanie s'est dévêtue et sa mère l'a lavée.

Tout le monde pouvait entrer et sortir, et la voir en passant. Ils furent nombreux à le faire. C'était un peu comme si chacun voulait, de visu, constater le bon état dans lequel on allait la donner.

III

Ce fameux jeudi, tout le monde fut levé aux premières lueurs du jour, mais Auguste, qui s'était éveillé bien avant tout le monde à cause de certaine douleur qu'il avait à la jambe, fit semblant de dormir encore un bon moment, histoire d'impatienter un peu les autres. D'ailleurs, ce simulacre ne trompa personne, puisque ses deux fils et sa femme savaient parfaitement qu'il ne pouvait fermer un œil sans se mettre aussitôt à ronfler copieusement. Or, s'il s'appliquait à avoir une respiration régulière, il n'avait pas songé, ou voulu, pousser le semblant jusque-là et il n'était somme toute pas mécontent que chacun puisse se rendre compte de son mauvais vouloir. Deux fois déjà, Gaston était venu le secouer à l'épaule avec des jurons, mais il n'avait pas bougé.

Ce fut finalement l'odeur de la soupe qui lui fit soulever l'édredon et tendre ses deux jambes velues et blanches vers ses sabots. Les autres étaient déjà autour de la table.

Auguste fut finalement bien puni de tout, et de la lenteur avec laquelle il trouva et enfila son pantalon, du soin qu'il prit d'y entrer les pans de sa grande chemise de nuit, de ses hésitations à saisir ses bretelles et de son manque de promptitude à rejoindre la table, car lorsqu'il s'assit enfin devant son assiette, la soupe était froide.

Il le fit savoir qu'elle était froide, mais personne ne prêta attention à sa remarque, les autres étaient déjà occupés ailleurs. Alors, pour ne pas se gâter l'estomac et parce qu'il n'eut pas le culot de se la remettre à chauffer, il la mangea lentement.

Quand il eut fini sa soupe, quand il eut consciencieusement

raclé le fond de son assiette, il se leva et toujours très lentement, comme un vieil homme perclus, il retourna vers son lit avec l'intention évidente de se recoucher, ce qu'il ne faisait jamais d'ordinaire. Il avait déjà posé ses deux mains sur le bord du lit pour s'y faire un appui le temps de retirer ses sabots, lorsque Gaston le saisit par le bras pour le ramener vers le milieu de la pièce.

— Mes sabots, bon Dieu, se plaignit Auguste !

Gaston le lâcha, le temps de revenir lui-même au pied du lit pour y ramasser les sabots de son père qu'il jeta devant lui. Auguste tenait bien son parti, il tâtonna sans trop regarder ce qu'il faisait, à tel point que Gaston plia le genou pour les lui enfiler. Le Gaston, à ses pieds ! Allons, la journée ne s'annonçait pas si mauvaise...

Un peu derrière, Fernand tournait rapidement un blaireau dans une sorte de bol pour faire mousser le savon à barbe. Gaston avait repris son père sous le bras et l'amenait au Fernand qui avait installé une chaise devant et une cuvette sur l'appui de la fenêtre. Quand ils furent tout près de la chaise, Auguste se dégagea de la main de son fils.

— Attends. Attends voir.

Il avait déjà fait deux pas vers la porte mais Gaston l'avait déjà repris.

— Mais bon Dieu, je ne peux même pas aller chier auzd'heu ?

Et satisfait, en replaçant son pantalon histoire d'affirmer sa volonté, il sortit dignement dans la cour. Gaston fut obligé de le laisser partir.

Dehors, Auguste se dirigea vers le fumier et en fit le tour tout en faisant glisser ses bretelles de dessus ses épaules. Une fois son pantalon à hauteur des chevilles, il se déplaça encore de quelques pas avant de s'accroupir. Il avait préalablement relevé sa chemise jusqu'à la ceinture.

Il resta là un bon moment. De temps en temps, il allait regarder entre ses jambes, puis à la fenêtre dont le rideau se soulevait souvent pour laisser paraître la tête du Gaston, déjà rouge. Au bout de cinq minutes, n'y tenant plus, celui-ci l'avait rejoint.

— Toi aussi t'as envie ? lui demanda Auguste.

L'autre tournait autour de lui comme un fauve.

— Mais t'as rien fait !

— Justement, je ne sais pas ce que j'ai ce matin, mais c'est dur.

— Allez, lève-toi, tu feras ça après.

— Attends, attends.

Et de je ne sais où, avec une certaine satisfaction, le père alla chercher quelques vents sonores. Gaston détournait la tête.

— Oh merde, ça fait mal, se plaignait Auguste.

— Alors, t'as toujours rien fait ?

— Ben non.

— Allez rentre, tu reviendras.

Et Gaston s'éloignait déjà vers la maison.

— Oh mon gars, aide-moi donc à me relever, sans quoi, je vais rester là toute la journée.

Gaston revint vers lui et le reprit sous le bras, sans douceur, pour le redresser et le tirer déjà vers la ferme, sans même lui avoir laissé le temps de se rhabiller.

— Attends un peu, ne me bouscule pas comme ça. Il va en faire une tête, le Bourguignon, quand il va voir mon derrière.

Chez nous, le Bourguignon, c'est le soleil, qui se lève à l'est, du côté de cette province. Il faisait jour, mais le Bourguignon était à paraître.

Gaston dut attendre que le vieux se soit réajusté. Quand ce fut fait, il lui fit franchir la cour, puis la porte, et le mena jusqu'à la fenêtre pour l'abandonner aux mains de Fernand qui allait le raser.

Pendant tout le temps que dura le rasage et quelle que fût la position de sa tête, Auguste chercha à suivre des yeux la toilette de sa femme. Elle s'était installée tout près de la cheminée. Elle avait posé une autre cuvette sur une chaise et, vêtue d'une sorte de chemise ample, sans manches, blanche, assez courte, et à l'aide d'une main de tissu qu'elle passait sous sa chemise après l'avoir préalablement trempée dans l'eau, elle allait réussir à se nettoyer tout le corps.

C'était terrible. Il avait encore bonne vue, Auguste. Rien ne lui échappa, ni les bras décharnés, laiteux et veinés de bleu, ni le cou maigre et jaune, ni les épaules creuses, ni les jambes nouées de varices, ni un peu de sa poitrine plate ~~et~~ pendante qu'il put distinguer quand elle se baissa pour se frotter les genoux. Et puis il y avait aussi les gestes, ceux qui lui arrachaient des soupirs, comme quand elle cherchait à se frotter le dos, et d'autres, pires encore, comme quand elle lui fit face pour soulever sa chemise par-derrière et se laver les fesses. C'était terrible et fascinant sans doute, tout à la fois, puisqu'il alla jusqu'à se donner des douleurs dans le cou pour ne point la lâcher une seconde. Seulement, dans le regard d'Auguste, point de souvenirs, uniquement la réalité du jour.

Une fois rasé, Gaston le renvoya pour s'installer à sa place. Il lui ordonna d'aller se laver. Sa femme avait fini ses ablutions. Il savait qu'elle allait maintenant changer de chemise, alors il alla tout bonnement s'asseoir devant la table, bien en face d'elle. La chemise propre de Germaine attendait au dossier d'une chaise. Elle avait déjà jeté un bref regard vers ses fils qui n'étaient occupés que de leurs affaires, quand elle se retourna pour voir où en était son mari. Comprenant qu'il l'attendait, elle lui jeta un regard haineux, mais en ce matin, tout le monde était pressé, hors Auguste qui avait besoin de davantage qu'un regard pour se démonter. Elle lui tourna le dos avec une sorte de soupir tout en retirant très vite sa chemise. Il la vit. Il put, tout à loisir, la détester pour ce qu'elle était. Il sourit même un peu quand, en tâtonnant, elle dut faire un pas en arrière pour attraper l'autre, la propre. Plus rien d'elle ne ressemblait à une femme. Elle avait une bosse à l'omoplate qui lui déformait le dos. Auguste n'ignorait pas non plus que tout cela allait la rendre, le jour durant, de fort mauvaise humeur, et ceci ajoutait du sel au spectacle, il était content.

Une fois couverte, Germaine partit chercher ses autres affaires. Il put alors la quitter des yeux puisque, maintenant, rien n'allait être pire.

Près de la fenêtre, les frères avaient échangé leur place. C'était au tour de Gaston de raser Fernand.

Auguste ne s'était pas lavé, mais on était déjà tellement en retard qu'il fallait bien s'habiller. Lorsqu'il voulut enfiler sa blouse propre sur sa vieille chemise de nuit et garder le pantalon qu'il portait, ses deux fils, sans un mot, se ruèrent sur lui et le dévêtirent complètement. Le vieil homme fut seul à souffrir de sa nudité, personne ne faisait réellement attention à lui, pas même sa femme pour se venger.

Ses fils lui passèrent une chemise, puis un pantalon, puis sa blouse sans plus de ménagements qu'ils n'en auraient eu, à leur âge, pour une poupée de chiffon. Intérieurement, Auguste les insultait copieusement. Ils lui plantèrent son chapeau sur la tête quand il fut temps de partir.

Tout de suite en chemin, Auguste commença à traîner, faisant mine de tirer la jambe, sa mauvaise, qui devait être, ce jour-là, plus mauvaise que jamais, percevant les impatiences de Gaston qui se retournait souvent comme autant de contentements. C'était vraiment un bon jour que celui du mariage de son fils, un jour à se venger de toutes les indifférences, de toutes les humiliations, un jour à bien faire peser sa personne sur la vie des autres, un jour à perdre ses douleurs, à oublier ses rhumatismes et son mauvais souffle, pour mieux les mimer.

Mais les bons jours ne sont pas forcément constants, ils ne s'écoulent pas toujours sans ombre. Le chemin qu'ils avaient à suivre pour se rendre chez cette petite dinde de Mélanie Huhant les fit passer devant le pré Chavaut, la plus belle pâture de la commune, qu'il avait jadis essayé d'acheter à son voisin mais que l'autre avait refusé de lui vendre. D'ailleurs, depuis ce temps-là, avec ce voisin, ils ne se parlaient plus. Devant la barrière, Auguste cracha, comme il le faisait à chaque fois quand il ne pouvait éviter d'y venir.

A devoir passer par là, il en oublia quelque temps de traîner, mais l'apparente satisfaction de Gaston le ramena bien vite à son parti pris et le pré Chavaut ne lui laissa pour le reste du jour que juste ce qu'il fallait d'amertume pour bien l'ancrer dans sa résolution d'être parfaitement désagréable à tout le monde. Il se remit donc à boiter.

Au bout d'un moment, pas bien longtemps avant qu'ils ne pénètrent dans la forêt, Auguste ressentit les premières vraies douleurs. Et voilà, il voulait bien avoir l'air de traîner, mais il supportait difficilement d'avoir des raisons de le faire. La peste soit de la vieillesse ! Et sa bonne femme, la Germaine, qui trottait comme un lapin à côté de ses garçons. Elle comptait bien l'enterrer celle-là et elle allait y parvenir. Jadis, il pouvait faire dix lieues dans un jour, sans une gêne, et maintenant... La Germaine, elle n'aurait pas une larme pour le conduire au cimetière.

Au bout du chemin, les trois autres avaient disparu dans une courbe. Alors Auguste s'arrêta pour uriner. Puisqu'il ne traînait plus pour le plaisir, il fallait bien s'en faire un autre en les retardant encore davantage. Il s'était installé en face d'une haie quand Gaston, seul et furieux, revint sur ses pas.

— Mais qu'est-ce que tu fous ?

— Tu vois pas ?

— Dépêche-toi nom de Dieu !

— Ben, je veux pas salir ma chemise.

Lentement, il se rhabilla, puis il se remit à marcher. La douleur était là. Gaston l'avait attendu et quand Auguste fut à sa hauteur, l'autre lui prit le bras, juste le temps de le jeter en avant sur quelques pas.

— Tu le fais exprès, hein, vieux salaud !

— C'est bien possible. Ça fait aussi soixante-dix ans bientôt que je fais exprès de voir le jour tous les matins.

Ils rejoignirent les deux autres qui attendaient un peu plus loin. Auguste n'eut droit à rien, pas un mot, pas un regard, pas même un mouvement de mépris. Pour Fernand et Germaine, c'était comme s'il n'existait pas.

— Je voudrais vous y voir, marmonna-t-il entre ses dents.

Plus Auguste traînait, plus les autres allaient vite pour rattraper le retard. Gaston était devant maintenant, Fernand à côté et tout de suite derrière, Germaine les emboîtait comme s'ils étaient là pour la protéger du vent. Saleté de bonne femme qui comptait son vin et son tabac et qui savait si bien servir ses fils pour être reconnue alors que lui, on l'avait relégué au rang des bons à rien. N'empêche, il y a quelques années, il la calottait bien encore cette punaise, quand c'était lui qui était servi. Ses fils aussi, il les avait bien battus et triqués quand ça le prenait. Il y a seulement dix ans, le Gaston ne se serait jamais avisé de l'envoyer devant, dans un chemin, sans s'en prendre.

Mais ce jour-là, même le souvenir des bons moments de jadis ne parvenait pas à effacer ce qui s'était passé depuis. Petit à petit, ses fils et sa femme l'avaient écarté, jusqu'à le rendre inutile. On lui avait volé son travail. Aujourd'hui, s'il avait pu encore aller aux champs chaque matin, s'occuper des bêtes, s'il avait dirigé la ferme, donné des ordres, il n'aurait eu mal nulle part. Ce sont les autres qui vous font vieillir, vous usent et vous inventent des douleurs qui ne s'en vont pas.

Auguste détestait Gaston et ce n'était pas d'hier. Déjà, quand il était petit, il avait l'air sournois celui-là. On aurait dit qu'il guettait depuis toujours le moment pour le faire tomber et lui ravir son bien. Et puis il y avait eu cette histoire du pré Chavaut.

Il ne se passait pas un jour sans qu'Auguste y revienne, à cette maudite affaire, ou à ses conséquences. Quand elle ne le réveillait pas au matin, elle lui tenait compagnie pour s'endormir, ou bien c'était pendant les repas, lorsqu'on ne le servait pas en premier. Ça pouvait le prendre à tous moments, n'importe où. C'était sa verrue, son cancer.

Il faut dire qu'Auguste en avait rêvé de cette pâture. Il s'était imprudemment persuadé qu'il allait l'avoir. Souvent, il s'imaginait en train de marcher dedans, le premier jour... Mais un soir, en rentrant, les autres avaient de suite compris que l'affaire ne s'était pas faite. Les fils étaient déjà grands, Gaston devait avoir dans les trente ans.

Dès le lendemain, à midi, quand le vieux était rentré pour déjeuner, son assiette, celle qui avait un trait bleu sur le bord, n'était plus à la place qu'elle occupait d'ordinaire, celle du maître, en tête de table. Il n'avait pas compris de suite. Il s'approchait déjà, furieux, pour la remettre au bon endroit quand Gaston, tranquillement, était venu s'asseoir sur la chaise d'Auguste, juste sous son nez. Personne ne disait rien. Germaine faisait semblant de continuer d'apprêter le repas, Fernand était déjà à table, tête basse. Tous s'étaient entendus pour lui jouer ce tour. Le sang lui avait quitté le visage, la terre battue s'était brusquement éloignée sous ses pieds et, tout de suite, il avait ressenti les premières douleurs à la jambe. Un moment, Auguste avait songé à repartir, mais une matinée entière dans le champ, ça fait faim... Il avait été s'asseoir sur le côté, à la place des vieux et des enfants. Il fut amer le pot-au-feu de ce jour-là, et tous les autres depuis.

Fernand, lui, pour son père, c'était un demi-crétin. Il n'avait jamais bien compté et puis ce n'est pas celui-là qui se serait jamais assis à sa place, même au lendemain d'une mauvaise affaire.

Et la Germaine ? Quand il s'agissait de sa femme, Auguste n'avait jamais que l'instant devant les yeux et si, d'aventure, quelques souvenirs lui revenaient en mémoire, de ce qu'ils étaient avant tous deux, il les repoussait bien vite comme une offense à la haine. Encore que lesdits souvenirs n'eussent pas été des plus tendres. Ils s'étaient mariés pour la terre, en comptant, comme beaucoup d'autres. Elle n'était pas vilaine, il n'était pas franchement laid. Elle était de devoir, il était travailleur. Au lit, elle se laissait faire. Ils avaient eu deux fils. Une vie normale quoi. Rien pour rêver.

Au sortir de la forêt, comme il était à nouveau très attardé, Gaston et Fernand revinrent sur leurs pas et le prirent chacun sous un bras, comme un paquet. Ses pieds ne touchaient plus terre. Ils passèrent ainsi devant la Germaine. Auguste avait envie de cracher. Ils étaient presque rendus. La blouse remontée, le chapeau de travers, ses sabots manquaient à chaque pas de lui quitter les pieds. En se débattant, intérieurement, il les traitait de loups, de couesseaux et la rage le gagnait de plus en plus au fur et à mesure qu'ils approchaient de chez les Huhant. Ils n'allaient tout de même pas le faire débarquer dans cet équipage, au milieu de tous les invités ? A cette heure, tout le monde devait être arrivé. Ils étaient sûrement les derniers. Déjà, on voyait le toit de la ferme.

— Lâchez-moi ! murmura-t-il entre ses dents.

Mais les garçons étaient sourds. Auguste essayait de se retourner pour voir s'il n'y avait personne derrière eux, un autre convive en retard.

— Lâchez-moi nom de Dieu, je vous tuerai !

Gaston serrait les mâchoires, Fernand restait muet, Germaine trottait derrière.

— Bande de chiens !

Il ne parlait pas très fort Auguste, juste assez pour que les trois autres l'entendent, mais pas plus.

Ils ne le posèrent qu'à l'amorce du dernier tournant, juste avant l'entrée de la ferme. Là, tous quatre s'arrêtèrent. Gaston et Fernand se réajustèrent, Germaine figea la fermeté sur sa mine et Auguste, essoufflé comme s'il avait couru vraiment, sortit son mouchoir et souleva son chapeau pour s'éponger le front.

— Je crache sur ton mariage et ta descendance !

Et il joignit la salive à la parole.

Gaston se retourna, furieux. Il levait déjà la main pour le frapper. Auguste fit un pas de recul pour y échapper et une grimace pour la douleur à la jambe, mais ils n'échangèrent, en définitive, qu'un regard chargé. Fernand et Germaine marchaient déjà vers la ferme, parce que tout ce qui se passait là était du plus ordinaire. Gaston courut pour reprendre sa place devant, et Auguste se laissa glisser à la sienne.

IV

Quand ils apparurent à l'entrée de la cour, quand on les aperçut, tous les convives, déjà rassemblés, suspendirent un temps gestes et mouvements. C'était bien eux qu'on attendait. On échangea les premiers saluts. Auguste reconnut, au milieu des invités, le Lucien Garnier. C'était son conscrit. Il avait l'air tout aussi pauvre qu'autrefois. Sa blouse n'était pas du jour. Vint un sourire au visage du père du marié.

— Bonjour la mère.

Il continuait de serrer des mains sans faire attention.

Quand ils étaient jeunes, Lucien Garnier était gourmand de danse. C'était le meilleur, à n'en pas douter, de tout le canton. Auguste, lui, n'était pas bien fort à ce jeu-là, mais il avait les sous et en ces temps, dans les bals, on payait à la danse. Le Lucien ne pouvait jamais aller bien loin dans les soirées. A neuf heures, les filles étaient nombreuses à s'accrocher à son bras, vous pensez, un si bon danseur, mais très vite, le Lucien devait attendre les trois ou quatre heures du matin pour remontrer son savoir, quand les musiciens avaient fait leur soirée et que, pour relancer la fête, on dansait gratis. Et Auguste, pendant ce temps, avait largement celui de regagner les filles.

Parmi celles-ci, il y en avait une, la Millette, à qui le Lucien tenait tout particulièrement. Ils s'étaient même, disait-on, parlé mariage. Pour la fête de Saint-Germain, l'année des grêles en avril, à dix heures, au bout de l'argent qu'il devait avoir chapardé à son père, Lucien était déjà sur son banc. Pour garder la Millette, il avait, ce soir-là, essayé de resquiller, mais le meneu de bal l'avait déjà pris deux fois et le tenait à l'œil. Lucien avait alors tenté d'emprunter sur sa blouse et ses sabots qui ne valaient rien.

Pour le bon coup, Auguste avait accaparé la Millette. Les filles ne payaient pas, seulement les garçons. Deux sous à chaque fois. Il faisait chaud. Lucien tournait autour pour les voir. Elle avait soif. Auguste ne comptait pas non plus le vin. Il avait fini par l'entraîner, la fille. Il l'avait un peu bousculée pour la prendre, mais pas trop quand même.

A quatre heures, elle redansait avec le Lucien. Ils pleuraient devant tout le monde, ces deux-là. C'était le bon temps.

Dans la cour, on formait le cortège. Il n'en finissait pas de serrer des mains, Auguste.

— Tiens, elle est là aussi celle-là ? Comment s'appelle-t-elle donc ? Elle reste à Lauret. Elle est toujours aussi grasse qu'une truie. Ah, son nom ne me revient pas.

Et Auguste de sourire quand il se promit de conseiller à son mari, qui était fendeur de lattes, de tailler dans le chêne, les douves d'un muid, voire d'un foudre pour lui faire son prochain costume. Ce serait sûrement pour ce malheureux d'un meilleur rapport que de devoir acheter du tissu.

Le cortège était presque fait. Auguste était dans les tout premiers. Il allait au moins être débarrassé de sa femme et du Gaston pendant un bon moment, puisque eux deux étaient tout à fait à la queue. A son bras, il y avait la mère de la mariée, la femme de l'Émile Huhant.

Seulement, on allait devoir marcher et ce n'était pas ce qu'il faisait de mieux. Il souhaitait à toute force que le père et la fille ne soient pas trop pressés de s'y rendre, à l'église, auquel cas, il risquait de ne pas pouvoir suivre.

Mais tout de suite, dès les premiers pas, il fut rassuré. On allait doucement.

Pendant le premier quart d'heure de marche, personne ne parlait trop. Il faut s'habituer à la solennité des instants, les hommes ne sont pas à brûle-pourpoint bien aises dans ce genre de cérémonie. Il s'agit d'y trouver sa place. La mère de Mélanie se penchait souvent de côté pour regarder sa fille, comme si elle avait eu peur d'avoir oublié quelque accessoire essentiel à la fête. Auguste, lui, nullement embarrassé par le silence, en profita pour observer les jeunettes qu'il avait devant lui. La mariée d'abord.

Il n'avait pas encore tout à fait réalisé que cette gamine allait, dans peu de temps, habiter sa maison. Elle n'était pas bien grosse. Elle était un peu pâle. Ce n'était pas le travail qui manquait chez eux, il n'allait pas falloir qu'elle soit de ces filles qui se disent tout le temps malades. Gaston n'était plus tout jeune ; depuis la naissance du Fernand qui datait aussi, plus personne n'était entré dans la famille. Où est-ce qu'on allait la mettre ? Tiens, c'est vrai, ni son fils ni sa femme n'avaient dit, devant lui, comment ils allaient s'organiser. Où allaient-ils coucher ces deux-là ? Les trois lits étaient dans la pièce commune. Ah, tous ces temps, en attendant que ça se calme, il allait mieux valoir ne pas s'endormir trop tôt. Il y aurait sûrement de bonnes choses à entendre.

Derrière la mariée, il y avait une belle jeune fille au bras du Fernand. Celle-là, si elle ne voulait pas s'endormir en route, elle avait intérêt à parler toute seule. Elle n'avait rien à craindre non plus pour sa vertu, il ne risquait pas de profiter de l'aubaine et de la bousculer dans la paille. Comment avait-il fait, lui, Auguste, pour avoir un pareil crétin pour fils ? La Germaine n'était pourtant pas sa cousine ? Quoique dans le fond, on ne sait jamais. Les anciens ne devaient pas non plus ne s'allonger que pour dormir. C'est sûr, le Gaston, c'était une belle saloperie, mais Auguste se fit la réflexion que s'il avait dû laisser sa terre au Fernand, il se serait arrangé pour ne pas mourir. Elle aurait été dans de belles mains, ma foi ! Pas mourir. La jupe se balançait sous la marche. Il devait y en avoir là-dessous.

Il commençait à faire chaud. On arriva dans un hameau. Les habitants barraient le chemin derrière une petite fille qui portait une branche avec des rubans. Pendant que la mariée faisait ses simagrées, Auguste se retourna pour voir venir les bouteilles. Il n'était pas de noce tous les jours, mais il savait les usages. Dans ces moments-là, on allait trinquer. Il fut dans les premiers à recevoir un verre, il faut bien que cela serve à quelque chose d'être le père du marié, puis il quêta la brioche qu'on servait avec. La soupe était loin, il l'avait mangée froide. Un autre verre de vin pour passer la brioche et l'on se remettait en route.

Entre le premier et le second arrêt, sans doute à cause du vin, les langues se délièrent. Pour sa part, Auguste entretint sa voisine de l'état de sa jambe. Elle voulut, vraisemblablement pour ne pas être en reste, lui toucher deux mots des douleurs qu'elle avait parfois dans le dos, mais il ne la laissa pas faire. D'abord c'était sans commune mesure avec ses douleurs à lui et puis, le dos de la femme Huhant ne présentait aucun intérêt. Sa jambe par contre... Imaginez que jusqu'à cinquante ans, il n'avait jamais été malade. Pas un jour, pas un seul jour de sa chienne de vie, il n'avait cessé le travail.

— Et voilà, maintenant, je ne suis plus bon à rien. Mais si, mais si. Et si je n'avais pas deux fils pour tenir ma maison, je ne sais pas comment irait mon bien.

Sur sa jambe, il était intarissable. Il y revint.

Il y eut un deuxième arrêt. Auguste commençait à en avoir assez. Il ne voyait pas venir le repas où on allait pouvoir s'asseoir. On n'en avait pas encore fini avec toutes ces bêtises et ces grimaces ? Les filles, on faisait bien du foin pour les amener dans son lit. On n'avait qu'à les prendre et puis c'est tout. Comme si ça valait tout ce tintouin. Pour ce qu'elles donnaient, vous parlez d'une fête ! Ce jour-là, peut-être, mais tout le reste du temps...

Tiens, et si cette petite femme allait mener le Gaston par le nez ? S'il allait lui lécher les mains ? Oh, ça ce serait cocasse. Elle était bien pâle mais on en avait vu d'autres. A genoux ? Oh, oh, les bons moments !

Ce type de suppositions aida Auguste à arriver jusqu'au village. Ils allèrent à la mairie. Il put s'asseoir. Le maire, c'était le Franchet, le fils du maquignon de Lormes. Il n'avait jamais été dans la misère celui-là et n'avait pas eu de peine à payer son élection.

On sortit pour aller à l'église.

Une fois installé sur son banc, il s'occupa à essayer de deviner ce qu'on allait, tout à l'heure, leur donner à manger. Par Dieu, ou par n'importe qui, il commençait à avoir faim. Et puis, petit à petit, Auguste finit par s'endormir, bercé par des menus de rêve.

Ce ne fut pas un très bon sommeil. Le bruit, les chants le dérangèrent un peu, mais c'était toujours ça de pris.

La Germaine lui donna un bon coup de coude quand la cérémonie fut terminée, qui le fit sursauter et qui fit tomber son chapeau sur le dallage. Ah la garce ! Pour pouvoir le ramasser, il dut se mettre à genoux devant tout le monde, comme un chrétien, alors que le cortège se reformait pour sortir. Maudite bonne femme ! Du coup, avant de rejoindre la mère de la mariée qui l'attendait déjà au milieu de l'allée, sans trop penser à ce qu'il faisait, il se coiffa, ce qui lui revalut un autre coup de coude de

Germaine et un méchant regard qui lui désignait le dessus de la tête. Il remit son chapeau à la main.

Dehors, tout le village et des ribambelles de mioches attendaient les mariés. Pendant que les garçons et les filles jetaient des dragées, le cortège s'égailla et chacun alla au-devant de ses connaissances. Ils furent nombreux à féliciter Auguste qui se demandait un peu à quoi il devait toutes ces poignées de main. Était-ce parce qu'il avait bien dormi ? Les dragées continuaient de voler partout. A un moment, un petit garçon roula dans ses jambes, ce qui lui arracha un juron et faillit le faire tomber. Avant de le laisser se relever et courir vers sa glane, Auguste lui donna un bon coup de pied dans les côtes que le petit ne parut même pas sentir, tant il était pressé.

On reforma le cortège pour aller à l'auberge. Auguste retrouva le bras de la femme Huhant mais, juste derrière eux, Germaine s'était placée au côté d'Émile et la présence de sa femme rendit Auguste silencieux. Heureusement, il n'y avait guère de chemin à faire.

A l'auberge, on s'installa, les vieux autour des tables, les entre-deux-âges la plupart du temps debout, et les jeunes à l'emplacement du jeu de quilles pour déjà danser.

Le soleil, la poussière, la musique, les filles qui tournaient, vers lesquelles il étendait parfois la main dans l'espoir de les toucher, le vin, la table à côté où s'était regroupé bon nombre de convives près d'un homme qui portait un béret de flotteur, deux vieilles femmes muettes sur le même banc que lui et personne en face parce que l'autre banc était au soleil, Auguste fut tout de suite mal à l'aise.

Il avait été médiocrement inspiré de choisir cet endroit. Il était arrivé le premier et s'était assis là dans l'espoir d'être rejoint, mais hormis les deux vieilles femmes, personne n'était venu. Qui aurait voulu d'un banc qui ne soit pas à l'ombre ? L'heure n'était plus au devoir, c'était déjà celle du plaisir. Pourtant, ils avaient été nombreux à lui serrer la main...

— Merde, je suis le père du marié quand même !

Allons, en pleine noce, on n'allait pas recommencer ce qu'il vivait chaque jour. Et d'abord, ces gens-là ne devaient pas savoir qu'à la ferme, il n'occupait plus la place du maître. A moins que... A moins que le Gaston ne se soit empressé de le faire savoir. Ah nom de Dieu, personne n'allait donc faire attention à lui ?

Une servante passait à proximité.

— Oh la fille, apporte donc encore une bouteille !

— Vous voyez bien que je suis occupée.

Elle était déjà loin. Il la suivit des yeux, vindicatif. Il se tourna alors vers les deux vieilles femmes qui étaient à sa table.

— Vous allez bien trinquer avec moi, aux noces de mon garçon ?

Mais toutes deux étendirent la main au-dessus de leur verre vide quand il présenta la bouteille. Elles secouèrent simplement la tête en signe de dénégation.

Saloperies de bonnes femmes, toutes les mêmes ! Auguste alors se leva. Il passa deux fois devant toutes les tables dans l'espoir de s'y faire retenir. Tout le monde parlait et trinquait joyeusement. D'autres regardaient les jeunes se démener. C'était à désespérer. Auguste choisit alors de venir se poster juste devant le Lucien Garnier qui, comme vous pouvez le penser, épiait les mouvements des danseurs. Il tapait même du pied la terre pour scander la mesure. Bien campé devant lui, faisant mine de s'intéresser à son tour aux évolutions des jeunes gens, il attendit la réaction du Lucien pour engager la conversation.

— Ça te rappelle le bon vieux temps, hein ? se promit-il de lui dire pour commencer.

A la suite de quoi, il parviendrait bien à le faire enrager.

Seulement, l'autre, sans parler, absorbé, étendit juste un peu le bras pour écarter Auguste, sans même lever la tête.

Il revint alors à sa table. Les deux vieilles y étaient toujours, muettes, encore immobiles, absentes, comme engourdies. Auguste but deux verres à la suite et puis soudain, comme ça, sans raison, il poussa un grand cri, un peu comme ceux que poussent les danseurs au plus fort d'un tourbillon, pour l'ivresse et le plaisir. Tout le monde se tourna vers lui, hors les deux vieilles qui avaient sursauté et qui rentrèrent un peu plus la tête dans leur col. Comme tout le monde le regardait, Auguste se leva, prit la bouteille par le goulot et la jeta au loin sur les pierres. Ils étaient plusieurs de ses voisins à sourire. Et puis quoi, on ne marie pas son fils tous les jours. Allez, allez, de la gaieté que diable ! Il croisa le regard du Gaston mais ne voulut pas s'y arrêter. Maintenant qu'il était debout et qu'on le regardait, il fallait bien faire quelque chose. Mimant la démarche hésitante des hommes ivres, il se dirigea vers les danseurs. Il était content. En titubant, il commença à faire semblant de se laisser tomber sur les jeunes gens, comme si la terre manquait sous ses pieds, surtout sur les filles car, pour se redresser, il y avait toujours quelque chose à prendre dans ses mains. La danse n'avait pas cessé pour autant. Seul au milieu des autres, il esquissait des pas. Encore deux ou trois tours de valse, d'autres filles à toucher, d'autres couples cherchant à l'éviter et Gaston vint sans ménagements le prendre par le bras. Alors, toujours à cause de l'ivresse feinte, et parce que c'était bon d'être un personnage, Auguste enlaça son fils et tenta autour de lui quelques pas de patinée. Ce fut un éclat de rire général. Gaston avait fermé sa main sur la peau de son père, dans le dos, et le serrait à le marquer pour longtemps, mais Auguste continuait de sourire. Il était heureux de tout, de la fête. C'était un bon jour, décidément, que celui du mariage de son fils.

Maintenant, les autres ne se contentaient plus de rire, ils l'encourageaient à poursuivre quand Gaston le poussait vers le bord. Mais au lieu de le ramener vers la table qu'il occupait tout à l'heure, gêné dans sa progression, Gaston le poussait au plus près, vers la première venue. Auguste se laissa tomber sur les hommes assis qui s'écartèrent pour lui faire place. Tout de suite, ils lui proposèrent à boire.

— Ça a dû te donner chaud, le père; tiens, bois un coup.

On lui tapait dans le dos. On en riait encore. Il mima l'ivresse tant qu'il y pensa, mais maintenant qu'il était au milieu des autres, se mêlant petit à petit aux conversations, il finit par en oublier ce qu'il avait choisi de faire.

Quand on reforma le cortège pour rentrer à la ferme, quand il revint se placer à côté de la femme Huhant, elle lui demanda comment il se sentait et lui, presque étonné de la question, l'assura qu'il n'avait plus été aussi bien depuis fort longtemps.

On reprit la route. En chemin, on parla des mariages d'autrefois. La femme Huhant du jour béni où l'Émile avait bien voulu la prendre, les femmes ont toujours de l'émotion de réserve aux souvenirs de ces moments-là, et Auguste de ce satané matin de septembre où il aurait mieux fait de se casser un bras. La femme Huhant, encore pleine de reconnaissance, raconta qu'elle n'avait quasiment rien amené dans la corbeille hormis deux petites pièces de terre et Auguste, en réponse, déclina tout le bien qu'il avait.

— Les Coués, un hectare et demi, les Cros-Beillons du dessus et du dessous, cinq hectares à eux deux, le champ de la Rousse, deux hectares soixante-quinze...

— Non, un hectare et demi.

C'est vrai, la Germaine était derrière. Il l'avait oubliée. Voilà qu'elle se mêlait à la conversation. Est-ce qu'elle ne pouvait pas parler avec l'Émile, plutôt que de l'interrompre ? Il fit comme s'il ne l'avait pas entendue.

— Les Sambarts, sous l'Huis, les Teurzots...

— Non, celui-là, il était à moi.

Voilà qu'elle l'interrompait encore.

— Qu'est-ce que tu racontes ?

— Je ne suis pas arrivée sans rien. Les Teurzots, c'est de mon côté.

Décidément, avec la Germaine derrière, aucune conversation n'était possible, aussi Auguste préféra-t-il se taire, non sans avoir soupiré deux fois et hoché longuement la tête.

Quand on décida de rentrer par les champs, Auguste fut des plus satisfaits, d'une part parce qu'il allait pouvoir sans doute échapper à son voisinage encombrant, mais aussi parce qu'on allait plus vite se retrouver à table et que son estomac commençait à crier famine.

On repartit donc à travers champs. Il paraît qu'on rencontra un lièvre, que c'était mauvais signe. Auguste n'avait rien vu. Mauvais signe ? Eh bien tant mieux, c'était bien fait pour le Gaston.

V

Lorsqu'on arriva à la ferme, les femmes qui étaient restées pour apprêter le repas jetèrent les graines, embrassèrent les mariés. Tout le monde voulut entrer dans la maison mais Auguste, lui, abandonnant les autres, s'était déjà approché de la table. Ils étaient quelques vieux à avoir fait comme lui et la plupart, sans doute fatigués, s'en vinrent s'asseoir sur les bancs, se tournant toutefois vers la cour pour ne rien perdre des rites du retour. Auguste, pour sa part, se souciait des rites comme d'une guigne. Sur la table, il y avait déjà des bouteilles et des verres. Il s'approcha. Il faisait soif. Il regarda un peu les autres. Personne ne faisait attention à lui, comme toujours. Alors, rapidement, il saisit une bouteille, se versa un verre et le but d'un seul trait, un genou sur le banc. Si personne ne l'avait regardé quand il s'était servi, tous se tournèrent quand sa déglutition lui arracha un profond soupir de satisfaction. Il avait encore la bouteille à la main. Croisant le regard des autres, il ne pouvait pas ne pas en proposer à ses voisins. Et puis il était quand même le père du marié, donc un peu chez lui, malgré tout. Il proposa du vin. Ils furent plusieurs à en vouloir. Il fallut prendre une autre bouteille. Il se servit encore. Les verres pleins, les autres en revinrent à la fête mais Auguste s'installa sur le banc, dos tourné, face à la table. Il n'en pouvait plus. On le faisait marcher depuis le petit matin.

Le second verre, il le sirota doucement. Le rouge, épais, mais quand même transparent, avait une couleur délicate et pour ce liquide-là, Auguste se sentait de la tendresse. Il reprit une gorgée qu'il fit longtemps voyager dans sa bouche, à droite, à gauche, sur la langue et qu'il avala avant de l'avoir complètement réchauffée. Il en reprit une autre qui fit même voyage, puis une troisième qui ne traîna pas trop. L'odeur était encore là. Le goût aussi, tenace.

Toute la noce était ressortie de la maison. On parlait balai, ou je ne sais quoi. La femme Huhant vint à la table placer les convives. Il fut installé près du centre, presque en face des mariés, légèrement sur la gauche.

Dès qu'il fut en place, alors que la dernière moitié des invités n'était pas encore attablée, il se tourna dans l'espoir de voir arriver les premiers plats. Son cœur battait comme si sa jeunesse était à paraître.

Et puis vint le jambon à la crème dans de grands plats portés par des filles qui n'avaient plus ni visage ni forme. La première déposa son fardeau juste devant les mariés et tout de suite, légèrement allongé parce que c'était assez loin, Auguste tendit son assiette, comme un enfant, comme un vieux qui n'occuperait plus la place du maître. Les regards de Gaston et de Germaine ne le firent pas revenir. Il resta ainsi tout le temps que les mariés se soient servis et, en fin de compte, ce fut la mère Huhant qui, avec un sourire, déposa dans son assiette une tranche de jambon cuit, nappée de sauce.

Tout de suite, Auguste se jeta sur la nourriture. Il avait pris un morceau de pain, ouvert son couteau, dédaigné la fourchette et, à l'aide de ses doigts qu'il allait sucer régulièrement, et au bout de sa lame, il happa la première bouchée. Plus personne n'existait autour. La première bouchée, celle qui fait le chemin. Ah, c'était bon ! la première, il l'avala sans presque mâcher. Il y en eut une autre, le jambon était juste à point, puis une autre encore, la sauce était bonne, même au bout de ses doigts, le pain était parfaitement cuit, le vin se mariait à son tour et c'était bonne noce. En deux minutes à peine, il avait fini et léché son assiette. Il releva la tête.

Il avait fait si vite que ses voisins les plus proches n'avaient pas encore eu le temps de se servir. Aussi, quand le plat passa devant lui pour les autres, s'en resservit-il une seconde tranche, avec encore de la sauce. Il ne vit rien des sourires. Il n'entendit pas davantage ce qui se disait autour. Il repiqua le nez dans son assiette sans prendre la peine de proposer le plat à sa voisine qui dut aller le chercher elle-même, par-devant lui.

Pour la deuxième tranche, il fut plus critique. Le jambon n'avait peut-être pas été suffisamment dessalé et il manquait une pointe d'échalote à la sauce. Quand même, lorsque le vin poussait le tout vers son estomac, ce n'était pas désagréable.

Les servantes avaient aussi déposé sur la table quelques assiettes de cochonnailles pour que les convives aient de quoi s'occuper entre les plats. Auguste en avait une juste en face de lui. Il s'occupa donc ardemment jusqu'à l'arrivée des poulets rôtis à la broche, qui sentaient encore le feu de chêne.

Petit à petit, Auguste se mit à flotter. Il ne pesait plus rien sur son banc. La nourriture et le vin le mirent dans la douceur. Les sons, les formes, les mouvement s'estompèrent, perdirent de leur acuité. Tout devint flou. Il ne garda de précis que les gestes qui portaient la nourriture à sa bouche et de l'intérêt que pour les volailles et les pommes de terre, les carottes et les navets. Ce n'était pas encore la somnolence, mais un peu le moment qui la précède, quand on commence à quitter sa conscience. Vinrent des images, d'abord furtives, puis de plus en plus précises au fur et à mesure qu'il se remplissait le corps. D'autres repas, d'autres ivresses. Mais lorsqu'il se revit à vomir au soir d'une fête de mai, il se secoua pour revenir à la table. C'était bien le moment, arrivaient le gigot de mouton et les flageolets.

Même envie, mêmes gestes, il tendit encore son assiette. D'accord, il commençait à avoir la vue légèrement troublée, mais pas suffisamment pour ne pas se rendre compte qu'on donnait à sa voisine plus belle tranche que la sienne. A lui l'entame, ou pas loin, trop cuite. Pourquoi pas la peau, pendant qu'on y était ? Pour les flageolets, il garda si longtemps son assiette en avant que la femme Huhant finit par lui dire :

— Ça va bien, vous reviendrez si vous en voulez encore.

Au mariage de son fils, on lui comptait la nourriture ! Il aurait décidément tout vu dans sa chienne de vie. Mais il ne fallait pas s'attendre à autre chose quand cet abruti de Gaston épousait une fille pauvre.

Son assiette revenue devant lui, il la regarda et fut soudain pris d'une sorte de découragement. A cause de toutes les contrariétés qu'il avait subies depuis le matin, et de celle qu'il venait encore d'essuyer, l'amertume lui avait subitement coupé l'appétit. Il se demanda comment il allait faire pour ingurgiter tout cela. On ne mange pas de bonne grâce quand on est offensé.

Le gigot passa relativement facilement, mais il n'en fut pas de même des flageolets. Il était tellement plein qu'il dut s'arrêter un temps. Immobile, regard dans le vague, souffle court, quand il s'y remit, tout était froid et ce fut pire encore. Allons, courage. Manger, c'était à ce jour son seul plaisir. Rien d'autre ne le retenait. Sans cela, il n'avait plus qu'à crever.

Froid, c'était mille fois plus lourd. Le vin qu'il continuait de boire avec chaque bouchée n'y pouvait mais. N'importe qui d'autre que lui se serait arrêté, aurait demandé grâce, mais pas Auguste. Ecœuré, sa cuillère (parce qu'il mangeait à la cuillère pour en prendre davantage à la fois), sa cuillère donc, continuait de monter vers lui, plus ou moins régulièrement.

Lorsqu'il eut fini, il n'eut quand même pas le courage d'essuyer son assiette avec un gros morceau de pain comme il le faisait toujours, mais il n'avait pas oublié l'affront qu'on lui avait fait tout à l'heure. Aussi représenta-t-il son assiette à la femme Huhant et, avec une voix qu'il aurait aimée plus ferme, redemanda-t-il des flageolets. Plus personne autour de lui n'était encore en état d'apprécier la portée de son défi et ce n'est que pour sa propre estime qu'il ramena son assiette.

C'était impossible. Avant même de s'y être remis, rien qu'à la regarder, c'était déjà dur. Les flageolets cimentés par une sauce épaisse et figée... Lentement, il se tourna vers la femme Huhant. Elle ne semblait pas faire attention à lui mais elle devait le guetter sans en avoir l'air, elles sont toutes comme ça. D'ailleurs, exprès, elle lui en avait remis presque autant que la première fois. Il n'allait tout de même pas caler devant tout le monde et lui faire ce plaisir. De quoi aurait-il eu l'air ? Il reprit sa cuillère, l'approcha... Même l'odeur était agression. Il entrouvrit ses mâchoires qui avaient peine à bouger. Il enfonça la cuillère entre ses quelques dents. Il eut un haut-le-cœur, le sang se retira de son visage. Il dut la reposer. Non, personne ne pourrait dire qu'il avait cédé.

En s'appuyant sur la table, il se leva péniblement. Il mit tout un temps à se sortir les jambes de derrière le banc. C'était bien les indigents, à ne pas avoir suffisamment de chaises pour installer le monde. Puis il tenta de lâcher la table. Tout tournait. Il ferma les yeux. Il finit par réussir à s'éloigner. Il faisait nuit, mais pour Auguste, c'était nuit depuis bien longtemps.

Dans la cour, il y avait un grand feu. Il se dirigea vers le fumier.

Encore des odeurs. Le fumier ne l'avait jamais gêné jusqu'alors, mais là... Il en fit le tour. La terre souple bougeait sous ses pieds. Derrière le fumier, il y avait un mur contre lequel il se laissa tomber. La respiration courte, il attendit un peu, puis il se mit deux doigts dans la gorge, deux doigts qui sentaient encore la sauce de jambon et la graisse froide de poulet. Tout de suite, il se mit à vomir et la révulsion de son estomac le secoua tout entier. Il fut parcouru de frissons. Ah, elle croyait l'avoir, cette bourrique de femme Huhant, mais il avait plus d'un tour dans son sac. Dans son estomac aussi, il y avait plus d'un tour. A la fin, il se laissa glisser doucement contre le mur jusqu'à s'asseoir par terre. Une espèce de sueur froide lui coulait sur la figure. Les frissons n'avaient pas cessé, mais ce n'était pas la première fois, il savait que dans quelque temps il pourrait se relever. Il soufflait toujours. Il vomit encore deux fois.

Plus tard, il revint à la table. Il marchait mieux. Quand il y fut, il commença par se servir un verre de vin qui lui parut terriblement acide et amer. Mais rien n'allait le retenir, il voulait aller au bout de ce qu'il avait décidé. Il reprit donc sa cuillère. Alors, avec cette fois pour seul plaisir l'unique assouvissement de sa stupidité, malgré les douleurs réelles qui le torturaient, il réingéra le contenu de son assiette et poussa son pari jusqu'à bien essuyer la sauce de son pouce, pour la rendre presque aussi immaculée qu'au moment où elle était arrivée sur la table.

Après, il eut comme une perte de connaissance. Il était là, présent, bien droit, le regard fixe mais inerte, sans réaction d'aucune sorte. Si jamais on avait fait attention à lui, on aurait pu en être effrayé. C'était à croire qu'il était mort.

En réalité, à cet instant, ils étaient deux. Un Auguste qui se tenait devant la table, immobile et qui souffrait, qui souffrait tellement qu'il était entré dans une sorte de coma, et un autre qui regardait le premier souffrir et qui n'était pas mécontent d'en être arrivé là. Ce deuxième Auguste n'avait pas le temps de s'occuper de la noce, mais il s'occupait de lui, ou plutôt de l'autre. Il le voyait, pâle, gros, souffle faible, visage tiré. C'était un peu comme lorsqu'il imaginait sa mort, enfin sa mort, l'extérieur de sa mort : son corps sur le lit, ses fils autour, sa femme, cette vieille couenne de Germaine, encore à sa toilette comme le matin même, épaules creuses et laiteuses, poitrine pendante, jambes couvertes de varices. Quand il la voyait sa mort, il la voyait de dehors le lit, pas de dedans. Tout comme lorsqu'on chargeait le cercueil dans la charrette il se plaçait au milieu des voisins, pas entre les planches, dans le noir. Ah, ces douleurs à l'estomac et dans le tuyau, c'était infernal. La mort encore. Et si elle allait le prendre là, le jour du mariage de son fils. Non, non, ce n'était pas possible, il n'avait pas encore mangé de fromage.

Le premier des deux Auguste, celui qui souffrait, continua de se jeter sur tout ce qui passait à portée, vins de toutes sortes, fromages divers, tartes à la confiture, malgré la douleur qui accompagnait maintenant chacune de ses déglutitions.

Le spectacle avait d'ailleurs perdu de sa saveur. Ses gestes, de plus en plus imprécis, lui en laissaient autant sur le menton que sur sa blouse, mais rien ne semblait pouvoir arrêter cette furieuse boulimie, d'où toute espèce de plaisir était absent. C'était à ne pas croire. Qu'est-ce qui pouvait bien ainsi le pousser ? C'était aussi à se demander comment il pouvait faire. Il mangea et but tellement encore, que le second Auguste, celui qui regardait l'autre, finit à son tour par y perdre sa conscience.

Je ne sais lequel des deux se réveilla aux cris de toute la tablée, tandis que la petite mariée en faisait le tour pour recevoir les compliments des invités et trinquer avec chacun. D'ailleurs, se réveilla-t-il vraiment ? Rien n'est moins sûr. A le voir se soulever de son banc, on pouvait en douter. Chancelant, le regard complètement injecté de rouge, le souffle haché, le teint tirant sur le blême, même sa tête avait du mal à se fixer à l'extrémité de son cou. Debout, les jambes encore prises dans le banc, maudit banc de pauvres, la petite mariée était derrière lui. Il étendit les bras pour s'appuyer sur elle afin de se sortir. Elle le laissa faire. Elle ne l'aidait pas vraiment, elle tentait de le soutenir un peu, c'est tout. Son estomac se soulevait plus facilement que lui-même. Tout autour, on l'encourageait mais il ne distinguait rien d'autre qu'un horrible brouhaha qui lui martelait la tête et au milieu duquel les rires faisaient office de clous.

Une fois sorti, il se laissa légèrement tomber sur sa bru. Ce n'était pas de sa volonté. Elle pliait Mélanie. Il l'embrassa sur les deux joues sans pouvoir retenir quelques renvois porteurs de tous les effluves de son combat intérieur. Il resta un moment légèrement affaissé sur elle et c'est Mélanie, sans doute lasse, qui le repoussa. Auguste s'écroula alors sur son banc. Il n'eut jamais le courage de refaire passer ses jambes sous la table. Il s'endormit là, dos tourné à tout le monde, assez droit, le visage tiré et la tête basse. Il ne vit même pas son fils passer plus tard devant lui et Gaston n'esquissa pas un geste pour trinquer avec son père.

Au plus fort de son sommeil, Auguste sentait bien que tous les instants du jour du mariage de son fils n'étaient pas forcément de fête.

En Morvan, même en juin, les nuits sont assez fraîches. C'est le froid qui le tira du sommeil. Ses vêtements étaient humides, sa station sur le banc était devenue douloureuse, il avait mal partout. Avant même d'ouvrir les yeux, il en avait fait le détail : ses jambes étaient engourdies, il avait mal aux fesses et au dos, son cou était raide et sa tête... alors là, sa tête, elle n'avait jamais autant pesé qu'à cet instant.

Deux frissons encore et il entrouvrait les paupières. D'abord, il eut besoin d'un petit temps pour se souvenir de l'endroit où il était. Un tas de bois devant lui qu'on pouvait à peine distinguer aux lueurs d'un feu qui brûlait je ne sais où, ce n'est pas très évocateur. Mais tout de suite, son regard fut attiré derrière lui par une tache blanche, la nappe sur la grande table du banquet. Avant même de se rappeler qu'il s'agissait du mariage de son fils, il se souvint de tout ce qu'il avait mangé et ce seul souvenir fut suffisant pour lui retourner l'estomac. Sur la table, des assiettes pleines de reliefs, des verres et des bouteilles, droites ou renversées, des taches de vin, des morceaux de pain, des plats vides et sales, un chat monté là pour participer à la fête et puis, tout autour, des hommes affalés au milieu de tous les déchets, les bras étendus, la tête sur la toile, les mains traînant encore parfois dans les assiettes. Deux ou trois vieilles aussi, dormant toutes droites sur leur banc.

Auguste n'était pas en état de reconnaître qui que ce soit. Tous ceux-là étaient des étrangers.

Plus loin dans la cour, le feu commençait à mourir depuis que les jeunes gens étaient occupés à danser dans la grange et que plus personne ne voulait sortir pour le garnir. La musique, enfin la musique, des notes confuses qui pour Auguste ne faisaient pas un air. Des ombres...

Auguste se rendit compte soudain que, parmi les choses qui l'avaient réveillé, il y avait une furieuse envie d'uriner. A cause de l'épouvantable sensation de fatigue qui le tenait tout entier, il tenta de se retenir, mais on ne peut trop longtemps repousser ces choses et comme il était loin d'être en mesure de se lever, ni de faire le moindre geste, il resta sur son banc et se laissa aller. Le plaisir qu'il en ressentit lui fit craindre un instant d'être encore endormi et il lui fallut quelques secondes avant de se convaincre qu'il n'était pas dans son lit, qu'il n'allait pas être secoué violemment par la Germaine et se faire traiter de porc. Depuis quelque temps, ces choses-là étaient revenues, surtout depuis qu'à table, chez lui, il n'occupait plus la place du maître.

Satisfait, il tenta encore de se relever, mais la rupture était complète entre son corps et sa volonté. Il dut rester là. Impossible de bouger. Il aurait bien aimé aller voir ailleurs ce qui se passait. Aussi, pour se consoler, étendit-il son bras vers la table pour saisir son verre. Un peu de liquide lui enlèverait peut-être la pâte qu'il avait dans la bouche. Il le porta à ses lèvres. Il était vide. Il ne s'en était même pas aperçu. Il poussa un soupir. Il semblait découragé. Il fallait tenter l'aventure d'attraper plus loin une bouteille. Toutes lui parurent fort lointaines. Il laissa aller son corps sur le côté et il regarda sa main s'éloigner. C'était comme si ce n'était plus la sienne. Vue de l'extérieur, cette main ne prenait pas le plus court chemin pour aller à la précieuse bouteille. Elle avançait, c'est vrai, mais jamais tout à fait dans la bonne direction. Il la voyait pourtant, une vieille main, veinée de bleu, tachée, l'annulaire déformé par un rhumatisme, une ancienne blessure au creux du pouce, faite jadis par une alène qui avait dérapé sur un cuir, la sienne, sa main. Elle tremblait, mais elle approchait du but. Il avait envie de l'encourager. Allez, allez, tu y es presque. Derrière sa main, il ignorait son bras. Il finit par glisser et il renversa l'objet de sa convoitise. Depuis quelque temps, il était au bord de son équilibre et il ne s'en était pas rendu compte. Le liquide partit sur la table et un peu quand même sur sa main. Sans tout de suite se redresser parce qu'il n'en avait pas les moyens, il jura comme un charretier.

— Putain de merde, de merde, de merde !

Seulement, tout cela n'était peut-être qu'intérieur parce que, tout autour de lui, aucun des gisants ne fit le moindre mouvement.

Au bout d'un siècle, il put ramener sa main à lui, qu'il lécha un peu dans l'espoir d'y trouver trace de vin. Il parvint à se redresser mais il m'est impossible de dire combien de temps il y passa.

Des ombres encore...

Tiens, la mort qui revient.

Auguste qui tombe sur la table et qui ressemble aux autres qui sont là, autour. Au petit matin, les familles viennent réveiller les dormeurs et leur soulèvent la tête pour les reconnaître.

— Il est là, la mère, ton mari.

— Tiens, c'est ton frère.

— Oh là, tu ferais mieux d'aller chercher le tombereau, il ne tiendra pas sur ses pieds avant deux jours.

Des rires.

Et quelqu'un qui prend Auguste par les cheveux.

— J'ai trouvé le beau-père.

Mais personne ne répond parce que tout le monde s'en moque.

— Bon Dieu, il est froid !

— Qu'est-ce que tu dis ?

— Il est froid. On dirait...

— T'as raison, il est mort.

— Bin mon vieux...

— Oh, venez voir vous autres. L'Auguste, il est passé, là, sur la table.

— Je vais te dire, ça m'étonne qu'à moitié avec tout ce qu'il a pris.

Dites, dites tout ce que vous voulez, tas de chiens ! Il n'empêche, au bout d'un instant, toute la noce est là, autour de lui et chacun vient le toucher pour bien se rendre compte.

— Il était encore jeune ma foi.

— Je sais bien moi, ce qui l'a tué...

— Quoi donc ?

— Hum, je sais...

— Bin dis voir.

Et celui-là se penche à l'oreille de son voisin pour lui raconter que le Gaston a pris la place de l'Auguste.

Tiens, quand il va savoir, il va en faire une tête celui-là. Justement, le voilà qui arrive. Il a les yeux gonflés. T'as passé une bonne nuit mon garçon ? Attends le jour, tu vas voir. Il écarte les autres, il approche. Lui aussi prend son père par les cheveux. Il regarde Auguste un temps, puis il le lâche et la tête retombe sur la table. Tout le monde comprend comment il traitait son père.

Il faut le sortir de là. Il est déjà tout roide. Et la Germaine, qu'est-ce qu'elle fout ? Elle n'est jamais là quand il faudrait, celle-là.

On l'emmène...

La mort s'en va et Auguste est toujours sur son banc, dans la nuit, la pâte dans la bouche et une soif de plus en plus précise, sans toujours les moyens de l'assouvir. Personne ne vient lui tendre un verre, ou l'aider à se mettre debout.

Des ombres encore... Qu'est-ce que c'est que ça ? Elles sortent de la grange la plupart du temps séparément et se rejoignent très vite dans le noir. Après, quand elles se sont rapprochées, plus rien ne semble pouvoir les défaire, elles se tiennent et s'accrochent l'une à l'autre, elles chuchotent et rient un peu parfois.

La force qu'il n'a pas eue pour aller appréhender la bouteille, il l'appelle pour pouvoir en suivre quelques-unes, de ces silhouettes qui s'éloignent. Il veut voir, voir les garçons prendre les filles, les filles bouger sous la main des garçons. Avec de la chance, et des jambes, en se levant, dans un relent de feu, peut-être pourrait-il distinguer quelque chose, un peu de peau blanche, une poitrine jeune et haute, et ferme, offerte aux baisers des garçons. Comment faire pour se lever ? Et deux ombres encore qui passent et la fille s'accroche aux lèvres de l'autre pour y cueillir un souffle, des mots, des baisers, des morsures, des promesses, assez d'ivresse pour ne pas trop se voir aller plus loin. Debout, si tu veux voir ! Debout, par tous les diables !

Alors, là, sur son banc, Auguste ouvre son pantalon humide, sort ses affaires et se regarde. Et au bout d'un moment, il pleure, Auguste. Larmes d'ivrogne, larmes de vieux.

Le petit matin le retrouve au même endroit, toujours dans la même position. C'est une femme qui est venue, décoiffée, fatiguée, les yeux creux, pour débarrasser la table et qui l'invite à se rhabiller, gentiment, comme s'il n'y avait, dans sa position, rien de bien extraordinaire. Elle ne s'est pas attardée. Elle repart vers la ferme avec toute une pile d'assiettes sur les bras. La vie recommence. C'est Émile qui sort de chez lui et qui se dirige vers l'étable avec deux seaux. De sa main libre, il se gratte la tête en bâillant. Ce sont les voisins d'Auguste qui bougent un peu sur la table, sans encore se redresser. C'est un peu de fumée qui monte au-dessus du toit, toute droite dans l'air calme du matin. Ce sont aussi les merles qui saluent le jour et se moquent des gens.

VI

Ils étaient rentrés depuis deux jours que Gaston et Mélanie ne les avaient pas encore rejoints. Les sept heures à l'horloge venaient d'occuper un moment le silence. La vie semblait avoir repris son cours de toujours.

Pourtant, en préparant sa soupe, Germaine revenait à chaque instant à la fenêtre pour jeter un coup d'œil au-dehors. N'importe quel bruit la ramenait au même endroit. Et Fernand ? Après la traite, une fois le lait passé et les pots rangés dans l'armoire, il n'avait pu rester sur sa chaise. Il s'était relevé, avait traversé deux fois la pièce avec détermination pour ne rien faire au bout de ses voyages, semblant à chaque fois avoir soudainement oublié ce qui l'avait mené là. Il avait fini par sortir. Dehors, il s'était caché et approché de la barrière pour guetter, il s'était même engagé dans le chemin. De la fenêtre, Germaine avait bien vu son manège et n'avait pu retenir un haussement d'épaules.

Quant à Auguste, ne semblant occupé que des malaises qui le poursuivaient depuis le repas de noce, s'il ne quittait pas sa chaise, par-dessus les lourdeurs, les vertiges, les renvois et la demi-somnolence, il n'en gardait pas moins au fond de lui-même, peut-être jusque dans son estomac où ce n'était pas la fête, la sensation que ce jour n'était pas un jour comme les autres, l'inquiétude de sa femme et la fébrilité de son crétin de fils étant bien là pour corroborer ses impressions. Quand même, jadis, un repas même énorme ne l'aurait tourmenté que quelques heures à peine, et encore. Saleté de vieillesse qui faisait payer longtemps un petit plaisir qu'on s'était fait.

Ils ne s'étaient pas attardés au mariage. Ils n'avaient même pas voulu participer au surlendemain. A onze heures, Fernand, trop content de devoir aller s'occuper des bêtes, Germaine qui détestait tout le monde dans cette noce dont elle ne voulait pas et Auguste qui cherchait peut-être à échapper à ses douleurs en s'enfuyant vers sa maison, tous trois avaient fait comprendre qu'ils voulaient partir.

On avait essayé de les retenir.

C'est vrai que l'on ne se voyait pas si souvent. C'est vrai aussi que la fête ne dure que le temps où tout le monde est réuni, qu'il se crée une sorte de communauté où les mots, la table et la danse, la table surtout, lient entre eux, un instant, des gens qui se seraient ignorés la veille et qui ne se reconnaîtront peut-être plus le lendemain. Il est également incontestable que c'est arracher quelque chose à cette espèce de corps que de laisser partir quiconque, mais la mère de Mélanie ne sut pas être assez convaincante. Elle l'aurait sans doute été davantage si, dans le départ de la Germaine, il n'y avait pas eu promesse pour elle d'échapper enfin à un regard qui l'avait sans cesse poursuivie et qu'elle avait senti peser sur chacun de ses gestes. Émile également aurait pu être plus persuasif, si partie de son éloquence ne s'était effritée dans ces interminables nuits qui n'avaient pas laissé de traces que sur sa figure. Quant aux jeunes gens, ils étaient quand même quelques-uns par là, il faut avouer qu'ils se moquaient pas mal de voir partir ceux-là qui n'étaient pas des leurs.

Mais enfin, ceux qui étaient venus à la barrière leur serrer la main, ayant su trouver des mots qui ressemblaient suffisamment à des regrets, la famille du Gaston put s'en retourner satisfaite. « Ils auraient bien voulu qu'on reste. On a montré comment on était, nous autres ! »

Revenue une fois encore à la fenêtre, au moment de mettre la table, Germaine se dirigea vers la pierre d'évier où attendaient les assiettes. Elle prit les quatre qui se trouvaient là et revint les disposer à leur place. Une en tête, pour le Gaston, deux sur le côté, celle du Fernand et celle d'Auguste, une autre en face, la sienne, puis elle sembla marquer un temps d'arrêt. Après, elle se dirigea vers l'armoire qu'elle ouvrit lentement. Il y avait là des verres, des assiettes, des bols, des jattes, des plats de toutes sortes. Des assiettes, elle en prit plusieurs qu'elle examina longuement avant de les reposer et d'en prendre d'autres. Elle finit par n'en garder que deux, une dans chaque main. Il y en avait une grande, blanche, neuve et une autre plus petite, seule de sa forme avec des dessins anciens. Elle resta dans l'expectative un bon moment, puis elle finit par reposer l'assiette neuve pour garder la petite et l'amener à la table. Une fois là, elle eut un soupir et, lentement, elle écarta sa propre assiette pour la tirer en face de celle d'Auguste, puis elle mit l'autre en lieu et place de celle qu'elle avait écartée.

Quand ils s'étaient mis en route, Auguste n'avait pu suivre bien longtemps. Fernand et Germaine l'avaient tout de suite distancé. Il était resté tout seul en arrière, à tirer la jambe, à peiner, à jurer, toujours.

L'avant-veille, il avait voué sa famille à tous les diables parce que les autres ne voulaient pas le laisser traîner derrière eux ; ce jour-là, il les renvoyait aux mêmes parce qu'ils ne l'attendaient pas.

Auguste était arrivé chez lui longtemps après son fils et sa femme.

Germaine avait fini de mettre le couvert. Auguste s'était encore une fois assoupi quand Fernand rentra tout courant dans la pièce. Il ne dit pas un mot, il ne disait jamais un mot, mais il vint se jeter sur sa chaise et s'attacha à faire semblant d'y être depuis toujours. Ses mouvements précipités avaient réveillé Auguste. C'était au tour de Germaine de courir partout pour ne pas aller au bout des gestes commencés.

Quand Auguste était enfin arrivé chez lui, c'était l'heure du repas. On l'attendait. Manger ? Il allait devoir manger quand, à l'intérieur, c'était encore la révolution ? Pourquoi manger ? Fallait-il qu'il soit malade pour se poser la question !

Il avait quand même, par habitude, ouvert son couteau. Manger, quand le seul fait d'avaler sa salive lui soulevait déjà le cœur ?

Oui, mais c'était l'heure.

C'est important les repas. On sait bien, quand on a un peu vécu, que ce sont les meilleurs moments de la journée. Ce n'est que pour aller à table que l'on suspend son travail, et c'est d'ailleurs pour ces instants-là que l'on peine et que l'on sue. Il faut les repas pour le bonheur du jour.

Alors, Auguste, bravement, s'y était mis.

Tous trois entendirent le bruit des sabots dans la cour. Germaine courait encore après je ne sais quoi, mais avant que les deux autres ne franchissent le seuil, elle revenait subitement à la table, saisissait les deux assiettes à pleine main et les intervertissait toutes deux. Ah mais quand même, on n'allait pas tout changer pour cette fille ! Ensuite, elle revint à la cheminée et, le plus naturellement du monde, tourna la soupe avec une longue cuillère en bois.

Ils sont entrés tous les deux, Gaston devant.

Gaston ne s'attarda pas trop sur le seuil. Il avait juste pris le temps de jeter un coup d'œil avant de se diriger vers sa chaise. Tout était comme d'ordinaire : la mère devant la marmite, Fernand à sa place et Auguste déjà la cuillère à la main.

Mélanie, elle, resta où elle était. Un peu pâle, les traits tirés par les fatigues de la noce et de la marche, elle portait encore au bras son balluchon. Et puis personne ne l'invitait à venir s'asseoir. Elle regardait tout autour. Elle semblait avoir quelque peine à imaginer que pour le reste de ses jours sa vie allait avoir cet endroit pour décor.

Avant de la mener à sa ferme, Gaston l'avait conduite à travers champs pour lui montrer ses propriétés. Il ne lui avait fait grâce de rien. Elle était fatiguée. Elle posa quand même son balluchon mais ne fit pas un pas.

Les autres s'attachaient à faire ce qu'ils faisaient toujours. Germaine apporta la soupe et les trois hommes tendirent le cou pour voir comment c'était dedans. Mélanie n'avait pas encore bougé. Germaine vint ensuite s'asseoir auprès de son fils aîné. Elle servit les hommes, Gaston d'abord, puis Fernand et Auguste en dernier, alors qu'il avait été le premier à tendre son assiette. Mais Germaine ne ramassa pas l'assiette de sa belle-fille. Elle se servit et en resta là.

— Viens t'asseoir.

Dans le silence, la voix du Gaston avait résonné de telle sorte que chacun avait pu en goûter les nuances. Il l'avait invitée. Ce n'était pas un commandement. Mélanie approcha doucement. Quand elle fut assise, Gaston dit encore à l'adresse de sa mère :

— Sers-la.

Et Germaine versa deux louches dans l'assiette de la jeune femme qui ne put dire merci. Elle resta le nez bas, en contemplation devant cette soupe étrangère.

Alors Gaston dit encore :

— Mange.

Elle prit sa cuillère. C'était toujours le silence.

Et Gaston, satisfait, promena un regard circulaire sur son monde.

Pendant tout le temps que dura le repas, tous, les uns après les autres, ou parfois en même temps, jetèrent quelques coups d'œil furtifs vers la nouvelle. Quand je dis tous, je ne parle pas de Gaston qui, lui, la dévisageait ouvertement. Je crois que Mélanie, pour sa part, ne vit personne. Elle semblait avoir du mal à avaler. Elle finissait sa soupe quand les autres étaient déjà au fromage. Gaston ne lui fit grâce de rien.

A la fin, les hommes tirèrent leur chaise devant le feu, moins près qu'en hiver, pendant que Germaine se mettait à la vaisselle. Pourquoi faisaient-ils tant d'efforts pour faire de cet événement, la venue d'une autre femme dans la maison, un moment des plus ordinaires ?

Seule encore à table, Mélanie semblait hésiter, puis elle se leva et après un bref regard dans la pièce, elle vint prendre sur une barre de fer fichée dans le montant de la cheminée, qui devait initialement servir à maintenir le pique-feu et le soufflet, un torchon qu'on avait mis à sécher avec d'autres. Ensuite, elle se dirigea timidement vers la pierre d'évier.

Quand elle la vit venir, Germaine quitta sa vaisselle, avança sur elle, lui arracha le torchon des mains, retourna à la cheminée, le remit en place, en reprit un autre, revint vers sa belle-fille, le lui jeta sur le bras et reprit son ouvrage.

A aucun moment, en essuyant, Mélanie ne quitta scs sabots des yeux.

Plus tard, Germaine alla à son tour s'installer, un peu en retrait des hommes. Mais Mélanie ne put en faire autant.

C'était hallucinant, cette façon dont on l'accueillait.

D'abord, elle resta debout devant la pierre d'évier, puis elle alla timidement déposer le torchon au dossier de la première chaise qui se présentait pour ne pas avoir à repasser devant tout le monde. Puisqu'on ne faisait pas attention à elle, elle reprit le temps de regarder tout autour, les armoires, les trois lits, un coffre, une maie, son balluchon près de la porte, les trois lits encore. Personne n'allait donc lui parler ? Elle finit par se diriger vers son paquet qu'elle ramassa, puis elle sembla chercher un endroit pour le poser. Les autres ne se retournaient pas, mais ils devaient écouter. Elle passa devant le coffre puis revint vers la table et c'est à l'autre extrémité qu'elle se décida à abandonner ses affaires. Après, toujours lentement, sans faire le moindre bruit, elle retourna à la chaise qu'elle occupait pendant le repas et, dos tourné aux autres, elle s'assit. Deux larmes étaient venues, comme ça, se promener sur ses joues qu'elle essuya bien vite. Elle regardait les lits encore, les trois lits dans la pièce. Elle ne savait même pas lequel leur était destiné.

Ce fut Fernand qui se leva le premier. Il ramena son siège vers la table, jeta un dernier regard timide sur le dos de sa belle-sœur, puis se dirigea vers son lit. Loin du feu, la pièce était assez sombre. En retirant les pieds de ses sabots, Fernand faisait glisser ses bretelles de dessus ses épaules et, dos tourné, il retira son pantalon qu'il jeta au pied du lit. Gardant sa chemise, il enjamba la boiserie pour se glisser sous l'édredon. Mélanie gardait les yeux rivés à ses mains sur ses genoux.

Plus tard, ce fut au tour de Germaine. Mélanie, si c'était possible, bougeait encore moins que tout à l'heure. Elle ne sut pas, ce soir-là, la couleur de la chemise de sa belle-mère, si elle sut enfin quel lit elle allait partager avec Gaston.

Personne ne se souhaitait le bonsoir.

Auguste, lui, semblait ne jamais vouloir quitter sa chaise. Qu'espérait-il à rester si longtemps devant la cheminée ? C'est Gaston qui l'envoya se coucher. Le vieux pestait intérieurement d'être expédié comme un enfant devant la nouvelle. Il trouva deux gros jurons pour se bien dire à lui-même ce qu'il en pensait, mais une fois en mouvement, comme les autres, celui-là s'attacha à n'avoir l'air de rien. Avec les mêmes gestes que Fernand, en plus lent, en plus étroit, après être allé uriner dans la cour, il se coucha à son tour. Il était au bord du lit, Germaine était près du mur.

Plus tard, Gaston se leva mais Mélanie ne le suivit pas tout de suite. Avant de se diriger vers le lit, il aurait pu s'approcher d'elle, l'effleurer, lui dire quelque chose, mais non, il fut même le seul à ne pas venir rapporter sa chaise.

Quand Gaston fut couché, Mélanie n'eut même pas l'idée de s'enfuir. Elle attendit longtemps le déclin des flammes. Elle avait l'épouvantable impression qu'ils étaient plusieurs à l'attendre.

Elle finit par quitter sa chaise. Doucement, elle s'approcha et après un bref regard aux deux autres lits, elle commença à se dévêtir. Il y avait de moins en moins de lumière et pourtant, elle croyait qu'on la regardait. Elle tremblait en retirant ses vêtements et ce n'était pas de savoir ce qui l'attendait, cela, elle le savait déjà depuis quelques jours.

Une fois en chemise, elle fit deux pas vers la table et son balluchon pour y prendre une belle chemise de nuit que lui avait donnée sa marraine, mais elle s'arrêta en chemin, fit demi-tour et revint vers Gaston. Elle allait garder sa chemise de jour.

Une fois au bord du lit, comme Gaston était de ce côté, elle se dirigea vers le pied puis doucement, comme si elle avait peur de le réveiller alors qu'elle savait parfaitement qu'il ne dormait pas, elle l'enjamba. Elle remontait vers la tête qu'il lui avait déjà saisi un poignet. Elle n'était pas encore sous les draps que, de son autre main, il lui soulevait sa chemise. Il y avait encore de la lumière. On y voyait. Pendant qu'il l'attirait contre lui, elle se débattait pour se cacher sous la toile. Il commença à la toucher partout. Elle n'avait pas un endroit à elle. Il lui retira sa chemise. Il souleva la sienne. Ce n'étaient pas des caresses, c'était comme des coups. Il n'était pas rasé de deux jours. Quand il lui léchait la peau, elle avait l'impression qu'il l'arrachait. Lorsqu'il la serrait contre lui, elle en perdait le souffle à mourir. Et jamais il ne marquait de pause dans cette escalade. Pourtant, quand il vint à la couvrir, quand ce corps énorme commença à l'étouffer, Gaston suspendit un temps ses gestes. On aurait dit qu'il avait entendu quelque chose. En réalité, il venait de se rendre compte qu'Auguste ne ronflait pas. Gaston hésita un temps puis finalement, c'est avec une sorte de sourire qu'il reprit dans ses mains la poitrine de sa femme. Elle avait espéré qu'il allait s'arrêter là. Ah, les mains de cet homme, dures, énormes, qui l'écrasaient quand il croyait la toucher, son poids qui l'empêchait de faire le moindre geste pour s'échapper, son haleine, ses soupirs, son gros ventre et la douleur encore quand il entrait en elle. Alors, toute sa vie, toute sa vie, ce serait comme ça ? Et l'air qui lui manquait. Il râlait déjà Gaston et dans le lit voisin, Fernand se tenait à deux mains en s'inventant des images qui ne ressemblaient pas encore à sa belle-sœur, pour se faire un plaisir tout à fait semblable à celui de son frère.

Mais enfin, cela n'allait-il jamais cesser ? Ce serait ainsi tous les jours et plusieurs fois dans le même ? Ce n'était pas possible, elle avait trop mal. Que disaient-elles déjà, les filles, en racontant comment les garçons s'y prenaient avec elles ? Pour l'aider à passer ces moments, elle n'avait pas l'ombre, pas le moindre soupçon de vertige, que la réalité, toujours. Ils écoutaient, les autres ? Et alors, comment voulez-vous que, dans ces moments-là, les autres s'en viennent à compter ?

Auguste, lui, n'avait pas d'autre plaisir que celui d'entendre, d'entendre Gaston s'essouffler, d'entendre la Germaine se retourner nerveusement à son côté. Ah maudite, maudite vieillesse ! Il avait aussi essayé de se tenir à deux mains, en vain.

Encore plus lourd. Comment faisait-il ? Et Gaston précipita ses mouvements et se mit à geindre, à geindre enfin. Pourtant, elle s'était juré qu'elle allait essayer puisque c'était son lot. Après, Gaston ne fut plus en état de bouger. Il s'endormit sur elle. Il transpirait d'abondance. Jusqu'au dernier moment, jusqu'à partager le lit avec lui, elle n'avait pas cru que c'était vrai, que le mariage allait se faire. Elle mit presque une heure pour se dégager de dessous sa charge. Elle n'avait jamais vraiment réalisé que tous ces préparatifs étaient faits pour en arriver là. Elle procéda lentement parce qu'elle avait peur de le réveiller. Elle savait que si elle le tirait de son sommeil, elle serait reprise et qu'il faudrait recommencer. Pour la peur, son cœur battait. Ramener un bras ou une jambe pour les avoir à soi, c'était bien long.

Après cela, il y eut une nuit et un matin, c'est toujours pareil.

A la ferme des Huhant, les invités s'en étaient allés un à un. On n'allait pas se revoir de longtemps. Petit à petit, inexorablement, la ferme se vida. Seuls, au moment des adieux, les jeunes gens pouvaient se promettre de se retrouver bientôt, eux qui n'hésitaient pas à faire des lieues pour se rencontrer.

Au bout de quatre jours, il ne restait plus qu'un vague cousin d'Émile, le Raynaud qui faisait le valet de ferme à Courotte, celui-là qu'on aurait bien voulu voir partir, et Lucie.

Ah, Lucie. Elle n'allait rentrer chez elle que le dimanche suivant. Lucie... Elle était de ces filles dont chaque geste semble une promesse pour ceux qui les regardent mais qui, en définitive, ne donnent jamais rien. Elle s'était laissé caresser un peu par Adrien, dès avant la noce, mais aussi par d'autres au plus fort de la fête, pour lui bien montrer que cela ne voulait rien dire. Il l'avait embrassée tout au bord des lèvres, mais pas plus et il ne sut comme elle s'était moquée que lorsqu'elle ne fut plus sous ses yeux. Tant qu'elle avait été là, il n'avait pas été en état de le comprendre.

On commença les foins et la fête s'éloigna à coups de fourche et de râteau. À table, comme pour les travaux de la maison, Solange prit la place de sa sœur.

Pendant longtemps, les gens de rencontre ne manquèrent jamais d'affirmer aux Huhant que Mélanie avait fait un fort beau mariage. Ils parlaient évidemment de la terre et du bien qu'elle avait à ce jour, mais le père comme la mère semblaient avoir besoin de cette assurance.

Le soleil qui se moque de tout et de nos douleurs continuait de parcourir le ciel, sans jamais se lasser.

Au lendemain du premier soir, tout le monde s'était levé de bonne heure.

Chacun voulut se montrer à la nouvelle, tous essayèrent de se faire une place plus grande que celle qu'ils occupaient jusqu'alors, ou plutôt, ils cherchèrent à profiter de l'occasion pour s'en faire une meilleure, une plus proche de ce qu'ils souhaitaient.

Il a tout vu Auguste. Il a vu cet imbécile de Fernand raser encore davantage les murs pour s'y confondre, la vieille courir partout comme une fourmi qui aurait pris un coup de pied de mule dans sa fourmilière, et ce gros porc de Gaston gueuler des ordres alors que tout le monde savait parfaitement ce qu'il avait à faire. Mais Auguste, sans s'en rendre compte, n'échappa pas à la règle commune. Quand ses fils furent partis, assis sur sa chaise, voilà qu'il se mit à parler tout fort, et pour personne, disant d'abord que ces deux-là feraient bien de tailler les bouchures des Cros-Beillons du dessous s'ils devaient y mettre les génisses, comme s'il avait eu encore quelque chose à y voir, puis parlant de la terre, des cultures, des voisins. Il allait y venir au pré Chavaut, et s'y faire meilleure part que celle qu'on lui avait réservée.

Tant qu'il pouvait, il ne la quittait pas des yeux, sa petite belle-fille. Elle était fraîche encore. Une heure à peine au matin lui suffisait pour reprendre de la couleur. Elle était légère. Elle marchait vite.

Il faut dire qu'il avait une position privilégiée maintenant qu'on l'avait condamné à des travaux mineurs. Il avait le temps de tout voir, de tout observer et s'il n'en continuait pas moins de pester contre la condition qu'on lui avait faite, il s'arrangeait quand même une vie, pas si vilaine ma foi.

Il a vu le jeu de la Germaine, cette vieille chouette. La gamine n'allait se rendre compte de rien. Fallait-il qu'elle soit sotte, et deux fois, car d'avoir épousé le Gaston, c'était déjà pas mal. Mais nom d'un chien, comment avait-elle fait pour dire oui ?

Dès le lendemain de son arrivée, cela avait commencé au moment de ranger les affaires, qui étaient restées toute la nuit sur la table et qu'on ne pouvait laisser traîner là. La vieille avait elle-même ouvert le paquet. La petite se tenait à côté sans trop oser bouger ou parler et Germaine avait fait l'inventaire, à sa façon : un tas pour les choses qu'elle estimait que sa belle-fille allait pouvoir porter, un autre où elle plaçait les affaires qu'elle trouvait trop belles ou pas convenables.

De dessus sa chaise, Auguste avait goûté la manière. A chaque fois que Germaine étendait la main pour prendre un vêtement, on pouvait lire sur le visage de la petite à quel point elle y tenait et la vieille attendait ce moment pour choisir le tas. Auguste se faisait des paris à lui-même pour deviner où la belle jupe et le joli châle allaient aller. Elle était vraiment dépourvue de malice cette Mélanie, n'importe qui d'autre aurait compris le jeu et une fille un tant soit peu rouée aurait floué la mégère en mimant le contraire. Mais non. Quelle bécasse ! C'était au fond bien fait pour elle !

Et l'autre s'en donnait à cœur joie. Dans les plis de sa vilaine figure qu'il connaissait mieux que personne, Auguste savait lire le plaisir.

A la fin, seules les vieilleries et les vêtements de travail eurent droit à l'armoire, le reste, tout ce que Mélanie avait de beau, fut remis dans le balluchon qui n'eut pas de peine à trouver place au grenier.

A midi, quand les hommes étaient rentrés, Mélanie avait des regards pour son mari, et Germaine n'en menait pas large. Le soir, moins encore. Elle ne savait pas trop si sa belle-fille n'allait pas se plaindre dans les draps. Quand tout le monde fut couché, si la vieille tendait l'oreille, ce n'était plus pour les soupirs et les essoufflements du Gaston. Pour un peu, Auguste serait mort de rire, à tel point qu'il en oublia de rêver.

Mais la petite avait à cet instant d'autres tourments qui effaçaient jusqu'aux souvenirs du jour. Le lendemain, Gaston ne disait rien.

Alors Germaine s'était enhardie. Elle avait procédé à la répartition des tâches. Pour Mélanie les cochons, le jardin, les fagots dans le bois, la lessive à la rivière, l'eau au puits, le ménage, pour Germaine, le reste, servir les hommes, le poulailler, le clapier, le rangement du linge dans les armoires.

Et le lendemain, Gaston ne disait toujours rien.

Après, tout alla à l'avenant. Mélanie devint la servante de l'autre.

Figurez-vous que dans les premiers temps, en plein jour, Gaston se donnait des occasions de repasser par la ferme et là, il attrapait sa femme par le bras, faisait sortir tout le monde et la poussait vers le lit. Auguste devait aller s'asseoir sur le mur de la cave en attendant, et s'il pleuvait, il allait se réfugier sous la remise. Il ne pensait jamais à prendre sa chaise.

Dès que Gaston repartait, Auguste se précipitait bien vite à l'intérieur mais, à chaque fois, il trouvait la petite rhabillée, déjà en train de faire semblant de s'occuper.

Et le soir, l'autre recommençait.

Pendant tout l'été, Gaston promena fièrement devant sa famille sa satisfaction. Il s'en servait bien de sa petite femme, il s'en servait souvent.

Mais Auguste pour cela non plus n'était pas en reste, il s'en servait aussi de Mélanie, pour ses yeux, tant qu'il pouvait. Il apprit ses gestes. Au début, il avait espéré qu'elle allait vivre devant lui, comme s'il n'avait pas été là puisqu'il ne comptait plus, puisqu'on l'avait posé sur une chaise comme un objet dont on n'a pas besoin, mais elle n'oubliait jamais qu'il était présent, cette petite garce. Pour la faire payer, il guettait les instants où Germaine et les autres s'éloignaient, et il la suivait partout. Parfois, elle ne s'y attendait pas et il était heureux de la voir tressauter, ou crier de surprise. Et quand il rentrait à la ferme après être allé chercher son tabac, ou boire un coup à l'auberge avec l'argent volé dans le porte-monnaie de sa femme, il s'arrêtait d'abord à la fenêtre pour essayer de la surprendre. Imaginez qu'elle ait été à sa toilette…

Enfin, on a remodelé la vie, autour de cette présence nouvelle.

VII

Auguste a reconnu l'automne lorsque Mélanie commença à porter un gilet sur son corsage.

Tout le monde avait durement travaillé pendant l'été. Les riches ne manquent jamais d'assurer, pour s'inventer de la vertu, que fortune se nourrit d'abord de la sueur et de la peine de tous, et n'entendent pas les pauvres quand ceux-ci répliquent qu'ils aimeraient bien avoir de quoi transpirer davantage.

On était au bout des récoltes. On avait rentré les betteraves.

Un matin, Gaston se lava, se rasa, ce n'était pas dimanche, il se vêtit de sa blouse de noce, prit son bâton de marche, puis sortit.

Le même jour, Fernand partit au bois et Auguste décida d'être infernal. Dame, chacun avait ses affaires et puis c'était l'automne. Auguste n'aimait pas l'automne.

Il passa une bonne partie de la matinée à soliloquer sur sa chaise, trouvant quand même le temps d'aller se rasseoir sur son lit lorsque Mélanie l'eut fait, de se plaindre tout fort de ce qu'il n'y avait pas à boire sur la table pour la voir courir à la cave, et de renverser deux fois son verre pour faire endêver la Germaine. Au cours de son long monologue intérieur qui dura plusieurs heures, il en servit à tout le monde, un peu plus pour ce salopard de Gaston que pour cet abruti de Fernand, et davantage pour les quelques dents de Germaine que pour les quenottes de Mélanie.

Au déjeuner, à midi, ils n'allaient être que trois. Auguste s'était imaginé qu'il allait régner sur les deux femmes, en tête de table, la vieille à sa droite et la jeune à gauche, mais Germaine fit exprès de mettre les trois assiettes à leurs places habituelles. Elle faisait tout pour l'emmerder, celle-là ! Quand Gaston était absent, et ce n'était pas si souvent, il y avait encore sa chaise vide pour vous couper l'appétit ou vous gâter la digestion.

L'après-midi, tous trois allèrent aux châtaignes. Ils s'étaient munis de grands paniers.

A l'orée de la forêt, il n'avait pas décoléré, Auguste. Depuis quelques années, l'automne lui pesait un peu sur la poitrine. Passé un certain âge, on n'est jamais bien sûr de revoir un printemps. Il y avait quelque chose d'inexorable dans la chute des feuilles qui le chiffonnait. Mais il faut dire aussi que Gaston était parti au moulin de Villurbain. Aller au moulin, c'était un des bons moments de la vie d'autrefois, et maintenant, il en était privé. Et pourquoi ? Parce que Gaston et sa chienne de mère s'étaient entendus pour l'écarter.

Dans le bois, Auguste chercha sa femme du regard pour la détester et quand il la vit, il la détesta. Il la détesta parce que en ramassant, elle posait son panier à terre et devait se faire un appui de l'anse, pour parvenir à se pencher, n'en prenant alors que de sa main libre. Il l'exécrait parce qu'elle soufflait à chaque fois pour se relever et le mauvais air qui sortait de sa bouche devait être aussi empoisonné que les mots, puisqu'ils prenaient même chemin. C'était à corrompre la forêt et la nature tout entière. Allez, il valait mieux ne pas la regarder, c'était trop laid. Il revint à Mélanie et, pour lui-même, lui tint conversation.

— Tu ne connais pas le moulin de Villurbain, petite bécasse ? Il faut marcher deux bonnes heures pour s'y rendre. Il y a longtemps j'allais à celui de Saint-André, jusqu'au jour où ce coquin de meunier a voulu me flouer sur le poids de trois sacs de farine. Il ne savait pas à qui il avait affaire. Il ne m'a jamais revu. Villurbain, c'est plus loin que Saint-André, mais ce meunier-là est peureux, ça lui tient lieu d'honnêteté.

Mélanie allait de place en place, presque en courant, elle en oubliait parfois son panier. Elle s'accroupissait et ramassait les châtaignes à pleines mains, sans fermer les doigts pour ne pas être piquée. C'était doux à l'œil. Auguste essayait de ne pas trop s'éloigner.

— A Villurbain, la Cure s'est creusée un passage dans la roche, la vallée est profonde et le soleil n'y vient que quelques heures par jour. A certains endroits, on se croirait en enfer et on s'attend à tomber sur ma femme.

Un petit regard pour la Germaine.

— Pour y arriver, lorsqu'on est à pied, on descend depuis le hameau, par un foutu sentier en lacet, puis il faut passer la rivière sur une planche et on rejoint le chemin des chariots qui se trouve sur l'autre rive. Là, tout est mouillé, les arbres, la terre, la mousse. C'est comme s'il pleuvait tout le temps. J'y ai sûrement pris des rhumatismes. L'eau suinte de partout. La rivière est à côté. Elle fume comme un vieux chaudron. C'est l'enfer, je te dis. Partout c'est novembre. Mais plus loin, la vallée s'élargit et le moulin est là, avec une cour par-devant. Il y a deux ou trois hangars sur la gauche, collés aux rochers. Il n'y a pas de soleil.

Du bout de son bâton, Auguste rassemblait des châtaignes qu'il allait chercher sous les feuilles, avant de se baisser une bonne fois, mais quand il se relevait, il avait du mal.

— Oh bon Dieu ! Quand j'arrivais là, si tôt que je sois parti le matin, j'étais rarement le premier. Il y avait toujours trois ou quatre gars qui attendaient.

Auguste venait de se baisser une fois encore, mais en se relevant, il ne vit plus Mélanie.

— Où t'es ?

Occupé de sa narration, et de sa quête, il ne l'avait pas vue s'éloigner. Elle était maintenant à plus de deux cents mètres. Il partit dans sa direction pour s'en rapprocher.

— Attends-moi, nom d'un chien, j'ai pas fini.

Si jamais il s'était aventuré à raconter tout fort ses histoires, Germaine n'aurait pas manqué de l'interrompre, ou de le contredire, voire de l'obliger à se taire. Alors il marmonnait et de se les dire à soi-même, c'était suffisant.

— Quand j'arrivais comme ça, dans la cour, on échangeait un signe de tête avec les autres, mais on ne se rassemblait pas pour causer, même si on avait trinqué ensemble la veille. Chacun restait éloigné, appuyé sur son bâton et on se regardait, car tu vois, quel que soit l'ordre d'arrivée, c'était le plus gros qui allait passer le premier. Il n'était pas question de demander à chacun quel était son bien, d'ailleurs, ils auraient pu mentir. Non, non, il fallait deviner. Il y en avait, ça se voyait tout de suite qu'ils étaient misérables, parce qu'on met toujours ce qu'on a de mieux pour aller au moulin, et une vieille blouse en dit autant et plus que tout un discours. Ceux-là baissaient tout de suite les yeux. Mais parfois, il y en avait qui voulaient essayer de me faire croire qu'ils avaient autant que moi, des qui ne voulaient pas me reconnaître et regarder leurs sabots. Alors ça durait. On se regardait pendant des heures, mais on ne trouvait pas le temps long. Une fois, une seule fois, un cochon de fermier m'a défié jusqu'à ce que le meunier ouvre sa porte. Je dois dire que j'avais bonne envie de lui casser mon bâton sur la couenne, à celui-là, pour lui apprendre. Mais le meunier, le bonnet à la main, c'est vers moi qu'il est venu d'abord. Il savait bien, lui, qui de nous deux pesait le plus. C'était bien moi le plus riche. Ah mais ! Personne ici n'avait de quoi me passer devant.

Le rendement d'Auguste allait en diminuant sérieusement. Il avait rejoint sa belle-fille qui ne faisait pas attention à lui et qui, d'instinct, avait tendance à s'éloigner.

— Je te jure qu'à ce jeu-là, j'étais cent fois meilleur que tous les Gaston réunis, et je le serais encore. Tu penses, moi, j'ai négocié les grains pendant trente ans, je m'y connais tout de même.

Le panier de Mélanie était presque plein et celui d'Auguste, loin de l'être.

— Quand maître Pierre te faisait entrer, jamais il ne se redressait, il restait plié en deux. Avec son bonnet, il essuyait le banc sur lequel il te faisait asseoir, puis aussi la table, pour que tu puisses te poser. Je vais te dire, il faut se méfier de ces matois-là. Ils ne se plient que pour que tu ne les voies pas te filouter. Et le Gaston, tu crois qu'il sait ça, lui ? Où est-ce qu'il l'aurait appris ? Tiens, quand on commence à causer avec cette canaille, il ne faut jamais en venir tout de suite à ce qui t'a amené. Déjà, le premier qui en parle, c'est le plus pressé, tu comprends ? Celui qui en a le plus besoin. Il faut attendre. On parle des gens, de la pluie, de tout ce que tu veux, mais pas des grains. Au bout d'un moment, le meunier, qui n'oublie pas qu'il y en a d'autres qui attendent dehors, il finit par y venir.

« — Alors, qu'est-ce qui vous amène ? qu'il dit comme si t'étais là pour parler des choux et des poireaux.

« Là, on peut commencer à causer. Moi, je partais toujours de la même façon.

« — Si je viens avec quatre sacs de blé, vous me rendez quoi cette année ?

«— C'est que, ma foi, tout est de plus en plus cher, qu'il répondait, l'autre.

«Il faisait semblant de réfléchir, mais il n'était pas content. Il trouvait que c'était peu, sans vouloir le montrer. Malgré tout, lui non plus n'était pas né d'hier. Il proposait de garder une part exorbitante de mon blé pour son salaire. Alors je me levais, je faisais le furieux.

«— Dans ces conditions, adieu !

«— Attendez, attendez, il y a peut-être quand même moyen de s'entendre, qu'il disait encore.

«— Non, pas avec vous, maître Pierre ; avec un autre qui ne sera pas un bandit, peut-être, mais avec vous, sûrement pas.

«Note bien que j'étais debout, mais que je ne m'en allais pas vraiment.

«— Donnez-m'en plus, je vous ferai meilleur prix.

«— Plutôt que de vous donner mon blé, je préférerais manquer de pain pour le reste de mes jours, que je lui disais encore.

«Là, il me servait un verre de vin pour me faire rasseoir.

«— Non mais tout de même, on n'a jamais vu ça, que je disais en me rasseyant.

«— Alors ?

«C'était bon de l'impatienter, j'avais tout à y gagner.

«— Bon, eh bien, faites-moi votre prix pour dix sacs, mais je vous préviens qu'on est mal engagés.

«Je voyais tout de suite sa mine enfarinée se détendre. Il essayait de ne rien montrer mais c'était plus fort que lui et tout de suite, il me proposait une part plus raisonnable pour son travail.

«Moi, je faisais encore celui qui n'était pas content mais qui prenait sur lui pour n'en rien dire.

«— Et pour vingt sacs ? que je lançais comme ça, sans en avoir l'air.

«Alors là, il me resservait un verre. Hé, hé, je mentais. Avec quinze sacs, j'avais largement assez de farine pour mon pain de l'année et de son pour mes cochons.

«Quand il avait revu son prix, je disais alors :

«— Ce sera quinze sacs, on verra après.

«Après, on ne verrait rien du tout, il n'en aurait jamais que quinze, mais en lui faisant croire que je lui en donnerais peut-être plus, je pouvais tirer meilleur prix. Tu vois comment j'étais ?

Depuis quelque temps, Mélanie avait fini de remplir son panier, mais elle venait de s'apercevoir qu'Auguste la poursuivait. Parfois, il plissait les yeux et marmonnait entre ses dents, d'autres fois, il paraissait furieux, ou bien encore affichait un méchant sourire. Elle crut que c'était pour elle. Apeurée, elle voulut s'éloigner mais il continuait de s'attacher à ses pas.

— Qu'est-ce que tu as donc à te sauver comme ça ?

Il parlait encore pour lui-même. C'était presque toujours ainsi.

— Tiens-toi donc tranquille !

Mélanie s'était finalement rapprochée de sa belle-mère dont elle ne supportait pas bien le voisinage, d'ordinaire, mais elle savait déjà que c'était moyen d'arrêter le vieux quant il était après elle.

— Ensuite, on se crachait chacun dans la main et on topait là. On était d'accord. Je disais le jour où je viendrais et il me raccompagnait dans la cour.

Rendu par la force des choses tout près de sa femme, Auguste s'arrêta.

— Il n'y avait pas meilleur que moi, je te dis...

Il se sentit soudain fatigué. En s'appuyant sur son bâton, il se laissa glisser au pied d'un arbre pour s'asseoir. Mélanie sembla de suite avoir moins peur. Elle continuait de ramasser des châtaignes qu'elle mettait en tas sur les feuilles afin de ne pas avoir à les porter dans le panier de sa belle-mère, ou à aller chercher celui d'Auguste.

Le vieux la regardait toujours, mais il avait déjà fermé un peu les yeux. Pour bien terminer son après-midi, il s'imagina une mort douce.

Il était comme ça, tout près de Mélanie, à part que la Germaine était plus loin, et en se relevant, il étouffait. Sa bru se tournait vers lui, les yeux grands ouverts. Elle au moins, elle avait l'air inquiet.

— Qu'est-ce qu'il y a ? demandait-elle.

Il chancelait déjà. Elle approchait, tendait les bras pour l'aider. Germaine n'avait encore rien vu.

— Venez, venez, il ne va pas bien le père.

Les jambes d'Auguste l'abandonnaient. Elle essayait de le retenir, il la sentait tout contre lui, mais il tombait quand même. Ses yeux partaient dans le vague. Elle s'était agenouillée, elle lui donnait des tapes sur les joues et lui ouvrait sa blouse. Il lui prenait alors une main pour la lui serrer une dernière fois. Il voyait son visage, tout près, et c'est comme cela qu'il se rendit compte qu'elle ne pleurait pas. Elle ne pleurait pas. La Germaine approchait avec son panier.

— Il est passé, disait-elle simplement.

Non, non, non, ce n'était pas bien comme ça.

Toujours assis au pied de son arbre, il s'en fit d'autres, des morts douces, mais jamais il ne parvint à faire pleurer sa belle-fille. Quand il allait réellement mourir, personne, personne ne le regretterait, il le savait bien. Il s'en administrait la preuve tous les jours. Bon, pour les autres, d'accord. D'ailleurs, il n'en voulait pas de leur chagrin, mais elle tout de même, elle aurait pu montrer de la peine, elle était jeune, il ne lui faisait pas de mal.

Quand il eut bien remâché sa rancœur, sans douceur, il l'appela pour lui faire ramasser les châtaignes qu'elle avait mises en tas et comme elle essayait de les faire tenir dans son propre panier, il dit :

— Non, dans le mien.

Elle les mit alors dans le panier d'Auguste. Il se leva. Elle était à ses pieds, il aimait bien ça.

Récolte faite, ils rentrèrent.

Le soir, à table, Auguste au-dessus de son assiette cherchait sur le visage de son fils, dans ses gestes, ses façons, traces des mauvaises affaires du matin. Mais l'autre était impénétrable. Impossible de savoir. Il enrageait, Auguste !

Seulement, plus tard, alors que tous s'étaient installés devant la cheminée quand Mélanie récurait une grosse marmite en fonte sur la pierre d'évier, il se leva Gaston, et il se dirigea vers son lit. Là, il se dévêtit, puis il s'installa tranquillement entre les draps de chanvre pour attendre. Jusqu'à ce jour, des trois hommes, il avait été à chaque fois le dernier à aller se coucher. Les autres devant le feu semblaient pétrifiés et Mélanie mêlait maintenant des larmes à l'eau de sa vaisselle.

Les affaires avaient été bonnes, à n'en pas douter.

Gaston n'aimait pas attendre. Les autres se reprirent et comme Mélanie frottait inlassablement le fond de sa marmite, elle leur donna le temps de gagner leur lit, alors qu'il était loin d'être l'heure. Fernand d'abord, Germaine ensuite et Auguste en dernier. Tous se pressaient.

Auguste n'était plus très jeune. Depuis maintenant cinq mois que Gaston était marié, il n'avait pas la force d'écouter tous les soirs. Il ne s'accordait plus ce petit plaisir qu'une fois de temps en temps, quand il était de joyeuse humeur, ou malgré lui, quand il avait trop mangé et qu'il ne trouvait pas le sommeil. On se lasse de tout.

Depuis des lustres, l'ensemble de ses sensations naissaient au creux de son estomac et il faut croire que ce soir-là, il devait avoir bu, en douce, un ou deux verres de trop car je ne sais pourquoi, il comprit, mais n'exagérons rien, l'espace d'une seconde seulement, comme Mélanie devait être humiliée. En plus, il n'avait pas sommeil. Il était décidément trop tôt. Fernand avait chargé la cheminée comme pour un autre soir. On y voyait comme en plein jour.

Auguste ferma les yeux. Elle y venait jusqu'au lit, la petite, il l'entendait renifler. Par bonheur, le craquement des bûches sous le feu couvrit les bruits de toile quand elle retira ses vêtements, mais il l'entendit monter dans le lit.

On peut se fermer les yeux, c'est facile, mais comment ne pas entendre ? Il se boucha les oreilles et comme il avait peur de deviner ce que lui cachait sa surdité postiche, il se mit à fredonner, du fond de la gorge, quelque chose qui n'était pas un air, mais une succession de notes, toutes plus discordantes les unes que les autres. Ce n'était pas fort. Une fois de plus, ce n'était que pour lui. Gaston devait déjà l'avoir attrapée. Non, non, pas ça, la la, la la,la la. A lui, Auguste, aucun meunier n'en avait jamais conté, lé lé, lé lé, lé lé. Quinze sacs, c'était bien suffisant. Elle était belle et fraîche. Lui, pour tout, il en valait dix des Gaston, lon lon, lon lon, lon lon. Personne ne savait comme lui négocier les grains, lin lin, lin lin, lin lin.

Alors que jamais, de sa volonté, il n'était parvenu encore à se l'imaginer sans rien, sa petite belle-fille, voilà qu'il vit passer quelque chose sous les mains du Gaston, lon lon, lon lon, lon lon.

Il devait avoir chanté plus fort parce qu'il ramassa un bon coup de coude de Germaine. Je suis vieux. Pourquoi est-ce que je n'ai plus cette force-là ? Il y a trop longtemps que je vois le soleil se lever derrière Quarré, lé lé, lé lé, lé lé. Et pour s'en convaincre, il se touchait un peu entre les jambes, mais d'une seule main, pour garder l'autre sur son oreille. Il est jeune le Gaston, peut-être, mais pas meilleur que moi, la la, la la, la la. Il y avait encore quelqu'un sous la main de son fils. Mais sauve-toi, va-t'en ! len len, len len, len len. Je veux revenir ! Je veux revenir !

Il n'en pouvait plus de se boucher les oreilles. Alors, pris d'une sorte de folie, il se lâcha, mais toujours pour ne rien entendre, il se mit à gueuler, à gueuler cet air qui n'en était pas un, et de plus en plus fort.

Quelques secondes plus tard, Gaston était au bord du lit et le secouait comme un vieux sac. Germaine s'était assise. Fernand, derrière, s'était penché pour voir. Auguste n'avait pas rouvert les yeux mais, de peur d'être assommé, quand il sentit sur lui la main de Gaston, tout de suite, il se mit à ronfler, à faire semblant de ronfler pour leur faire accroire qu'il avait rêvé.

— Qu'est-ce que tu fous nom de Dieu ? demandait Gaston.

Et Auguste ronflait de plus belle.

Ce n'est pas sans un certain soulagement qu'il entendit son fils retourner vers son lit et qu'il sentit Germaine se rallonger. L'autre marmonnait encore :

— Vieux maboul !

Il ronfla, il ronfla sans mollir, et Dieu sait si c'est fatigant quand on simule, il ronfla jusqu'à s'épuiser et s'endormir.

VIII

Dès avant l'hiver, les manières de Gaston changèrent peu à peu avec Mélanie. On ne peut se satisfaire longtemps de la soumission, et plus particulièrement de cette soumission-là, qui couche une femme inerte à son côté. Le mépris qu'il affichait sans le savoir quand il était couché, il l'eut aussi petit à petit en se levant, et il finit, le mépris, par l'accompagner partout. Il eut même, au bout de quelques mois, des ébauches de violence quand elle l'impatientait. Elle allait d'ailleurs l'impatienter chaque jour davantage, c'était inéluctable.

Pour la petite femme du Gaston, point de repos, jamais. La peur occupait chacun de ses instants, la peur de tout et de tous. Et si parfois elle restait seule, sans personne pour la tourmenter, la peur dévorait l'attente, l'attente du moment où ils allaient revenir.

Ils sont venus un jour, les parents de Mélanie. C'était un dimanche. Ils n'avaient pas prévenu. Ils ont essayé de faire croire que c'était une opportunité, qu'ils ne s'étaient pas déplacés exprès, qu'ils allaient à côté, chez je ne sais qui, où ils n'avaient trouvé personne.

— Tiens, et pourquoi n'irions-nous pas faire visite à la Mélanie, que j'ai dit à la mère, quand j'ai vu ça ? protestait Émile.

— Oui, qu'on s'est dit, au moins, on n'aura pas fait tout ce chemin pour rien, insistait la femme.

Évidemment, ils ne trompèrent personne.

Il s'est passé là des choses bien étranges.

Quand ils franchissaient la porte, Mélanie était en train de lessiver la table avec une grosse brosse. Elle était servante tous les jours. Elle était habillée en travail. Elle ne se redressa pas de suite, elle eut du mal, elle mit du temps avant de se convaincre. Elle s'essuya les mains sur son tablier, hébétée, elle essayait de s'arranger, de se remettre, puis elle finit, tremblante, par faire un pas vers eux.

Tout le temps qu'ils restèrent, elle ne cessa jamais de briquer, de frotter, de s'occuper. Elle courait partout, en essayant de sourire. Elle faisait l'affairée. On aurait dit qu'elle avait peur de se poser. Bouger, c'était tout ce qu'elle avait trouvé pour masquer son émotion.

Ses parents faisaient ceux qui trouvaient cela naturel. De leur vie, ils ne parvinrent jamais à se démettre d'une certaine sujétion vis-à-vis du Gaston et de sa famille. La femme d'Émile suivait souvent sa fille du regard, pour tenter de se convaincre qu'il n'y avait rien d'étrange dans cette débauche de mouvements, plutôt que d'oser se persuader du contraire.

On leur servit du vin.

Gaston parlait de sa femme comme d'une enfant qu'on lui aurait donnée à garder. Il disait qu'elle travaillait bien, que là-dessus, il n'y avait rien à dire, et que pour ce qui lui manquait, il allait la dresser. Elle souriait toujours Mélanie, en bougeant, et sa mère, pincée au cœur, souriait aussi.

Germaine n'ajoutait rien aux appréciations, mais elle hochait la tête quand elle était d'accord.

Émile parla de sa fille, il raconta par le menu les bêtises qu'elle avait faites quand elle était enfant. Tous parlaient d'elle à la troisième personne et pourtant, elle était là, elle frottait toujours comme si, pour elle, c'était moyen d'échapper.

Fernand, lui, après avoir adressé un signe de tête à chacun, il y avait beau temps qu'il était sorti.

Même Auguste se mêla à la conversation pour glisser qu'elle était bien gentille tout de même.

Jamais ils ne la laissèrent seule avec ses parents et il faut leur rendre cette justice, ceux-ci ne semblaient pas trop y tenir. Même à la fin, quand ils se levèrent pour s'en aller, ils ne tentèrent rien pour s'isoler avec elle.

Mélanie voulait les retenir, qu'ils restent encore un peu, même pour continuer leurs atrocités.

Tout le monde, hors Auguste, les accompagna à la barrière. Gaston se fendit même d'un : « Restez donc pour souper » pour lequel, Mélanie se promit deux jours de reconnaissance, mais Émile rétorqua qu'ils tenaient à être rentrés avant la nuit. Tous deux semblaient avoir envie de fuir.

Quand ils s'engagèrent dans le chemin, Mélanie cria pour demander des nouvelles des autres :

— Il va bien l'Adrien ?

— Ma foi oui.

Mais ils ne s'arrêtèrent pas.

— Et la Solange ?

— Aussi, aussi, allez, au revoir.

Ils étaient déjà loin.

— Et le François ?

Elle pleurait. Ses parents ne l'entendaient plus.

— Avec tout ça, on est en retard pour préparer le dîner, murmurait Germaine.

Gaston retournait déjà vers la ferme avec sa mère. Les parents avaient disparu. En se retournant comme si elle allait rentrer à son tour, Mélanie vit la maison.

Que des pierres, du bois, de la paille. Ce n'était pas sa maison.

Quand Gaston et sa mère étaient rentrés dans la pièce, Auguste, assis devant la table, n'était pas content. Généralement, le dimanche, il descendait à l'auberge pour y retrouver trois de ses conscrits avec lesquels il faisait sa partie. Les cartes c'était de ses plaisirs, et comme ils étaient rares, il n'y manquait jamais. Maintenant, il n'allait pas descendre, c'était trop tard, on allait dîner. Qu'est-ce qu'elle foutait à ne pas rentrer, la Mélanie ?

Un soir comme un autre, alors que les hommes s'étaient installés devant la cheminée et que les femmes finissaient les travaux du soir, Gaston profita de ce que Mélanie passait derrière lui pour lui saisir le bras.

C'était l'hiver. Personne ne venait veiller chez Gaston et eux n'allaient pas chez les autres, on ne se mélangeait pas.

Auguste s'attendait encore à je ne sais quoi. Gaston ne faisait jamais rien pour rien.

Mélanie semblait bien fatiguée. De tous ceux qui vivaient avec elle, c'était sans doute Germaine qui finalement, et bien malgré elle, l'aidait le plus à vivre en la faisant crouler sous les tâches, en ne lui laissant jamais le moindre répit, en la conduisant chaque soir jusqu'à l'abrutissement. D'ailleurs, si jamais la vieille s'en était rendu compte, par pure méchanceté, elle aurait peut-être été capable de condamner sa belle-fille à l'oisiveté.

Mélanie n'était donc pas en état de résister quand son mari l'arrêta devant lui, sans douceur, l'installant de profil. Il n'avait pas quitté sa chaise. Elle restait là, inerte, les bras ballants, inquiète tout de même. Gaston mit alors sa grosse main sur le ventre de sa femme, pas pour la caresser, pour la tâter et tout de suite après, il la renvoya derrière lui. Elle s'était laissé faire mais, peut-être soulagée d'en être quitte à si bon compte, elle retourna à ses affaires.

Il eut du mal à s'endormir, Auguste, ce soir-là, pour rien, comme ça, parce que ce n'est pas rare chez les vieux. Il eut ainsi tout le loisir d'entendre Gaston se démener.

L'hiver allait passer là-dessus, puis le printemps. Les germes y étaient, dans la terre et dans les gens, il n'y avait plus qu'à attendre. Je ne vois rien de remarquable à ajouter sur les premiers mois de la vie de Mélanie chez Gaston. Ah si, peut-être... Oh, je ne sais pas si c'est bien la peine. Enfin, vous en jugerez.

Un jour, un jour de décembre, alors que Gaston et Fernand étaient au bois, Germaine secouait sa belle-fille d'importance, comme ça, sans autre motif que sa mauvaise humeur du moment, déjà par habitude. Elle finit par l'envoyer, excédée, au jardin, d'abord pour ne plus la voir et accessoirement pour déterrer quelques poireaux.

Auguste suivait cela de sa chaise, narquois. Il était à la recherche de quelques épithètes pour sa femme, des nouvelles, dont il ne se serait pas encore servi.

Ne nous y trompons pas. S'il est vrai que parfois, de la voir ainsi maltraitée, Auguste lâchait quelques soupirs sur le sort de Mélanie, je serais bien en peine de dire si cette esquisse d'attendrissement précédait le profond sentiment de haine dont il gratifiait sa femme, ou s'il n'en était que la conséquence. Haïssait-il d'abord et s'apitoyait-il ensuite, ou bien son attendrissement nourrissait-il sa haine ? Bien malin qui aurait pu le dire.

Mélanie était donc sortie. Quand il se trouva à cours d'adjectifs, Auguste se leva. Comme à chaque fois qu'il voulait la suivre, il fit d'abord deux ou trois tours dans la pièce pour essayer de ne pas trop en avoir l'air, puis il franchit la porte à son tour. S'il allait au jardin, ce n'était pas pour l'aider mais pour la voir. Il aimait bien quand elle était penchée.

En refermant la petite barrière qui empêchait les poules de pénétrer dans le potager, il entendit des voix. Tout de suite, il tendit l'oreille. Il y avait celle de Mélanie et une autre, une voix d'homme.

Il fallait contourner la maison. Il essaya de se dépêcher. En débouchant, il reconnut le Pierre Augueux, un voisin, un homme de pas tout à fait quarante ans, un célibataire, un pauvre. Resté de l'autre côté de la haie, dans un champ qui lui appartenait d'ailleurs, il tenait conversation à la femme de son fils, lui qui n'avait jamais été capable de s'en trouver une, et qui n'avait pas de quoi s'en acheter.

Auguste alla droit sur l'Augueux.

— Bonjour le père, disait l'autre.

— Pas si bon jour, répondait Auguste.

— Qu'est-ce qui vous arrive ?

— Un malin, derrière ma haie.

Augueux eut un petit mouvement de surprise. Mélanie se dépêchait d'en finir avec ses poireaux.

— Toi, rentre, ordonna Auguste !

Mélanie précipita encore davantage son arrachage, puis elle courut vers la barrière.

— T'as fini ton année ? demandait encore Auguste à son voisin.

— Oui.

— T'as rentré ton bois.

— Aussi.

— Alors, t'as plus rien à faire qu'à venir regarder chez les autres ?

— Je suis dans mon champ, c'est mon droit.

— Eh bien restes-y et ne viens rien jeter dans mon jardin.

— On peut causer quand même.

— C'est bien ce que je fais, mais maintenant, j'ai tout dit. Jusqu'au revoir mon gaillard, ailleurs qu'autour de la petite.

Et Auguste faisait demi-tour et s'en retournait dignement vers la ferme.

Augueux n'en revenait pas.

— J'ai jamais vu ça !

Quand il rentra dans la maison, Germaine maugréait après les poireaux qui n'étaient pas bien beaux, supposant déjà que Mélanie avait fait exprès de prendre les plus noirs. Auguste alla se rasseoir.

Quand même, sa bonne femme, c'était vraiment une belle saleté.

Vous voyez, comme je le disais tout à l'heure, ce n'était pas très important.

L'hiver avait engourdi les gens, et Gaston dans sa brutalité, mais aussi Fernand dans son aphasie, Germaine dans sa malveillance, Auguste dans sa crainte — allait-il revoir les beaux jours ? — et Mélanie dans une sorte d'hébétude, de torpeur, sans doute consécutive à la répétition des tâches, des mauvais traitements et des jours. Le printemps allait en réveiller quelques-uns.

Cela faisait tout juste dix mois que Mélanie avait marié Gaston et déjà, plus personne ne la voyait. Ils n'avaient plus besoin de la voir pour la bousculer, la commander, la contraindre.

Pourtant, un matin d'avril, un matin où Fernand et son frère étaient revenus de bonne heure à la ferme, bien avant l'heure du déjeuner, Gaston qui ne la voyait plus, enfin, quand elle était debout, Gaston s'aperçut qu'elle n'était pas dans la pièce. Il paraît que ce n'est pas rare, que certains perçoivent plus facilement l'absence que la présence des gens avec qui ils vivent. Mais Gaston n'interrogea personne, il attendit. Et puis, au bout d'un moment, il se leva et sortit. Il resta longtemps dehors avant de revenir avec sa femme qu'il tirait derrière lui, la tenant par le bras. Une fois dans la salle commune, il la jeta au-devant des autres.

— Vous savez où je l'ai trouvée ?

Mélanie était transformée. Elle n'était pas coiffée, sans doute, pas lavée non plus, pas vraiment apprêtée, mais elle était vêtue d'une belle jupe, d'un joli corsage et du châle qu'elle portait en allant faire ses visites, lors des préparatifs du mariage.

— Au grenier, ajouta Gaston.

— Voyez de quoi elle s'occupe quand il y a tant à faire, persifla Germaine.

Mais en y regardant de plus près, on pouvait voir que toutes ses affaires avaient été plus ou moins mangées par les souris. La jupe avait un gros trou sur le côté et laissait paraître son jupon blanc, le bord du châle n'était plus tout à fait rectiligne et l'une des pointes ramenée devant elle avait toutes les peines du monde à cacher un autre trou sur la poitrine. Gaston grimaçait de plaisir.

— T'allais à la fête ?

Et que croyez-vous qu'il fit, Auguste ? Il fit comme les autres, il y alla de sa petite réflexion.

— Te voilà bien mise, murmura-t-il sans aimer ce qu'il disait.

Ah, la lâcheté...

Gaston s'était rapproché de sa femme et la faisait tourner sur elle-même.

— Allez, montre-toi. Fais voir comme tu es.

Et il riait.

Mais de quoi voulait-il tellement se venger ?

Ce qu'il y avait de plus extraordinaire, c'est que Mélanie ne pleurait pas.

Parce que Gaston riait, Germaine se mit à rire à son tour, comme si c'était des plus drôle, ce qui se passait là, et Auguste finit par y venir aussi. Ils avaient gagné. Ils avaient tous gagné car sans cela, comment expliquer le léger sourire qui parut alors sur le visage de la petite ? Elle ne pouvait tout de même pas être contente de leur plaisir ? Au bout d'un moment, le fou rire était général, ils s'étaient entraînés les uns les autres.

C'est à cet instant que Fernand se leva.

— Regardez, mais regardez comme elle est belle, insistait Gaston en cherchant à passer sa main dans le grand trou de la jupe pour la toucher aux cuisses.

Et Mélanie se déplaçait en tressautant un peu, toujours riant, maintenant qu'elle riait, pour échapper à l'attouchement de son mari.

— Assez, hurla Fernand, assez !

Il avait crié avec une voix formidable et tout de suite après, comme s'il s'était fait peur, il se dirigea très vite vers la porte et sortit.

Fernand, qui ne parlait jamais.

Tout le monde en fut saisi. Les rires s'étaient immédiatement effacés. Germaine et Gaston le suivaient encore des yeux alors qu'ils ne pouvaient plus le voir, Auguste avait rentré sa tête dans son cou et plissait sa figure, quant à Mélanie, Mélanie, elle, avait été réveillée. Elle vit de suite comment elle était.

A cet instant, elle avait oublié son anniversaire. Elle n'était monté au grenier que pour fêter un peu, en cachette, ses dix-neuf ans.

Fernand, qui ne parlait jamais.

A partir de ce jour, Auguste, saisi d'une espèce de soupçon, partagea ses observations. Il ne consacra plus tous ses regards à sa belle-fille, il en garda pour son fils.

Ce Fernand, qu'est-ce qui lui avait pris ? Qu'est-ce qui avait bien pu le déranger là-dedans ? De quoi se mêlait-il celui-là, quand tout le monde s'amusait ?

A mieux l'observer, surtout de cette façon, Auguste remarqua que partout, à table, dans la maison, dehors, Fernand veillait à ne jamais regarder sa belle-sœur. Ce n'était pas bien net tout ça, et ce n'est pas parce qu'on ne regarde pas les gens qu'on n'a pas envie de les voir.

Depuis toujours, Auguste s'en était toujours foutu du Fernand. Il n'avait jamais tellement compté ce fils-là. Ce n'était pas d'hier qu'il se moquait de lui et de ses silences. Il ne l'avait même jamais trouvé digne de haine, estimant sans doute qu'il n'en valait pas la peine. Et voilà qu'il criait ? Qu'il criait : « Assez ! »

Fernand était couché, Germaine aussi. Mélanie était encore à traîner derrière, à faire je ne sais quoi. Devant la cheminée, ne restaient qu'Auguste et Gaston. La petite se déplaçait sans bruit quand soudain, elle se mit à tousser, pas fort, pas longtemps.

Auguste était sur le point de se lever à son tour et de gagner son lit mais Gaston le devança. Comme s'il venait d'être réveillé en sursaut, comme si la seule petite toux de sa femme lui avait brusquement rappelé sa présence, Gaston se dirigea droit sur Mélanie, la saisit au corsage et la traîna devant la cheminée. Elle ne se défendait même pas. Gaston, cette fois, ne se donna pas le temps de l'examiner, il se mit tout de suite à la secouer comme un pommier en octobre, avant de la projeter en arrière, d'une gifle. Mais déjà, il revenait sur elle et la reprenait pour la secouer encore. Elle essayait de se protéger de son bras.

Auguste n'osait pas lui dire de cesser. C'était sa femme après tout. La petite laissait maintenant aller ses jambes et ses bras, pendue à la poigne de son mari. L'autre avait l'air complètement fou. Personne ne bougeait. Puis, toujours au bout de son poing, sans qu'elle ait presque à toucher la terre, il la conduisit au lit du Fernand.

Là, tout au bord, comme enragé, soulevant la petite de terre, il la projeta de l'autre côté du lit, contre le mur, par-dessus son frère.

— Tiens, je te la donne, elle ne vaut rien !

Et Gaston retourna à la cheminée.

Le silence, rien que le silence.

Auguste se sentait bien vieux. Le Gaston, il ne l'avait jamais vu comme ça, même quand il en avait après lui. Ce n'était pas le moment de dire quoi que ce soit, pourtant, s'il avait osé, Auguste aurait dit qu'il ne pouvait pas faire ça, qu'il n'avait pas le droit, pas pour le Fernand, pas pour le Fernand.

Fernand était couché sur le dos, immobile, la petite à côté de lui, à moitié assommée, sans larmes.

Toujours le silence.

Auguste en tremblant s'inventa une mort de circonstance. Le Gaston battait sa femme et même, il lui arrachait ses vêtements, lui déchirait sa chemise, la jetait par terre, lui donnait des coups de pied, la relevait par les cheveux, recommençait... Le Fernand, ce lâche, faisait celui qui ne voyait rien. Il restait allongé sur son lit. Auguste, seul, se levait et allait s'interposer. La petite se réfugiait derrière lui pour échapper et c'est Auguste qui prenait le coup à sa place, sur la tempe. Il chancelait et finissait par tomber. Gaston s'arrêtait de suite mais la petite, à genoux, prenait la tête d'Auguste dans ses bras et la serrait contre elle. Il était contre sa poitrine, secoué par les sanglots, parce que cette fois, elle pleurait. Elle avait compris. Sa peau était douce et chaude et son chagrin de le voir mourir était tel qu'elle ne pensait pas à se cacher avec les lambeaux de sa chemise. Il la voyait. Juste avant de rendre le dernier soupir, je ne sais qui, peut-être ce salaud de Fernand, essayait de détacher Mélanie.

— Non, non, laissez-moi, qu'elle disait.

Elle ne voulait pas le lâcher. La tête d'Auguste partait en arrière. Il était mort. Elle cherchait à le serrer encore davantage. Il la voyait toujours. Ils restaient ainsi longtemps, longtemps.

Cette mort-là, il se la refit plusieurs fois, la même. Il en eut le temps car le petit matin les retrouva tous dans la même position, Gaston et Auguste devant la cheminée, Fernand et Mélanie dans le lit et Germaine dans le sien. La vieille avait peut-être été la seule à dormir.

IX

Depuis qu'Auguste avait été relégué au rang des potiches, depuis qu'on l'avait laissé sur une autre chaise, le vieux occupait le plus clair de son temps à observer tout ce qui se passait autour, en y ajoutant des interprétations et des commentaires de sa façon qui, finalement, l'aidaient à passer de bons jours. Sa vie n'était pas si triste. Au moins intérieurement, parce qu'il n'osait pas toujours se montrer, il s'amusait bien. Et puis les observateurs, vous savez, ce n'est jamais d'en bas qu'ils regardent se démener le pauvre monde, c'est toujours d'en haut. Alors, même s'il avait perdu sa chaise, sa situation n'était pas aussi vilaine qu'il voulait bien le croire. Il avait tout le loisir de penser et de dire du mal de tout le monde, c'était assez merveilleux. J'en connais beaucoup qui s'en contenteraient.

Et puis la petite était arrivée. Mais ça ne changeait rien, enfin, pas grand-chose, c'était un sujet de plus livré à ses commentaires, c'est tout, ou tout au moins, elle aurait pu n'être que cela. Toujours est-il qu'en retrait de son petit monde, sans se l'avouer, ou sans le savoir, en continuant de maudire le jour où on l'avait écarté, il gardait, de par sa situation, l'impression de le régenter quand même encore un peu.

Oui, mais cela n'avait été vrai que tant qu'il n'avait pas été surpris par les événements, tant que les autres n'avaient fait que ce qu'ils faisaient depuis toujours, tant que personne ne s'était dédit. Et puis voilà qu'un jour le Fernand se mettait à parler. Que dis-je à parler, à crier, à crier : « Assez ! » quand on riait. Auguste ne s'y attendait pas. Il était en retard.

Alors, pour se rattraper, pour ne pas être en retrait par rapport à ce qui se passait autour, il avait mis les bouchées doubles. Fernand, il ne l'avait plus quitté des yeux. L'autre était soudainement devenu son ennemi privilégié, voire une sorte de rival. Dans chaque geste du Fernand, Auguste se mit à lire une preuve de ce qu'il cherchait, de ce qu'il craignait, de ce qu'il ne voulait pas. Ainsi, au bout de quelques jours, il était persuadé que le muet, ce petit merdeux, en pinçait pour sa belle-sœur. Ce n'était plus vers Gaston que le vieux tendait l'oreille le soir. N'avait-il pas perçu des soupirs, par là, derrière ? Et ses yeux de faux jeton qui faisaient semblant de se fixer ailleurs ? Ah le chien, on n'avait jamais vu cela dans les familles !

Mais Auguste avait à peine l'impression d'être revenu à hauteur, il venait tout juste de s'installer dans sa haine nouvelle que c'était au tour du Gaston de le surprendre, et l'autre jetait sa femme dans le lit de son frère. C'était trop !

Comment voulez-vous qu'en consacrant toute son attention au Fernand, Auguste en ait eu encore de reste pour surveiller Gaston ? Et pendant ce temps-là, l'aîné, derrière son dos, devenait de plus en plus sombre, de plus en plus violent, dans ses gestes, ses paroles, descendait chaque jour davantage dans son enfer, désespérait de son éternité jusqu'à la folie. Lui, cet ours, ne s'intéressait plus qu'au ventre de sa femme et la maltraitait de ce qu'il restait plat. Non, vraiment, c'était trop.

Et il y avait Germaine qu'il n'entendait même plus.

Et il y avait Mélanie qu'il ne voyait pas glisser lentement vers les gestes sans conscience et peut-être maintenant, sans souffrance non plus.

Il fallait se rendre à l'évidence, inexorablement, malgré lui, contre son vouloir, il vieillissait Auguste. Tous ces jours-là, il fut assailli par une épouvantable sensation de fatigue.

Le lendemain soir, Mélanie était encore la dernière debout. Elle alla se dévêtir au pied du lit du Gaston puis, une fois en chemise, elle attendit au bord, toute droite, sans rien dire. Auguste préférait ça. Elle resta là longtemps. Ils devaient encore ne pas être nombreux à dormir.

Au matin, en se levant, Gaston trouva Mélanie endormie par terre, appuyée contre le lit, à moitié assise, la bouche ouverte par la boiserie. Il la laissa là. C'était bien fait pour le Fernand !

Il a essayé pendant quelque temps de fournir, Auguste, de tout voir, de tout comprendre, mais il ne savait plus où donner de la tête. Il y avait Fernand à qui son frère avait donné des droits sur la petite et qu'il fallait surveiller afin qu'il n'en use, il y avait Gaston qui se vautrait dans sa sauvagerie, il y avait Germaine qui semblait se régénérer de la décadence de sa belle-fille, il y avait Mélanie qui ne savait plus où aller dormir. Elle n'était pas bien forte cette petite-là, il n'avait pas fallu longtemps pour la hacher. Elle dormait par terre, ou sur une chaise de temps en temps.

Et au milieu de tout cela, il y avait Auguste avec sa vieille haine pour tous, chaque jour entretenue et ranimée des cendres de la veille mais sur lesquelles, malgré tout, il devenait chaque matin un peu plus épuisant de souffler. C'était trop décidément. Il ne pouvait plus faire face. Alors il décida de consacrer ce qui lui restait d'attention à Mélanie, d'en revenir à elle seule et d'abandonner les autres.

Il a su qu'il allait mourir bientôt.

Il comprenait que c'était le commencement de sa fin, que cette décision donnerait raison à ceux qui l'avaient écarté, qu'il allait périr de ne plus lutter, mais finalement, cela n'avait plus d'importance. Il rendait les armes. Les autres et le temps l'avaient vaincu.

Il recommença donc à ne regarder que la petite et observa sa lente déchéance, sans compassion, avec même une certaine impatience et je ne sais quel monstrueux espoir de la voir descendre encore davantage, jusqu'à la retrouver, un jour peut-être, à sa hauteur à lui, enfin, là où il se sentait maintenant. Mais il fallait que cela vienne vite.

Mais si, on peut vivre ainsi, et ce d'autant plus facilement qu'au-dehors il n'y paraît rien, que vis-à-vis des autres, des voisins, les apparences sont sauves. On a sûrement vu pire.

Passa une autre année, puis une autre encore, chacun s'enfermant un peu plus avant dans sa prison. Mélanie n'avait plus rien dans le regard. Germaine ne la bousculait plus tant, elle n'en avait plus besoin. Gaston l'ignorait, il ne la touchait plus, ni pour la battre, ni pour la prendre et ne lui parlait jamais. Fernand restait ce qu'il avait toujours été, quant à Auguste, maintenant qu'il avait renoncé à partie de ce qui le faisait vivre, ne lui restait de force que ce qu'il avait gardé de vouloir. Il passait de plus en plus de temps sur sa chaise, avec de grands trous de conscience qui duraient parfois plusieurs heures. Il ne s'inventait plus que des morts tristes à la fin desquelles il commençait à voir du noir.

Comme Auguste faisait avec sa mort, Mélanie faisait avec sa vie. Elle en prenait de petits morceaux pour s'en inventer une autre, à l'intérieur, de petits morceaux seulement, pour exister encore un peu quand même, pour se faire des espoirs de rien, pas pour souhaiter une autre existence. Non, elle rêvait que Gaston ne la battait pas, ou qu'elle dormait dans un lit, pas plus.

Quand il était présent, quand il avait sa tête, Auguste la guettait, il la guettait toujours.

Comme il avait renoncé à s'occuper des autres, il ignorait complètement que Mélanie c'était un peu le pré Chavaut du Gaston, un échec, un coup à y perdre sa chaise au profit de son frère, la mauvaise affaire, et le sentiment d'avoir été trompé, de s'être fait avoir.

Ne serait-ce qu'un an plus tôt, Auguste se serait réjoui de l'amertume dont son fils était habité, une amertume en tout point égale aux espérances anciennes, avec du dépit et de la honte et aussi une furieuse envie de se punir lui-même pour tout le plaisir qu'il avait eu à la toucher. Figurez-vous que Gaston ne parvenait pas à effacer ce souvenir, même après avoir tenté de l'étourdir et de le noyer dans un nombre considérable de verres de vin, il avait encore envie de la prendre, même défaite, encore absente.

Naguère, Auguste n'aurait pas manqué de dire ou de faire savoir que lui, il avait su faire des enfants, que ce n'était pas bien malin. Autour de lui, il y avait réellement de quoi faire son bonheur. Quel malheur qu'il ne fût plus en état de le goûter.

Un matin, un matin que Germaine était sortie, Mélanie apporta une cuvette sur la table, elle y mit de l'eau puis elle se dévêtit jusqu'à la ceinture et fit sa toilette. Auguste, peut-être prostré sur sa chaise, ne dormait pourtant pas. Il se mit à trembler. C'est vrai que la petite avait le regard dans le vague, elle chantait, enfin, elle fredonnait une chanson d'enfant. Alors Auguste essaya de se lever. C'était... C'était, comment dire ? Il devait penser que son heure était venue. Son heure ? Venue ? L'heure de quoi grand Dieu ? Mais celle qu'il attendait depuis le premier jour sans oser se le dire, cette heure-là.

Parodie. Appuyé d'une main sur son bâton qui ne le quittait

plus, et de l'autre sur la table, il s'approcha. Elle chantonnait toujours. Parodie encore. Quand il fut près d'elle, il tendit la main et la rencontra à l'épaule. C'était la première fois qu'il la touchait. Mais elle ne le sentait sans doute pas. Il la toucha ensuite à la poitrine, l'effleura seulement. Toujours en chantant, d'un revers du bras, elle écarta sa main, mais elle ne semblait pas offensée. C'était comme si ce n'était rien. Ce n'était rien. Elle ne chercha même pas à se cacher derrière sa chemise.

Auguste tendait encore la main quand Germaine entra. Cette autre présence n'arrêta pas le chant de Mélanie, ni le geste d'Auguste, et le regard de Germaine passa sur eux sans se fixer, et sans étonnement. Pour dire vrai, Auguste aurait bien voulu ramener sa main, mais il n'y arrivait pas.

Germaine alla vers l'armoire au fond de la pièce déposer les œufs qu'elle avait levés et qu'elle tenait dans son tablier replié. Auguste regardait encore sa belle-fille qui continuait sa petite chanson. Il la regarda jusqu'à ce qu'elle se soit rhabillée. Germaine ressortit sans plus faire attention à eux.

Après, il s'est endormi, Auguste.

Parodie.

Mélanie finit par disparaître certains après-midi et personne ne lui demanda compte de son temps puisqu'elle n'existait plus. Les autres allaient à leurs affaires.

Auguste seul, sur sa chaise, la voyait partir. Où allait-elle ? Que faisait-elle pendant tout ce temps ? Ah, quand même, puisque les années et sa famille lui avaient enlevé la force de bouger, pourquoi lui avait-on laissé l'envie de la suivre ? Il aurait mieux valu lui tout retirer en même temps. Il avait peur pour elle, et pour lui aussi. Alors il finit, parce que cette ignorance était insupportable, par dormir deux jours entiers, partout, tant qu'il put, dans son lit et sur sa chaise, pour avoir la force de se lever le troisième.

C'était juin, il y avait du soleil, il était deux heures après midi. Quand il traversa la cour, il la voyait encore dans le chemin, là-bas, devant lui. Au bout de quelques pas, la lumière était déjà une offense. Il essaya de fermer les yeux mais il buta contre les pierres et faillit tomber. Il s'arrêta, se donna un peu le temps de reprendre son souffle déjà court quand il n'avait pas encore fait trois cents mètres, puis il se remit en route.

La petite était partie vers les Teurzots, sur la gauche, mais maintenant, il ne la voyait plus.

Juin, ce sont les fleurs, le vert dans les haies, les oiseaux partout, mais c'était aussi, cette année-là, la peine d'Auguste à soulever ses sabots, la sueur qui lui coulait dans les yeux pour l'aveugler davantage, les pas lents et douloureux, l'outrage de sa vieillesse au milieu de ce printemps, et la fatigue. Il souffrait mille morts mais ne voulait pas renoncer. Tous les autres s'en moquaient peut-être de ce que faisait Mélanie, mais pas lui.

Dans le temps, ce n'était pas si loin les Teurzots. Le chemin était descendant. Auguste était si tendu dans sa volonté que pas une fois il ne songea qu'il lui faudrait tout à l'heure faire demi-tour et remonter. Il allait, au hasard, parce qu'il ne savait pas où elle était passée, mais il allait quand même.

Il regardait autour de lui. Demain, demain tout serait semblable à ce qu'il voyait là : les champs, le ciel, les arbres, mais lui, demain, où serait-il ? Et rien ne serait changé pour personne. Le Gaston, le Fernand, ces pourris, pourraient encore venir par ici. Comment c'était possible, ça ? Le sol était si sec que ses sabots ne laissaient pas de traces dans le chemin. Pourtant, aujourd'hui, il y était, Auguste. Ah, s'il avait pu, il se serait approché des haies, il aurait cassé des branches, tout saccagé sur son passage pour qu'on sache un peu qu'il était venu là. Et même si l'on n'avait pas su que c'était lui, au moins, les passants de demain se seraient interrogés :

— Mais qu'est-ce qui a bien pu faire ça ? qu'ils diraient les passants.

— J'en sais rien, répondrait l'autre, mais va, ce n'est pas bien grave, dans deux jours il n'y paraîtra plus.

Ah bon ?

Ce sont peut-être ces réflexions qui l'échinèrent encore davantage. Il dut une nouvelle fois s'arrêter. Il n'en pouvait plus. La fatigue commençait à lui troubler la résolution. Mais où était-elle passée ? Il ne l'avait pas revue. D'abord, il ne les aimait pas les Teurzots, c'était pas comme les Cros-Beillons du dessus ou du dessous qui lui venaient de son père, les Teurzots, c'était sa femme qui les avait amenés dans son panier de noce pour cacher le reste, un grand champ peut-être, mais avec toute une partie à l'ombre où l'herbe ne venait pas bien.

— Mais qu'est-ce que je fous là ?

Se pouvait-il qu'il l'ait oublié ? Il eut envie de revenir sur ses pas ou de s'asseoir, seulement, il n'était pas en état de le faire. Il dut se résoudre à rester planté au milieu du chemin comme un épouvantail, appuyé sur son bâton. Mais la station debout lui devint très vite insupportable. Que faire ? Remonter ? Rien qu'à regarder la pente, il en avait déjà des sueurs froides. Se laisser tomber par terre ? Et comment se relever après ? Il lui faudrait revenir chez lui à quatre pattes, comme un chien ? C'étaient les autres qui seraient contents. Alors, si demain tout était encore semblable à aujourd'hui, quand il n'y serait plus, il s'en fichait Auguste, ça lui était bien égal.

Finalement, l'amertume lui redonna quelques forces et celle d'aller enfin jusqu'à la barrière des Teurzots. En arrivant, il tremblait de fatigue. Quelle surprise ! Vous ne pouvez imaginer son étonnement. Il ne savait pas qu'il était si vieux.

La barrière était ouverte. Il s'appuya dessus un bon moment. Plus question d'insulter le champ ou de maudire qui que ce soit. Il avait besoin de toute son énergie pour se reprendre. Il décida qu'il allait s'asseoir parce qu'à cet endroit, contre la barrière, il pourrait plus tard se relever en s'aidant des croisillons de bois, mais il voulut d'abord rentrer dans le pré pour ne pas être vu du chemin si quelqu'un venait à passer. Tout était long, tout était dur, il n'y avait plus pour lui de petits gestes de rien.

Elle était là ! Mélanie était allongée dans l'herbe, à deux mètres de lui, derrière la haie. Perdue l'envie de s'asseoir, il s'approcha. Quand il fut tout à côté, il se rendit compte qu'elle dormait, un bras replié sous sa tête. Bien sûr, elle s'en allait de la maison pour dormir, c'était normal après tout. Il avait bien fait de venir. Le visage de la jeune femme paraissait apaisé. Une mouche courait sur sa joue et injuriait le rose. En agitant le bout de son bâton, il la fit partir.

Il serait bien resté des heures à la regarder, seulement il n'y était pas depuis une minute qu'il tomba par terre. Il avait oublié sa fatigue en l'apercevant, mais celle-ci venait de lui retirer brusquement l'usage de ses jambes. Son affaissement lui arracha un gémissement et Mélanie se réveilla en sursaut. D'abord, pendant qu'Auguste essayait de se dépêtrer de son bâton qui était passé sous lui, elle sembla ne plus trop savoir où elle se trouvait. Ses yeux étaient gonflés. Auguste aurait voulu sourire pour qu'elle n'ait pas peur, mais allez sourire, vous, quand on s'est fait affreusement mal en tombant et qu'on n'arrive pas à se dégager. Sa grimace ne devait pas être bien engageante. Dès qu'elle l'eut reconnu, se mêlèrent sur son visage le découragement et la lassitude. Elle se releva en soupirant, passa à côté de lui sans le regarder et sortit du champ. Il aurait pu dire :

— Attends, aide-moi.

Elle l'aurait peut-être fait. Il se serait appuyé sur elle pour rentrer. Mais il se tut. Il se contenta de la suivre des yeux tant qu'il put.

Quand elle eut disparu, puisqu'il était encore à terre, Auguste s'inventa une mort sans personne autour, dans l'herbe, au milieu des fleurs. Plus besoin de se relever, de rentrer, de refaire tout ce chemin.

Auguste a poussé Mélanie dans la forêt. Tous les quatre ou cinq jours, puis ensuite de façon plus épisodique car il avait besoin de plus en plus de temps pour se remettre, il la suivit obstinément, afin de la surprendre et de la regarder encore. Pour lui échapper, elle alla de plus en plus loin.

Puis, un jeudi de juillet, Auguste s'est couché pour ne plus se relever.

Un matin après un autre, Mélanie lui apporta jusqu'au lit une assiette de soupe. Lui qui ne bougeait plus trop, ni ne parlait non plus, quand elle fut à côté, sortit un bras et lui saisit le poignet. L'assiette se renversa et tomba par terre. Elle voulut se dégager, mais il la tenait bien et puis, je ne sais pourquoi, elle hésita à faire acte de force pour s'arracher. Peut-être n'avait-elle plus peur. Peut-être qu'elle n'avait jamais su s'arracher à rien. Peut-être que tout lui était égal.

Alors, lentement, Auguste amena la main de Mélanie jusqu'à lui et l'approchant de sa bouche, il y déposa un méchant, vieux, humide, tremblant et triste baiser.

Tout de suite, comme si elle avait été brûlée, elle ramenasa main. Elle la regardait, le dessus, puis elle tourna la tête vers le vieux qui semblait évanoui ou endormi. Elle n'avait toujours rien dans le regard quand elle parcourut des yeux la pièce, les meubles, les lits, la table, les endroits éclairés et les obscurs, mais au bout de son inventaire, elle sortit lentement.

Elle n'a pas couru tout de suite.

C'est le Guy, le fils du galvacher, le vaurien qui a retrouvé le corps de Mélanie...

Auguste dans son lit ne voyait plus grand-chose. C'était peut-être le soir. La petite était tout près, il le sentait bien, juste à côté de sa tête. Elle venait peut-être encore lui apporter à manger. Il voulut refaire ce qu'il avait fait quelques jours plus tôt. Il lui prit un poignet. Dieu, qu'il faisait sombre ! La main avançait vers lui, puis le bras au bout, puis comme par miracle, dans un rayon de lumière qui venait de je ne sais où, il vit se dessiner la vilaine tête de Germaine, tout près de sa figure.

— Saloperie, murmura-t-il.

Il l'avait lâchée tout de suite, et pour toujours.

TABLE

Remerciements

Lucie Boussard, Joseph et Jeannette Fléty, Philippe Berté-Langereau, l'Hurion et l'Hélène, Germain Loisy, Jacques Dupont, Maurice Digoy, Raymond Garnier et son épouse, ma chère amie madame Chatron, les ouvrages de J. Bruley, monsieur Galtier et son facteur de bois, et tous les autres, les bûcherons, les débardeurs, tous ont accepté de me parler pendant de longues heures de mon pays et de ce qu'ils y faisaient. J'ai ainsi découvert d'autres richesses qu'ils me laissaient en héritage. Je ne peux pas moins faire que de les en remercier.

Composé en Garamond romain
par Charente Photogravure, Angoulême
Achevé d'imprimer en février 1987
sur presse CAMERON
Dans les ateliers de la S.E.P.C.
à Saint-Amand-Montrond (Cher)

N° d'édition : 170. N° d'impression : 324
Dépôt légal : mars 1987
Imprimé en France